『삼국유사』 다시 읽기 11

『삼국유사』 다시 읽기

11

왕이 된 스님, 스님이 된 원자들

• • • 서정목 지음

이 『삼국유사 다시 읽기 11-왕이 된 스님, 스님이 된 원자들』은 『삼국유사』 권 제3 「탑상 제4」에 실려 있는 「대산 오만 진신」과 「명주 오대산 봇내태자 전기」에 대한 다시 바로 읽기이다. 이 두 기록은 오대산의 문수신앙의 유래와 스님이 되었던 왕자 효명이 신라 제33대 성덕왕으로 즉위하는 과정을 담고 있다.

성덕왕 즉위 과정의 세부 사항은 『삼국사기』에는 기록되어 있지 않다. 그러나 『삼국사기』 권 제8 「신라본기 제8」을 잘 읽어 보면 삼국 통일 후 서라벌에서 무슨 일이 일어났는지 어느 정도 알 수 있게 되어 있다. 그것은 『삼국유사』의 「대산 오만 진신」이 증언하고 있는 역사적 사실과 정확하게 일치한다. 그러므로 『삼국유사』의 이 기록은 신라 중대 31대 신문왕, 32대 효소왕, 33대 성덕왕 시기의 왕위 교체 과정에 대한 소중하고도 유일한 직접 기록이다. 이 기록을 정밀 분석하고 관련 사료들의 간접 기록을 검토하여 정리한 **이 시기 신라 왕위 계승과 관련된 정치적 갈등의 진역사**를 요약하면 다음과 같다.

때는 7세기 중반, 신라 태종무열왕의 원자 법민에게는 소명전군이라는 맏아들이 있었다. 그의 존재는 『삼국사기』나 『삼국유사』에 명시적으로 남아 있지는 않지만 모든 정황이 그가 실제로 존재하였음을 보이고 있다. 이 소명전군은 법민이 문무왕으로 즉위하기도 전에 죽었다. 그런데 그에게는 약혼녀가 있었다. 그 약혼녀는 태종무열왕의 딸 요석공주와 655년 정월에 백제와의 전쟁에서 전사한 김흠운 사이에서 태어났다. 즉, 태종무열왕의 손자 소명전군의 약혼녀는 태종무열왕의 외손녀이다.

665년 8월에 문무왕의 둘째 아들#{ *형이 죽은 후 장자가 됨: 저자*}# 정명은 태자로 책봉되었고 김흠돌의 딸과 혼인하였다. 김흠돌과 김흠운은 김달복의 아들들로서 형제이다. 이들의 어머니는 김유신의 누이 정희이다. 이들은 김유신의 생질들인 것이다. 김흠돌은 김유신의 딸 진광과 혼인하였고 김흠운은 태종무열왕의 딸 요석공주와 혼인하였다. 태자 정명과 본처 김흠돌의 딸 사이에는 아들이 없었다. 그런데 태자 정명은 요석공주와 김흠운의 딸인 형수 감 고종사촌 누이와 화간하여 677년에 첫째 아들 이공{이홍}을 낳고 679(?)년에 둘째 아들 봇내를 낳았으며 681년에 셋째 아들 효명을 낳았다.*

이러한 상황에서 681년 7월 1일 문무왕이 죽고 31대 신문왕이 즉위하였다. 문무왕비 자의왕후는 시누이 요석공주와 손잡고 681년 8월 8일, 형부 김오기의 북원 소경[원주] 군대를 동원하여 태자비였다가 왕비가 된

* 소명전군의 죽음과 그 약혼녀의 존재, 그리고 태자 정명이 형의 약혼녀와의 사이에 태손 이공전군[효소왕]을 낳았다는 정보는 현재로서는, 위서 논란이 있는 박창화의『화랑세기』에만 직접적으로 기록되어 있다. 문무왕의 아들의 죽음은『삼국사기』권 7「신라본기 제7」「문무왕 하」에 있는 문무왕의「유조」에 간접적으로 기록되어 있다. 소명전군이 실제로 존재했었는지 아니면 박창화가 지어낸 인물인지가 박창화의『화랑세기』가 진서를 보고 필사한 것인지 아니면 위서인지를 가리는 중요한 판단 기준이 된다. 683년 5월 7일 신문왕과 혼인하는 김흠운의 딸 신목왕후의 존재, 효소왕, 보천태자, 성덕왕의 존재는 부동의 진실이다. 이들을 둘러싼 신라 중대 최대 출생의 비밀을 푸는 연결 고리는 김흠운의 딸 신목왕후가 소명전군의 약혼녀였는가 아닌가, 그리고 그녀가 혼인 전에 효소왕을 낳았는가 낳지 않았는가에 달려 있다. 그런데 그것이 박창화의『화랑세기』에 이렇게 명백하게 기록되어 있다. 지금까지 그 많은 역사 연구자들이 소명전군의 조졸, 그의 약혼녀 김흠운의 딸, 그녀와 정명태자의 혼전 성교에 의한 효소왕 출생도 상상도 하지 못했던 것을 보면 어떤 천재도 무엇인가를 보지 않고서는 저렇게 쓸수가 없다. 박창화는 무엇인가를 보고 베꼈다. 이 세상 어딘가에 있는 그 무엇인가를 찾는 것, 그것은 우리 시대 한국학계의 중요 사명 중 하나이다.

며느리의 친정아버지 김흠돌과 그 일파인 화랑도 출신 장군들, 진공, 흥원을 죽였다. 그리고 8월 28일 병부령[국방장관격] 겸 상대등 김군관과 그 적자 1명을 자살하게 하였다. 이른바 '김흠돌의 모반'이다.

이 모반은 그 원인이 밝혀져 있지 않다. 그냥 정명태자가 왕위에 오르자 그의 장인이 모반한 것으로 기록되어 있다. 어느 장인이 사위가 왕이 되는 것을 막으려 하겠는가? 왕비를 쫓아내기 위하여 미리 북원 소경의 김오기 군대를 불러들여 왕비 지지 세력을 거세했다고 보면 정치적 숙청이 먼저 있고 나중에 왕비의 아버지 세력을 모반으로 본 것일 수도 있다. 자의왕후와 신문왕은 이 모반에 연좌시켜 금방 왕비가 된 김유신의 외손녀, 김흠돌의 딸을 폐비시켰다. 며느리 자의왕후는 시어머니 문명왕후에게 보복한 것이고 문명왕후의 친정 김유신 집안은 토사구팽된 것이다. 김유신과 김춘추가 옷고름 밟기로 맺은 김해-경주 동맹이 시어머니와 며느리 사이의 갈등으로 최악의 결과에 이른 것이다.

신문왕은 683년 5월 7일 형수가 될 뻔했던 김흠운의 딸과 재혼하였다. 이 왕비가 신목왕후이다. 신목왕후는 684년 넷째 아들 김사종을 낳고 687년 2월 다섯째 아들 김근{흠}질을 낳았다. 사종이 첫 번째 원자이다. 신문왕은 691년 3월 1일 혼인 전에 낳은 첫째 왕자 이홍을 태자로 책봉하고 692년 7월 2일에 죽었다. 태자 이홍이 즉위하여 32대 효소왕이 되었다. 이때 요석공주와 신목왕후는 원자인 사종을 부군으로 책봉하여 동궁에 살게 하였다. 693년 8월 5일 사종의 형 봇내와 효명이 오대산으로 숨어들어 스님이 되었다.

효소왕은 성정왕후와의 사이에 696년 김수충을 낳았다. 700년 5월 '경영의 모반'이 일어났다. 이 모반은 효소왕을 폐하고 부군 김사종을 즉위시키려는 음모였다. 이 모반으로 700년 6월 1일 신목왕후가 죽고 702년 7

월 27일 효소왕도 죽었다. 이에 요석공주는 김사종을 부군에서 폐위하고
원자의 자격도 박탈하였다. 두 번째 원자는 김근{흠}질이 되었다. 『삼국
사기』권 제8 「신라본기 제8」, 「신문왕」 조의 687년 2월 '元子生'은 김근
{흠}질의 출생을 적은 것이다. 그런데 김근{흠}질이 왕위에 오르기를 거
부하고 도망갔다. 이에 요석공주는 오대산의 스님 왕자 효명을 데려와서
즉위시켰다. 이 이가 33대 성덕왕이다.

714년 2월 당나라에 숙위 갔던 김수충은 717년 7월 귀국하였다가 719
년경 다시 당나라에 가서 지장보살의 화신 김교각이 되었다. 794년 白壽
인 99세로 열반에 들었다. 안휘성 지주시 청양현의 구화산에 그의 등신불
과 동상 등 유적이 있다. 김사종은 728년 7월에 당나라에 가서 정중종을
창시한 무상선사가 되었다. 당 현종의 배려로 정중사에 주하여 5백 나한
의 455번째 나한이 되었다. 762년 79세에 입적하였다. 사천성 성도에 정
중사 터가 있다. 김근{흠}질은 726년 5월에 당나라에 가서 무루가 되었
다. 당 숙종이 안사의 난을 진압할 때 백고좌 강회에 참여하였다. 758년
72세에 입적하여 은천 하란산 백초곡의 하원에 묻혔다.

이상의 내용은 국사편찬위원회(1998), 『한국사 9』 「통일신라」의 내용과
는 전혀 다르다. 현존 통일 신라사는 691년 3월 1일 태자로 책봉되는 '왕
자 이홍'을 687년 2월에 출생한 '원자'와 동일인으로 보고 692년 7월 즉
위하는 32대 효소왕이 6살에 왕위에 올라 702년 16살에 죽었다는 가설
위에 짜여 있다.

어찌하여 '원자'와 '왕자 이홍'이 같은 사람이라는 것인가? '원자'와
'왕자'가 뜻이 같은 동의어라는 말인가? '원자'는 왕과 정식 혼인한 원비
가 낳은 맏아들로서 한 왕에게 한 명뿐이다. '왕자'야, 왕의 아들이기만
하면 후궁이 낳았든, 궁녀가 낳았든, 무수리가 낳았든 다 '왕자'이다. 『삼

국사기』에는 '원자'가 아닌 왕자를 '원자'로 적은 데가 단 한 군데도 없다.

일연선사는 『삼국유사』 권 제3 「탑상 제4」 「대산 오만 진신」에서 '효소왕이 692년 16세에 즉위하여 702년 26세에 승하하였고 성덕왕이 702년 22세에 즉위하였다.'고 명백하게 증언하고 있다. 그러면 효소왕은 677년생이고 성덕왕은 681년생이다. 이들은 어머니가 혼인한 683년 5월 7일보다 더 전에 태어난 것이다. 그들이 신문왕의 원자일 리가 없다.

이런 것을 적어 둔 「대산 오만 진신」은 『삼국유사』의 진가를 보여 주는 대표적 기록이다. 『삼국유사』는 『삼국사기』가 의도적으로든 실수로든 인멸하고 누락시킨 진역사를 적고 있다. 이른바 '遺事: 빠진 일들'을 적고 있는 것이다. 그러므로 『삼국유사』를 불신하고 『삼국유사』와 다르게 기술한 통일 신라 정치사 연구물들은 진역사일 수가 없다.

이 책이, 교양인들이 『삼국유사』의 진정한 가치를 알고 통일 신라 정치사의 비밀과 향가 창작의 이면에 다가가는 데에 이바지하기 바란다. 나아가 나는, 이 책이 박창화의 『화랑세기』에 대한 학문적 토론이 본격적으로 시작되는 기폭제가 되기를 기대한다.

최종 교정 단계에서 황복사 터 3층석탑 금동사리함기 명문의 '孝照大王', '隆基大王', '蘇判 金順元 金眞宗' 때문에 상당한 변화가 생겼다. 모두 반영해 준 글누림의 편집진, 특히 이태곤 편집이사께 감사드린다.

2019년 12월 15일
서정목 謹識

제2장 김흠돌의 모반의 원인

제3장 「대산 오만 진신」과
「명주 오대산 봇내태자 전기」의 비교

제4장 「명주 오대산 봇내태자 전기」의 정독

제5장 「대산 오만 진신」의 정독

제6장 스님이 된 원자들

제 7 장 신라 중대 왕실의 비극

제1장

오대산 상원사, 신라 33대
성덕왕의 즉위 과정

오대산 상원사, 신라 33대 성덕왕의 즉위 과정

1. 상원사(上院寺)

월정사 계곡의 옥빛 물길

『삼국유사』권 제3 「탑상 제4」 「명주 오대산 봇내태자 전기(溟州五臺山寶叱徒太子傳記)」는 (1)과 같이 시작된다.[1]

(1) a. 신라의 정신 태자 봇내가 아우 효명태자와 더불어[新羅淨神太子寶叱徒與弟孝明太子] 하서부에 이르러[到河西府] 세헌 각

---

1) '봇내(寶叱徒)'는 '보천(寶川)'의 다른 표기이다. '叱'은 향찰에서 '-ㅅ'을 적는 한자이다. '내 川'은 훈독자이다. '무리 徒'는 이두(吏讀)에서 복수 접미사 '-내'를 적는 글자이다(이기문(1998:89-90) 참고). '川'과 '徒'의 훈이 모두 '내'이다. 그러므로 '봇내[寶叱徒]'는 '寶川'을 달리 적은 표기이다. 이 왕자의 이름은 '봇내'이다. 오대산 월정사 앞을 옥빛으로 흐르는 시내를 보고 자신의 이름을 '보천', '봇내'로 지었을 가능성이 크다. 그 개울 언덕에 앉으면, 오늘날의 '선재길'을 따라 상원사에 오르면, 속세의 왕위 다툼을 떠나 보천암에 은거한 그의 모습이 떠오른다. 그렇게 울면서 도망친 형을 두고 장군들을 따라 속세 서라벌로 떠나간 동생 성덕왕을 위하여, 그가 평생을 국왕의 장수와 국태민안을 빌었다고 하니 가슴이 저려 온다. 눈이 채 녹지 않은 그 언덕에 앉아 학부 때부터 온갖 고대 한국어의 한자 이용 표기와 관련된 지식을 일러 주시어 저자를 평생을 이 신라 시대의 이름들로부터 벗어날 수 없게 만든 선생님을 생각한다.

간의 집에서 하룻밤을 묵었다[世獻角干家一宿].

   b. 그 다음 날 각기 1천명의 사람을 거느리고 큰 고개를 넘어 성오평에 이르러 며칠간 유완하다가[翌日踰大嶺各領一千人到省烏坪累日遊翫] 태화 원년[648년] 8월 5일에 형제가 함께 오대산에 숨어들었다[太和元年八月五日兄弟同隱入五臺山].

   c. 도 가운데 모시고 호위하던 자들이 좇아 찾았으나 찾지 못하고 모두 나라[서블]로 돌아갔다[徒中侍衛等推覓不得並皆還國].

             <『삼국유사』 권 제3 「탑상 제4」 「명주 오대산 봇내태자 전기」>

이 기록을 잘 읽고 이해하는 것, 그리고 이 기록과 관련된 제반 기록들을(특히 「대산 오만 진신(臺山五萬眞身)」)을 다 '정확하게 다시' 읽어서 바로 아는 것, 그것이 이 책『삼국유사 다시 읽기 11』의 목적이다. 그러기 위해서는 오대산 월정사, 상원사, 적멸보궁을 답사하는 것이 필수적이다. 그것도 강릉에서 소금강 청학사 터를 거쳐서 진고개를 넘어 이 역사 기록의 현장을 따라 상원사, 적멸보궁까지 탐방하는 것이 더 좋다.

월정사에서 그 계곡, 그 날의 그 옥빛 물길을 따라 1시간쯤 걸으면 관대(冠帶)걸이 삼거리가 나온다. 이 삼거리의 상원사 쪽 길로 가다 보면 왼쪽에 돌로 만든 관대걸이가 있다. 관(冠)과 대(帶)를 건 것이라는 말이다. 관은 모자이고 대는 허리띠이다. 여기도 재미있는 설화가 서려 있는 곳이다.

조카의 왕위를 빼앗고 평생을 괴롭게 산 조선의 수양대군은 온 몸에 종기가 나서 온천과 명산대천의 약수 물에 몸 씻기를 즐겨하였다.[2] 심한 피

---

2) 아버지의 장손자, 즉 장조카의 왕위를 빼앗고 괴롭게 한 인간이 하나뿐은 아니다. 앞으로 볼 신라 33대 성덕왕도 본의 아니게 조카의 왕위를 빼앗고 왕이 되어 33년간이나 고통스럽게 살다 갔다. 조선 수양대군이 이곳을 찾은 것이 예사롭지 않다. 그 아들 예종은 상원사를 아버지의 원찰로 한 후 세상에서 제일 아름다운 소리를 내는 종을 찾다가 1469년 안동루문(安東樓門)에 걸린 종을 싣고 소백산을 넘었다. 죽(지)령 고개 마루에 올랐을 때 종은 움쩍도 하지 않았다. 종의 겉에 있는 젖꼭지[鐘乳] 하나를 떼었더니

부병을 앓고 있던 세조는 관대걸이에 관과 허리띠를 걸고 맑은 계곡물에 내려가 옷을 벗고 몸을 씻고 있었다. 가까운 숲속에 동자가 하나 놀고 있는 것이 보였다.

'이 애야, 등 좀 밀어 주련?'

동자는 종기 난 수양대군의 몸을 깨끗이 밀어 주었다.

'애야, 너 어디 가서 임금의 맨몸을 보았다는 말은 하지 말거라.'
'전하도 어디 가서 문수진신을 보았다 하지 마시오.'

이 설화는 『삼국유사』 권 제3 「탑상 제4」에 나오는 「진신수공(眞身垂供)」 설화와 꼭 닮았다. 신라 32대 효소왕은 당나라의 은덕에 감읍한다는 뜻으로 망덕사(望德寺)를 개창하고 낙성재를 거행하였다. 남루한 옷을 입은 비구 한 사람이 자신도 낙성재에 참예하고 싶어 하였다.

'저도 낙성식에 참예하고 싶습니다.'

그 비구의 남루한 행색을 본 효소왕은 말석 자리 하나를 내어 주었다.

비로소 움직였다. 국보 제40호 상원사 동종에 얽힌 설화이다. 상원사 동종은 용뉴(龍鈕) 좌우에 음각된 종명(鐘銘)에 의하면 725년(성덕왕 24년)에 주조된 것으로 현존하는 동종 가운데 가장 오래 된 것이다. 이 725년의 1년 뒤인 726년 효소왕 사후 왕위 계승 서열 1위였던 김근{흠}질이 당나라로 갔다. 그가 신문왕의 두 번째 원자였다. 그리고 총령(葱嶺 파미르 고원) 넘어 천축으로 가려다가 그곳 고승들의 만류로 가지 않고 은천 하란산 백초곡으로 들어가서 보승불을 외우며 수도하여 석(釋) 무루(無漏)가 되었다. '안사의 난'을 진압하고 있던 당 현종의 아들 숙종은 무루를 자신의 행궁으로 모셔다가 백고좌 법회를 주관하게 하였다. 그것이 불편하였던 듯 무루는 백초곡으로 돌아가고자 하는 표를 자주 올렸다. 결국은 죽어서야 자신의 암자가 있던 은천 하란산 백초곡으로 돌아가 하원에서 영원한 생을 누리고 있다. 스스로 왕위를 버리고 스님이 된 매우 드문 경우이다. 이를 흉내 낸 것이 효령대군일까?

〈**오대산 상원사 문수전**: 31대 신문왕의 셋째 왕자 효명이 33대 성덕왕으로 즉위하기 전 693년 8월부터 702년 7월까지 약 10여 년 동안 수도한 터 근방이다. 성덕왕은 즉위 4년[705년]에 자신이 수도하던 효명암을 다시 지어 진여원을 열었다. 그 진여원 터 위에 지은 절이 상원사이다. 이 절에 「명주 오대산 봇내태자 전기」의 원본이 전해져 와서 그것을 토대로 일연선사가 「대산 오만 진신」을 재구성하였다. 이 기록이 없었으면 저자가 신문왕 이후 36대 혜공왕까지의 통일신라 망국사(亡國史)를 밝히는 것은 불가능한 일이었을 것이다. 문수동자가 조선조 세조의 등을 씻겨 주었다는 전설이 전하는 관대(冠帶)걸이와 자객으로부터 세조를 구해 주었다는 고양이 전설도 함께 전해 온다. 사진: 2018년 5월 13일 저자〉

낙성재가 끝나고 효소왕은 스님에게 물었다.

    '스님은 어느 절에 주하시는가?'
    '비파암에 주합니다.'

이 대답을 들은 왕은 희롱조로 말하였다.

'다른 데 가서 왕이 친히 올리는 불공에 참예하였다고 하지 마시오.'

'폐하도 어디 가서 진신석가와 함께 불공하였다고 하지 마시오.'

관대걸이에서 1 킬로미터 정도 올라가면 상원사가 나온다. 이 절은 조선 세조의 원찰이다. 상원사 중창 권선문은 세조 때 신미(信眉) 등이 상원사를 중수할 때 세조가 왕비와 더불어 보낸 발원문이다. 2책으로 되어 있는데 한 책에는 한문으로 된 권선문과 원문(願文) 다음에 세조와 왕세자의 화압주인(花押朱印)이 있고, 다른 한 책에는 권선문과 원문을 한글과 한문 두 가지로 아울러 썼는데 세조비 윤씨와 세자, 세자빈 한씨 이하 내궁부인들의 주인(朱印)이 있다.

그 상원사에는 유명한 설화들이 있다. 왕과 관련된 이 설화들은 상당한 신비성을 간직한 채 사실인지 아닌지 모를 정도의 믿기 어려운 이야기들로 되어 있다. 이 책은 이 중 더 오래 된 신라 시대의 이야기에 관하여 말하고자 한다. 그러나 조선 시대 수양대군과 관련된 설화도 만만찮은 신비로움과 믿기 어려운 이야기들로 이루어져 있다.

조선 수양대군이 상원사 문수전에 들어가려 하는데 고양이가 방해하였다. 이상하게 여긴 호위 군사들이 법당 안을 수색하였더니 자객이 나왔다. 생명의 은묘(恩猫)가 된 고양이를 문수보살의 화신이라고 여긴 수양대군이 고양이 상을 만들어 법당 입구 돌계단의 오른쪽에 설치하였다. 그 고양이 상은 아직 거기에 있다.

조카를 내쫓고 왕위에 오른 수양대군을 죽이려 하는 자객이 그때까지도 있었다는 것이 놀랍다. 왕조 시대의 충절은 그렇게 죽음까지 각오한 것이었다. 눈앞의 이익을 우선시키는 현대인의 사고로는 꿈에도 생각하지 못할 도덕률이 왕조 시대에는 작용하고 있었다. 그러므로 왕조 시대는 오래 가고 자기 이익을 좇아 이합 집산하는 자본주의 시대는 특단의 영적 교육이 없으면 단명하기 마련이다. 왕위에서 쫓겨나 영월 청령포에 귀양 가 있던 그 조카 단종은 후에 경북 순흥에서 금성대군의 단종 복위 역모가 발각되어 결국 숙부 수양대군에게 죽임을 당하였다.

상원사가 있는 터에 예전에는 진여원이라는 절이 있었다. 상원사라는 이름은 이 진여원 터 위에 지은 절이라는 뜻이다. 그런데 이 진여원은 놀랍게도 신라 제33대 성덕왕이 705년에 창건하였다고 되어 있다. 더 놀라운 것은, 이 절 하나를 짓고 나서 낙성하는 데에 왕이 직접 왔고, 직접 온 이유는 성덕왕 자신이 왕이 되기 전에 승려가 되어 이 터에 효명암이라는 암자를 짓고 수도 생활을 하였기 때문이라는 것이다. 상원사 터는 원래 성덕왕이 승려이던 시절 수도하던 터인 것이다.

성덕왕이 누구인가? 그는 702년에 왕위에 올라 737년까지 무려 35년 동안 통일 신라를 다스린 왕이다. 그의 형은 32대 효소왕이고 그의 아버지는 31대 신문왕이다. 신문왕은 30대 문무왕의 아들이다. 문무왕, 그 자가 660년에 당나라 군대를 끌어들여 백제를 정복당하게 하고, 668년에 다시 당 고종과 측천무후의 야욕을 이용하여 연개소문 사후 지리멸렬한 고구려를 당나라에 정복당하게 한 자이다.

고구려가 어떤 나라인가? 장장 500년, 한나라 때부터 대륙의 통일 왕조에 맞서 을지문덕이 수나라를 멸망의 구렁텅이로 몰고, 안시성의 양만춘이 당나라 태종에게 치욕적 패배를 안긴 나라이다. 유목민족인 훈족, 투르크족의 나라들과 더불어 새외(塞外)에서 중원을 위협한 동방 최대, 최강의 국가였다.

그런 나라들을 등 뒤에서 협공하여 이민족인 당나라에 정복당하게 한 후 겨우 대동강 이남을 차지하고 발해와 맞서 당나라 속국 역할이나 하던 이국(二國)시대, 반쪽이 나라 시대의 35년을 다스린 왕이 성덕왕이다. 문무왕의 손자이고 태종무열왕 김춘추의 증손자이다. 그 성덕왕이 승려가 되어 수도하다가 왕위에 올랐다는 말이다. 그가 수도하던 터가 상원사이다. 그는 왜 승려가 되어야 했을까?

왕자가 승려가 되었다는 것은 그 왕자를 제외하고 왕이 될 다른 왕자가 있었다는 것을 의미한다. 그렇다. 그러니 33대 성덕왕의 형이 32대 효소왕이지. 성덕왕이 승려가 되었다는 것은 그보다 그의 형 효소왕이 왕위 계승 서열에서 앞섰다는 것을 의미한다. 그러면 효소왕 사후에 왕이 되었어야 할 사람은 효소왕의 아들이다. 그런데 효소왕의 아우인 승려가 왕위에 올랐다. 그러려면 무슨 일이 있어야 하는가? 그것은 효소왕에게 아들이 없어야 한다.

『삼국사기』 권 제8 「신라본기 제8」 「성덕왕」 조는 그렇게 적고 있다. 효소왕에게 아들이 없어 효소왕의 동모제인 성덕왕이 뒤를 이었다고. 그러나 이것은 역사 왜곡이다. 모르고 적었건 알면서도 그렇게 적었건, '효소왕에게 아들이 없어 성덕왕이 즉위하였다.'는 『삼국사기』 권 제8 「신라본기 제8」 「성덕왕」 조의 이 기록은 역사적 사실을 왜곡한 거짓말이다.

효소왕에게 왜 아들이 없어? 효소왕에게는 엄연히 아들이 있었다. 왕위를 삼촌에게 빼앗긴, 아니 내어 준 어린 조카가 있었다. 그리고 『삼국유사』 권 제3 「탑상 제4」 「명주 오대산 봇내태자 전기」에는 성덕왕이 즉위하기 전 효소왕 시대에 부군(副君: 왕에게 아들이 없을 때 태자 역할을 하게 한 왕의 아우)가 있었다고 되어 있고, 왕(효소왕)이 아우인 부군과 왕위를 다투다가 죽었다고 되어 있다. 『삼국유사』 권 제3 「탑상 제4」 「대산 오만 진신」에도 왕의 아우가 왕과 왕위를 다투어 국인이 폐하였다고 되어 있다. 또 『삼국사기』 권 제8 「신라본기 제8」 「신문왕」 687년 2월조에는 신문왕의 '원자'가 출생하였음을 적고 있다. 『삼국사기』 권 제8 「신라본기 제8」, 「성덕왕」, 25년과 27년 조에는 '왕제(王弟)'가 두 사람이나 나오고 32년에는 '왕질(王姪)'이 한 사람 나온다.

성덕왕의 동생이니 신문왕의 아들들이고 성덕왕의 조카이니 신문왕의 아들들 중의 한 사람의 아들이다. 이들이 모두 왕위 계승권을 가지고 있었다고 보아야 한다. 그런데 승려가 되었던 성덕왕이 그 모두를 제치고 왕위에 올랐다. 그러면 그가 왕위에 오름으로써 왕이 되지 못한 다른 왕자들은 어떻게 되었을까? 이런 이야기가 이 책의 주제이다.

적멸보궁(寂滅寶宮)

이 상원사에서 2km 정도 위의 오대산 중대(中臺)에 적멸보궁(寂滅寶宮)이 있다. 이 중대는 희한하게도 오대산 여러 봉우리로 둘러 쌓인 한 가운데에 높이 솟은 봉우리이다.

지금이야 시절이 좋아 온 세상 명산을 다 보고 와서 이렇게 볼록 솟은 봉우리가 이 세상에는 쎄고 쎘다는 것을 모두 다 안다. 중국 계림이나 장가계, 원가계에는 이보다 더 기이하게 솟은 봉우리가 수없이 많다는 것도 보고 오고, 남아메리카 페루의 원주민 최후의 저항 요새 마추픽추 뒤에 있는 와이나픽추에까지 기어 올라갔다 온 사람들이 수두룩한 세상이 되었다.

그렇지만 우물 안 개구리 시절 국내의 명산을 보고 다니던 때에 이 중대는 가히 기이하고도 신령스러운 봉우리라고 하여도 조금도 부족하지 않았다. 그러니 김창흡을 비롯하여 내로라 하는 사람들이 모두 다 그곳이 명당인 줄로 알았겠지. 그 명당 중대 꼭대기에 조그만 암자가 있다. 적멸보궁이다.

〈**오대산 중대의 적멸보궁**: 자장법사가 643년[선덕여왕 12년] 당나라에서 부처의 진신사리를 가져와 모셨다고 한다. 사진: 2017년 3월 7일 상목 동생〉

적멸보궁에는 자장법사가 당나라에서 모셔온 부처님의 진신사리가 보관되어 있다고 한다. 김무림의 아들인 자장법사는 당나라에 유학 가서 중국의 오대산에서 문수보살을 친견하였다고 전해 온다. 자장법사는 643년[선덕여왕 12년]에 귀국하여 선덕여왕을 알현하고 황룡사에 9층 탑을 세울 것을 상주한다. 선덕여왕은 김춘추의 아버지 김용수를 감군으로 삼고 백제 출신 대장(大匠) 아비지(阿比知)에게 소장(小匠) 200인을 거느리고 탑을 짓게 한다. 645년에 8장 22척의 탑이 건설되었다. 이것도 자세히 살펴볼 필요가 있다.

그 후 자장법사는 우리나라의 오대산에 들어와서 수도하다가 태백산의 갈반처로 갔고 원령사에서 문수보살을 만났다고 하는데 이에 대해서도 좀 더 살펴보아야 할 것이 있다. 중요한 것은 자장법사가 오대산에 언제 와서 몇 년이나 머물렀을까 하는 점이다. 그 자장법사가 수도하던 터에 후일 수다사의 장로 유연이 월정사를 세웠다.

부처님의 진신 사리 문제는 일연선사가 『삼국유사』 권 제3 「탑상 제4」에서 진신 사리를 모셨다고 하는 여러 곳의 탑들을 답사한 결과를 보면 어느 정도 짐작이 간다. 얼마나 많은 사리가 나왔으면 중국에도 그리 많고 우리 땅에도 그렇게 많은 사리가 있을까? 중세 한국어로 '아디 몯게라'이다. 궐의(闕疑)할 수밖에.

2. 『삼국사기』의 그 시대 기록

소략한 역사 기록

702년은 신라 32대 효소왕과 33대 성덕왕의 왕위 교체가 있은 해이다. 이 702년의 『삼국사기』의 기록은 (2), (3)과 같다.

(2)는 효소왕의 승하 기사이다. 사망한 달과 장지만 기록되었다. 나이 얼마 안 되고 재위 기간이 10년밖에 안 되는 왕이 죽었는데 왜 죽었는지 전혀 알 수 없게 적어 놓았다.

> (2) 702년[효소왕 11년] 가을 7월 왕이 승하하였다[十一年 秋七月 王薨]. 시호를 효소라 하고 망덕사의 동쪽에 장사지냈다 [謚曰孝昭葬于望德寺東]. <『삼국사기』 권 제8 「신라본기 제8」 「효소왕」>

(3)은 성덕왕의 즉위 기사이다. 잔뜩 길게 적어 놓은 것 같지만 실속은

아무 것도 없다. (2)에서 효소왕의 승하를 말한 후에 (3)에서 그대로 성덕왕이 즉위하였다고 적고 있다. 아무 중간 단계가 없다. *{ }* 속의 *이탤릭체*는 세주이다. 다른 데서도 이와 같다.

(3) 702년 성덕왕이 즉위하였다[聖德王立], 휘는 흥광이다[諱興光]. 본명은 융기였는데 현종의 휘와 같아서 선천[712년]에 고쳤다[本名隆基 與玄宗諱同 先天中改焉]. *{『당서』는 김지성이라 하였다[唐書言 金志誠]}*. 신문왕의 제2자이고 효소왕과 같은 어머니에게서 난 아우이다[神文王第二子 孝昭同母弟也]. 효소왕이 승하하였으나 아들이 없어 국인이 즉위시켰다[孝昭王薨 無子 國人立之]. 당의 측천무후는 효소왕이 돌아갔다는 말을 듣고는 그를 위하여 거애하고 2일 동안이나 조회를 하지 않고 사신을 파견하여 조위하고 왕을 책봉하여 신라왕으로 삼고 인하여 형의 장군도독의 호를 이어받게 하였다[唐則天 聞孝昭薨 爲之擧哀 輟朝二日 遣使弔慰 冊王爲新羅王 仍襲兄將軍都督之號]. <『삼국사기』 권 제8 「신라본기 제8」 「성덕왕」>

(3)에는 성덕왕에 관하여, 신문왕의 제2자이고 효소왕의 동모제이며 효소왕이 승하였으나 아들이 없어 국인이 즉위시켰다고 적었다.3) 이것으로

---

3) 이것을 보고도, '성덕왕이 김흠돌의 딸이 낳은 효소왕의 이복형일 것이라'느니, '김흠돌의 후계 세력이 효소왕을 어떻게 하고 신문왕의 첫째 왕비가 낳은 아들을 왕위에 올렸을 것이라'느니 하고 공상하는 사람들이 있다. 『삼국사기』 권 제8 「신라본기 제8」 「신문왕, 효명왕, 성덕왕」에는 '687년 2월 원자가 태어났다. 691년 3월 1일 왕자 이홍을 태자로 책봉하였다. 692년 효소왕이 즉위하였다. 702년 효소왕이 훙(薨)했다. 702년 효소왕의 아우 성덕왕이 즉위하였다.'로 되어 있다. 여기서 원자와 왕자 이홍이 같은 사람인가 아니면 다른 사람인가가 핵심적인 사항이다. 서정목(2014a)가 나오기 이전까지 모든 신라사 연구 논저는 이 원자와 효소왕을 동일인으로 보고 있었다. 그런데 잘 보면 『삼국사기』는 명백하게 '원자'는 태어나기만 했고 태자가 되지 않았으며, '왕자' 이홍이 태자가 되었다고 증언하고 있다. '원자'는 왕과 정식 혼인한 원비의 맏아들로서 한 왕에게 1명뿐이고, '왕자'는 어머니가 누구이든 관계없이 '왕의 아들'이기만 하면

충분한가? 그가 언제 태자가 되었는지, 어떤 과정을 거쳐 왕으로 선택되었는지, 누가 선택했는지, 경쟁자는 누구였는지 등등 핵심 정보가 없다. 신문왕 이후 99년 존속한 통일 신라, 그 99년 가운데 35년을 통치한 왕이 성덕왕이다. 그를 모르고 통일 신라 정치사를 말할 수 있겠는가?

(3)의 당나라 현종의 이름 융기를 피휘하여 선천(先天, 당 현종 즉위년, 712년)에 본명 융기를 흥광으로 고쳤다는 개명 기사는 매우 함축적이다.[4] 신라가 당나라에 종속된 부용국(附庸國)임을 알 수 있다. 그런데 그 이름이 왜 『당서』에는 '김지성'이라 적혀 있는지 알 수 없다. 측천무후[705년 사망]가 효소왕의 죽음에 거애를 하고 이틀씩이나 정사를 보지 않고 슬퍼했다, 이런 것은 길게 적었다. 당연한 신라 왕 책봉도 적었다.

이 왕위 계승은 예사롭지 않은 것이다. 확실한 것은 성덕왕이 신목왕후의 아들이고 효소왕의 동생이라는 것이다.

성덕왕이 신문왕의 제2자라 한 것은 옳다. 그러나 이 제2자를 둘째 아들이라 번역하면 안 된다. 제2자는 차자(次子)와 다르다. 차자는 원래부터 둘째 아들이고 제2자는 형(들)이 죽고 살아남은 아들 가운데 제2자라는 뜻이다. 효소왕이 죽었으므로, 왕자 보천에 이어 성덕왕은 신문왕의 제2자이다. 성덕왕이 효소왕의 동모제라 한 것도 옳다. 두 왕의 어머니는 신목왕후로 생모(生母)가 같다.

그런데 가장 중요한 사항에서 '효소왕이 아들 없이 죽어 국인이 효소왕의 동모제인 성덕왕을 즉위시켰다.'고 간단하게 적었다. 성덕왕의 이름 '융기'가 당나라 황제 이름 '융기'와 같아서 피휘(避諱)하기 위하여 선천

되므로 한 왕에게 여러 명도 있을 수 있다.
4) '先天中改焉'의 선천은 당 현종 즉위년[712년] 4개월 동안 사용한 연호이다. 이때의 中은 시간 표시의 조사 '-에'를 나타내는 이두 문자이다.

[712년]에 '흥광'으로 바꾸었다든지, 측천무후가 슬퍼하고 새 왕을 책봉하였다는 말은 잔뜩 써 놓고, 막상 어떤 사연으로 그 형이 죽었는지, 어떤 사유로 그 아우가 왕이 되었는지는 적지 않았다.

분명히 효소왕의 아들로 보이는 왕자가 있는데도 효소왕이 아들이 없어 부득이 아우를 즉위시켰다는 말도 하고 있다.[5] 효소왕에게는 분명히 김수충(金守忠)이라는 아들이 있었다. 그리고 딸도 있었고 따라서 왕비도 있었다. 그 왕비의 시호가 성정왕후(成貞王后)이다. 국인(國人)이라는 말도 이상하다. 왕을 세우는 것을 나랏사람이 하다니. 이 국인은 여기서는 나라의 실세를 말한다.[6]

『삼국사기』는 객관성이 결여되었다

신라 중대에서 왕이 되려면 문무왕, 신문왕처럼 왕자 중의 하나가 태자로 책봉되어야 한다. 주로 원자(元子)가 태자가 될 터인데 신라에서는 원자가 왕위에 오른 경우가 법흥왕, 문무왕 둘뿐이다. 문무왕은 태어났을 때 아버지가 왕이 아니었으므로 아버지가 즉위한 후에 원자의 자격을 얻게 되었다. 따라서 신라에는 아버지가 재위 중에 태어난 원자는 법흥왕이 되

---

5) 이것이 『삼국사기』의 본질이다. 아니 관찬 역사 기록 자체의 본질이다. 역사책은 누가 썼는가에 따라 달라진다. 집권 세력이 썼으면 집권 세력 중심으로 그 반대파를 역적으로 모는 것이고, 반란 세력이 썼으면 반대 세력 편에 서서 집권 세력의 부정부패를 중점적으로 기록한다. 우리는 어느 편에 설 것인가? 적어도 통일 신라 시대에 관한 한 저자는 패자의 편에 서고 싶다. 왜? 승자의 기록은 『삼국사기』 하나로 충분하니까. 그래서 저자는 『三國遺事』를 더 귀하게 생각한다. 우리 시대 『大韓民國遺事』는 누가 쓸 것인가? 절이나 성당, 교회에 일연선사 같은 분이 계실까? 기대하기 어렵다.
6) '국인이' 선택하였다. 이를 '나라 사람들이'라고 번역하면 무슨 말인지 알 수 없다. 자유 보통 선거가 치러진 것이 아님은 명백하다. 나라의 주인이 따로 있다. 왕은 허수아비다. 우리는 그 주인을 실세라고 부른다. 이 시기 국인은 요석공주와 그 형제들로 판단된다.

는 원종, 그리고 신문왕의 원자뿐이다.[7] 그런데 687년 2월에 태어난 그 신문왕의 원자는 태자가 되지 못하였다. 태자가 된 사람은 그 원자의 동부동모의 형인 677년생 왕자 이홍이다. 혼전, 혼외에서 태어난 왕자가 태자가 되어 효소왕으로 즉위한 것이다. 아주 특이한 경우라 할 수 있다.

『삼국사기』권 제7「신라본기 제7」「문무왕 하」조는 이 특이한 사례가 생긴 677년 조에, 3월에 문무왕이 강무전 남문에서 활쏘기를 관람하고 좌사록관을 설치하였다는 기사와 소부리주에서 흰 매를 바쳤다는 기사를 태평스레 쓰고 있다. 참으로 야속한 사서이다. 이 자리에 박창화의『화랑세기』처럼 '태자 정명이 소명궁과 정이 들어 왕손 이홍을 낳았다.'를 기록하였으면 신라 중대사 연구가 이렇게 혼란스럽게 되지는 않았을 것이다.

이에 반하여 고구려의 경우는『삼국사기』권 제16「고구려본기 제4」「산상왕」28년[224년] 조에 '왕손 연불이 출생하였다[王孫然弗生].'고 정확

---

7) 법흥왕이, 지증마루간이 왕이 된 후에 태어났는지 그 전에 태어났는지 정확하게 알 수 없다. 지증마루간이 즉위하였을 때 64세였고,『삼국유사』권 제1「기이 제1」「지철로왕」에서 말하듯이 남근이 너무 커서 배필을 구하지 못하고 있다가 모량리 상공의 딸, 큰 똥을 눈 대변녀를 왕비로 들인 후에 원종을 낳았다면 법흥왕은 태어날 때 아버지가 왕이고 어머니가 왕비여서 원자라 할 수 있다. 그러나 지증마루간이 64세까지 부인이 없었다는 말도 적절하지 않고 64세 이후에 아들을 낳았다는 것도 적절하지 않다. 설마 남근이 너무 커서 그에 맞는 여근이 없었을까?『삼국사기』권 제3「신라본기 제3」「炤智麻立干」에 따르면 炤智麻立干[조지마루간, 이 시호도 측천무후의 照 때문에 炤智로 적게 되었다.]이 자주 미행하여 捺已(날이: 榮州)에 가서 벽화(碧花) 아가씨와 밀통을 하다가, 古陀郡(고타군: 안동)의 한 노파의 꾸짖음을 듣고, '매우 부끄러워 그 여인을 몰래 맞이하여 별실에 두고 (교접하여) 아들 하나를 낳기에 이르렀다[王聞之大慙 則潛迎其女 置於別室 至生一子].'고 되어 있는데, 왜『삼국사기』권 제4「신라본기 제4」「智證麻立干」에는 전왕 소지마루간이 아들이 없어 그 再從弟[6촌 아우]이고 눌지마루간의 외손자인 지증이 왕위를 계승하였다고 했는지도 의심스럽다. 그 아들이 일찍 죽었을까? 그런데 박창화의『화랑세기』는 제1세 풍월주 위화랑이 소지마립간[비처왕]의 황후가 된 벽화부인의 동생이라고 하니 사금갑 설화와 함께 신라 왕실의 성 생활은 좀 더 두고두고 파헤쳐 보아야 할 면이 많다. 기마 유목민 김씨, 그들은 유라시아 대륙을 지배한 고대 유라시아사의 중요 주인공이었다. 그들을 떠나서 삼국 시대사를 논의한다는 것은 눈 감고 코끼리 다리 만지기이다.

하게 적고 있다. 그리고 제10대 산상왕이 형 제9대 고국천왕의 왕비 우씨와 상관하여 형 발기를 제치고 왕이 되었다는 이야기, 그 우씨를 왕비로 삼은 이야기, 그 우씨가 아들을 못 낳아 산상왕이 주통촌의 처녀와 상관하여 '교체'[제11대 동천왕]을 낳았다는 이야기와 그 교체가 태자가 되었고,[8] 그 태자가 왕손 '연불'[제12대 중천왕]을 낳았다는 이야기를 줄줄이 써 놓고 있다.[9]

이홍은 할아버지 문무왕 재위 중에 태어났지만 그 기록이 없다. 고구려 제11대 동천왕 '교체'가 혼외자이어서 그 아들 연불이 원손으로 적히지 않았듯이 이홍도 기록에 남았다면 '원손'으로 적히지 않고 '왕손'으로 적혔을 것이다. 이홍은 아버지가 즉위한 뒤에도 '왕자 이홍{이공}'으로 적혔지 결코 '원자 이홍'으로 적히지 않았다. 이로 보면 고구려의 경우는 안 좋은 이야기라 할 만한 것도 시시콜콜히 적으면서 신라의 경우는 안 좋은 이야기는 짐짓 회피하였다고 할 수 있다.

『삼국사기』는 백제 성왕의 전사 장면을 (4)와 같이 자세히도 적었다. 그것도 공을 세운 신라 장수들의 입장에서 적었다. 그러나 문무왕 첫아들의 전사나 태종무열왕의 사위 김흠운의 전사 사실은 무엇이 부끄러웠는지 기록하지 않았다. 『삼국사기』는 신라측의 기록이지 객관적인 사서가 아니다. 고구려, 백제로서는 억울한 측면이 있다.

---

8) 이 '교체(郊彘)'에 대해서는 왕자라고도 원자라고도 하지 않았다. 그의 이름 '교체'는 '교외(郊外)의 돼지'라는 뜻이다. 산상왕이 교외에서 제사를 지내는데 희생 돼지[彘]가 달아났다. 아무도 잡을 수 없었다. 주통촌의 처녀가 돼지를 달래어 잡아왔다. 그 현명함에 반한 산상왕이 그 처녀를 찾아가 둘 사이에서 왕자가 태어났다. 그 왕자의 이름을 교체라고 부른 것이다.

9) 『삼국사기』 권 제16 「고구려본기 제4」 「산상왕」 조는 연불(然弗)을 '원손'이라고 적지 않고 '왕손'이라고 적었다. 이 기록들에 대한 검토는 서정목(2015c, 2017b 재수록)을 참고하기 바란다.

(4) 진흥왕 15년[554년] 가을 7월 명활성을 고쳐 쌓았다[十五年 秋七
月 修築明活城]. 백제 왕 명농이 가량과 더불어 관산성을 쳐들어
왔다[百濟王明禮與加良 來攻管山城]. 군주 각간 우덕과 이찬 탐
지 등이 마주 나가 싸웠으나 불리하였다[軍主角干于德伊湌耽知
等逆戰失利]. 신주 군주 김무력은 주병을 거느리고 거기로 가서
교전에 이르렀는데 비장인 삼년산군의 고간 도도가 급히 적을 공
격하여 백제 왕을 죽였다[新州軍主金武力 以州兵赴之及交戰 裨
將三年山郡高干都刀急擊 殺百濟王]. 이에 여러 부대가 승기를
타고 싸워 크게 이겼다[於是 諸軍乘勝大克之]. 좌평 4인과 무사
와 병졸 29600인을 목 베었는데 말 한 마리도 돌아가지 못하였다
[斬佐平四人 士卒二萬九千六百人 匹馬無反者]. <『삼국사기』
권 제4 「신라본기 제4」 「진흥왕」>

태자로 책봉할 왕자가 없으면 왕제 가운데 어느 한 사람이 경덕왕처럼
부군[태자]로 책봉되어야 하고, 진평왕처럼 진흥왕의 맏손자여야 하고,[10]
태종무열왕처럼 진평왕의 외손자라야 하고, 석탈해임금처럼 남해차차웅의

---

[10] 26대 진평왕은 24대 진흥왕의 맏아들인 동륜태자의 맏아들이다. 박창화의 『화랑세기』
에 의하면 동륜태자가 바람피우고 다니느라 성 담을 넘다가 개에 물려 조졸하는 바람
에 진흥왕의 둘째 아들 25대 진지왕이 576년에 즉위하였다. 『삼국사기』 권 제4 「신라본
기 제4」 「진지왕」 조는 진지왕이 즉위 4년[579년] 7월 17일에 승하하였다고 적고 있
다. 『삼국유사』 권 제1 「기이 제1」 「도화녀 비형랑」 조에는 진지왕이 황음하여 국인
[진흥왕비 사도부인]이 폐위하였다고 되어 있다. 그의 사후 2년 만에 도화녀가 그의
혼령과 관계하여 비형랑['코에 가시가 돋았다니 무슨 말일까?'라는 저자의 의문 제기
에 서강대 대학원의 심규영 군은 '코에 이어링을 하였다는 말일까요?'라고 답하였다.]
을 낳았다는 이 설화는 예사롭지 않다. 누가 혼령이 여인에게 잉태시켰다는 말을 믿
겠는가? 그는 죽지 않고 비궁에 유폐되어 있었을 가능성이 크다. 그런데 박창화의 『화
랑세기』가 비궁에 유폐되었다고 적고 있다. 진지왕의 경우도 『삼국사기』보다는 『삼국
유사』가 더 사실에 가깝다. 어머니 측천무후에게 밉보여 황제 자리에서 쫓겨나 유배
간 당 중종을 떠올리게 한다. 진지왕의 아들이 용수, 용춘이고 용수의 아들이 김춘추
이다. 그러니 이들의 DNA에 바람기가 휘몰아치고 있음을 알 수 있다. 아니 유라시아
대륙 초원의 유목민에게는 아예 바람기가 생존의 본질이었을지도 모른다.

사위여야 하고, 미추임금처럼 조분임금의 사위여야 하고, 눌지마루간처럼 실성임금의 사위, 내물임금의 맏아들이라야 하고, 지증마루간처럼 눌지마루간의 조카이며 외손자여야 하고, 진흥왕처럼 법흥왕의 외손자이며 조카여야 하고. 그 정도는 되어야 왕이 될 수 있는 것 아닌가?

그 외에는 조카를 죽이고 왕이 되고, 외사촌을 죽이고 왕이 되는 찬탈의 경우밖에는 없다. 그런데 그렇게 한 것 같지도 않고, 그렇다고 광장에서 밤을 새운 것 같지도 않다. 오히려 다른 사람이 효소왕에게 반기를 들었다가 목이 잘린 것 같은 기록은 있다. 저자는 성덕왕처럼 저렇게 그냥 전왕인 효소왕의 동모제가 슬쩍 왕위에 올라 앉아 35년이나 통치하는 예를 보지 못하였다. 성덕왕은 도대체 어떤 사람이기에 이렇게 희한하게 양상군자(梁上君子)처럼 왕위에 올랐을까? 이 자는 어떻게 형의 권력을 이어받은 것일까?

저자에게는 (5)의 기사가 더 재미있게 여겨졌다. 새로 즉위한 왕이 무엇이 부족하여 문무관원들의 직급을 올려 주고 조세를 감면하였을까? 선심 정책을 펴는 이면에는 자신의 약점을 감추려는 암수(暗數)가 들어 있다. 부당하게 권력을 잡은 자는 자신을 지지하는 자들에게 급료를 올려주는 것, 온갖 특혜를 주는 것 등으로 보상하고 싶어 한다. 이 자도 선심 정책을 쓰는 것으로 보아 정당하게 왕위를 계승하지 않은 것일지도 모른다는 의심을 하게 한다.

(5) 성덕왕 원년 9월 널리 사면하고 문무관원들에게 작을 일급씩 올려 주었다[元年 九月 大赦 增文武官爵一級]. 또 주군의 1년치 조세를 감하였다[復諸州郡一年租稅]. 아찬 원훈으로 중시를 삼았다 [以阿湌元訓爲中侍]. 겨울 10월 삽량주의 상수리나무 열매가 밤으로 변하였다*{櫟[상수리나무 력]은 당연히 橡[상수리나무 상]으로

*적어야 한다. 성덕왕 13년 조를 참조하여 보기 바란다!.}** [冬十月歃良
州櫟**{當作橡參看聖德王十三年條}**實變爲栗]. <『삼국사기』권 제
8 「신라본기 제8」「성덕왕」>

상수리나무 열매가 밤으로 변한다니. 도토리가 밤으로 변한다는 말이
뭐 그리 중요하다고 이런 걸 다 적어 두나. 신문왕의 아들이 몇이고, 효소
왕은 몇째이며 성덕왕은 몇째인데, 효소왕이 왕이 되었다가 왜 일찍 죽고
다시 성덕왕이 왕이 되었는지, 그런 것을 적는 것이 더 중요하지 않았을
까? 도대체 이 사관들의 역사관은 알 수가 없다. 혹시 스님이 왕이 된 것
을 도토리가 밤으로 변했다고 멋지게 비유적으로 표현한 것일까? 그런데
그런 일은 714년[성덕왕 13년]에도 있었던 것으로 기록되어 있다. 실제
로 도토리가 밤이 되었을까?

성덕왕이 왜 오대산에 가서 스님이 되어 수도 생활을 하였는지, 어떻게
하여 다시 서라벌로 와서 왕으로 즉위하였는지, 그 과정은 『삼국사기』만
보아서는 알 수가 없다. 『삼국사기』의 그 시대 기록을 면밀하게 살펴보고
무엇을 왜 감추려 했을까를 생각해야 한다. 그리고 그 교활한 사관들이
감춘 것을 찾아 역사의 진실을 밝혀야 한다.

그런데 그것이 의외로 쉽게 풀리게 되어 있다. 일연선사가 남긴 『삼국
유사』의 증언 때문이다. 『삼국유사』의 신문왕, 효소왕, 성덕왕, 효성왕, 경
덕왕, 혜공왕 때까지의 일들을 기록한 설화들을 총동원하여 다시 읽으면
성덕왕의 즉위 사연에 대하여 어느 정도 짐작할 수 있다. 그리고 당연히,
왕이 될 수 없는 스님이 왕이 됨으로써 왕이 되었어야 할 원자들이 왕이
되지 못하고 스님이 될 수밖에 없었던 사연도 이해할 수 있게 된다.

3. 『삼국유사』의 이 이야기의 전체 구도

두 왕자 입산 기록

성덕왕과 그의 형 봇내가 오대산에 숨어든 사연을 적은 『삼국유사』의 (6)을 읽어 보기로 하자.

> (6) a. 신라의 <u>정신 태자 봇내</u>가 아우 <u>효명 태자</u>와 더불어[新羅淨神太子寶叱徒與弟孝明太子] 하서부에 이르러[到河西府] 세헌 각간의 집에서 하룻밤을 묵었다[世獻角干家一宿].
>
> b. 그 다음 날 각기 1천명의 사람을 거느리고 큰 고개를 넘어 성오평에 이르러 며칠간 유완하다가[翌日踰大嶺各領一千人到省烏坪累日遊翫] 태화 원년[648년] 8월 5일에 형제가 함께 오대산에 숨어들었다[太和元年八月五日兄弟同隱入五臺山].
>
> c. 도 가운데 모시고 호위하던 자들이 좇아 찾았으나 찾지 못하고 모두 <u>나라</u>[서울]로[11] 돌아갔다[徒中侍衛等推覓不得並皆還國]. <『삼국유사』 권 제3 「탑상 제4」 「명주 오대산 봇내태자 전기」>

(6a)는 '정신 태자'가 '정신(왕)의 태자'인지 '정신이라는 이름을 가진 태자'인지 결정하기 어렵다. 이것은 누가 결정해야 하는가? 문법학, 그것도 통사론 전공자가 해야 할 일이다. 그리고 '태자'라는 단어가 여기서는

---

11) 이 대목에서는 「명주 오대산 봇내태자 전기」와 「대산 오만 진신」이 모두 『國[나라]』을 사용하고 있다. 그러나 실제로 돌아간 곳은 서라벌[=서울, 徐羅伐이나 徐伐은 우리 말 '셔블'을 한자 이용 표기로 적은 것임]이다. 원래 '國'은 왕이 있는 궁(宮)을 중심으로 성(城), 곽(郭)을 포함하는 일정한 권역, 즉 도읍을 가리키는 말이다. 우리 말 '나랗'도 이와 같다. 일본의 도시 '나라[奈良, 寧樂]'를 생각하면 된다.

'다음 왕위를 잇도록 책봉된 왕자'라는 원래의 뜻으로 사용되지 않았다. 그냥 '왕자'라고 이해하는 것이 좋다. '효명태자'도 역시 '효명(왕)의 태자'인지 '효명이라는 이름을 가진 태자'인지 알기 어렵다.

(6b)의 '태화 원년'이라는 연대는 648년[진덕여왕 2년, 당 태종문무대성황제 정관 22년]으로 나중에 보는 성덕왕의 진여원 개창 시기인 705년[성덕왕 3년, 당 중종 복위년, 신룡 원년]과 비교하면 시대가 전혀 맞지 않다.12) 그 차이가 무려 57년이나 된다. 702년에 22세로 즉위하여 705년 25세에 진여원을 개창한 효명[성덕왕]과 그의 형 보천, 두 왕자가 오대산에 숨어든 시기를 기록하면서 648년을 언급한다는 것은 있을 수 없는 일이 아니겠는가? 왜 이렇게 되었을까? 다른 어떤 일이 일어난 연대가 이 자리에 잘못 끼어 들어온 것이다. 그 다른 일은 어떤 일일까? 오대산과 관련된 어떤 다른 일일 수밖에 없지 않은가?

(6c)에는 '도(徒)'와 '국(國)'이 조금 특별한 의미를 가지는 것 같고 나머지는 어렵지 않다. '도'는 여러 용법으로 보아 단순한 무리라기보다는 부대 단위를 지칭하는 것으로 보인다. '국'은 '나라'이기는 한데 '서라벌'을 가리키니 도읍 지역을 뜻하는 것으로 보인다.

그러나 뭐니 뭐니 해도 이 가운데서 가장 어려운 문제는 '淨神太子'를 어떻게 해석하는가 하는 문제이다. 이 말에서 '정신'도 명사구이고 '태자'도 명사구이다. 이렇게 두 명사구 A, B가 나란히 와 있을 때, 그것은 문법적으로 세 가지 구성으로 해석될 수 있다. 그 1은 동격 구성이고, 그 2는 속격 구성이며, 그 3은 접속 구성이다.

동격 구성은 'A=B'로 해석되는 구성이다. '세종대왕', '양녕대군',

---

12) '태화'는 진덕여왕의 연호이다. 진덕여왕은 647년 정월에 즉위하였고 7월에 연호를 정하였다. 즉위년인 647년에는 선덕여왕의 연호 인평(仁平)을 그대로 사용하고, 태화 원년은 진덕여왕 2년[648년]이 된다.

'사도세자'처럼 '이름+칭호'로 해석된다.

속격 구성은 'A의 B'로 해석되는 경우이다. 그 경우는 '文武王太子[문무왕의 태자]', '智證王元子[지증왕의 원자]', '世宗大王世子 讓寧大君[세종대왕의 세자 양녕대군]'처럼 해석된다. A와 B의 관계가 소유, 소속 관계로 B가 A에 종속되는 구성이다.

접속 구성은 'A와 B'로 해석되는 경우이다. '新羅高句麗百濟'라고 적으면 이들은 동격이지만 'A=B'의 관계는 아니다. '金庾信將軍太子來'라고 썼다면 '김유신 장군과 태자가 왔다.'가 될 것이다. 이를 '김유신 장군의 태자가 왔다'나 '김유신과 장군과 태자가 왔다'고 해석하는 것은 넌센스이다.

그런데 이러한 문법 관계가 저절로 결정되는 것은 아니다. 그것은 왕이면서 태자나 원자, 세자일 수 없다든가, 문무왕의 태자는 정명이고 지증왕은 원자가 아니고 그의 아들 법흥왕이 '지증왕의 원자'라든가, 양녕대군이 세종대왕의 세자였다가 폐위되었다든가 하는 세상사를 알아야 결정되는 것이다. 세상사를 모르고도 저절로 결정되는 문법 사항도 있지만 이렇게 세상사를 알아야 올바로 해석할 수 있는 문법 사항도 있다.

(6a)의 '淨神太子'는 동격 구성일까, 속격 구성일까, 접속 구성일까? 저자도 이것만으로는 '정신태자'가 동격 구성이어서 '정신이라는 이름을 가진 태자'가 있었는지, 아니면 '정신태자'가 속격 구성이어서 '정신(왕)의 태자'인지, 또는 접속 구성이어서 '정신과 태자'인지 판단할 수 없다.[13]

---

13) 지금까지는 이 '정신 태자'를 '정신이란 이름을 가진 태자', 즉 동격 구성으로 보고 이 이름이 신문왕의 아들인 보천(寶川), 보질도(寶叱徒)의 다른 이름인 것으로 보는 것이 일반적이다. 물론 전혀 근거가 없는 허황된 것이다. 보천과 보질도는 같은 사람을 가리킨다. 寶川에서 '寶'를 음독하고 '내 川'을 훈독하면 보천은 '봇내'가 된다. '寶叱徒'의 '叱'은 향찰(鄕札)에서 '-ㅅ'을 적는 데 사용된다. '무리 徒'는 복수를 나타내는 말로 훈독하면 '-내'가 된다. 寶叱徒도 '봇내'를 적은 표기이다. '봇내'는 신문왕

'정신과 태자'는 여기서는 이상하니 제외될 것 같지만 그런 경우도 있을 수 있다. 그런데 천만다행히도 이「명주 오대산 봇내태자 전기」바로 앞에 있는 『삼국유사』권 제3「탑상 제4」「대산 오만 진신」에 (7)과 같은 문장이 있어 이 난제를 풀어갈 수 있는 열쇠를 마련해 주고 있다.

> (7) 자장법사가 (오대산에서) 돌아간 뒤, 신라 정신대왕 태자 보천 효
> 명 두 형제가[藏師之返 新羅淨神大王太子寶川孝明二昆弟] *{세
> 주 생략}* 하서부에 이르러[到河西府] *{세주 생략}* 세헌 각간의
> 집에서 하룻밤을 묵었다[世獻角干之家留一宿]. <『삼국유사』권
> 제3「탑상 제4」「대산 오만 진신」>

(7)은 앞의 '藏師之返'을 제외할 때, '大王'이 들어와 있는 것만 빼면 내용상 (6a)와 똑같다. (7)의 '新羅淨神大王太子寶川孝明二昆弟'는 어떻게 읽어야 할까?

먼저 '新羅淨神大王'부터 보자. '신라'는 왕이 다스리는 나라 이름이니 신라와 정신대왕이 동격일 수는 없다. 그러면 '신라 정신대왕'은 속격 구성으로 '신라의 정신대왕'임에 틀림없다.[14] 그리고 상식적으로 '정신대왕'

의 둘째 아들 이름으로 오대산 월정사에서 수도한 고승을 가리킨다. 지금도 월정사에 가면 보천 왕자의 초상화, 성덕왕 효명의 초상화, 자장법사의 초상화를 그려 모셔 놓고 있다. 이 초상화들은 정확하게 역사적 사실을 반영한 것이다.

14) 저자가 검토한『삼국유사』의 모든 번역서들이 이 문장의 '藏師之返 新羅'를 잘못 번역하고 있다. 모든 번역서가 이 구의 '신라'를 '返'의 부사어로 보아 '자장법사가 신라로 {돌아오자, 돌아왔을 때}'처럼 번역하고 있는 것이다. 그러나 (6a)를 보면 '신라'는 '정신'을 수식하는 관형어이다. '신라의 정신'인 것이다. 그러면 '藏師之返'으로 구가 끝난다. '자장법사가 돌아가고'의 뜻이 되는 것이다. 자장법사는 643년 당나라에서 신라로 돌아와서 오대산에 들어와 문수보살을 만나려고 수도하다가 못 만나고 (5년쯤 뒤에: 저자) 태백산 원령사 갈반처에 가서 만난 것처럼 되어 있다. 그리고 성덕왕은 681년생이므로 빨라야 693년 8월에 오대산에 숨어들었을 것이다. 그러므로 성덕왕이 태화 원년[648년] 8월 5일에 오대산에 숨어들었다고 한 (6b)는, 자장법사

을 '정신의 대왕'이나 '정신과 대왕'이라 하기는 어렵다. '정신'과 '대왕'
은 동격이다. '정신대왕'은 '정신'이라는 이름을 가진 '대왕'이다. 그러면
'신라의 정신대왕'이라는 왕이 나온다.

　이제 '淨神大王太子'는 어떻게 읽을까? '정신대왕'과 '태자'가 동격일
수 있을까? 어떤 사람이 '정신대왕'이기도 하고 '태자'이기도 한 경우가
있을까? 그런 경우는 있을 수 없다. 왜냐하면 대왕은 태자일 수 없고 태자
는 대왕일 수 없기 때문이다. 그렇다면 '정신대왕과 태자'는 가능할까? 가
능하다. 그러나 그러면 '정신대왕과 태자 보천, 효명'이 되니 '二昆弟'와
맞지 않는다. 3부자가 '하서부에 이르러'라고 해야 하는데 온 것은 두 사
람이다. 그러니 '정신대왕과 태자'도 배제된다.

　'태자'는 왕의 아들이다. 그러니 '정신대왕'과 '태자'의 관계 가운데 또
하나는 '아버지의 아들'이 있다. '정신대왕'과 '태자'는 '정신대왕의 태자'
라는 속격 구성을 이룰 수도 있는 것이다.

　그 다음에 '太子寶川'은 어떻게 읽을까? '태자의 보천', '태자와 보천'
이 다 이상하다. 여기서 '태자'와 '보천'은 동격이 되어 '태자인 보천'이
된다. '寶川孝明二昆弟'는 어떻게 읽어야 할까? '이곤제'는 '두 형제'라
는 말이다. 여기서 '형'과 '제'는 '형과 아우'라는 말이니 접속 구성이다.
그러면 형의 이름인 것 같은 '보천'과 아우의 이름인 것 같은 '효명'도 접
속 구성이다. '보천과 효명'이 '형과 아우'인 것이다.

가 오대산에서 돌아간 때(643년+5년=648년)과 성덕왕이 오대산에 숨어든 때를 혼
동하여 기술한 것으로 명백한 오류라 할 수 있다. 일연선사는 「대산 오만 진신」에서
효소왕의 즉위 시 나이(16세)와 승하 시의 나이(26세), 성덕왕의 즉위 시의 나이(22
세)와 비추어 볼 때 이 태화 원년(648년)이 45년이나 어긋나는 연대라고 판단하고,
그 연대를 택하지 않고 성덕왕이 오대산에 숨어든 시기를 '어느 날 저녁에'라고 확
정하지 않고 두었다. 정말로 역사가다운 기술 태도라 할 것이다. 저자는 648년으로
부터 45년을 더한 693년이 성덕왕이 오대산에 숨어든 시기라고 추정하였다.

그래서 '新羅淨神大王太子寶川孝明'은 '신라의 정신대왕의 태자인 보천과 효명'이라고 읽는 것이 가장 정확하다. 이렇게 읽지 않고 달리 읽은 것은 어떤 것이든 단연코 틀린 것이다. 그런데 이렇게 읽은 논저는 서정목(2015a) 이전에는 단 한 편도 없었다.

그러니까 '정신이라는 대왕'이 있고 그 대왕의 '태자 보천 효명'이 있는 것이다. 물론 여기서 '태자'와 '보천 효명'은 동격이다. '*태자의 보천 효명'이 성립되지 않기 때문이다. '보천 효명'은 '두 형제'라고 했으므로 접속 구성으로 '보천과 효명'이다. (6a)에서 '정신의 태자 봇내가 아우 효명 태자와 더불어'라고 했으므로 오대산에 숨어든[隱入] 사람은 2인인 것이 틀림없다. 그러면 (7)의 '태자'는 '보천'에도 걸리고 '효명'에도 걸린다. 즉, '보천 태자'와 '효명 태자'가 오대산에 숨어들어간 것이다.

'二昆弟'는 '두 형제'이니, 전체적인 문장 구조는 '신라 정신대왕 태자 보천 효명 이곤제'가 주어이고, '하서부에 이르러[到河西府] 세헌 각간의 집에서 하룻밤을 묵었다[世獻角干家一宿].'는 서술어이다. 그러니 아무 생각 말고 그냥 '신라의 정신대왕의 두 왕자가 하서부에 와서 세헌 각간의 집에서 하룻밤을 묵었다.'로 이해하면 된다.

(7)을 이렇게 읽고 나면, 그것을 그대로 (6a)에 적용해야 이 기록을 일관성 있게 읽는 것이 된다. 즉, '정신 태자'에서 '정신'과 '태자'는 속격 구성으로 '정신 태자'는 '정신의 태자'이고 '정신'은 '정신대왕'이 된다. 이제 '정신 태자'는 무조건 '정신(대왕)의 태자'이다.

여기서 말하는 정신대왕은 누구일까? 신라 역사에 정신대왕은 없다. 백제에도, 고구려에도 없다. 그런데 왜 '신라의 정신대왕의 태자 보천, 효명'이라는 말이 버젓이 나오는 것일까? 그것은 참으로 풀기 어려운 문제이다. 그러나 '정신대왕'이 누구인가를 추정하는 것은 하나도 어렵지 않다. 지금 여기서 기록하고 있는 내용은 어떤 왕이 죽어서 오대산에 있던 왕자 효명이 서라벌로 가서 왕이 되었다는 역사적 사실이다. 그리고 그 왕이 705년 [신룡 원년, 당나라 중종 복위년] 3월에 진여원을 개창하였다는 것이다. 그 왕은 누구인가? 705년의 신라왕, 그리고 진여원을 개창한 왕은 바로 신라 33대 성덕왕이다.

그러면 그 성덕왕의 아버지는 누구인가? 그는 31대 신문왕이다. 그리고 죽은 왕은 성덕왕의 형 32대 효소왕이다. 이것이 『삼국사기』권 제8 「신라본기 제8」이 보여 주는 이 시대 신라 왕위 계승 과정에서 알 수 있는 역사이다. 그리고 『삼국유사』권 제1 「왕력」에서 볼 수 있는 역사적 진실이다. 그러면 '정신대왕'은 '신문대왕'을 가리키는 말이다. 즉, 정신대왕은 신문대왕이다.

그런데 왜 신문왕을 정신왕이라고 부르고 있는 것일까? 모른다. 일연선사는 『삼국유사』권 제3 「탑상 제4」「대산 오만 진신」에서 이 정신에 대하여 (8a)와 같은 주를 붙이고 있다.[15]

(8) a. 淨神恐政明神文之訛也 <『삼국유사』권 제3 「탑상 제4」「대산 오만 진신」>

　　b. 정신은 정명과 신문의 오류가 아닐까 한다.

　　c. 정신은 정명이나 신문의 오류가 아닐까 한다.

이 주는 두 가지로 번역될 수 있다. (8b)와 (8c)가 그것이다. (8b)를 택하

---

15) "신문 정명은 자가 일조이다. 즉, 정신은 아마도 정명{이나, 과} 신문의 잘못이 아닐까 한다[神文政明字日照 則淨神恐政明神文之訛也]."고 하고 있다. 앞 문장 '신문(왕) 정명은 자가 日照이다'라고 한 것을 보면 일연선사는 31대 신문왕의 諡號와 諱, 그리고 字를 정확하게 알고 있다. 日照라는 자는 측천무후의 이름 武照의 照 자 때문에 피휘(避諱)하여 炤(밝을 소, 『삼국유사』), 昭(슬플 초, 『삼국사기』)로 적히기도 한다.

면 또 둘로 나뉘어 '정명과 신문'으로 쓸 것을 잘못 썼다는 뜻으로 해석할 수도 있고, '정명'에서 '정'을 따고 '신문'에서 '신'을 딴 오류라고 해석할 수도 있다. 그러나 뒤의 것은 '政' 자와 '淨' 자가 다르므로 틀린 해석이다. (8c)를 택하면 '정명이나 신문' 둘 중 하나의 오류가 된다. 일단 '신문'의 오류라는 것은 정확하다. 그러나 '政明'의 오류라 하기에는 '政' 자와 '淨' 자가 다르고 '明' 자와 '神' 자도 다르니 적절하지 않다.

현재로서는 '정신왕'이 신문왕의 또 다른 이름으로 아마도 시호 '신문'을 정하기 전에 생시에 통용되던 이름(?)인 것으로 보인다. 아니면 처음 '정신'이라고 시호를 붙였다가 어떤 사정에 의하여 '신문'으로 시호를 바꾸었을 가능성도 있다. 그러나 『삼국유사』 권 제1 「왕력」, 「성덕왕」 조에서 성덕왕의 선비를 '배소왕후 시(諡) 엄정', 후비를 '점물왕후 시(諡) 소덕' 등으로 적은 것으로 보아 살아 있을 때의 왕과 왕비의 이름과 죽은 뒤에 붙이는 시호 사이에 차이가 있을 수 있다고 하는 것이 옳을 것으로 보인다. 그리고 『삼국유사』 권 제2 「기이 제2」, 「가락국기」에서 '신문왕'을 '정명왕'이라 하고 있는 것도 생시의 칭호와 죽은 후의 칭호가 다를 수 있음을 보여 준다.

이제 신문왕의 두 왕자가 오대산에 들어가서 중이 되어 수도하였다는 것이 정리되었다.

효소왕의 사망과 성덕왕의 즉위

몇 단락 건너뛰고 이어지는 「명주 오대산 봇내태자 전기」의 기록은 (9) 처럼 되어 있다. 그런데 이 기록은 읽기가 매우 까다롭다.

(9) a. 정신 태자 아우 부군 신라[셔블]에서 왕위를 다투다가 주멸하

였다[淨神太子弟副君在新羅爭位誅滅].

b. 국인이 빛을 찾아 오대산에 이르러 두 태자를 모시고 國[나라]로 돌아오려 하였다[國人尋光到五臺 欲陪兩太子還國]. 봇내 태자는 울면서 돌아오려 하지 않았다[寶叱徒太子涕泣不歸]. 효명 태자를 國[나라]로 모시고 와서 즉위시켰다[陪孝明太子歸國卽位].

c. 재위 20여 년, 신룡 원년 3월 8일 진여원을 열었다. 운운[在位二十餘年 神龍元年 三月八日 始開眞如院云云]. <『삼국유사』 권 제3 「탑상 제4」 「명주 오대산 봇내태자 전기」>

(9a)의 '정신 태자'는 앞에서 논의했듯이 어떻게 보아도 '정신대왕의 태자'이다. 그리고 '신라'가 국명이라기보다는 서라벌을 가리키는 것처럼 사용되었다. 정신대왕의 태자는 이 글에서는 보천과 효명이지만 이들은 왕자이고, 진짜 태자는 효소왕이 되는 이홍[=이공]이다. 그러니 여기서 말하는 정신대왕의 태자는 31대 효소왕을 가리킨다. 그러니 (9a)는 효소왕이 '아우인 부군과 서라벌에서 왕위를 다투다가 죽었다.'는 말이 된다.

(9b)의 '국'도 나라라기보다는 서라벌을 가리키는 것으로 보인다. '寶叱徒'는 '봇내'를 향찰 표기로 적은 것이다. '효명 태자'도 '효명의 태자'인지 '효명이라는 태자'인지 어렵긴 하다. 그러나 (7a)에서 '태자 보천 효명'을 '태자 보천과 효명'으로 읽었으니 '효명 태자'인 것이 틀림없다. 그리고 '봇내'가 울며 도망가서 그 왕자 효명이 서라벌로 와서 왕으로 즉위하였다.

(9c)에서 말하는 신룡 원년은 당 중종이 복위한 해로 705년을 가리킨다. 705년은 702년에 즉위한 신라 33대 성덕왕 4년이다. 이제 이 이야기가 성덕왕 즉위와 관련된 이야기라는 것을 알 수 있다.

이 이야기를 일별(一瞥)하면 누구나 이 이야기의 요체(要諦)를 파악할 수 있다. 그 뼈대만 추리면 (10)과 같다.

(10) a. 신라 정신왕[=신문왕]의 왕자 봇내와 효명이 (693년에) 오대산에 숨어들었다.
b. 정신왕의 태자[효소왕]이 서라벌에서 아우 부군과 왕위 다툼을 벌이다 죽었다.
c. 국인이 오대산에 있던 왕자들을 모셔오려 했으나 봇내는 울면서 오지 않으려 해서 효명을 데려와서 왕위에 앉혔다.
d. 새 왕이 된 효명[성덕왕]이 705년 3월 8일 진여원을 열었다.

(9a) 기사의 한문 문장은 매우 까다롭고 '弟' 자 앞에 '與' 자가 빠져 있어서 문법 전문가가 아니면 정확하게 분석하여 읽어낼 수가 없다. 그리고 통일 신라 시대 정치사에 통달한 사람이 아니면 그 내용을 정확하게 파악할 수도 없다. 그러므로 문법과 통일 신라 시대 정치사에 통달하지 않은 사람이 번역하면 모두 오역을 피할 수 없다.

나에 대한 반성: 황복사 터 3층석탑 금동사리함기 명문

2013년 서정목(2014a)를 집필할 때 나는 황복사 터 3층석탑 금동사리함기 명문을 직접 확인했어야 한다. 그것은 신라 사람들이 신라 시대에 자신들의 일을 적은 글이다. 그런데 그때는 그 명문에 신목왕후의 사망일자가 700년 6월 1일로 되어 있다는 정보만 필요한 것으로 생각하고 서정목(2014a: 135, 233)에서 그 정보만 적고 더 나아가지 않았었다.

그것이 천추의 한으로 남아 이렇게 반성문을 쓰게 하였다. 어떤 자료를 총체적으로 보지 않고 필요한 정보만 간접적으로 가져오는 식으로 학문을 하면 안 되는 것이다. 모든 자료를 구석구석 다 검토하고 그 모든 정보에 맞는 논지를 세워야 한다. 그것이 학문하는 기본적인 자세이다.

2019년 7월 22일 이 책의 최종 교정을 보다가 우연히 황복사 터 3층석탑 금동사리함기 명문을 자세히 읽게 되었다. 거기에는 지금까지 저자가 신라 중대 사회에 대하여 주장해 온 바를 지지하는 증거도 있었고, 정치적 갈등의 진행 시기를 조정해야 하는 정보도 있었다.

그 명문을 정병삼 선생이 판독하여 '한국 금석문 종합 영상정보 시스템'에 올려놓은 전문과 저자가 대강 번역한 내용은 (11)과 같다(밑줄 저자). 판독한 글자도 재론되어야 할 것이 있고(대표적으로 金興宗의 興 자가 眞 자가 아닌지, 典 자는 與 자가 아닌지, 사리 四全은 四果가 아닌지 등), 번역도 임시적인 것이다.

(11) a. 夫聖人垂拱處濁世而育蒼生至德無爲應閻浮而濟群[무릇 성인은 품을 드리워 탁세에 처하여 창생을 기름에 지덕무위로 염부에 응하여 무리를 제도한다].

b. 有 神文大王五戒應世十善御民治定功成天授三年壬辰七月二日乘天所以 神睦太后 孝照大王奉爲 宗廟聖靈禪院伽藍建立三層石塔[신문대왕이 오계로 세상에 응하고 십선으로 백성에 임하여 다스림을 안정시켜 공을 이루고 692년 7월 2일에 하늘에 올라서 신목태후와 효조대왕이 종묘 성령을 위하여 선원가람을 바치고 3층 석탑을 건립하였다].

c. 聖曆三年庚子六月一日 神睦太后逐以長辭高昇淨國[700년 6월 1일 신목태후가 뒤쫓아 장사로써 정국에 높이 올랐다].

d. 大足二年壬寅七月二十七日 孝照大王登霞[702년 7월 27일에 효조대왕이 멀리 올라갔다].

e. 神龍二年丙午五月三十日 今主大王佛舍利四全金彌陀像六寸一

軀無垢淨光大陀羅尼經一卷安置石塔第二層[706년 5월 30일 금주대왕이 부처 사리 4전, 금미타상 6촌 1구, 무구정광대다라니경 1권을 석탑 제2층에 안치한다]. 以卜以此福田上資 神文大王 神睦太后 孝照大王代代聖廟枕涅盤之山坐菩提之樹[빌건대 이 복전을 상자로 하여 신문대왕, 신목태후, 효조대왕 대대의 성묘가 열반의 산에 눕고 보리의 나무에 앉기를 바란다]. 隆基大王壽共山河同久爲與軋川等大千子具足七寶呈祥[융기대왕의 수도 산하와 같이 길기를 알천 등과 더불어 대천자가 칠보를 갖추어 바친다]. 王后體類月精命同劫數[왕후의 체류도 월정명과 같이 무궁하기를 빈다]. 內外親屬長大玉樹茂實[내외 친속이 크게 되고 옥수가 무성한 열매를 맺기를 빈다]. 寶枝梵釋四王威德增明氣力自在天下泰平恒轉法輪三塗勉難六趣受樂法界含靈俱成佛道[보배로운 가지가 범석 4왕의 위덕을 더하여 밝고 기력이 자재하여 천하가 태평하고 항상 법륜이 굴러서 삼도의 난과 육취를 면하고 낙을 받아 법계의 함령들이 갖추어 불도를 이루기 바란다].

f. 寺主沙門善倫 蘇判金順元金興宗特奉 教旨[절 주지 사문 선륜, 소판 김순원, 김흥종이 특별히 교지를 받들어], 僧令偹僧令太韓奈麻阿摸韓舍季歷塔典僧惠岸僧心尙僧元覺僧玄昉韓舍一仁韓舍全極舍知朝陽舍知純節匠季生閼溫[승 영휴, 승 영태, 한내마 아모, 한사 계력이 승 혜안, 승 심상, 승 원각, 승 현방, 한사 일인, 한사 전극, 사지 조양, 사지 순절, 장인 계생 알온과 더불어 탑을 세웠다].

〈**황복사 터 3층석탑 금동사리함**: 황복사 터 3층석탑은 경주시 구황동에 있다. 1942년 이 탑을 해체 복원할 때 2층 지붕돌 상부의 사리공에서 금동제 사리함이 나왔다. 그 사리함의 두껑 안쪽에는 해서체로 1행에 20자씩 총 18행의 명문과 99기의 작은 탑들이 새겨져 있었다. 그 명문의 앞부분에는 692년 7월 2일 신문대왕이 승하하여 신목태후와 효조대왕이 선원 가람을 바치고 이 석탑을 건립하였다고 되어 있고, 뒷부분에는 700년 6월 1일 신목태후가 죽고, 702년 7월 27일 효조대왕이 승하하여 706년 5월 30일 금주대왕이 불 사리 4과와 금 미타상 1구, 무구정광대다라니경 1권을 석탑 제2층에 안치한다고 되어 있다. 끝에는 소판 김순원, 김진종이 특별히 교지를 받들어 여러 사람들을 시켜 탑을 세웠다고 되어 있다. 孝照大王, 隆基大王, 金順元, 金眞宗 등이 통일 신라 정치사의 난제들을 해결하는 핵심 증거들이 된다.〉

저자를 깜짝 놀라게 한 그 명문의 글자들은 (12)에 든 것들이다.

(12) a. 神文大王 --- 天授 3년 壬辰[692년] 7월 2일 乘天

　　 b. 神睦太后 聖曆 3년 庚子[700년] 6월 1일 逐 --- 高昇淨國

　　 c. 孝照大王 大足 2년 壬寅[702년] 7월 27일 登霞

　　 d. 神龍 2년 丙午[706년] 5월 30일 今主大王 佛舍利 4全(果?),

　　　　 金彌陀像 六寸 一軀, 無垢淨光大陀羅尼經 1卷 安置

　　 e. 隆基大王

　　 f. 蘇判 金順元 金興(眞?)宗

(12a, b)의 '神文'과 '神睦'은 시호이다. 그들이 죽은 뒤인 706년 5월에 새긴 명문이니 당연히 시호가 들어오게 되어 있다. 다만 '神穆'을 '神睦'으로 적고 있는 것이 눈에 뜨인다. 아름답지도 못하였고 화목하지도 못하였을 것 같은 이 여인의 이름에 왜 이 아름답고 화목한 글자를 썼는지 모르겠다. 信忠(신충)이 불충한 신하의 이름이듯이, 혹시 사후에 짓는 이름은 생시에 부족하였던 면을 기워 주는 글자를 썼던 것일까? 불효한 왕, 왕자들의 시호에 孝 字가 들어갔듯이.

(12c)에서 볼 수 있는 孝照(효조)도 시호이다. 그가 죽은 702년 7월보다 더 뒤에 새겨진 명문이니 당연히 시호가 들어온 것이다. 그런데 '孝照大王'은 이 명문에 세 번이나 나온다. 이 네 글자를 보고 저자는 숨이 멎는 듯하였다. 이 네 글자는 저자가 『삼국유사』 권 제3 「탑상 제4」 「대산 오만 진신」에 나오는 '효명은 이에 효조*{照는 昭로도 적음}*의 잘못이다[孝明乃孝照*{一作昭}*之訛也].'는 구절을 해명하기 위하여 서정목(2014c) 이래 수도 없이 주장해 온 효소왕의 원래의 시호와 관련된 논의에 종지부를 찍는 확고한 증거이다. 저자는 '효소왕의 원 시호는 孝照王이었을 것이다. 그런데 照가 측천무후의 이름 자여서 피휘하여 불 灬를 떼고 孝昭王으로 적었다.'고 누누이 주장해 왔다. 이 책에도 여러 번 반복하여 그 주장이 되풀이되고 있다.

이 주장은 저자의 통일 신라 시대 이해에 관한 일종의 사다리 같은 것이었다. 이것이 무너지면 저자의 통일 신라 시대에 대한 이해는 제대로 설 수 없을 것이다. 그런데 706년 5월에 신라인들이 쓴 명문에 '孝照大王'이 나오다니. 언어학자들은 언어 변화의 규칙에 따라 과거의 어형을 재구하는 경우가 있다. 그런데 그렇게 논리상으로 재구한 어형이 새로 발견된 옛 문헌에 나타나는 경우가 있다.16) 그때 언어학자들은 '내가 귀신에 씌인 것이 아닌가?' 하는 듯한 전율을 느낀다.

이로 보면 신라 시대에 신라 자체에서는 피휘를 하지 않았다고 할 수도 있다. 또는 사리함에 넣는 명문이니 당나라 눈치를 볼 것도 없었을지도 모른다. 아무튼 이 명문의 '孝照大王'은 효소왕이 죽은 뒤에 붙인 시호를 원래 모습 그대로 보여 준다.

(11e)와 (12d)의 '今主大王'도 주목되는 표현이다. 성덕왕을 가리키는 말이니 '이젯임금 대왕'이라는 뜻인데 조선 시대의 '今上'을 떠올리게 한다. 살아 있는 왕을 지칭할 때 '금주' 뒤에 대왕을 붙인 것이다.

(11e), (12e)는 성덕왕을 '隆基大王(융기대왕)'으로 적고 있다. 저자는 이 기록을 보고 천군만마를 얻은 것 같은 쾌재를 불렀다. 706년은 성덕왕 생시이다. 성덕왕의 생시의 휘(諱)가 융기이고 그 이름에 대왕을 붙여서 생시에 '융기대왕'으로 칭했다는 말이다. 시호인 '聖德'은 737년 죽은 후에 붙인 것이다. (3)에서 본 대로 이 '隆基'는 당나라 현종의 휘이다. 그래서 당 현종이 즉위한 선천[712년]에 성덕왕의 휘 융기를 흥광으로 바꾸었다. 이로 보면 712년 이후에는 성덕왕의 생시 지칭이 '흥광대왕'일 것으로 추정할 수 있다.

그러니까 신라 시대 기록에는 왕을 지칭할 때, 살았을 때는 '금주' 뒤에 '대왕'을 붙이거나 '휘' 뒤에 '대왕'을 붙이고, 죽었을 때는 '시호'에 '대왕'을 붙인 것이다.

이는 『삼국유사』 권 제3 「탑상 제4」 「대산 오만 진신」과 「명주 오대산

---

16) 박사학위논문을 쓸 때 어미 '-제'가 중세 한국어의 접속어미 '-디빙'의 후계형일 것이라고 추정하였다(서정목(1987:134~136)). 심사 과정에서 안병희 선생님께서 현대한국어의 '-지'가 '-됴에'로 적혀 있는 1581년에 간행된 『삼강행실도』를 보여 주셨다. 일본의 志部 선생이 '-됴에'에 대하여 문의해 왔다고 하시면서. 그때, 지금은 모두 이 세상 분이 아니신 두 분께 충분한 감사를 드리지 못하였다.

봇내태자 전기」의 '정신대왕, 정신왕, 정신의 태자'를 해명하게 해 준다. 저자는 왕과 왕비의 칭호가 생시의 칭호와 사후의 시호로 두 가지 이상 있을 수 있다는 주장을 해 왔다. 정신왕은 생시의 칭호이고 신문왕은 사후에 올린 시호라고 본 것이다. 무엇보다 『삼국유사』 권 제1 「왕력」에 성덕왕의 두 왕비의 생시의 칭호와 사후의 시호가 나란히 나와 있는 기록이 그런 생각을 하게 하였다. 『삼국유사』 권 제2 「기이 제2」 「가락국기」에서 '신문왕'을 '정명왕'이라 하고 있는 것도 중요한 근거가 되었다.

신문왕의 휘는 '정명', '명지'라고 알려져 있다. 그러면 이 '정신'과 '정명', '명지'는 무슨 관계에 있을까? 이를 해명하기 위해서는 '융기대왕'의 '융기'가 33대 왕의 본명이라는 것을 고려해야 한다. 이 '융기'는 당 현종의 휘와 같다. 그래서 712년 3월에 당나라 사신 노원민이 와서 고치라고 하여 '흥광'으로 고쳤다. 사실 그때는 당나라 '융기'가 즉위하기도 전인 황태자 시절이었다. 그는 9월에 즉위하였다. 이 명문은 706년 5월에 조성되었으므로 이 '융기대왕'은 '융기'를 '흥광'으로 고치기 6년 전에 적은 것이다. 712년 이름을 고친 후에는 '융기'를 못 쓰고 '흥광대왕'으로 적었을 것이라고 추론할 수 있다. 그러면 '정신'도 31대 왕의 휘였으나 어떤 사정으로 후에 '정명', '명지'로 고쳤을 것이라고 볼 수 있다.

그러면 '정신:정명=융기:흥광'처럼 이해할 수 있다. 물론 '정신:신문=융기:성덕'으로 보는 것이다. 이로써 왕의 칭호가 생시와 사후의 것으로 둘 이상 있을 수 있고, 그 생시의 칭호가 피휘 등의 이유로 후에 다른 말로 바뀌어 적힐 수도 있다는 말을 할 수 있다.

나아가서 692년 효소왕이 이 탑을 처음 건립할 때에도 그런 명문을 새겼다면 아마도 효소왕을 가리키는 말이 '理恭大王'으로 되었을 것으로 추측할 수도 있다. 그리고 '恭'을 피하여 '洪'으로 적었다고 보면 '理洪大

王'도 있을 수 있음을 알 수 있다.

이 내용은 (13)으로 요약할 수 있다.

(13)　　　　　　　　　신문왕　　　　효소왕　　　　성덕왕

   a. 휘　　　　　　　　淨神　　　　　理恭　　　　隆基, 孝明(?)

   b. 고친 휘　　　　　政明, 明之　　理洪　　　　興光, 志誠, 崇基

   c. 시호　　　　　　　　　　　　　孝照(曌)

   d. 고친 시호　　　　神文　　　　孝昭(明)　　聖德

   (12)에서 가장 놀라운 것은 (12f)의 '소판 김순원 김흥(?)종'이라는 이름이다. 자의왕후의 동생인 김순원은 698년 2월에 대아찬[5등관위명]으로서 중시에 임명되었다. 그리고 700년 5월 '경영의 모반'에 연좌되어 파면되었다. 저자는 서정목(2014a) 이래로, 이로부터 그가 요석공주와 대립하여 720년 3월 딸 소덕왕후를 성덕왕의 계비로 넣을 때까지 권세에서 멀어져 있었던 것으로 파악하였었다. 그러나 이 기록을 보면 이 생각을 고쳐야 하게 된다.

   이 명문은 신룡 2년[706년, 성덕왕 5년] 5월 30일에 조성되었다. 그러니 706년에 이미 김순원은 복권되어 조정에서 중요한 지위를 차지하고 있었던 것이다. 그는 아마도 700년 파면될 때 파진찬[4등관위명] 정도로 승진해 있었을 것이고, 706년에는 소판[3등관위명], 그리고 720년에는 이찬[2등관위명], 그 후 언젠가 각간[1등관위명]에 이르기까지 승승장구하고 있었던 것으로 파악된다.

   이를 보면 자의왕후-김순원 세력이 요석공주 세력과 700년 5월의 경영의 모반으로 김순원이 중시에서 파면된 후로부터 비교적 빠른 기간 안에 화해하고 함께 정국을 이끌어 간 것으로 보인다. 이 정보는 통일 신라 사

회를 자의왕후 친정의 전성시대로 파악하는 것이 더 합리적이라고 할 정
도의 정보이다.

이 정보를 진작 보았으면 저자도 요석공주 전성시대로부터 자의왕후
친정 세력 전성시대로의 이행을 설정하지 않았을 것이다. 통일 신라는 그
냥 자의왕후 친정 세력의 전성시대로 파악하고 거기에 요석공주가 강력한
힘으로 맞서 있었다고 보는 것이 더 온당할 것이다. 올케 자의왕후 세력
과 시누이 요석공주가 첨예하게 대립한 기간은 700년 5월 경영의 모반으
로 700년 6월 1일 신목왕후가 죽고 김순원이 중시 직에서 파면되고 702
년 7월 27일 효소왕이 사망한 사건이 일어나는 시기까지 정도이다.

사종을 부군에서 폐위시키고 702년 오대산에서 효명을 데려와서 융기
대왕으로 즉위시킨 후, 요석공주 세력과 김순원 세력은 타협하여 서로 도
우며 협치하고 있었을 가능성이 크다. 권력 투쟁에서는 영원한 적도 없고
영원한 친구도 없다.

(11f)는 '소판 김순원 김흥종이 특별히 교지를 받들어'라고 적었다. 그
러나 이 '金興宗'은 '金眞宗'을 잘못 판독한 것이다. 2019년 7월 22일 이
명문을 처음 읽을 때 '興' 자 왼쪽의 세로 획의 모습이 이상하여 갸우뚱
하고 있었다.

그러다가 2019년 8월 9일 새벽에 아무래도 이상하다는 생각이 들어 그
명문을 확대하여 놓고 다시 보았다. 그러고 보니 이 글자는 '興' 자가 아
니라 '眞' 자였다. 왼쪽의 세로로 그은 획이 선명하다. 오른쪽의 눈 '目'
자도 분명하다.

〈황복사 터 3층석탑 금동사리함기 명문: 끝에서 셋째 줄 위에서 넷째 글자가 '眞' 자이다.〉

만약 저자의 이 판독이 옳다면 이 이름은 '金眞宗'이다. 이 이름은 서정목(2016a, 2016b, 2018:제5장 등)에서 주장한 '혜명왕비의 아버지가 김순원이라는『삼국사기』권 제9「신라본기 제9」「효성왕」조의 기록은 틀린 것이다.' '혜명왕비의 아버지는 김순원이 아니고 김진종이다.' '김순원은 혜명왕비의 할아버지이고 김진종이 혜명왕비의 아버지이다.'는 주장이 옳다는 것을 뒷받침한다.

『삼국유사』권 제1「기이 제1」「왕력」에는 효성왕의 왕비 혜명왕비가 진종 각간의 딸이고, 성덕왕의 후비 소덕왕후가 순원 각간의 딸이라고 명백하게 적혀 있다. 김순원과 김진종은 부자관계일 것이다. 그러므로 소덕왕후와 혜명왕비는 자매가 아니라 고모와 조카딸이다.

그러면 국사편찬위원회(1998),『한국사 9』「통일신라」의 (14)는 틀린 역사 기술이 된다.

> (14) 김순원은 이제 성덕왕·효성왕의 父子 兩代에 걸쳐서 이중적인
> 혼인을 맺은 셈이다.17) 또한 이때 효성왕의 혼인은 姨母와 혼인
> 하는 전형적인 族內婚이라고 할 수 있다.18) <국사편찬위원회
> (1998), 『한국사』 9, 「통일신라」, 103면>

물론 (14)는 (15a)의 『삼국사기』의 기록에서, '순원'이 '진종'의 오식이
라는 것을 모르고 쓴 것이다.19)

> (15) a. (효성왕) 3년[739년] 3월 이찬 순원의 딸 혜명을 들여 비로 삼
> 았다 [三月 納伊飡順元女惠明爲妃].
> b. 4년[740년] 봄 3월 당이 사신을 보내어 부인 김씨를 책봉하여
> 왕비로 삼았다 [四年 春三月 唐遺使冊夫人金氏爲王妃]. <『
> 삼국사기』 권 제9 「신라본기 제9」 「효성왕」>

상식적으로 생각해도 720년 3월에 성덕왕의 후비로 딸 소덕왕후를 들
이는 김순원이 739년 3월에 효성왕의 후비로 또 딸 혜명왕비를 들인다는

---

17) 이 문장은 역사 기술 문장으로 결격 사유가 있다. 이렇게 쓰면 '딸을 아버지 왕과 혼
인시키고, 또 손녀를 아들 왕과 혼인시켜도 이중적인 혼인을 맺은 셈'에 들어간다.
이모와 혼인했다는 말이 없으면 어느 경우인지 알 수 없는 것이다. 역사를 적는 문
장은 여러 가지로 해석되는 중의성이 있으면 안 된다. 단 하나의 해석만 나오는 정
확한 문장으로 역사를 기술해야 한다.
18) 혜명왕비는 효성왕의 이모가 아니다. 그리고 효성왕은 소덕왕후의 친아들이 아니다.
효성왕의 생모는 엄정왕후이다(서정목(2018:제4장) 참고). 효성왕은 계모 소덕왕후의
친정 조카딸과 혼인한 것이다. 그러니 그는 남과 혼인하였다. 그러나 효성왕도 진흥
왕의 후손이고 혜명왕비도 진흥왕의 후손이므로 넓게 보면 경주 김씨 족내혼이긴 하
다. 그렇지만 이모와 혼인하여 족내혼이 된 것처럼 적어서는 안 된다.
19) 이 '순원'이 '진종'의 오식이라는 것은 서정목(2016b, 2018:제5장)에서 증명되었다.

것이 납득이 되는가? 그 김순원은 이미 698년 2월에 대아찬으로서 중시가 되었고 700년 5월의 경영의 모반으로 파면된 적이 있는 사람이다. 그렇게 나이 들어 왕비로 들일 만큼 젊은 딸을 둘 수 있는 노인은 존재할 수 없다.

'김순원이 성덕, 효성왕의 부자 양대에 걸쳐서 이중적인 혼인을 맺은 셈'이 큰일인가, 아니면 '김순원은 성덕왕을 사위로 삼고 김순원의 아들 김진종은 효성왕을 사위로 삼아, 부자가 왕 부자를 양대에 걸쳐 사위로 삼았다.'가 큰일인가? 어느 것이 외척에게 휘말려 나라가 망국으로 가는 지름길에 들어섰음을 보여 주는가? 뒤의 것은 정확한 표현이고 앞의 것은 두루뭉술한 표현이다. 정확하게 표현한 것이 모호한 중의적 표현보다 더 위기감을 느끼게 한다.

그런데 더 놀라운 점은 혜명왕비는 효성왕의 이모가 아니고 효성왕은 소덕왕후의 친아들이 아니라는 것이다. 효성왕의 생모는 성덕왕의 선비 엄정왕후이다(서정목(2018:제4장) 참고). 성덕왕은 720년에 후비 소덕왕후를 들였다. 효성왕에게 소덕왕후는 계모이다. 혜명왕비는 소덕왕후의 친정 조카딸이다. 효성왕은 계모의 친정 조카딸과 혼인한 것이다.

'이모와 혼인한 것'이 무서운 일인가, 아니면 '계모의 친정 조카딸과 혼인한 것'이 무서운 일인가? 앞의 것은 거짓, 허위이고 뒤의 것은 진실이다. 진실을 지적하는 것이 효성왕에게 닥친 위기를 더 적나라하게 드러내지 않는가? 이모야 어머니의 언니나 동생이니 우호적인 인척이다. 그러나 '계모의 조카딸', 그것은 어머니의 적이고 나의 적이다. 계모의 조카딸을 안고 한 이불을 덮고 잘 수 있는 간 큰 사나이는 이 세상에 없다.

진실인 줄 알고 썼겠지만, 거짓인 '이때 효성왕의 혼인은 姨母와 혼인하는 전형적인 族內婚'이라고 쓰지 말고, 진실대로 '효성왕은 계모 소덕

왕후의 친정 조카딸 혜명을 후비로 맞아들일 수밖에 없었다.'고 기록해
보라. 그러면 그 다음에 이어질 역사적, 정치적 사건은 선명하게 예측된
다. 인간 삶의 보편적인 흐름에 따르면 그 혼인의 잠자리는 죽음으로 이
어지는 싸움을 동반하게 마련이다. 그것이 (16)에서 보는 효성왕의 갑작스
러운 죽음과 비극적 화장 및 동해 산골로 이어진 것이다(서정목(2018) 참
고). 그래서 말이 중요한 것이다. 사실에 근거하여 정확하게 기술하면 시
대의 실상과 나라의 위기가 정확하게 전달된다.

(16) 효성왕 6년[742년] 5월 -- 왕이 승하하였다 [五月 -- 王薨]. 시
호를 효성이라 하였다 [諡曰孝成]. 유명으로 널을 법류사 남쪽에
서 태우고 동해에 유골을 뿌렸다 [以遺命 燒柩於法流寺南 散骨
東海]. <『삼국사기』 권 제9 「신라본기 제9」 「효성왕」>

'소판 김순원과 김진종이 특별히 교지를 받들어'라는 말이 들어 있는 이
명문이 새겨진 사리함은 자의왕후의 친정 집안에서 만들었을 것이다. 720
년 3월 소덕왕후가 성덕왕의 후비가 되기 전인 706년 5월에도 이미 '김순
원-김진종 집안'은 성덕왕의 후견 세력으로 자리잡고 있었던 것이다.

그렇게 되면 이 집안사람들의 연대별 대략적인 추정 나이는 (17)과 같
아진다.

(17)	순원	진종	소덕	혜명
a. (700년 순원 파면 때)	45세	25세	출생전	출생전
b. (706년 명문 작성 때)	51세	31세	1세	출생전
c. (720년 소덕 혼인 때)	65세	45세	15세	출생전
d. (739년 혜명 혼인 때)	84세	64세	35세(사)	15세

이 나이는 소덕왕후와 혜명왕비가 각각 15세경에 혼인하였고 순원과 진종의 나이가 20여세 차이가 나는 것으로 보고 추정한 것이다.[20] 물론 다른 자료가 나타나면 조정해야 할 것이다. 5세 정도의 가감은 있을 수 있겠지만 대체로 보아 인간들의 인생 궤적에 많이 어긋나는 것은 아닌 것 같다.

이 '金興宗'을 '金眞宗'으로 고쳐 판독하는 것이 옳다고 공인되는 순간 통일 신라사 기술은 다시 한 번 요동을 칠 것이다. 또 한 권의 책이 필요할 정도이다. 그러나 누가 그 책을 써도, 그 책도 이 책의 내용을 결코 벗어날 수 없다. 그만큼 통일 신라가 자의왕후의 친정 집안, 즉 신문왕의 외척이 지배한 시대라는 것은 변함없는 진실이다. 그 연구는 디테일, 즉 김순원/자의왕후-김진종/소덕왕후-김충신/효신/혜명왕비로 이어지는 가계가 더 세밀하게 밝혀지는 성과를 거둘 것이기 때문이다.

앞에서 언어학자의 귀신에 씌이는 듯한 경험을 말하였다. 역사도 논리상으로 재구한 사실이 옛날의 기록이나 금석문에 나타난다면 그에 못지않은 전율을 불러올 것이다. 그 실례가 '孝照大王', '隆基大王'과 혜명왕비의 아버지 '金眞宗'에 관한 논의이다. 그런 것이 이 나이에도 내 전공이 아닌 이런 일을 손에서 놓지 못하게 하는 역사의 魔力이다.

이제 우리는 孝昭王의 원 시호가 孝照王이었다는 확증을 갖게 된 것이고 혜명왕비의 아버지가 '金眞宗'이라는 증거를 또 하나 더 갖게 된 것

---

20) 이 추정에서 첫 번째 불안한 점은 소덕왕후도 순원이 50여세에 낳고 혜명왕비도 진종이 50여세에 낳았다는 결과가 된다는 점이다. 두 왕비가 20여세에 혼인하였다고 보면 45세 정도에 낳은 것이 된다. 두 번째 불안한 점은 김진종의 관등이 적히지 않았다는 것이다. '蘇判金順元金眞宗'으로 적히면 보통은 김진종도 소판인 것으로 해석된다. 그러나 31세 정도의 김진종이 소판이라는 것은 위험하다. 739년 혜명을 효성왕의 왕비로 들일 때인 64세경에는 이찬이고 그 뒤에 각간으로 관등이 오른 것은 합리적이다. 더 숙고할 일이다.

이다. 황복사 터 3층석탑 금동사리함기 명문의 그 이름이 '眞宗'으로 판명되면『삼국유사』권 제1「기이 제1」「왕력」의 '眞宗'을 혜명왕비가 죽인 후궁의 아버지 '永宗'을 잘못 적은 것이라는 생각은 설 곳이 없어질 것이다.

마지막으로 (11f)의 '塔' 뒤의 글자가 '典'인지 '與'인지 숙고가 필요하다. '與'가 되어야 '---이 ---와 더불어 탑을 세웠다.'는 의미가 된다.

제 2 장

김흠돌의 모반의 원인

김흠돌의 모반의 원인

1. 학계의 이상한 통설

효소왕 6세 즉위?

서라벌의 왕궁, 월성 대궁을 떠나 심산유곡 오대산 골짜기에서 효명암이라는 작은 암자를 짓고 수도하며 속세를 떠난 왕자 효명. 그는 왜 왕궁을 떠나 이 깊은 산속에 들어와야 했을까? 그런데 그 왕자는 또 어떤 연유로 하여 절을 떠나 속세로 다시 돌아가서 33대 성덕왕이 되었을까?

이에 관한 연구는 아무 데서도 찾아볼 수 없다. 신라 불교사에 관한 논문은 그리 많으면서 어찌 제 나라 제 선조들의 왕실 사정은 이렇게 오리무중에 묻어 두고 돌아보지를 않는 것일까? 이제 우리는 그 역사의 이면을 들여다보기로 한다. 지난 10여 년 밤잠도 제대로 못 자며 읽을 줄도 모르는 한문을 뜯어 맞추어 알아낸 통일 신라 왕실의 비극적 골육상쟁을.

신라 33대 성덕왕의 즉위와 관련된 『삼국유사』의 기록에 관한 논문은 2010년경까지 신종원(1987), 「신라 오대산 사적과 성덕왕의 즉위 배경」 하나만 나와 있을 뿐 다른 논문은 눈에 띄지 않는다.[1] 그런데 그 논문은

(1)처럼 요약되는 이상한 논지를 전개하고서는 '효소왕이 6세에 왕위에 올라 16세에 사망하였다.'고 써 놓았다.

(1) a. 그 논문은 "한편 「전기」 조에서는 <淨神太子인 寶叱徒와 (그) 아우 孝明太子>라 하여 一然이 解讀한 3父子는 다만 형제 2 人으로 해석된다."고 하여 일연선사가 이 구절을 '정신의 태자 보천, 효명'으로 읽고 '정신왕[=신문왕], 봇내, 효명 3부자에 관한 기록'이 인멸되었다고 한 것을 이해하지 못하고, '정신태 자'가 '寶叱徒'와 동격으로 같은 인물을 지칭한다고 하였다.
   b. '정신대왕'도 이 정신태자이며 寶叱徒太子라는 것이 그 논문의 주장이다. "聖德王 즉위 후 兄 寶川을 王의 兄이라는 禮遇上 <大王>으로 불렀을 것이다."고 하고 있다.
   c. 그 논문은 『삼국사기』의 687년 2월에 태어난 '원자'를 691년에 태자로 책봉된 '왕자' 이홍으로 보고, 효소왕이 692년에 6세로 왕위에 올라 702년에 16세로 승하하였다고 파악하였다.
   d. 나아가 그 논문은 효소왕은 신문왕의 후처인 신목왕후 소생이 고, 보천 태자, 성덕왕, 부군은 전처인 김흠돌의 딸이 낳은 아 들로 본다.[2]

이 '정신태자', '정신왕', '정신대왕'에 대한 학계의 통설은 상식을 벗어 나 있다. '정신', '정신태자'를 오대산에 은거하여 고승이 된 신문왕의 왕

---

1) 서정목(2014c)에서 신종원(1987)이 오류에 빠져 있음을 지적하기까지 이 나라 학계에서 는 이 논문이 정설처럼 유통되고 있었던 것으로 보인다. 국사편찬위원회(1998), 이기동 (1998), 이영호(2011) 등이 다 그러하다.
2) 그는 '681년 결판난 김흠돌의 집안에서 보천과 효명 두 왕자를 오대산에 숨겨 두었다 가 700년 5월의 '경영의 모반' 직후 신목왕후와 효소왕이 사망하고 나서 이 왕자들 중 효명을 모셔 와서 즉위시킴으로써 김흠돌의 세력이 권토중래하는 것'으로 상정하고 있었던 것으로 보인다. 그러나 그러하였다고 논증할 만한 근거가 되는 역사 기록은 이 세상에 단 한 줄도, 단 한 자도 없다.

자 보천, 寶叱徒로 보고, 정신왕, 정신대왕은 효명이 성덕왕으로 즉위한 후 그의 형 보천, 寶叱徒를 예우하여 부른 칭호일 것이라고 하고 있다. 이것이 왜 상식을 벗어났는가?

첫째, 아우가 왕이 된 뒤에 형을 예우하여 '(대)왕'으로 불렀다는 가설이 논증 가능한가? 다른 사례가 있는가?

둘째, '정신대왕태자'는 '정신대왕의 태자'이다. 만약 고승이 된 봇내를 예우하여 '정신대왕'이라 하였다면 그 스님에게 '태자'가 있었다는 말이 된다. 성립 가능한 말인가?

셋째, '정신태자가 아우인 부군과 서라벌에서 쟁위하다가 죽었다'고 하였다. 스님 봇내가 서라벌에서 아우인 부군과 왕위를 다투다가 죽다니? 그러면 봇내가 왕인가? 부군이 왕인가? 그 기록에는 봇내가 장수하고 득도의 경지에 이른 것으로 적고 있지 않은가?

넷째, 『삼국사기』 권 제8 「신라본기 제8」 「신문왕」 조에는 왕비였던 김흠돌의 딸이 오랫동안 무자하였다고 적고 681년 8월 아버지가 난을 일으킨 데에 연좌되어 폐비되었다고 하였다. 그런데 보천태자와 성덕왕, 부군이 그 김흠돌의 딸의 아들이라면 '무자'라는 『삼국사기』의 기록은 어떻게 된 것일까? 그리고 『삼국사기』는 성덕왕이 효소왕의 동모제라고 적고 있는데, 효소왕이 후처의 아들이고 성덕왕이 전처의 아들이라면 『삼국사기』가 온통 틀린 것인가?

참으로 납득하기 어려운 주장을 그 논문은 하고 있다. 이런 것이 상식적인가? 어떻게 이런 가설이 통설이 되도록 30년 가까이 내버려 두고 있었다는 말인가? 이제 보면 다시 언급할 가치도 없을 정도로 기록의 전후 문맥에도 맞지 않고, 실제의 신라 역사에서 논증되지도 않는 지어낸 거짓말을 가설이라고 내세우고 그것이 통설로 자리 잡도록 방치한 것으로 볼 수밖에 없다. 이것이 학계의 본 모습이라면 우리는 지금 존재하는 신라 중대 정치사 연구 논저들을 신뢰할 수 없게 된다.

그 논문이 발표된 뒤로 30년이 흘렀다. 그 30년 동안 이런 의문을 제기한 사람이 단 한 명도 없었을까? 학문은 기존 학설에 대한 의문을 제기하는 데서부터 시작된다. 이 문제에 관한 한 아직 학문이 시작되지 않은 것이다.

그 논문이 틀린 것이야 '그 당시 대학원생이었을 그가 뭘 알았겠는가?' 하면 그만이다. 그런데 문제는 현대 한국 최고의 학자들이 모여서 편찬한 국사편찬위원회(1998)의 『한국사 9』의 「통일신라」가 이를 그대로 베꼈다는 사실이다. (2)가 국사편찬위원회(1998)의 『한국사 9』의 기술이다.

> (2) 효소왕은 6세의 어린 나이로 왕위에 올랐는데, 母后가 섭정하는
>   등 스스로에 의한 정상적인 왕위수행은 어려웠을 것으로 생각되
>   기 때문이다. <국사편찬위원회(1998), 『한국사 9』, 「통일신라」 96면>

어떻게 된 것일까? 왜 국사편찬위원회가 일개 대학원생의 설익은 가설에 현혹된 것일까?

'元' 자(字)와 '王' 자를 놓쳤다

(1)과 (2)에서 효소왕이 6세에 즉위하였다고 한 것은 (3)의 『삼국사기』 권 제8 「신라본기 제8」 「신문왕」 조를 잘못 읽었기 때문이다. (3a)를 보면 687년 2월에 '원자가 출생하였다[元子生].'고 하였다. 그리고 (3b)의 기록은 691년 3월 1일 '왕자 이홍을 책봉하여 태자로 삼았다[封王子理洪爲太子].'고 하였다. 이 두 기록에서 '원자'와 '왕자 이홍[=이공]'을 동일인으로 착각하면 이홍은 5세에 태자로 책봉된 것이 된다.

(3) a. 687년[신문왕 7년] 봄 2월 원자가 출생하였다[七年 春二月 元子生].

b. 691년[동 11년] 봄 3월 1일 왕자 이홍을 책봉하여 태자로 삼았다[十一年春三月一日 封王子理洪爲太子].

c. 692년[동 12년] 가을 7월 왕이 승하하여 신문이라 시호하고 낭산 동쪽에 장사지냈다[秋七月 王薨諡曰神文葬狼山東].
   <『삼국사기』 권 제8 「신라본기 제8」 「신문왕」>

그렇게 오산하면 (3c)에서 신문왕이 죽고, (4a)에서 692년에 효소왕이 즉위하니, 효소왕은 6세에 즉위하였다는 계산이 나온다. 이어서 (4b)에서 보듯이 702년에 효소왕이 죽었으니 그가 16세에 죽었다는 계산이 나온다. 이렇게 되려면 '원자'가 '왕자 이홍'이 되어야 하고 '원자'라는 단어와 '왕자'라는 단어가 뜻이 같은 단어이어야 한다. 그러나 그것이 그렇게 되지 않는다는 것이 문제이다. '元' 자와 '王' 자는 다른 것이고 '원자'와 '왕자'도 다른 것이다.

(4) a. 692년[효소왕 원년] 효소왕이 즉위하였다[孝昭王立]. 휘는 이홍*{洪은 恭으로도 적음}*이다[諱理洪*{一作恭}*]. 신문왕의 태자이다[神文王太子]. 어머니 성은 김씨 신목왕후이고 일길찬 김흠운*{運은 雲이라고도 함}*의 딸이다[母姓金氏 神穆王后 一吉飡金欽運*{一云雲}*女也]. 당나라 측천무후가 사신을 보내어 조위를 표하고 제사를 지냈다[唐則天 遣使弔祭]. 이어서 왕을 신라왕 보국대장군 행좌표도위대장군계림주 도독으로 삼았다[仍冊王爲 新羅王輔國大將軍 行左豹韜尉大將軍 鷄林州都督]. 좌우이방부를 좌우의방부로 고쳤다[改左右理方府爲左右議方府]. 이가 휘를 범하기 때문이었다[理犯諱故也].

b. 702년[효소왕 11년] 가을 7월 왕이 승하하였다[十一年 秋七月 王薨]. 시호를 효소라 하고 망덕사의 동쪽에 장사지냈다 [諡曰 孝昭 葬于望德寺東]. <『삼국사기』 권 제8 「신라본기 제8」 「효소왕」>

더욱이 (4a)의 '신목왕후', '김흠운의 딸', '측천무후', '망덕사' 등도 모두 주목의 대상이 되는 사항들이다. 누군가 한 사람이라도 "김흠운이 누구인가?"를 추적하기만 했어도 진작 (1), (2)는 틀린 가설로 끝났을 것이다. 눈 밝은 누군가가 『삼국사기』 권 제47의 「열전 제7」 「김흠운」 조를 읽기만 했어도 그는 신라사의 대박을 터트린 역사학자로 기록되었을 것이다.

국어학은 '원자'와 '왕자'가 다르다는 것을 밝혀야 하는 책임이 있는 학문이다. 사서(史書) 속의 수많은 글자와 단어들이 그 일이 일어난 그 시대나, 그 글자가 적힌 그 시대에 무엇을 의미했는가 하는 것은 국어학의 고유 영역이다.

인간이 남긴 모든 기록의 수수께끼를 푸는 열쇠는 언어에 있다. 아니 세상 자체가 언어로 되어 있다. 우리가 인식한 세상은 언어를 통하여 인식한 세상이지 세상 그 자체가 아니다. 그러나 언어는 현실을 있는 그대로 반영하지 못하는 숙명을 지닌다. 세상에 현존하는 낱개의 사물과 사고의 결과는 추상화되어 개념으로 머릿속에 저장되어 있다. 이 저장 과정에서 현실이 왜곡되기도 하고 저장되지 못하는 사물과 사고의 결과도 있게 된다. 인간은 그 낱개의 개념에 소리나 문자를 붙인다. 그것이 기호로서의 단어이다. 여러 개의 기호, 단어가 모인 것이 언어이다. 단어, 언어로 인식된 세상은 현실 세상 그 자체가 아니라 추상화되고 개념화된 가세상(假世上)일 따름이다. 그러니 우리는 진세상(眞世上)이 아닌 가세상, 진짜가 아닌 가짜 속에 살고 있는 것이다.[3]

모든 역사는 문자, 언어로 기록되어 있다. 언어를 떠나서는 역사가 존재할 수 없다. 그러나 우리가 읽는 역사는 언어가 재창조해 놓은 역사이지 역사 그 자체가 아니다. 우리가 읽는 사서 속의 역사는 언어를 통하여 재창조된 가짜 역사이다. 그 가역사(假歷史)를 적고 있는 언어는 그 자체의 속성상 추상화되고 개념화된 것이다. 그리고 적는 자가 아무리 객관적으로 적어도 적는 자의 주관에 의하여 편차가 생기게 되어 있다. 그러므로 어떤 역사 기술도 엄밀히 말하면 가짜 역사이지 진짜 역사가 아니다.

그렇긴 하지만 진역사(眞歷史)가 눈앞에 따로 없기 때문에 우리는 언어로 적힌 그 가역사를 통하여 실제로 있었던 진역사를 추적해 나가는 수밖에 없다. 언어가 재창조한 가역사를 통하지 않고서는 진역사에 대하여 접근하는 것이 불가능하다. 그만큼 역사 연구에서는 언어, 단어를 다루는 데에 예민하고 신중해야 한다.

가역사(假歷史)를 적고 있는 언어, 문자를 통하여 진역사를 파내어야 하는 것이 진정한 역사가의 임무이다. 그러려면 우선 가역사를 적고 있는 언어, 문자를 정확하게 해석하고 그 의미를 통하여 그 뒤에 숨어 있는 진역사를 추적하여야 한다. 『삼국사기』, 『삼국유사』라는 가역사가 사용하고 있는 언어, 문자들은 우리가 사용하는 언어, 문자들과 의미가 다를 수 있다. 특히 원자, 왕자, 장자, 차자, 제2자, 제3자, 그런 말들이 다 우리가 피상적으로 알고 있는 것과는 뜻이 다르다. 이런 것을 무시하고 '원자도 맏아들, 장자도 맏아들로 번역하고', 나아가 '원자와 왕자를 구분하여 읽지도 않는' 현대 한국의 지식인들은 역사를 오독하고 왜곡하였다는 책임으로부터 결코 자유롭지 못할 것이다.

---

3) 문학의 언어에 대하여 이러한 이론을 펴고 있는 것은 정재관(1979 등)이다. 선생의 저작들은 정재관 선생 문집 간행위원회(2018)에 수합되어 있다.

(3)의 기록을 잘 보면 『삼국사기』의 (3a)는 687년 2월에 신문왕의 '원자'가 태어났다고 적었다. 그리고 (3b)의 691년 3월 1일에는 '왕자 이홍'을 책봉하여 태자로 삼았다고 했다. 이 '원자'와 '왕자 이홍'이 같은 사람일까? 어림없는 말이다. 원자와 왕자가 같다니. '元' 자와 '王' 자가 다르듯이 '원자'와 '왕자'도 다르다.

'원자(元子)'는 왕과 정식으로 혼인한 원비(元妃)[정비]가 왕과의 사이에서 낳은 맏아들을 일컫는 말이다. 그 원자가 태자나 세자로 책봉되면 원자보다는 태자, 세자라는 말이 더 많이 사용된다. 이에 비하여 '왕자(王子)'는 아버지가 왕이기만 하면 원비가 낳았든, 차비가 낳았든, 빈이 낳았든, 후궁이 낳았든, 무수리가 낳았든, 여염집 아낙네가 낳았든 모두 왕자이다. 한 왕에게 원자는 하나뿐이지만 왕자는 수를 헤아리기 어려울 정도로 많을 수도 있다. 그 원자가 죽으면 그 다음 차자(次子)는 장자(長子)로 적히지 절대로 원자로 적히지 않는다. 적어도 『삼국사기』에 20번 나오는 원자, 그리고 14명뿐인 삼국 시대의 원자, 그리고 3명뿐인 신라의 원자는 이에서 단 한 명도 예외가 없다.4)

원손과 왕손도 이와 비슷하다. 원손은 할아버지가 왕이고, 태자인 아버지와 정식 태자비인 어머니 사이에서 태어난 왕의 맏손자를 가리키는 말이다. 이때 아버지가 원자여야 하는지 원자 아니어도 태자로 책봉되기만 했으면 원손이 되는지는 아직 증명할 근거가 없다. 그 외의 왕의 손자는

---

4) 서정목(2015c, 2017b 재수록)은 최초로 『삼국사기』의 모든 원자들을 대상으로 그 어머니를 찾아본 논문이다. 삼국 시대의 원자들은 모두 14명이다. 그들은 예외 없이 원비, 정비의 맏아들이었다. 어머니가 정식 혼인한 원비, 정비가 아니거나 맏아들이 아닌 경우에 원자로 적힌 경우는 단 한 명도 없었다. 정식 혼인 관계에서 태어나지 않은, 왕의 아들들은 모두 왕자로 적힌다. 그리고 형 원자가 죽고 남은 형제 중에 가장 나이 많은 아들은 장자(長子)이다. 차자(次子)는 원래부터 둘째 아들이다. 제2자는 형들이 죽고 살아 있는 형제 가운데 둘째 아들이라는 뜻이다.

모두 왕손이다.

그러면 687년 2월생 '원자'와 691년 3월 1일 태자로 책봉되는 '왕자 이홍'이 같은 사람이겠는가, 다른 사람이겠는가? 당연히 다른 사람이다. 그런데 이 '자명한 진리'를 어기고 687년 2월생 '원자'와 '왕자 이홍'이 같은 사람이라고 보고, 그 이홍이 (3c)의 692년 7월 신문왕이 승하한 후 (4a)에서 보듯이 왕위에 올랐다고 보고, '효소왕이 6세에 즉위하였다.'고 하는 틀린 가설이 국사학계에서는 정설로 통용되고 있는 것이다. 학문에서 글자 하나를 잘못 읽으면 어떻게 되는지 이보다 더 중요한 교훈을 주는 사례는 달리 없을 것이다.

(2)에서 말하는 효소왕이 6세에 즉위하였다는 것은, (1)의 논문이 『삼국사기』의 (3) 기록에서 '원(元)' 자와 '왕(王)' 자를 구분하지 못하고 잘못 읽어 만들어 낸 틀린 가설이다. 이 틀린 가설이 그대로 통용되어 국사학계는 687년 2월에 태어난 신문왕의 '원자(元子)'가 691년 3월 1일 태자로 책봉된 왕자(王子) 이홍과 같은 사람인 줄 착각하고, 그가 691년 5세에 태자로 책봉되어 692년 7월 6세로 즉위하였다고 하고 있다. 또 어떤 이들은 효소왕의 즉위 시와 승하 시의 나이가 저러하므로 성덕왕이 효소왕의 아우라면 702년 즉위할 때 12세 정도 되었고 35년 뒤 737년 승하할 때 47세 정도 된 것으로 보고 있다.

분명하게 말해 둔다. 일연선사가 (5)의 『삼국유사』 권 제3 「탑상 제4」 「대산 오만 진신」의 세주(細註)에서 정확하게 기록한 대로 신라 32대 효소왕은 692년 즉위할 때 16세였고 702년 승하할 때 26세였다. 그리고 33대 성덕왕은 702년 즉위할 때 22세였고 737년 승하할 때 57세였다. 이 기본적인 연대를 바로 잡지 않으면 통일 신라 정치사 기술은 모두 어긋난다.

(*{ }* 속의 내용은 세주이고, *( )* 속의 것은 세주 속의 주이며, #{ }# 속의

것은 저자가 붙인 주이다. 이하도 같다.)

(5) a. *{「고기」에 이르기를 태화 원년 무신년[648년] 8월 초에 왕이 산 속으로 숨었다고 했으나 이 문장은 크게 잘못된 듯하다[古記云太和元年戊申八月初王隱山中 恐此文大誤].}*

b. *{살펴보면 효조*(조는 소로도 적음*는 천수 3년 임진년[692년]에 즉위하였는데 그때 나이가 16세였으며, 장안 2년 임인년[702년]에 붕어했으니 누린 나이가 26세였다[按孝照*(一作昭*以天授三年壬辰卽位時年十六 長安二年壬寅[702년]崩壽二十六]. 성덕이 이 해에 즉위하였으니 나이 22세였다[聖德以是年卽位 年二十二]. 만약 말한 대로 (이때가) 태화 원년 무신년[648년]이라고 한다면 즉 효조가 즉위한 갑진#{임진의 잘못: 저자; 692년}#보다 45년이나 앞선 태종문무왕#{당 태종문무대성황제 이세민을 지칭한다:: 저자}#의 치세이다[若曰太和元年戊申 則先於孝照卽位甲辰已過四十五歲 乃太宗文武王之世也]. 이로써 이 문장이 잘못된 것임을 알 수 있으므로 취하지 않았다[以此知此文爲誤 故不取之].}* 모시고 호위하던 자들은 간 곳을 알지 못하여 나라[서라벌]로 돌아갔다[侍衛不知所歸 於是還國]. <『삼국유사』권 제3 「탑상 제4」「대산 오만 진신」>

이 연대가 어긋나서 삼국 통일[668년] 직후로부터 통일 신라 멸망[780년, 혜공왕 18년] 사이에 지어졌을 것으로 보이는 「모-죽지랑-가」, 「찬-기파랑-가」, 「원가」, 「안민가」 등의 창작 배경에 대하여 밝혀진 것이 하나도 없다. 그리하여 그 시들의 내용에 대하여 국문학계는 온갖 신비로운 언설로 분식하기에 바쁘다. 시가, 문학이 제가 태어난 삶의 현실을 떠나버린 것이다. 그런 문학연구가 진리를 추구한 학문이 될 리가 없다.

이는 같은 시대의 당나라 시인 이백[701년~761년], 두보[712년~770년], 특히 교과서에 실린『두시언해』의 유명한 시 하나 하나에 대하여 고등학교 3학년들이 그 창작 배경을 줄줄이 외고 있는 것과는 대비된다. 남의 나라 문학 작품에 대해서는 그렇게 잘 알면서 제 나라, 그것도 몇 수 되지도 않는 향가에 대해서는 아무 것도 모르다니, 낯 뜨거운 일이다.

이 원자와 왕자를 구분하지 못한 연대 착각으로부터 생성되는 가장 중요한 문제 하나는『삼국유사』권 제2「기이 제2」「만파식적」에 관한 역사 해석을 들 수 있다. 거기에는 흑옥대(黑玉帶)와 만파식적(萬波息笛: 모든 파도를 잠재운다는 피리)를 얻었다는 신문왕을 마중하러 682년 5월 17일에 이공[훗날의 효소왕]이 말을 타고 기림사 뒤편의 함월산 용연 폭포에 오는 것으로 되어 있다. 만약 이공이 687년 2월생이라면 태어나기 5년 전에 말을 탔다고 했으니 귀신이 곡할 노릇이라 할 것이다. 그리고는『삼국유사』의 이 기록을 믿을 수 없는 기록이라 할 것이다. 실제로 지금도 신라사 연구자들은『삼국유사』의 기록들 가운데 매우 중요한 기록「만파식적」을 신뢰할 수 없는 기록이라고 한다. 그러나 믿을 수 없는 것은 687년 2월생 원자와 691년 태자로 책봉되는 왕자 이홍이 같은 사람이라고 하는 학계의 가설이지, 687년 5월 17일에 함월산 기림사 뒷산에 있는 용연 폭포에 나타나 재치를 뽐낸 이공의 설화가 아니다.

2. 요석공주와 신목왕후

효소왕 이홍[=이공]은 687년 2월에 태어난 '신문왕의 원자가 아니다.' '원자(元子)'는 왕과 정식 원비 사이에서 태어난 맏아들로 한 왕에게 하나뿐이다. '왕자(王子)'는 아버지가 왕을 지내기만 하면 무수리에게서 태어나도, 기생에게서 태어나도 왕자이다. 조선시대에는 정비에게서 나면 '○○대군(大君)'이고 그 외 여인에게서 나면 '○○군(君)'이다. 대군과 군 사이도 그렇게 차이가 큰데 하물며 대군 가운데에서도 맏아들인 '원자'와 '군'까지 포함하는 여느 '왕자'가 같다니 세상이 웃을 일이다.

원자와 왕자

골품이 중시되는 신분제 아래에서 정식으로 결혼한 원비(元妃)의 아들과 차비(次妃)나 후궁의 아들 사이의 차별은 매우 크다. 그 가장 처절한 예를 우리는 『삼국사기』 권 제14 「고구려본기 제2」 「대무신왕」 조의 호동왕자의 경우에서 볼 수 있다.

고구려 3대 대무신왕의 아들 호동왕자는 어머니가 차비였기 때문에 원자라 적히지 못하였다. 원비의 아들 해우(解憂)가 호동왕자보다 더 어렸지만 원자로 적혔다. 이 두 아들 사이에 태자 책봉 경쟁이 벌어졌다. 원비는 대무신왕이 좋아한 차비의 아들 호동이 태자로 책봉될까 봐 호동이 자기를 범하려 하였다고 모함하였다. 호동왕자는 결백을 증명한다고 칼을 물고 바보처럼 자결하였다.

호동왕자는 낙랑의 공주와 염문을 남기고 원비를 범하려 했다는 모함을 받을 정도로 나이가 많았다. 그렇지만 원자 해우는 대무신왕이 죽었을 때 너무 어려서 삼촌인 4대 민중왕이 대신 즉위하였다. 민중왕이 죽은 후에 해우가 즉위하여 5대 모본왕이 되었다. 모본왕은 사람을 깔고 앉는 일을 자행하는 폭군이었다. 이 폭군은 그의 시종 두로(杜魯)에게 시해되었다. 이로 보면 원자 해우가 호동왕자보다 더 어렸음을 알 수 있다. 이때에도 대무신왕의 원비는 시동생 민중왕에게 형사취수(兄死娶嫂)된 것이 아닐까?

원자와 왕자가 같고 원자와 왕자를 구분하지 않아도 된다면 호동왕자
는 왜 자결하였을까? 어머니가 차비든 원비든 상관없이 형이라는 명분으
로 태자가 되고 왕이 되어 모본왕 같은 나쁜 왕이 나오지 않도록 원자를
죽여 버렸으면 그만일 것을. 우리 역사는 이 비극적 호동왕자의 진실은
말하지 않고 호동왕자가 낙랑 왕 최리의 딸을 꾀어 자명고(自鳴鼓)를 찢게
하였다는 요상한 이야기만 부각시키고 있다.5)

김흠운의 딸: 신목왕후

신라 31대 신문왕의 첫째 왕비 <u>김흠돌의 딸</u>은 아들이 없었다. 그 왕비
는 681년 8월 8일 일어난 아버지 '김흠돌의 모반'으로 폐비되었다. 김흠
돌은 누구일까? 그는 어떻게 문무왕의 사돈, 신문왕의 장인이 되었을까?
그런데 문무왕과 사돈을 맺어 신문왕을 사위로 둔 사람이 무슨 까닭으로
모반하여 죽임을 당하고 왕비인 딸이 폐비되는 지경에까지 이르렀을까?
'김흠돌의 모반'을 적은 『삼국사기』 권 제8 「신라본기 제8」 「신문왕」 조
의 해당 기록은 (6)과 같다.

> (6) 681년 신문왕이 즉위하였다[神文王立]. 휘는 정명이다*{ 명지라고
>   도 한다}*[諱政明*{ 明之}*]. 자는 일초이다[字日怊]. 문무왕의 장
>   자이다[文武大王長子也]. 어머니는 자의*{[儀는 義로도 적음]}*왕

---

5) 자명고는 또 뭔 소리인지? '고구려 군이 낙랑에 쳐들어오면 저절로 우는 북'이라──. 고
구려 조정에 잠복하여 있는 낙랑의 간첩으로부터 오는 첩보가 없이야 어찌 가능한 일
이겠는가? 고구려 땅 한복판에 들어와 있는 낙랑이 고구려의 침공으로부터 살아남으려
면 고구려 고관들에게 온갖 첩보 수집 작전을 전개하였을 것이다. 그러니 호동왕자는
낙랑의 공주에게, 고구려 고관을 매수하여 고구려 조정의 동향을 파악한 간첩과 소통하
고 있는 낙랑의 정보 책임자를 죽이게 한 것이다. 고도의 첩보전이 두 나라 사이에 벌
어지고 있었다. 자고로 간첩의 활약 없이 국제적 전략, 전술이 전개될 수는 없다.

후이다[母慈儀*{一作義}*王后]. 왕비는 김씨로 소판 흠돌의 딸이다[妃金氏 蘇判欽突之女]. 왕이 태자가 될 때 들였으나 <u>오래 아들이 없었다[王爲太子時納之 久而無子]</u>. 후에 아버지가 난을 일으킨 데에 연좌되어 궁에서 쫓겨났다[後坐父作亂 出宮]. 문무왕 5년에 책립하여 태자가 되었고 이에 이르러 즉위하였다[文武王五年立爲太子 至是繼位]. 당나라 고종이 사신을 보내어 책립하여 신라왕으로 삼고 인하여 선왕의 관작을 이어받게 하였다[唐高宗 遣使冊立爲新羅王 仍襲先王官爵]. <『삼국사기』 권 제8 「신라본기 제8」 「신문왕」>

이 일, 왕비의 아버지가 반란을 일으켜 왕비가 폐비되는 이 사건에는 통일 신라 역사상 가장 중요한 정치적 갈등이 들어 있다. 왕위 계승을 두고 적대적인 세력끼리 서로 죽고 죽이는 피투성이 싸움을 벌이고 있는 것이다. 그것은 바로 정치사의 핵심 중의 핵심이다.

정치사는 흥망성쇠를 핵심으로 한다. 나라가 망하는 것, 그보다 더 큰 정치적 사건이 어디에 있는가? 왕위, 즉 최고 통치권을 둘러싸고 정치 세력끼리 죽고 죽이는 싸움을 벌인다는 것은 내부적으로 나라를 망치는 길이다. 그 싸움은 필연적으로 나라를 멸망의 구렁텅이에 빠뜨린다.

첫 왕비 김흠돌의 딸을 폐비시킨 후에 신문왕은 (7)에서 보듯이 683년 5월 7일에 계비 신목왕후와 재혼한다. 이 재혼 후에는 신목왕후가 정비이다. 그러므로 683년 5월 7일 후에 태어난 첫 번째 아들이 원자가 될 것이다.

(7) 683년[신문왕 3년]…… <u>일길찬 김흠운의 딸을 들여 부인으로 삼기로 하고</u>, 먼저 이찬 문영과 파진찬 삼광을 보내 기일을 정하고 [納一吉湌金欽運少(之의 誤·필자)女爲夫人 先差伊湌文穎波珍湌 三光定期], …… <u>5월 7일에 이찬 문영과 개원을 파견하여 그 집</u>

에 이르러 부인으로 책봉하고 …… 부인은 수레를 타고 좌우에서
시종하는 관인과 부녀자 등으로 아주 성황을 이루었다[五月七日
遣伊飡文穎愷元抵其宅 冊爲夫人 …… 夫人乘車 左右侍從官人
及娘嬬甚盛]. <『삼국사기』 권 제8 「신라본기 제8」 「신문왕」>

　그런데 그 신목왕후는 <u>김흠운의 딸</u>이다. 김흠운은 일길찬[7등관위명]
이다. 학계는 '겨우 일길찬 정도의 집안에서 계비를 데려오나?' 정도로 생
각하였나 보다. 그들은 혹시 『삼국사기』 「열전」을 읽어 보지도 않은 것이
아닐까? 그것을 읽어 보았다면 김흠운이 왜 일길찬밖에 안 되는지 다 알
수 있는 일인데.6)

　저자가 찾아본 김흠운은 신라 역사에서 신원 조사가 가장 정확하게 이
루어지는 사람 중의 한 명이었다. 『삼국사기』는 김흠운의 가계에 대하여
정확한 정보를 준다. 그는 (8a)에서 보듯이 내물왕의 8세손으로 김달복의
아들이고 화랑 문노의 문하에서 공부한 화랑도의 일원이다. 김흠운을 내
물왕의 8세손이라고 했으니 그는 문무왕과 멀어야 16촌이다.7) 어떻든 왕
실 방계이고 진골 귀족으로 보아야 한다. 김흠운의 아버지가 잡찬(迊飡)[3

6) 이 혼인 절차의 성대함을 신분이 낮은 집안에서 시집오는 신목왕후의 위신을 세우기
위한 것처럼 해석한 논저들이 있다. 그렇지 않다. 『삼국사기』 권 제47 「열전 제7」의 「김
흠운」 조에는 그가 태종무열왕의 반자[=사위]라고 되어 있다. 그리고 김흠운이 전사
한 후에 추증한 관등이 일길찬이라고 되어 있다. 김흠운은 젊은 나이에 전장에서 죽은
최고 귀족 집안 출신이다. 그가 살았으면 이찬, 각간도 되었을 사람이다. 그리고 이 혼
인 절차를 중국식 친영례가 시행되는 첫 사례로 보는 논저들도 있다. 분명하지는 않지
만 특별한 혼인이지 친영례의 첫 사례라 하기는 어려울 것이다. 그 전에도 그렇게 했
을 것이고, 그 후로도 그렇게 했을 것이지만 기록은 하나도 없다.
7) 내물왕 직계의 왕위 계승은 17내물왕 - 19눌지왕 - 20자비왕/22지증왕 - 21소지왕/23법
흥왕 - 24진흥왕 - 25진지왕 - 26진평왕 - 27선덕여왕/28진덕여왕/29태종무열왕 - 30문
무왕으로 이어졌다. 그러므로 내물왕 8세손은 문무왕과 같은 항렬이다. 눌지왕의 아우
들인 보해와 미사흔에서 가계가 나누어졌다면 김흠운은 문무왕과 16촌이 된다. 소지왕
이 무자하여 눌지왕의 조카이자 외손자인 지증왕이 왕위를 이었으므로, 김흠운이 지증
왕의 형제의 후손이라면 14촌으로 줄어들 수도 있다. 가까운 친척이다.

등관위명, 소판(蘇判)이라고도 한다.] 달복이라 한 점이 주목된다. 아마 달복도 고위 관직을 지낸 명문가의 인물일 것으로 판단된다. 김흠운은 (8b, c)가 말하듯이 655년[태종무열왕 2년] 정월 백제와의 전쟁에서 용감하게 싸우다가 전사하였다. 그리고 죽은 후에 일길찬을 추증받았다. 그리하여 『삼국사기』권 제47 「열전 제7」에 단독으로 찬란한 이름을 남기고 있다.

(8) a. 김흠운은 신라 내밀왕(내물왕)의 8세손으로 <u>그 아버지는 잡찬 달복이다</u>[金歆運 奈密王八世孫也 父達福迊湌]. 흠운은 어려서 화랑 문노의 문하에서 수련하였다[歆運少遊花郎文努之門].

b. 655년[영휘 6년, 무열왕 2년]에 태종대왕은 백제가 고구려와 함께 변경을 침범함에 분개하여 정벌할 계획을 세웠다[永徽六年 太宗大王憤百濟與高句麗梗邊 謀伐之]. 군대를 출동시킴에 이르러 <u>흠운으로 낭당대감을 삼으니</u>[及出師 以歆運爲郎幢大監], --- 백제 땅에 다달아 양산 아래 진을 치고 조천성[현재의 옥천]으로 나아가 치려고 하였다[抵百濟之地 營陽山下 欲進攻助川城]. 백제 사람들이 밤을 타서 갑자기 쳐들어 와 날이 밝을 즈음 망루를 타고 들어왔다[百濟人乘夜疾驅 黎明緣壘而入]. ---

c. 흠운은 말을 타고 창을 쥐고 적을 기다렸다[歆運橫馬握槊待敵]. 대사 전지가 말하기를[大舍詮知說曰] --- 황차 <u>공은 신라의 귀골이며 대왕의 사위이므로</u> 만약 적의 손에 죽는다면 백제는 이를 자랑으로 여길 것이나, 우리로서는 큰 부끄러움이 될 것입니다[況公新羅之貴骨 大王之半子 若死賊人手 則百濟所誇詑 而吾人之所深羞者矣] 하니, 흠운은 말하기를[歆運曰], 대장부가 이미 몸을 나라에 맡겼거늘 남이 알아주든 안 알아주든 마찬가지이다[大丈夫旣以身許國 人知之與不知一也]. 어찌 감히 이름을 구하리오[豈敢求名乎] 하며 굳게 서서 움직이지

않고, 종자가 말고삐를 잡고 돌아가기를 권하였으나 <u>흠운은 검</u>
<u>을 뽑아 휘둘러 적과 더불어 싸워 수 인을 죽이고 죽었다</u>[强立
不動 從者握轡勸還 歆運拔劍揮之 與賊鬪 殺數人而死].

d. 대왕이 이 말을 듣고 슬퍼하며 <u>흠운, 예파에게 관위 일길찬을</u>
<u>추증하였다</u>[大王聞之傷慟 贈歆運穢破位一吉湌]. <『삼국사기』
권 제47 「열전 제7」 「김흠운」>

신목왕후의 어머니인 김흠운의 아내는 누구일까? 그녀는 전사하지 않
았을 것이다. 남편이 전쟁에서 죽은 전쟁 미망인이다. 그가 신문왕의 새
장모이다. 이 중요한 요석, 아버지가 전장에서 죽은, 아비 없는 딸을 새
왕비로 넣는 강력한 힘을 가진 것으로 보이는 이 키 스톤[key stone]이 누
구인지를 알기 위해서는 『삼국사기』 권 제47 「열전 제7」의 「김흠운」 조
를 다시 샅샅이 살펴볼 필요가 있다.

요석공주

(8c)는 김흠운을 대왕의 반자(半子)라고 했다. 반자는 사위를 가리키는
말이다. 그는 그 당시의 왕인 태종무열왕의 사위이다. 그렇다면 그의 아내
는 공주이다. 태종무열왕의 딸은 셋이 기록에 남아 있다. 김품석의 아내
고타소, 김유신의 아내 지조공주, 그리고 『삼국유사』 권 제4 「의해 제5」
「원효불기」에서 원효대사와의 사이에 설총을 낳은 요석궁의 홀로 된 공
주이다. 우리는 그 공주를 요석공주(瑤石公主)라 부르고 있다. 고타소와
지조공주가 김흠운과 결혼하여 신목왕후를 낳았을 리는 없다. 그렇다면
김흠운의 아내는 요석공주일 수밖에 없다.[8]

---

8) 요석궁의 홀로 된 공주는 원효대사와의 사이에 설총을 낳은 것으로 하여 유명하다.
   원효대사도 '누가 자루 빠진 도끼를 나에게 빌려 주겠는가[誰許沒柯斧(수허몰가부)]/내

신목왕후의 어머니, 신문왕의 장모는 요석공주이다. 신목왕후는 김흠운과 요석공주의 딸이다. 그렇다면 신목왕후는 태종무열왕의 외손녀이고 문무왕의 생질녀이다. 태종무열왕의 외손녀인 그 신목왕후가 태종무열왕의 손자인 신문왕과 혼인한 것이다. 문무왕의 아들인 신문왕이 문무왕의 누이의 딸과 혼인한 것이다. 신문왕은 외가의 외사촌 오빠이고 신목왕후는 고모집의 고종사촌 누이이다. 내외종간의 결혼인데 이런 결혼은 족내혼이라 하기 어렵다. 고모가 성이 다른 남자와 결혼했으면 이 둘은 서로 성이 다르다. 그러나 요석공주도 김씨이고 김흠운도 김씨이니 다 김씨들이다. 김씨끼리의 혼인이다. 김흠운이 내물왕의 8세손이니 친척 사이의 결혼인 것이다. 그렇다면 족내혼이라고 할 수 있고 경주 김씨 동성동본혼이라고 할 수 있다.

그런데 이 김흠운이라는 이름은 681년 8월 8일 모반으로 처형된, 신문왕의 첫째 왕비의 아버지 김흠돌의 이름과 너무나 비슷하다. 도대체 이 두 사람은 어떤 관계일까? 어느 학생이 수업 시간에 '김흠돌과 김흠운은 어떤 관계입니까?' 하고 물었다. 내 답은 '모른다. 아마 형제일지도 모른다.'이었다.

역적으로 몰려 주륙(誅戮)된 김흠돌에 대해서는 『삼국사기』, 『삼국유사』 두 사서에서 아무 정보도 찾을 수 없다. 그런데 이 궁금증을 해소시켜 줄 책이 있다. 그것이 박창화의 『화랑세기』이다. 그 책은 달복이 김유신의 누이인 정희의 남편이고 그 아들이 김흠돌이라 하였다. 그렇다면 『삼국사기』가 (8a)에서 김흠운이 잡찬 달복의 아들이라고 하니 김흠돌과 김흠운

가 하늘을 고일 기둥을 벨 것인데[我斫支天柱(아작지천주)]'라는 시로 유명하다. 그러나 이 설화에 매몰되어 이러한 역사의 진실이 묻히고 말았다. 설총의 기이한 출생만 말하고 설총이 지어 신문왕에게 바친 「화왕계(花王戒)」를 말하지 않는 것은 역사적 진실을 제대로 전하지 않는 것이다.

은 형제간이다. 아마도 김흠돌이 형이고 김흠운이 아우일 것으로 보인다. 문무왕 원년[661년] 7월 17일에 편성된 고구려 정벌군의 조직에서 김흠돌이 김인문, 김진주 등과 함께 대당장군으로 임명되었다. (8b)에서 보듯이 이보다 6년 전에 낭당대감으로 참전하여 전사한 후 (8d)에서 보듯이 일길찬을 추증 받은 김흠운이 김흠돌보다 나이가 많기는 어렵다.

그리고 박창화의『화랑세기』는 김흠돌은 김유신의 딸 진광의 남편이라고 하였다. 김흠돌은 김유신의 생질이고 사위인 것이다. 태종무열왕의 왕비 문명왕후는 언니 정희의 아들이자 친정 질녀의 남편, 즉 친정 조카사위인 김흠돌과 같은 세력을 형성하고 있었을 것이다.

한 집안의 형제 가운데 김흠운은 태종무열왕의 사위가 되었고 그의 형 김흠돌은 김유신의 사위가 되었다. 하나는 왕실로 장가들고 다른 하나는 김유신 집안으로 장가들었다. 신문왕의 첫 왕비 김흠돌의 딸과 두 번째 왕비 김흠운의 딸 신목왕후는 4촌 자매이다. 누가 언니인지는 알 수 없지만 681년 8월 8일 '김흠돌의 모반'이 일어났을 때 신문왕은 31살 정도이고 이 두 여인은 20대 후반이거나 30대 초반일 것으로 보인다.

그런데 이 '김흠돌의 모반'은 그 원인이 분명하게 밝혀져 있지 않다. 왜 금방 즉위한 왕의 장인이 사위에게 반기를 들었을까? 그리고 딸이 폐비되는 비극을 자초했을까? 이것이 밝혀져 있지 않다니. 이병도, 김재원(1959/ 1977:644~645)는 (9)와 같이 적었다.

(9) 이 逆謀事件(역모사건)의 자세한 內幕(내막)에 關(관)하여는 상고 할 길이 없으나 ------ 즉 王妃(왕비)의 無子(무자)로 因(인)하여 將次(장차) 自己(자기) 勢力(세력)의 孤弱(고약)함을 憂慮(우려)한 나머지에서 나온 行動(행동)이 아니었던가. <이병도, 김재원(1959/ 1977:644~645)>

김흠돌이 왕비인 딸에게 아들이 없었기 때문에 앞으로 자신의 입지가 고약해질 것을 두려워하여 그 정변을 일으킨 것이 아닌가 하는 추측을 하고 있다.

이 추측은 옳다. 그러나 젊은 왕비에게 아들이 없으면 앞으로 낳으면 될 것이고, 그것도 안 되면 후궁을 들이면 될 것이다. 세상에, 왕비인 딸에게 아직 아들이 없다고 모반한 국구가 어디 있는가? 숙종비 인현왕후의 친정이 그리 했는가? 영조비 정성왕후의 친정이 그리 했는가? 그것은 그렇게 되기 어렵다.

'김흠돌의 모반'을 적은 『삼국사기』 권 제8 「신라본기 제8」 「신문왕」의 기록은 (10)과 같다.

(10) a. 681년 신문왕이 즉위하였다[神文王立]. 휘는 정명이다*{명지라고도 한다}*[諱政明*{明之}*]. 자는 일초이다[字日怊]. 문무왕의 장자이다[文武大王長子也]. 어머니는 자의*{儀는 義로도 적음.}*왕후이다[母慈儀*{一作義}*王后]. 왕비는 김씨로 소판 흠돌의 딸이다[妃金氏 蘇判欽突之女]. 왕이 태자가 될 때 들였으나 오래 아들이 없었다[王爲太子時納之 久而無子]. 후에 아버지가 난을 일으킨 데에 연좌되어 궁에서 쫓겨났다[後坐父作亂 出宮]. 문무왕 5년에 책립하여 태자가 되었고 이에 이르러 즉위하였다[文武王五年立爲太子 至是繼位]. 당나라 고종이 사신을 보내어 책립하여 신라왕으로 삼고 인하여 선왕의 관작을 이어받게 하였다[唐高宗遣使冊立爲新羅王 仍襲先王官爵].

b. 원년 8월 서불한 진복을 제수하여 상대등으로 삼았다[元年 八月 拜舒弗邯眞福爲上大等].

(10a)에서 정명이 태자로 책봉될 때 김흠돌의 딸이 태자비가 되었음을 알 수 있다. 오래(16년 동안) 아들이 없었다. 그런데 아버지가 난을 일으켜 폐비되었다. 아들 없다고 폐비되어 억울한 친정아버지가 반란을 일으키는 것이 정상적이지 않을까? 그런데 여기서는 아들이 없고, 친정아버지가 반란을 일으켜 그에 연좌시켜 폐비시켰다. 그러므로 폐비가 반란의 원인이 아니고 반란이 폐비의 원인이다. 그리고 반란의 원인은 딸에게 아들이 없는 것이었다. 이것은 매우 이상한 상황이다. 왜 김흠돌이 모반했는가에 대한 답이 없다.

　(10b)에서 상대등을 새로 임명하였음을 볼 수 있다. 이 모반을 다스릴 책임자가 될 상대등으로 서불한[=각간, 1등관위명] 진복을 임명하였다. 박창화의 『화랑세기』에 의하면 그는 이 모반의 삼흉 가운데 하나인 대아찬[5등관위명] 진공의 형이다. 형이 아우를 죽이는 구도가 되었다. 직전 상대등은 누구일까? 679년[문무왕 19년]에 임명된 김군관(金軍官)이다. 김군관이 모반과 관련되었을 가능성이 크다.

(11) a. 681년 8월 8일, 소판 김흠돌, 파진찬 흥원, 대아찬 진공 등이 모반하여 복주하였다[八日 蘇判金欽突波珍湌興元大阿湌眞功 等 謀叛伏誅].

　　b. 13일 보덕왕이 소형 수덕개를 사신으로 보내어 역적을 평정한 것을 축하하였다[十三日 報德王遣使小兄首德皆 賀平逆賊].

　　c. 16일 교서를 내려 말하기를 공 있는 자에게 상을 주는 것은 옛 성인의 좋은 법도이고 죄 있는 자를 죽이는 것은 선왕의 법전이다[十六日 下敎曰 賞有功者 往聖之良規 誅有罪者 先王之令典]. 과인은 약한 몸과 부족한 덕으로 숭고한 기업을 이어맡아 밥을 폐하고 찬을 잊어 새벽에 일어나고 밤늦게 침

소에 들어 여러 고굉지신들과 더불어 함께 나라를 평안하게 하고 있다[寡人 以眇躬涼德 嗣守崇基 廢食忘餐 晨興晏寢 庶 與股肱 共寧邦家]. 어찌 상복 입은 기간에 서울에서 반란이 일어날 줄 알았겠는가[豈圖縗絰之內亂起京城]. 적의 수괴 흠 돌, 흥원, 진공 등은 관위가 재주로 올라간 것이 아니고 관직은 실은 선왕의 은혜로 이은 것이다[賊首欽突興元眞功等 位 非才進 職實恩升]. 능히 극기하여 시종 신중하며 부귀를 보 전하지 못하고 이에 불인 불의하여 복을 짓고 위의를 일으키 어 관료들을 모멸하고 위를 속이고 아래를 능욕하였다[不能 克愼始終保全富貴 而乃不仁不義 作福作威 侮慢官寮 欺凌上 下]. 날로*{口는 당연히 日로 적어야 한다.}* 무염의 뜻을 나타 내고 그 포악한 마음을 드러내어 흉사한 사람을 불러들이고 근수들과 교결하여 화가 내외로 통하고 악한 무리들이 서로 도와 기일을 정하여 난역을 행하려 하였다[比口*{口當作日}* 逞其無厭之志 肆其暴虐之心 招納凶邪 交結近竪 禍通內外 同惡相資 剋日定期 欲行亂逆]. 과인은 위로는 천지의 보호에 의지하고 아래로는 종묘의 영에 힘입었다[寡人 上賴天地之祐 下蒙宗廟之靈]. 흠돌 등은 악이 쌓이고 죄가 차서 모의한 바 가 드러났다[欽突等 惡積罪盈 所謀發露]. 이는 사람과 신이 모두 버린 바로서 다시 용납하지 못할 바이라[此乃人神之所 共棄 覆載之所不容]. 의를 범하고 풍속을 상함이 이보다 심 한 것은 없도다[犯義傷風 莫斯爲甚]. 이로써 추가로 군대를 소집하여 효경*{鏡은 당연히 獍으로 적어야 한다.}*을 제거하려 하였더니 혹은 산골짜기로 숨어들고 혹은 대궐 뜰에 와서 항 복하였다[是以 追集兵衆 欲除梟鏡*{鏡當作獍}* 或逃竄山谷 或歸降闕庭]. 그러나 가지를 찾고 잎을 궁구하여 모두 목베어 죽이니 3~4일 사이에 죄수들을 모두 죽였다[然 尋枝究葉 竝 已誅夷 三四日間 囚首蕩盡]. 이 일은 피치 못할 것이었으나 사졸과 사람들을 놀라게 하여 근심스럽고 부끄러운 마음을 어찌 아침 저녁으로 잊을 수 있겠는가[事不獲已 驚動士人 憂愧之懷 豈忘旦夕]. 이제 이미 요망한 폭도들이 곽청되고 먼 곳 가까운 곳의 걱정이 없어졌으니 소집한 병마는 의당 속히 놓아 돌려보내어라[今旣妖徒廓淸 邇邇無虞 所集兵馬 宜速放歸]. 사방에 포고하여 이 뜻을 알게 하라[布告四方 令知此意]

<『삼국사기』 권 제8 「신라본기 제8」 「신문왕」>

김군관은 상대등과 병부령[국방장관격]을 겸하고 있었던 것으로 보인다. 그렇다면 문무왕의 가장 충직한 신하였을 것이다. 아니나 다를까, (12)에서 병부령 김군관이 '모반을 알고도 일찍 알리지 않았다.'는 죄목으로 자살당하고 있다.

(12) 681년 8월 28일에 이찬 군관을 죽였다[二十八日 誅伊飡軍官]. 교서에 이르기를 왕을 섬기는 상규는 충성을 다하는 것을 근본으로 하고 벼슬을 하는 의리는 둘을 섬기지 않음을 주종으로 한다[敎書曰 事上之規 盡忠爲本 居官之義 不二爲宗]. 병부령 이찬 군관은 인연으로 반서에 따라 상위에까지 올랐다[兵部令 伊飡軍官 因緣班序 遂升上位]. 능히 남긴 것을 줍고 빠진 것을 기워 조정에 깨끗한 절개를 바치지도 못하고, 명을 받아 몸을 잊고 사직에 붉은 충성을 표하지도 못하였다[不能 拾遺補闕 效素節於朝廷 授命忘軀 表丹誠於社稷]. 이에 적신 흠돌 등과 교섭하여 그 역모의 일을 알면서도 일찍 알리지 않았다[乃與賊臣欽突等交涉 知其逆事 曾不告言]. 이미 나라를 걱정하는 마음이 없고 공을 위하여 순절하겠다는 뜻을 바꾸었으니 어찌 재상의 자리에 무거이 두어 헌장을 어지럽히겠는가[旣無憂國之心更絶徇公之志 何以重居宰輔 濫濁憲章]. 마땅히 그 무리와 함

게 죽임으로써 후진을 경계할 것이다[宜與衆棄 以懲後進]. 군관과 그 적자 1인에게 스스로 죽을 것을 명한다[軍官及嫡子一人 可令自盡]. 원근에 포고하고 모두가 알도록 하라[布告遠近使共知之]. <『삼국사기』 권 제8 「신라본기 제8」 「신문왕」>

　　‘김흠돌의 모반’을 기록한 (10), (11), (12)를 샅샅이 읽어도 김흠돌이 모반한 이유가 밝혀져 있지 않다. 문면은 번잡하게 많이 적고 모반한 자들의 부덕함을 꾸짖고 있지만 정작 구체적인 모반 원인이 밝혀져 있지 않다.
　　분명한 것은 왕비인 김흠돌의 딸에게는 혼인한 지 16년이 되도록 아들이 없었다는 것이다. 이로 하여 김흠돌에게 어떤 불이익이 올지는 더 세월이 흘러야 알 수 있다. 딸이 아들이 없다고 친정아버지가 반란을 일으킨다는 것이 말이나 되는가? 왕자를 못 낳는 딸을 두었으면 백배 사죄를 해야지 반란을 꾀하다니? 먼저 폐비가 되고 그 후에 반란이 일어나야 순서가 상식적이지 반란이 먼저 있고 폐비가 되었다는 것은 상식을 벗어난다. 김흠돌이 모반한 까닭이 따로 있을 것이다.

3. 김흠돌의 모반 이유

　　『삼국사기』는 무엇인가를 숨기고 있다. 『삼국사기』가 말하지 않은 왕비 아버지의 모반 원인을 찾아야 한다. 우리는 김흠돌의 모반의 전후 사정을 적은 기록을 납득할 수 없다. 이런 때 할 수 있는 일은 무엇일까? 그것은 다른 책을 보는 것이다. 우리나라 책이라면 『삼국유사』를 보아야 할 것이고 중국 책이라면 『구당서』, 『신당서』, 『자치통감』을 보아야 하는 것이다.

그런데 멀리 갈 것도 없었다. 바로 (5b)에서 본 일연선사의 『삼국유사』
가 692년에 즉위한 효소왕이 16세라고 함으로써, 702년에 즉위한 성덕왕
이 22세라고 함으로써 다 말하고 있는 것이다. 692년에 16세이면 677년
생이다. 702년에 22세이면 681년생이다. 그러면 김흠돌의 모반이 일어난
681년 8월에 그들은 몇 살인가? 5살, 1살이다. 그리고 그들의 어머니는
신목왕후이다. 신목왕후는 김흠운과 요석공주의 딸이다. 요석공주와 김흠
운의 그 딸에게는 신문왕이 즉위하던 681년에 신문왕의 아들들이 있었던
것이다. 그런데 신문왕의 왕비는 김흠돌과 김유신의 딸 진광 사이에서 난
딸이다. 그 왕비에게는 아들이 없었다.

　여기에서 터진 것이 '김흠돌의 모반'이다. 왕비인 자신의 딸에게는 아
들이 없는데 왕의 정부(情婦)인 동생의 딸에게는 아들이 있는 것이다. 그
런데 그것만으로야 모반까지 할 이유가 못 된다. 질녀를 잘 다독거리면
된다. 그러나 그 질녀의 어머니가 문제였다. 그 어머니는 현직 왕의 할아
버지의 딸인 공주이다. 그러면 현직 왕에게는 고모가 된다. 그 고모는 아
주 젊어서 남편을 전장에서 잃은 청상과부(靑孀寡婦)이다. 이것도 극복할
수 있다고 말한다면 그럴 수 있다. 어차피 앞으로 질녀의 아들이 왕이 되
어도 외척으로서의 권세를 누릴 수 있을 것이기 때문이다. 그러나 그보다
더 큰 갈등의 소지가 있었다.

　박창화의 『화랑세기』에는 요석공주의 어머니가 문명왕후에게 꿈을 판
보희(寶姬)라고 되어 있다. 요석공주는 법적 어머니 문명왕후[문희(文姬),
이모이기도 함]에게 좋은 감정을 가지기 어려웠을 것이다. 문명왕후는 김
유신 장군의 백을 등에 업고, 태종무열왕, 문무왕 시대를 관통하여 권세를
누렸을 것이다. 김유신 장군의 사위 김흠돌은 문명왕후의 백을 믿고 통일
전쟁 후 세력이 커진 화랑도 풍월주 출신 장군들과 함께 권세를 부렸을

것이다. 요석공주는 문명왕후와 김흠돌이 미웠던 것이다.

문무왕비 자의왕후도 시어머니 문명왕후와 편한 관계가 아니었을 것이다. 박창화의 『화랑세기』는 문명왕후의 친정 조카 신광[김유신의 딸]이 문무왕의 후궁으로 들어와 있었다고 적었다. 자의왕후의 시앗인 것이다. 문명왕후는 친정 질녀 진광의 딸 편을 들었고, 요석공주는 자신의 딸 편을 들 수밖에 없다. 자의왕후는 누구의 편을 들었을까? 하나는 시어머니의 친정 조카 진광의 딸이면서 시앗인 후궁 신광의 친정 조카이고, 다른 하나는 시누이 요석공주의 딸이다. 그대라면 누구의 편을 들겠는가? 둘 다 마뜩찮지 않은가? 시어머니의 친정붙이, 시앗인 후궁의 조카딸을 며느리로 들이는 것도 마음 편하지 않고, 시누이의 딸을 며느리로 들이는 것도 기분 나쁜 일이다. 여자의 적은 여자이다. 겪어 본 사람도, 겪어 보지 않은 사람도 다 아는 일이다. 앞으로 논의하게 될 모든 정쟁의 원인, 근원적인 불찰은 바로 이것이다. 태종무열왕 김춘추가 아랫도리를 잘못 놀린 것이다.

때는 624년[진평왕 46년]경. 김춘추는 김유신의 꼬임에 빠져 축국[공을 차는 놀이, 공을 높이 차서 떨어뜨리지 않기, 말을 타고 막대로 공을 치기]를 하다가 김유신이 짐짓 밟아 떨어진 옷고름을 기워 주려는 김유신의 누이동생 문희의 육탄 공격에 무너져 대낮에 그녀를 품었다. 문희는 법민을 배었다. 이것이 모든 정쟁의 원죄였다. 김유신은 혼인 전에 애를 밴 누이를 태워 죽이겠다고 쇼를 벌였다.

즉위하기 전의 선덕공주는 남산에서 김춘추 등을 데리고 놀다가 김유신의 집에서 피어오르는 연기를 보았다. 무슨 일이냐고 묻는 선덕공주에게 주위의 신하가 유신이 애를 밴 누이동생을 태워 죽이려 하고 있다고 아뢰었다. 선덕공주는 김춘추에게 그대의 짓이면서 왜 구하지 않느냐고

힐난하였다. 그때 김춘추에게는 이미 딸 고타소를 낳은 첫 부인이 있었다. 김춘추는 법민을 밴 문희를 거두었고 고타소의 어머니가 죽자 문희를 부인으로 삼았다.

그때 옷고름을 꿰맬 1차적 찬스는 문희의 언니 보희에게 있었다. 서형산에 올라 서라벌을 온통 잠기게 오줌을 누는 꿈을 꾼 사람은 보희였다. 김유신은 보희에게 김춘추의 옷고름을 꿰매게 하였다. 만약 보희가 옷고름을 꿰매었다면 문무왕 법민은 없고 역사는 바뀌었을 것이다. 그러나 보희가 마침 달걸이가 있어서인지 몸이 안 좋다 하며 김유신의 권유를 사양하는 바람에 꿈을 산 문희가 대신 김춘추의 옷고름을 꿰매러 나갔다. 결국 그것이 김춘추의 육욕을 자극하여 문희는 문명왕후로까지 신분상승을 한 것이다.

그러면 그것으로 끝났어야지 왜 문희의 언니 보희까지 건드려서 요석공주를 낳게 했다는 말인지? 이 종족들이 어디서 어떻게 한반도에 굴러들어왔기에 이런 짓거리를 한 것일까? 그러나 이렇게 말하면 그것은 현대적 편견으로 과거를 보는 것이다. 과거에는, 그러니까 1400여 년 전의 7세기 동아시아 땅, 대륙에서 남하한 정복 민족이 토착 남성들을 처절하게 죽이고 토착 여성들에게 인종 청소의 씨를 뿌리는 잔인한 살육이 감행되던 땅에서는 이보다 더한 일도 많았을 것이다. 그러니까 신라 왕실 경주 김씨의 후손이 가야 왕실 김해 김씨에서 항복해 온 집안의 딸 정도야 여러 명 거느려도 그만인 세상인 것이다. 이것을 잊으면 역사가 제대로 읽히지 않는다. 현대적 편견, 1부 1처가 정상으로 되어 있는 현대의 시각으로 과거를 해석하려 하면 안 된다.

681년 7월 1일 문무왕 승하 직후 자의왕후가 요석공주와 손잡고 북원소경[원주]의 김오기(金吳起) 부대를 불러들여 김흠돌의 반란군을 제압하

였다. 김오기는 자의왕후의 언니 운명의 남편이고 김대문의 아버지이다.9)
자의왕후는 남편이 죽자 말자 시누이와 손잡고 형부 김오기를 불러들여
시어머니의 친정 조카사위 김흠돌을 죽인 것이다. 이를 달리 말하면 오빠
문무왕이 죽자 말자 요석공주는 올케 자의왕후와 손잡고 의붓어머니 문명
왕후의 친정 질녀의 남편이라고 거들먹거리는 시숙 김흠돌, 그리고 그와
친인척으로 얽혀 있는 일군의 장군들을 요절낸 것이다. 그것이 '김흠돌의
모반' 속에 들어 있는 보복의 진상이다.

물론 그 정쟁의 핵심 목표는 현직 왕의 뒤를 이어 차기 왕위를 계승할
후보, 즉 태자 자리를 서로 차지하려는 것이다. 그런데 한 쪽에는 그 후보
가 될 아들이 없었고 다른 한 쪽에는 아들이 셋이나 있었다. 결국 형 김흠
돌의 딸은 왕비가 되고 아우 김흠운의 딸은 왕의 정부(情婦)가 되어 권력
투쟁의 핵이 된 것이 김흠돌 파 화랑도 출신 귀족들의 운명을 가르는 분
기점이 되었다.

그리고 자의왕후는 화랑도를 폐지하였다. 그런데 그것이 결국 통일 신
라의 멸망으로 이어진 것으로 보인다. 왜냐하면 화랑도를 폐지한 것은 인
재 등용의 문을 닫은 것이기 때문이다. 여러 신하들이 오래 된 제도를 없
애는 것은 옳지 않다는 건의를 하자 자의왕후는 화랑도 풍월주 제도를 폐
지하고 다만 국선이 되는 것만을 허용하였다. 풍월주 출신들은 군사 및
정치 지도자가 되었다. 국선은 도를 닦아 신선이 되는 것을 목표로 한다.
나라를 위하여 헌신할 지도자를 양성하던 제도를 폐지하고 속세를 떠날
생각만 하는 신선을 양성하는 제도를 채택하였으니 나라가 갈 길은 명약
관화하다. 신선은 예나 이제나 현실을 멀리 떠난 사람들이다.

9) 박창화의『화랑세기』에는 김오기의 아버지가 김예원(金禮元)이다. 김대문은 성덕왕 3년
[704년]에 한산주 도독이 되었다. 신문왕의 이모 집도 권세를 누린 것이다. 김대문의
아들이 신충, 의충으로 보인다. 김의충은 죽은 뒤 경덕왕의 장인이 되었다.

신목왕후의 아들들

역사에 신목왕후의 아들로 명시적으로 기록된 사람은 32대 효소왕과 33대 성덕왕이다. 그런데 성덕왕에게는 봇내[寶川, 寶叱徒]라는 형이 있어 함께 오대산에 숨어들어가 스님이 되어 수도 생활을 하였다고 되어 있다. 그러면 첫째 아들은 32대 효소왕[=이홍, 이공], 둘째 아들은 봇내, 셋째 아들은 33대 성덕왕[=효명, 흥광, 융기, 김지성]이라 할 수 있다.

그런데 신목왕후의 아들 성덕왕에게는 또 아우가 둘 있었던 것으로『삼국사기』에 기록되어 있다. 726년[성덕왕 25년]에 당나라에 사신으로 가는 김근{흠}질(金釿{欽}質)이 왕제(王弟)라고 되어 있다. 그리고 또 728년[성덕왕 27년]에 당나라에 사신으로 가는 김사종(金嗣宗)이 왕제라고 되어 있다.

(13) a. 726년[성덕왕 25년] 여름 4월 김충신을 당에 파견하여 하정하였다[二十五年 夏四月 遣金忠臣入唐賀正]. 5월 왕제 김근*{『책부원구』는 흠으로 적었다.}*질을 당으로 파견하여 조공하니, 당에서는 낭장을 주어 돌려보내었다[五月 遣王弟金釿*{冊府元龜作欽}*質入唐朝貢 授郎將還之].

   b. 728년[성덕왕 27년] 가을 7월 (왕은) 왕제 김사종을 보내어 당에 들어가서 방물을 바치고 겸하여 자제가 국학에 입학할 것을 청하는 표를 올렸다[二十七年 秋七月 遣王弟金嗣宗 入唐獻方物兼表請子弟入國學]. (당 현종은) 조칙을 내려 허락하고, 사종에게 과의를 주었다[詔許之 授嗣宗果毅]. 이에 머물러 숙위하였다[仍留宿衛]. <『삼국사기』 권 제8 「신라본기 제8」 「성덕왕」>

이들은 재론의 여지없이 성덕왕의 아우이다. 성덕왕의 아우이면 신문왕의 아들이다. 이들이 모두 신목왕후 소생이라면 신문왕과 신목왕후 사이에는 (14)와 같이 5명의 아들이 있었던 셈이다.

(14) 32대 효소왕[이공, 이홍]
　　 봇내[寶川, 寶叱徒]
　　 33대 성덕왕[효명, 흥광, 융기, 김지성]
　　 김사종
　　 김근{흠}질

그런데 (15)에서 보듯이 687년 2월에 태어나는 원자가 있다. 이 다섯 아들 가운데 이 원자가 들어 있다고 보는 것이 상식이다. 이 원자는 이름이 무엇일까? 그리고 그는 몇째 아들일까?

(15) 687년[신문왕 7년] 봄 2월 원자가 출생하였다[七年 春二月 元子
　　 生]. <『삼국사기』 권 제8 「신라본기 제8」 「신문왕」>

상식적으로는 제일 큰 아들, 가장 먼저 태어나고 태자로 책봉되어 왕으로 즉위하는 아들이 원자일 것이다. 그러나 세상 일이 그렇게 상식대로만 되면 얼마나 좋을까? 그런데 아무리 찾아보아도 신문왕의 뒤를 이어 왕이 된 효소왕 이홍을 '원자'라고 적은 기록이 없다. 효소왕은 '왕자 이홍', '신문왕의 태자'라고만 적혔지 '원자'라고 적힌 적이 없는 것이다. 그러면 그가 원자가 아니라고 보아야 한다.

그렇다면 셋째 아들인 성덕왕이 687년 2월생 원자일까? 그가 687년 2월생이라면 그의 형인 효소왕과 봇내는 언제 태어난 것일까? 이제 683년

5월 7일이라는 신문왕과 신목왕후의 혼인 날짜가 가장 중요한 기준으로 떠오른다. 687년 2월은 그로부터 4년 뒤이다. 원자는 혼인날로부터 4년 뒤에 태어났다.

효소왕, 성덕왕의 출생의 비밀

일연선사는 『삼국유사』 권 제3 「탑상 제4」 「대산 오만 진신」의 (5b)에서 효소왕이 692년 16세에 즉위하여 702년 26세로 승하하였다고 증언하였다. 692년에 16세이면 그는 677년생이다. 아! 그렇구나. 그가 677년생이면 그는 신목왕후와 신문왕이 혼인한 683년 5월 7일보다 6년 전에 태어났고 원자가 출생한 687년 2월보다 10년 전에 태어났구나!

이제 이 시대에 관한 국사학계의 기술이 10년씩의 시간 착오를 보인 것이 해명되는 순간이 왔다. 효소왕을 687년 2월에 태어난 '원자'라고 잘못 보았기 때문에 그와 관련된 모든 사항이 10년씩 늦어졌구나. 그가 677년생이라는 것을 몰랐기 때문에 6세에 즉위하여 16세에 사망하였다는 이상한 계산이 나왔구나. 그는 부모가 혼인한 시점보다 6년 전에 태어난 아들, 혼전 출생자이다. 그러면 당연히 혼외 출생자이다. 정식 혼인한 원비가 낳은 자식이 아니면 원자가 될 수 없다. 효소왕이 원자가 아닌 것은 그가 혼전, 혼외 출생자이기 때문이다. 그러면 원자는 누구일까?

그런데 효소왕만 혼전, 혼외 출생이 아니라 그의 동생인 성덕왕도 그렇다. 성덕왕은 일연선사의 『삼국유사』(5b)의 증언에 의하면 즉위하던 702년에 22세이다. 그러면 그는 681년생이다. 부모가 혼인한 683년 5월 7일보다 2년 전에 태어났다. 그런데 그의 형 봇내가 또 있다. 그도 679년쯤에 태어났을 것이다.

도대체 681년 7월 1일 문무왕 승하 직후에 즉위하여 8월 8일 '김흠돌의 모반'이라는 어마어마한 정쟁을 거치면서 화랑도의 우두머리를 지낸 풍월주 출신 장군, 고위 관리들을 몰살하다시피 하고 왕비를 폐비시킨 이 냉혈 폭군, 짐승 같은 인간 신문왕은 어떤 괴물이기에 이렇게 재혼하기도 전에 재혼할 예정인 여자와의 사이에 아이를 셋씩이나 낳고 있는 것일까? 그런데 그것이, 그 한 사람의 단순 일회성 일탈이 아니라 제도적인 것이었다는 데에 더 큰 문제의 심각성이 있다. 그 제도는 '형이 죽으면 아우가 형수를 아내로 삼는다.'는 형사취수(兄死娶嫂) 제도였다.

이제 우리는 우리 민족의 본질에 대하여 좀 더 깊이 생각해 보아야 하는 단계에 이르렀다. 신라와 가락국의 왕실인 김씨는 어디에서 온 것일까? 문무왕 비편은 그들이 한나라 무제에 의하여 정복된 흉노의 휴도왕의 왕자 김일제(金日磾)의 후손이라고 적고 있다. 이 형사취수 제도는 북방 유목민족들의 제도라고 알려져 있다(제5장에서 좀 더 깊이 생각해 보기로 한다).

문무왕의 유조

『삼국사기』 권 제8 「신라본기 제8」 「문무왕 하」는 보기 드물게 문무왕의 유조(遺詔)를 싣고 있다. 다른 왕들은 갑자기 죽어서 유조를 안 남겼는지, 남겼으나 실을 가치가 없었는지 죽은 왕의 유조가 『삼국사기』에 남아 있는 것은 이것뿐이다.

> (16) 유조에 이르기를[遺詔曰], 과인의 운은 바쁜 운에 속하였다[寡人運屬紛運]. 때가 전쟁을 당하여 서쪽[백제]를 정벌하고 북쪽[고구려]를 토벌하여 경계를 정하고 강토를 봉하여 반하는 자를 정벌하고 손잡는 자를 불러들이느라 여유가 없었다[時當爭戰 西征北討 克定疆封 伐叛招携 事寧遐邇]. <u>위로는 조상의 남기신 돌</u>

아봄을 위로하고 아래로는 아버지와 아들의 오랜 원한을 갚았다
[上慰宗祧之遺顧 下報父子之宿冤]. <『삼국사기』 권 제7 「신
라본기 제7」 「문무왕 하」>

그런데 그 유조에는 이상한 문장이 하나 있다. '위로는 조상의 남기신
돌아봄을 위로하고 아래로는 부자의 오랜 원한을 갚았다.'고 되어 있는
것이다. '上慰宗祧之遺顧'야 상투적인 말이라 할 수 있다. 그러나 '下報
父子之宿冤'은 매우 중요한 의미를 담고 있다. 백제와 고구려를 멸망시
켜 소위 삼한을 통합한 일이 '아버지와 아들의 오랜 원한을 갚은 일이라.'
하고 있다.

'父子(부자)'라고 대충 읽고 넘어가면 안 된다. 부, 아버지야 태종무열왕
을 가리킨다. 태종무열왕의 오랜 원한은 백제가 대야성에서 김춘추의 첫
딸 고타소를 죽인 일이다. 그 뼈를 사비성의 감옥에 묻어 죄수들이 밟고
다니게 모욕하였다. 이것은 (17)에서 보는 백제 멸망 시 문무왕이 백제의
왕자 부여융을 꿇어앉히고 꾸짖는 말 속에 들어 있다. 이 땅의 적대국 사
이의 무자비함이 이와 같다.

(17) 660년[태종무열왕 7년] 7월 13일에 의자왕은 좌우 신하들을 거
느리고 밤에 도망하여 웅진성으로 피하였다[十三日 義慈率左右
夜遁走 保熊津城]. 의자왕의 아들 융이 대좌평 천복 등과 나와
서 항복하였다[義慈子隆與大佐平千福等 出降]. 법민은 융을 말
앞에 꿇어 앉히고 낯에 침을 뱉으며 꾸짖어 말하기를[法敏跪隆
於馬前 唾面罵曰], 지난 날 너의 아비가 나의 누이를 때려죽여
옥중에 묻어 나로 하여금 20년간 마음을 아프게 하고 골머리를
앓게 하였다[向者 汝父枉殺我妹 埋之獄中 使我二十年間 痛心

疾首]. 오늘 너의 목숨은 내 손안에 있다[今日汝命在吾手中].
융은 땅에 엎드려 말이 없었다[隆伏地無言]. <『삼국사기』 권 제
5 「신라본기 제5」, 「태종무열왕」>

이 원한을 갚기 위하여 김춘추는 고구려로 군사를 빌리러 갔다가 보장
왕과 연개소문에 의하여 감옥에 갇히는 수모를 당하였다. 그리고는 당나
라로 가서 백제를 쳐 원한을 갚아 주기를 애원하였다.

〈**덕적도의 소야도**. 덕적도라는 이름은 '큰물섬[덕물도]'으로부터 왔다니 잘못된 것이다. 소야도는
'소씨 노인이 머물렀던 섬'의 뜻이니 아직 그 이름을 쓴다는 것이 부끄럽다. 덕적도는 '덕수도'나
'큰물섬'으로 고치고 소야도는 옛이름 새곶섬으로 불러야 한다. 하기야 치욕적인 역사의 흔적을 남
겨 두는 것이 후손들에게 경각심을 일깨우는 데 도움이 되려나?〉

그 결과가 소정방이 덕적도[덕물도, 큰물섬] 소야도(蘇爺島)에 끌고 온
13만 대군이다. 당나라 군대는 백제 땅에서 강간, 약탈, 살인 등 횡포를
부릴 대로 부리고 의자왕과 비빈, 왕자, 귀족들을 굴비 엮듯이 엮어 끌고

갔다. 오죽 했으면 그 능욕을 당하지 않으려고 3000 궁녀가 낙화암에서 투신했다는 말이 생겼겠는가? 의자왕의 무덤은 아직도 중국 땅에 있다.

666년 연개소문이 죽자 그 아들 연남생(淵男生)이 막리지가 되었다. 그러나 이 못난 놈은 동생 연남산(淵男産)과 분쟁이 생겨 국내성에 감금되었다. 연남생은 아들 연헌성(淵獻誠)을 당나라에 보내어 사태를 알렸고 당 고종은 계필하력(契苾何力)을 보내어 그를 탈출시켜 당에 항복시켰다. 연남생은 후에 679년 장안에서 죽을 때까지 높은 벼슬을 살았다.

셋째 아들인 연남산은 둘째인 연남건과 연합하여 정권을 장악하였다. 그러다가 668년 이적(李勣)이 끌고 온 당나라 군대가 평양성을 포위하였고 연남건, 연남산은 항복하였다.[10] 그리고 당나라 군대가 범한 강간, 약탈, 살인은 불문가지이고 왕족, 귀족 20만 명이 밧줄에 굴비처럼 엮이어 끌려갔다. 유민들은 고구려 땅에서 흔적도 없이 쫓겨나서 당나라 서북 지방 곳곳에 흩뿌려져 노예 같은 삶을 살았다. 모함을 받아 사형당한 안서 도호부 고선지 장군의 애절한 사연이 이를 웅변하고 있다. 그의 아버지가 연개소문의 1등 장군 고사계였다. 망한 나라의 운명은 이와 같다.

그 두 일이 겨우 문무왕이 아버지의 오랜 원한을 갚는 일이었다니. 그 전쟁 통에 고초를 겪은 민초들은 다 무엇이며 다 잃어버린 고구려의 고토인 드넓은 강역은 또 무엇인가? 이제는 다 차이나의 동북 삼성이 되고 말았으니 그 놈의 아버지의 원한 갚느라 지불한 희생이 너무 크다. 이러한 차이나의 정복 전쟁이 언젠가는 그 주변 땅을 다 차지하여 전 세계를 자

---

10) 그 못난 놈들이 천남생(泉男生), 천남건(泉南建), 천남산(泉南産)으로 더러운 이름을 남기고 있다. 성(姓)이 당나라 고조 이연(李淵)의 이름과 같다고 제 조상들의 성 자도 사용하지 못하고 비슷한 글자로 피휘하여 泉이라고 쓴 泉男生, 泉男産의 무덤이 낙양에서 발견되었다. 역사가 이런 것을 잊지 않고 적어야 형제들끼리 싸우다가 망하면, 당리당략으로 당파 싸움을 벌이다 나라가 망하면 어떤 수모를 겪는지 깨닫게 될 것이다. 허기야 깨달은들 무엇을 어찌 할 수 있으랴? 그때는 이미 늦은 것을.

신들의 지배하에 둘 날이 올지도 모르니 그건 그렇다 치자.

　그러나 그 다음은 그렇게 간단하지가 않다. '아들의 오랜 원한'이라니? 문무왕의 아들의 오랜 원한은 무엇일까? 정명태자 신문왕이 백제나 고구려로부터 무슨 모욕을 당하여 원한을 품었다는 말일까? 그럴 리는 없다. 그러면 다른 아들이 어떤 일을 당하였는가? 아무 데도 그런 말은 없지 않는가?

〈**천남생의 묘지명 탁본**, 大唐故特進泉君墓誌라 적혔다. 하남성 낙양 북망에서 1923년에 출토되었다. 연남생은 668년 고구려 멸망 후 11년 된 679년에 죽었다. 제 나라를 망쳐서 당에 바치고 이완용처럼 당의 특진이라는 벼슬을 받아 말년을 호의호식하며 그 땅 사람이 되었다. 사진: 한국민족문화대백과〉

소명전군의 죽음

당나라 군대를 불러들여 백제와 고구려를 멸망시킨 일이, 그리하여 수 많은 생명들을 죽이고 산 자들에게는 씻을 수 없는 치욕을 안긴 전쟁을 아들의 원한을 갚은 일이라 하고 있다. 얼마나 귀한 아들이 몇 명이나 얼 마나 억울한 일을 당했기에 감히 이렇게 표현한 것일까? 기껏 아들 원한 갚으려고 당나라 군대 불러들여 이웃나라를 짓밟고 수많은 생명을 죽인다 는 말인가? 이러고도 그가, 그리고 그 후손이 천벌을 받지 않으면 정의는 없는 것이 맞지.

그러나 정말 아들이 어떻게 되긴 된 것인가? 문무왕의 아들이 백제나 고구려와의 전쟁에서 고타소가 당한 만큼의 모욕을 당하고 굴욕적으로 죽 었다는 말일까? 우린 그런 말을 들은 적이 없다. 그런데 박창화의 『화랑 세기』는 그럴 것 같이 보이는 사실을 적고 있다.

(18) a. 그때 태손 소명전군이 이미 태어났고, 무열제는 자의의 현숙함
    을 매우 사랑하였다(218면)[時太孫昭明殿君已生 武烈帝極愛慈
    儀之賢(310면)]. <이종욱 역주(1999), 『화랑세기』>

  b. 흠돌은 아첨으로 문명태후를 섬겼다. 이에 그의 딸이 유신공
    의 외손이므로 (정명)태자에게 바쳤다. 태자와 모후는 흠돌의
    딸을 좋아하지 않았다. 이에 앞서 소명태자는 무열제의 명으
    로 흠운의 딸을 아내로 맞기로 약속하였으나 일찍 죽었다. 흠
    운의 딸은 스스로 소명제주가 되기를 원하였으며 자의후가
    (이를) 허락하였다. 이것이 소명궁이다(224).[突媚事文明太后
    乃以其女爲庚信公外孫 故納于太子 太子與母后不悅突女 先
    是昭明太子以武烈帝命約娶欽運女而早卒 欽運女自願爲昭明
    祭主 慈儀后許之 是爲昭明宮(312~313면)]. <이종욱 역주
    (1999), 『화랑세기』>

태종무열왕 생시에 태자 법민과 태자비[훗날의 자의왕후] 사이에는 소명전군이 있었다. 소명전군은 원손이었을 것이다. 그는 태종무열왕 생시에 이미 태손으로 책봉되어 있었다. 태종무열왕은 손자 소명전군과 외손녀인 김흠운의 딸이 자라서 혼인하도록 명하였다고 한다. 이는 어려서 아버지를 잃은 외손녀에게 외할아버지가 줄 수 있는 최선의 선물일 것이다. 그 아이는 앞으로 왕비가 되게 된 것이다. 그런데 소명전군이 일찍 죽었다. (16)의 문무왕의 유조에서 '아들의 오랜 원한을 갚았다.'는 말은 이것을 가리킨다. 어떻게 죽었다는 말은 없다. 아마도 문무왕의 맏아들은 백제와의 전쟁에서 전사하였을지도 모른다.

소명전군이 죽고 나서 차자(次子) 정명이 장자(長子)가 되었다. 그리고 665년[문무왕 5년] 8월 태자로 책봉되었다. 그런데 정명은 태자로 책봉될 때 혼인하였다.

(19) a. 665년[문무왕 5년] 가을 8월 --- 왕은 왕자 정명을 책립하여 태자로 삼고 죄수들을 대사하였다[秋八月立王子政明爲太子大赦]. <『삼국사기』 권 제6「신라본기 제6」「문무왕 상」>

   b. 681년 신문왕이 즉위하였다[神文王立]. 휘는 정명이다[諱政明*{明之}**{명지라고도 한다.}*] 자는 일초이다[字日怊]. 문무왕의 장자이다[文武大王長子也]. 어머니는 자의*{儀는 義로도 적음}*왕후이다[母慈儀*{一作義}*王后]. 왕비는 김씨로 소판 흠돌의 딸이다[妃金氏 蘇判欽突之女]. 왕이 태자가 될 때 들였으나 오래 아들이 없었다[王爲太子時納之 久而無子]. 후에 아버지가 난을 일으키는 데에 연좌되어 궁에서 쫓겨났다[後坐父作亂 出宮]. <『삼국사기』 권 제8「신라본기 제8」「신문왕」>

왕이 태자가 될 때 그를 들였으므로 김흠돌의 딸이 태자비가 된 해는 665년이다. 그때 정명과 김흠돌의 딸은 15세쯤 되었을 것이다. 김흠운은 655년에 전사하였다. 그러니 665년에 김흠운의 딸은 이미 최소 11세 이상이 되었다. 김흠돌의 딸과 김흠운의 딸, 이 두 사촌 자매의 나이 차이는 많아야 5살을 넘지 않는다. 그런데 그 김흠운의 딸이 소명제주가 되기를 원하여 소명궁에 살게 하였다.

자의왕후를 따라 자주 소명궁에 들른 태자 정명이 이 김흠운의 딸과 화간하여 이공{이홍}전군이 태어났다. 이에 자의왕후는 김흠운의 딸을 동궁에 들어가게 하였다. 동궁, 태자의 집이다. 김흠운의 딸이 태자비 역할을 한 것이다. 태자비 김흠돌의 딸은 투기를 하였다.

> (20) (정명)태자와 더불어 모후가 자주 소명궁으로 거둥하였다. 태자
>   가 소명궁을 좋아하여 마침내 이공전군을 낳았다. 후가 이에 소
>   명궁에게 명하여 동궁으로 들어가게 하고 선명궁으로 이름을
>   바꾸었다. 총애함이 흠돌의 딸보다 컸다. 흠돌의 딸이 투기를
>   하였다(224)[太子與母后累幸昭明宮 太子悅之 遂生理恭殿君
>   后乃命昭明宮入東宮 改稱善明宮 寵右於突女 突女妬之(313)].
>   <이종욱 역주(1999), 『화랑세기』>

681년 7월 1일 문무왕이 승하하였다. 7월 7일 태자 정명이 즉위하였다. 이 이가 죽을 때 시호를 신문으로 하여 신문왕이 된 것이다. 그리고 681년 8월 8일에 '김흠돌의 모반'으로 태자비였다가 막 왕비가 된 김흠돌의 딸을 폐비시켰다. 683년 5월 7일 신문왕은 김흠운의 딸과 정식으로 혼인하였다. 이 왕비가 죽을 때 신목이라는 시호를 받았다. 신목왕후이다.

그 혼인 후에 684년에 첫 번째 원자 김사종이 태어났다(후술). 내내 그

가 원자 역할을 하였다. 그러나 691년 3월 1일 왕자 이홍이 태자로 책봉
되었다. 15세였다. 혼인하였을 가능성도 있다. 원자 사종은 이때 8살이나
되었다. 틀림없이 원자 사종을 태자로 책봉해야 한다는 세력과 사종의 형
왕자 이홍을 태자로 책봉해야 한다는 세력이 맞섰을 것이다. 왕자 이홍을
미는 세력이 이겼다. 이 세력은 이홍이 왕이 되어야 이득이 있고 사종이 왕
이 되면 손해를 보게 되는 세력이다. 반면에 사종을 미는 세력은 사종이 왕
이 되어야 이득을 보는 사람들이다.

   692년 7월에 효소왕이 즉위하였다. 효소왕을 미는 세력은 사종을 미는
세력과 타협하여 원자 사종을 부군으로 책봉하였다. 693년의 8월 5일에
효소왕의 아우 봇내와 효명이 오대산으로 숨어들었다. 아마도 아우 사종
이 부군으로 책봉되면서 태자궁인 동궁을 차지하자 그 형들인 봇내와 효
명의 입지가 곤란해져서 생긴 일로 보인다.

   700년 5월의 '경영의 모반'으로 이에 연루된 부군 사종이 폐위되었다.
사종은 원자의 자격도 박탈당하였을 것이다. 그리하여 687년 2월에 태어
난 김근{흠}질이 두 번째 원자가 되었다. 『삼국사기』권 제8 「신라본기
제8」 「신문왕」 조의 687년 2월 '원자가 태어났다[元子生]'라는 『삼국사
기』에서 유일한 이 기록은 바로 김근{흠}질의 출생을 적은 것이다.

   『삼국사기』권 제6 「신라본기 제6」 「문무왕」 원년 조의 유명한 이야기
대로 처음 김유신의 동생 문희가 언니 보희로부터 '오줌 눈 꿈'을 샀다.
태종무열왕은 문희와 상관하여 법민을 낳았고, 고타소의 어머니인 원부인
이 죽자 문희와 재혼하였다. 둘 사이에 여러 아들이 태어났다. 원자는 김
법민, 그가 후에 문무왕이 되었다.

   동생에게 꿈을 판 보희는 다른 데로 시집 갈 수가 없었다.[11] 그가 어떻

---

11) 이 '매몽설화(買夢說話)'는 『삼국사기』권 제6 「신라본기 제6」 「문무왕 상」에 있다. 이

게 되었는지는 아무도 모른다. 그런데 박창화의 『화랑세기』는 보희가 태종무열왕의 후궁이 되어 요석공주를 낳았다고 적었다. 만약 이 기록이 지어낸 위서로 판명된다면 이러한 설정은 뛰어난 상상력의 산물이라 할 것이다. 박창화는 가히 천재적인 환타지 창조자로서 아무도 생각하지 못한 새로운 신라 세계를 꿈꾸고 있었다고 해야 한다. 그러나 이에 동의할 사람은 없을 것이다. 그렇다면 그의 『화랑세기』는 창작품이 아니라 무엇인가를 보고 베낀 리얼리티라고 보아야 한다.

문희와 보희의 언니인 정희는 김달복과 혼인하였다. 그들 사이에서 김흠돌과 김흠운이 태어났다. 김흠돌은 김유신의 딸 진광과 혼인하였다. 김흠운은 태종무열왕의 딸 요석공주와 혼인하였다. 그런데 655년 1월 백제와의 양산 아래 전투에서 김흠운이 전사하였다. 20여 세 남짓이었다. 그리하여 요석궁에는 홀로 된 공주가 살게 되었다. 이 공주에게는 김흠운과의 사이에서 태어난 어린 딸이 하나 있었다. 그가 김흠운의 딸이다. 김흠돌과 진광 사이에서도 딸이 태어났다. 그가 김흠돌의 딸이다.

그러니까 정명태자의 태자비인 김흠돌의 딸은 김유신의 외손녀이고, 소명전군의 약혼녀였던 김흠운의 딸은 태종무열왕의 외손녀이다. 681년 7월 1일 문무왕이 사망하였을 때, 그리고 7월 7일 신문왕이 즉위할 때 정명태자와 태자비 김흠돌의 딸 사이에는 아들이 없었다. 그런데 정명태자와 그의 형 소명전군의 약혼녀였던 김흠운의 딸 사이에는 적어도 이홍, 봇내의 두 아들이 있었고, 어쩌면 셋째 아들 효명도 태어났거나 뱃속에

이야기를 김유신이 김춘추를 꾀어 누이와 사통하게 하였다거나 문희가 언니에게서 꿈을 사서 팔자를 고쳤다는 것으로만 이해하는 것도 역사의 진실을 가리는 일이다. 꿈을 팔아서 팔자를 그르친 문희의 언니 보희는 어떻게 되었을까? 그녀는 평생을 동생에게 꿈을 판 것을 후회하고 아쉬워하지 않았을까? 그 원한은 어디로 분출되었을까? 나아가 김유신의 이 계략은 역사적으로 어떻게 평가되어야 할 것인가?

있었다.

그리고 681년 8월 8일 '김흠돌의 모반'으로 서라벌은 통일 전쟁에 종군한 장군들의 피로 피바다가 되었다. 8월 21일 상대등 겸 병부령을 맡고 있던 최고위 장군 김군관이 아들 천관과 함께 '자진(自盡)하라'는 명을 받고 이승을 떠났다. 이유는 '미리 알리지 않았다.'였다. 사돈 김흠돌의 모반을 밀고하지 않았다는 죄목으로 보인다. 사실은 멸망한 전 정권, 김유신-문명왕후-김흠돌에게 충성한 죄값이다. 충성은 아무 데나 하는 것이 아니다. 이러한 비극적 정쟁이 앞으로 보게 될 이 책 내용의 역사적 배경이다. 이 정쟁에 이어지는 비극이 앞으로의 이야기의 주된 흐름을 끌고 갈 것이다.

제3장

「대산 오만 진신」과
「명주 오대산 봇내태자 전기」의
비교

「대산 오만 진신」과
「명주 오대산 봇내태자 전기」의 비교

1. 『삼국유사』는 『삼국사기』가 빠트린 일들을 적었다

역사의 진실

이제부터 『삼국사기』가 누락한, 아니 감추고 인멸한 성덕왕의 즉위 과정에 대한 『삼국유사』의 보완적 기록들을 살펴서 역사의 진실을 밝히기로 한다. 『삼국유사』에는 '성덕왕의 즉위와 관련된 역사적 사실'을 적은 비슷한 내용의 두 기록이 존재한다. 하나는 「대산 오만 진신」이고 다른 하나는 「명주 오대산 봇내태자 전기」이다.

이 두 기록 속에는 두 가지 이야기가 섞여 있다. 흔히 '오대산 진여원 개창 기록'이라는 이름 아래 이 두 기록 속의, 자장법사가 이곳에 문수도량을 열었다는 사실과 성덕왕이 진여원을 지었다는 사실을 섞어서 기술하고 있다. 그러나 이 두 사실은 엄격히 구분하여 이해하여야 한다.

첫째 이야기인 자장법사가 643년 당나라에서 돌아와 오대산에 들어온 것은 선덕여왕 때이다. 둘째 이야기인 33대 성덕왕이 되는 효명태자가 형 봇내태자와 함께 오대산에 숨어들어 수도하던 것은 32대 효소왕 때인 693년에서 702년 사이이다. 50여년 이상 차이가 난다. 그리고 성덕왕이 진여원을 지은 것은 705년이다.

자장법사와 관련된 이야기는 불교 기록이다. 나머지 기록은 31대 신문왕, 32대 효소왕, 33대 성덕왕에 이르는 통일 신라의 정치사 기록이다. 그 속에는 밝혀지지 않은 비밀들이 잔뜩 들어 있다. 이하에서 역사적 사실을 객관적으로 기술함으로써 겸허하게 역사의 진실 앞에 서고자 한다.

2. 두 기록의 관계

「산중의 고전」이 먼저 있었다

「대산 오만 진신」과 「명주 오대산 봇내태자 전기」는 진여원 개창을 기록하면서, 효소왕 시대의 왕위 쟁탈전과 그 결과 어부지리로 성덕왕이 즉위하게 되는 과정에 대한 중요 정보를 포함하고 있다.

「대산 오만 진신」은 일의 내용을 자세히 적고 등장인물과 일어난 사건에 대하여 설명하는 주를 많이 붙였다. 「명주 오대산 봇내태자 전기」는 일의 내용을 간추려서 간략히 적고 주를 하나도 붙이지 않았다. 이렇게 일의 전후 사정과 진행 과정을 자세히 담고 주가 붙은 기록과 일의 골자, 즉 핵심 내용만 요약하여 적은 기록이 있을 경우, 일반적으로는 전자가 먼저 있고 후자는 그것을 요약하였다고 보게 될 것이다.

그러나 내용을 자세히 따져서 읽어 보면 「명주 오대산 봇내태자 전기」가 먼저 있고 「대산 오만 진신」은 거기에 살을 붙인 것으로도 보인다. 그렇다면 이 두 기록의 선후 관계는 어떤 것일까? 이 문제를 먼저 정리하여야 두 기록의 내용을 비교하여 등장하는 인물들의 정체를 밝히는 것이 정확한 결과에 도달할 것으로 보인다.

「대산 오만 진신」의 시작 부분은 (1)과 같다. (1)을 보면 일연선사는 산중에 예부터 전해 오는 「산중의 고전」이라는 '어떤 기록'을 보고 「대산 오만 진신」을 재구성하고 있다.

> (1) 산중의 고전을 살펴보면[按山中之古傳], 이 산이 진성이 거주하는 곳
> 이라고 이름난 것은 자장법사로부터 비롯되었다[此山之署名眞聖住處
> 者 始慈藏法師]. <『삼국유사』권 제3 「탑상 제4」, 「대산 오만 진신」>

「대산 오만 진신」의 세주를 자세히 들여다보면, 이 「산중의 고전」은 「명주 오대산 봇내태자 전기」에 가까운 기록이었을 것으로 보인다. 그 이유는 「대산 오만 진신」의 세주에서 '「고기(古記)」에 이르기를'이나 '「기(記)」에 이르기를' 하고 인용하는 내용이 거의 모두 「명주 오대산 봇내태자 전기」의 내용이기 때문이다. 일연선사는 내용상으로 「명주 오대산 봇내태자 전기」에 매우 가까운 「산중의 고전」을 보면서 「대산 오만 진신」을 재구성하고 있다. 그 과정에서 의심스러운 내용에 대해서는 세주를 붙이고 있는 것이다.

두 왕자 입산 시기: 태화 원년이 아니다

두 기록의 가장 큰 차이는 두 왕자 입산 시기에 대한 기술이다. 하나는

태화 원년[648년] 8월 5일이라 했고 다른 하나는 막연히 '어느 날 저녁에'라고 하였다.

(2)의 「대산 오만 진신」의 세주에는 '「고기」에 이르기를 태화 원년 무신년[648년] 8월 초에 왕이 산 속으로 숨었다고 했으나 이 문장은 크게 잘못된 듯하다.'라 하고, '만약 말한 대로 (이때가) 태화 원년 무신년[648년]이라고 한다면, 즉 효조가 즉위한 갑진[임진의 잘못: 필자, 692년]년보다 45년이나 앞선 태종문무대성왕의 치세이다. 이로써 이 문장이 잘못된 것임을 알 수 있으므로 취하지 않았다.'고 지적하였다. 그리고 일연선사는 '홀연히 어느 날 저녁에'라고 막연하게 입산일을 적었다.

(2) 그 다음 날 큰 고개를 넘어 각기 천명으로 된 도를 거느리고 성오평에 이르러 여러 날 유람하다가[翌日過大嶺各領千徒到省烏坪遊覽累日] 홀연히 어느 날 저녁에 형제 2사람은 속세를 벗어날 뜻을 몰래 약속하고 아무도 모르게 도망하여 오대산으로 숨어들었다[忽一夕昆弟二人密約方外之志不令人知逃隱入五臺山]. *{「고기」에 이르기를 태화 원년 무신년[648년] 8월 초에 왕이 산 속으로 숨었다고 했으나 이 문장은 크게 잘못된 듯하다[古記云太和元年戊申八月初王隱山中 恐此文大誤]. 생각하건대 효조*(照는 昭로도 적음)*는 천수 3년 임진년[692년]에 즉위하였는데 그때 나이가 16세였으며, 장안 2년 임인년[702년]에 붕어했으니 누린 나이가 26세였다[按孝照*(一作昭)* 以天授三年壬辰卽位時年十六 長安二年壬寅[702년]崩壽二十六]. 성덕이 이 해에 즉위하였으니 나이 22세였다[聖德以是年卽位 年二十二]. 만약 말한 대로 (이때가) 태화 원년 무신년[648년]이라고 한다면, 즉, 효조가 즉위한 갑진#{임진의 잘못: 필자, 692년}#년보다 45년이나 앞선 태종문무대성황제의 치세이다[若曰太和元年戊申 則先於孝照卽位甲辰已過四十

五歲 乃太宗文武王之世也]. 이로써 이 문장이 잘못된 것임을 알 수 있으므로 취하지 않는다[以此知此文爲誤 故不取之].} <『삼국유사』 권 제3 「탑상 제4」 「대산 오만 진신」>

그런데 「명주 오대산 봇내태자 전기」의 (3)에는 '태화 원년 8월 5일에' 형제가 함께 오대산에 숨어들었다는 기록이 있다. 그러니 (2)에서 말한 「고기」가 (3)의 「명주 오대산 봇내태자 전기」의 내용을 포함하고 있었음에 틀림없다. 「고기」라 부르는 「산중의 고전」은 「명주 오대산 봇내태자 전기」와 매우 비슷했을 것이다.

   (3) 그 다음 날 각기 1천명의 사람을 거느리고 큰 고개를 넘어 성오평에 이르러 며칠간 유완하다가[翌日踰大嶺各領一千人到省烏坪累日遊翫] 태화 원년[648년] 8월 5일에 형제가 함께 오대산에 숨어들었다[太和元年八月五日兄弟同隱入五臺山]. <『삼국유사』 권 제3 「탑상 제4」 「명주 오대산 봇내태자 전기」>

「대산 오만 진신」 (2)의 세주는 「명주 오대산 봇내태자 전기」 (3) 속의 날짜에 대한 주석이다. 「명주 오대산 봇내태자 전기」의 (3)은 터무니없는 연대를 말하고 있다. 33대 성덕왕이 되는 효명태자가 오대산에 숨어든 시기가 648년인 28대 진덕여왕 2년[태화 원년]일 리가 없기 때문이다. 이에 대한 비판이 이 세주이다.

이 세주는 아주 정확한 것이다. 효소왕이 즉위한 692년 후의 어느 해 8월 5일에 효소왕의 아우인 두 왕자가 오대산에 숨어들었을 것이다. 그런데 그것을 진덕여왕 때인 648년이라고 적었으니 45년이나 앞선 시기를 잘못 적은 것이다. 그 648년, 진덕여왕 2년인 태화 원년은 당 태종 문무대성 황제의 치세이다.

태종문무왕은 당 태종이다

국사학계에서는 「대산 오만 진신」의 세주 속의 효소왕과 성덕왕의 나이를 신뢰하지 않는다. 모두 효소왕은 6세에 즉위하였고 성덕왕은 12세에 즉위하였다고 보고 있다(이기동(1998), 이영호(2011)). 그리하여 이 기록 전체 내용을 불신한다. 그런데 이 의심은 이 대목에 나오는 '태종문무왕'을 잘못 이해한 것에도 일정한 원인이 있는 것으로 보인다.

그동안의 모든 논저들과 번역서를 보면, 이 태종문무왕을 신라의 태종 무열왕, 문무왕과 관련을 짓고 있다. 그러나 그 논저들과 번역서들은 틀린 것이다. 654년에 즉위한 태종무열왕과, 661년에 즉위한 문무왕의 치세가 어찌 648년인 태화 원년에까지 미칠 수 있겠는가?

여기서 말하는 '태종문무왕'은 신라의 왕들이 아니다. 이 태종문무왕은 당 태종을 가리킨다. 당 태종의 정식 시호가 '태종문무대성황제'이다. 『삼국사기』 연표에도 당 태종을 '太宗文武大聖皇帝 世民'이라고 길게 적고 있다. 그러므로 현재 국사학계에서 『삼국유사』의 이 기록을 오류가 많은 설화로서 역사 연구 자료가 되지 못한다고 하는 것은 잘못된 번역과 이해 위에 나온 편견으로 대단히 잘못된 것이다.

여기서 매우 중요한 것은 효소왕이 16세에 즉위하여 26세에 승하하였고, 성덕왕이 22세에 즉위하였다고 증언한 것이다. 일연선사의 이 증언은 현대 한국의 국사학계를 구렁텅이로 몰아넣을 만한 기록이다. 그들은 (4)에서 보듯이 효소왕이 6세에 즉위하였다고 하고 있다.

(4) 효소왕은 6세의 어린 나이로 왕위에 올랐는데, 母后가 섭정하는 등
스스로에 의한 정상적인 왕위수행은 어려웠을 것으로 생각되기 때
문이다. <국사편찬위원회(1998), 『한국사 9』, 「통일신라」 96면>

이것은 『삼국사기』의 687년 2월 '원자 생' 기록과 691년 3월 1일의
'왕자 이홍 태자 책봉' 기록에서 이 '원자'가 '왕자 이홍'과 동일인이고
그가 효소왕이 되었다고 착각하였기 때문이다. '원자'와 '왕자'를 구분하
지 못하고, '원자가 태자가 되지 않고' '왕자 이홍이 태자가 되었다'고 적
은 기록을 제대로 해석하지 못하여, 효소왕이 6세에 즉위하여 16세에 사
망하였다는 틀린 역사 기록을 하고 있는 것이 국사편찬위원회(1998)이다.
효소왕은 신문왕의 원자가 아니다. 신문왕의 원자는 683년 5월 7일 신
문왕과 정식 혼인한 신목왕후가 왕비의 자격으로 낳은 아들들이다. 나중
에 보듯이 684년생 김사종과 687년 2월생 김근{흠}질이 원자들인데 『삼
국사기』의 687년 2월 '元子生'은 김근{흠}질의 출생을 적은 것이다. 처
음에는 684년생 김사종이 원자로서 부군이 되었을 것이다. 그러나 그는
700년 5월의 '경영의 모반'에 연루되어 부군에서 폐위되었다. 그러니 원
자의 자격도 잃었을 것이다. 그래서 그의 아우 김근{흠}질이 최종적으로
신문왕의 원자로 기록된 것이다.
이 두 왕의 즉위 시의 나이는 『삼국사기』에는 전혀 나오지 않는 것으로
『삼국유사』만이 보여 주는 보배 같은 기록이다. 그 내용이 「산중의 고전」
의 두 왕자가 태화 원년[648년] 8월 5일에 오대산에 숨어들었다는 연대
가 잘못된 것임을 논증하는 증거로 제시되었다. 그러니 효소왕이 16세에
즉위하여 26세에 승하하였다는 일연선사의 이 증언은 절대로 틀릴 수 없
는 진리 중의 진리이다.

그러므로 우리는, 일연선사가 「명주 오대산 봇내태자 전기」와 매우 비슷한 「산중의 고전」을 보면서 새로이 「대산 오만 진신」을 재구성하였다는 것을 확신할 수 있다. 실제로 「명주 오대산 봇내태자 전기」는 두 왕자의 입산 시일을 '태화 원년 8월 5일'이라고 적고 있지만, 「대산 오만 진신」은 '홀연히 어느 날 저녁에'라고 막연하게 표현하고 있는 것이다.

효소왕=효조왕=효명왕과 효명태자

일연선사는 여기 나오는 효명태자를 효소왕으로 혼동한 듯한 주를 붙이고 있다. 「대산 오만 진신」의 세주 (5)는 「명주 오대산 봇내태자 전기」의 (6)에 대한 주석이다. 그런데 (5)는 「기(記)」에 이르기를 효명태자가 즉위하여 신룡년에 진여원을 세웠다는 기록이 미심쩍다고 하면서 신룡년에 절을 세운 사람은 성덕왕이라고 하고 있다. 일연선사는 효명(태자)를 '효명왕'이기도 한 '효조왕', '효소왕'으로 착각하고 있는 것이다. (5)에서 '효명'이 '효조'의 잘못이라'고 한 것이 이를 보여 준다. 이 일은 어떻게 이해해야 할 것인가?

(5) 효명은 이에 효조*(照는 昭로도 적음)*의 잘못이다[孝明乃孝照*(一作昭*)之訛也]. 「기」에 이르기를 효명이 즉위하여 신룡년에 터를 닦고 절을 세웠다 하는 것은 역시 불세상한 말이다[記云孝明卽位而神龍年開土立寺云者 亦不細詳言之尒]. 신룡년에 절을 세운 사람은 이에 성덕왕이다[神龍年立寺者乃聖德王也]. <『삼국유사』권 제3 「탑상 제4」 「대산 오만 진신」>

(6) 효명태자를 모시고 서라벌에 와서 즉위시켰다[陪孝明太子歸國卽位]. 재위 20여 년, 신룡 원년 3월 8일 비로소 진여원을 열었다(운운)[在位二十餘年 神龍元年三月八日 始開眞如院(云云)].
    <『삼국유사』권 제3 「탑상 제4」 「명주 오대산 봇내태자 전기」>

일연선사는 효명이 효소왕인 줄로 착각하고 불필요한 세주 (5)를 붙였다. (6)은 정확하게 효명태자가 즉위하여 진여원을 열었다는 사실을 적었다. 다만 (6)에서 재위 20여년이라 한 것은 잘못된 것이다. 702년 즉위하여 705년 진여원을 지었으니 재위 4년이라 해야 옳다. (7)에서 보듯이 일연선사도 「대산 오만 진신」의 세주에서 이를 정확하게 말하고 있다.

(7) 그러나 이 「기」의 아래 부분 글에서 신룡 원년에 터를 닦고 절을 세웠다고 하였으니, 즉, 신룡이란 성덕왕 즉위 4년 을사년이다[然此記下文云神龍元年[705년]開土立寺　則神龍乃聖德王卽位四年乙巳也]. <『삼국유사』 권 제3 「탑상 제4」 「대산 오만 진신」>

왜 일연선사가 이렇게 '효명이 효소왕인 것으로 착각하고' 있었을까? 그것은 이 '明', '照', '昭'라는 글자들이 가진 비밀을 잘 몰랐기 때문이다. '孝明', '孝照', '孝昭'는 혼전, 혼외자로 태어나 외할머니의 비호 아래 왕위에 올랐으나 부군인 아우 세력에게 모반 당하여 26세의 젊은 나이에 어린 아들 하나를 남기고 죽은 비운의 왕, 효소왕의 슬픈 운명을 시사(示唆)하는 시호들이다. 그것은 바로 동방의 거대 제국 당나라와 손잡고 주변의 나라들을 멸망시킨 뒤 스스로 당나라의 속국이 된 극동 약소국 신라의 운명을 말해 주는 것이기도 하다.[1]

照와 曌를 정확하게 알아야 한다

'照(조)'는 당나라 측천무후의 이름 자(字)이다. 이 시대 기록에서는 이

---

[1] 원교근공(遠交近攻), 멀리 있는 세력과 손잡고 가까이 있는 적을 공격하여 견제하라. 먼 적은 땅을 빼앗지는 못하지만 가까이 있는 적은 언제든 땅을 빼앗아 간다. 이를 지키지 않으면 근적(近敵)에게 먹히고 만다. 동양 외교사의 철칙이다.

글자나 이 글자와 비슷한 글자만 나와도 정신 똑 바로 차리고 읽어야 한다. 안 그러면 모두 틀리게 되어 있다. 지금 유통되는 국사학계의 논저들과 엉터리 번역서들은 이에 대하여 제대로 이해하고 쓴 것이 하나도 없다.

측천무후의 이름 자는 피휘 대상이 되는 글자이다. 그의 손자 이름인 '융기(隆基)'도 피휘하여 성덕왕의 이름을 바꾸었는데, 하물며 여황제의 이름을 그대로 시호(謚號)에 쓸 수 있었겠는가? 피곤한 약소국 신라의 본질이다. 신라 32대 왕이 승하했을 때 시호를 효조왕(孝照王)이라 하였을 것이다.[2] 이 孝照王의 '照' 자가 피휘에 걸린다. 그래서 '照'를 피휘하여 '불 灬'를 떼고 '昭'로 한 것이 '孝昭王(효소왕)'이다.

그런데 황제가 된 측천무후는 측천자(則天字)를 제정하였다. 그 측천자 가운데 저자가 보기에 가장 중요한 글자는 자신의 이름 '照'를 대치한 글자인 '조(曌)'이다. '하늘 空(공)' 위의 '해 日'와 '달 月'을 의미하는 이 글자가 당나라 측천무후 때의 새로운 '비칠 曌(조)' 자이다. 효조왕의 '照'를 '曌(조)'로 쓸 경우 이 '曌'는 피휘 대상이 된다. 그래서 孝曌王(효조왕)의 '曌'에서 피휘하여 '하늘 空'을 떼면 '明'이 남아 '孝曌王'은 '孝明王(효명왕)'이 된다.

이렇게 하여 '孝昭王'과 '孝明王'이 같아진다. 그러므로 '효소왕 즉위'를 '효명왕 즉위'라고 적을 수는 있다. 실제로 『삼국사기』의 권 제8 권두 차례에는 '孝昭王'을 '孝明王*{明은 본문에는 昭로 적는다(明本文作昭)}.*'이라 적고 있다. 이것은 측천무후의 이름 자 '照, 曌'와 관련을 짓지 않고는 설명이 안 된다. 흔히 국사학계에서 고려 광종의 휘인 소(昭)를 피휘하여 효소왕을 효명왕이라고 적었다고 하는 모양인데 말도 안 되는 소리이다.

---

2) 706년에 성덕왕이 조성한 황복사 터 3층석탑 금동사리함기 명문에는 702년에 사망한 효소왕을 孝照大王이라 적고 있다.

'昭'를 피휘해야 한다면 孝昭王을 쓸 수 없다. 昭와 明은 사용가능했고 못 쓰는 글자는 照, 曌이다. 이치에 닿는 말을 해야지.

「기(記)」와 「고기(古記)」

이로 보면 (5)의 「기(記)」도 결국 (2)의 「고기(古記)」와 같은 것이고, 일 연선사가 말하는 소위 「산중의 고전」이 「명주 오대산 봇내태자 전기」에 매우 가까운 내용이었음을 알 수 있다. 「기」나 「고기」는 「전기」를 줄여 쓴 것 같은데 그 「전기」는 「명주 오대산 봇내태자 전기」일 가능성이 크다. 그것을 「산중의 고전」이라고 부르는 것보다는 '「명주 오대산 봇내태자 전기」 원본'이라고 부르는 것이 더 정확할 것이다. 그리고 「대산 오만 진신」과 「명주 오대산 봇내태자 전기」를 비교하여 검토하려면 후자를 먼저 검토하고 그 후에 전자를 검토하는 것이 올바른 순서이다.

일연선사가 보고 있던 「산중의 고전」은 지금 『삼국유사』에 실린 「명주 오대산 봇내태자 전기」보다는 더 상세하고 길었을 것이다. 지금의 「명주 오대산 봇내태자 전기」는 거의 이야기의 골조만 남아 있다. 부대 사항들, 「대산 오만 진신」에는 있으나 「명주 오대산 봇내태자 전기」에는 없는, 그런 소소한 정보들을 많이 생략한 것으로 보인다. 그 근거로는 다음과 같은 몇 가지 사실들을 들 수 있다.

첫째, 「대산 오만 진신」의 첫 부분 자장법사와 관련된 시작 대목이 지금의 「명주 오대산 봇내태자 전기」에는 없다. 그러나 「산중의 고전」에는 있었을 것이다. 왜냐하면 자장법사가 당 나라에서 돌아와 오대산에 와서 진신을 보려 하다가 못 보고 돌아간 시점과 두 왕자의 입산 시점을 연결 지어서, 「명주 오대산 봇내태자 전기」가 잘못된 연대인 태화 원년[648년]을 도출해 내려면, 「산중의 고전」에도 자장법사가 오대산에 왔다가 돌아간 기록이 있어야 하기 때문이다.

둘째, 「명주 오대산 봇내태자 전기」에서, 문수대성이 매일 인조(寅朝[새벽]) 36형으로 화현(化現)한다는 대목에서 '36형은 「대산 오만 진신전」을 보라[三十六形見臺山五萬眞身傳].'고 하였다. 이는 「산중의 고전」에도 36형이 다 나열되어 있었음을 의미한다. 그것을 보고 「대산 오만 진신」을 재구성하면서 36형을 나열하였다. 그런데 그 뒤에 「명주 오대산 봇내태자 전기」를 적으면서 다시 36형을 쓸 필요는 없는 것이다. 그러니까 「명주 오대산 봇내태자 전기」에는 36형이 없다.

셋째, 「명주 오대산 봇내태자 전기」는 '재위 20여 년. 신룡 원년[705년] 3월 8일 비로소 진여원을 열었다(운운)[在位二十餘年 神龍元年三月八日 始開眞如院(云云)].' 하고 끝났다. 그 뒤에 대왕이 이 절에 와서 재물과 토지로 시주를 하는 내용이 없다. '운운' 하고 생략한 것이다. 그러나 「대산 오만 진신」에는 (8)에서 보는 대로 그 내용이 자세하게 들어 있다. 「산중의 고전」에 들어 있었어야 「대산 오만 진신」이 토지의 면적까지 적을 수 있었을 것이다.

(8) 대왕이 친히 문무백관을 거느리고 산에 이르러, 전당을 세우고 아울러 문수대성의 진흙상을 만들어 당 안에 봉안하고, 지식 영변 등 5명으로 화엄경을 오랫동안 번역하게 하였다[大王親率百寮到山 營構殿堂並塑泥像文殊大聖安于堂中 以知識靈卞等五員長轉華嚴經]. 이어 화엄사를 조직하여 오랫동안 비용을 대었는데, 매년 봄과 가을에 이 산에서 가까운 주현 창고로부터 조 1백석과 정유 1석을 바치게 하는 것을 상규로 삼고, 진여원으로부터 서쪽으로 6천보를 가서 모니점과 고이현 밖에 이르기까지의 시지 15결과 율지 6결과 좌위 2결을 주어 처음으로 농장을 설치하였다[仍結

爲華嚴社長年供費 每歲春秋各給近山州縣倉租一百石精油一石以
爲恒規 自院西行六千步至牟尼岾古伊峴外 柴地十五結 栗枝六結
座位二結 創置莊舍焉]. <『삼국유사』 권 제3 「탑상 제4」 「대산
오만 진신」>

　넷째, 봇내태자가 죽을 때 남긴 기록이 「명주 오대산 봇내태자 전기」에
는 시작 부분의 첫 문장, ‘오대산은 곧 백두산의 큰 줄기인데 각 대에는
진신이 상주한다. 운운[五臺山是白頭山大根脈各臺眞身常住　云云]’만
들어 있다. 여기서의 ‘운운’은 그 뒤를 생략하였다는 의미이다. 그런데 「대
산 오만 진신」에는 이 유서(遺書)가 매우 길게 전문이 수록되어 있다. 그
러므로 「산중의 고전」에는 ‘그 뒤’가 다 들어 있었을 것이다.

　그러므로 다른 부분에서도 부수적인 정보를 생략한 경우가 있을 것이
다.『삼국유사』 편찬에서 「산중의 고전」을 참고하여 「대산 오만 진신」을
재구성하여 앞에 기술하고 나서, 뒤에 다시 「명주 오대산 봇내태자 전기」
를 기술할 때는 중복되는 부분을 많이 생략한 것이다. 세 군데에서 ‘운운’
한 것이 이를 보여 주는 증거이다.

　일연선사는 「산중의 고전」을 보면서 거기에 살을 붙여 「대산 오만 진
신」을 재구성하고 세주를 붙인 것이다.『삼국유사』에는 「대산 오만 진신」
이 앞에 있고 「명주 오대산 봇내태자 전기」가 뒤에 있다. 「대산 오만 진
신」 뒤에 「명주 오대산 봇내태자 전기」를 실을 때에는 중복되는 부수적
사항들을 많이 생략하였다. 그러므로 「산중의 고전」은 지금의 「명주 오대
산 봇내태자 전기」보다 더 상세하였을 것이다.

新羅와 國에 대하여

이 두 기록의 관계에 대하여 이미 '신동하(1997)가 「대산 오만 진신」의 근거 자료인 「산중 고전」은 신라 시대에 작성되었으며 「명주 오대산 봇내태자 전기」는 고려조에 작성되었다는 것을, 「대산 오만 진신」의 '國'과 「명주 오대산 봇내태자 전기」의 '新羅'의 차이로 논의하였다.'고 한다(조범환(2015:105-106)).

「명주 오대산 봇내태자 전기」가 고려 때 되었다는 것, 「대산 오만 진신」이 고려 때 되었다는 것이야 당연한 것이다. 둘 다 일연선사가 손질한 글이기 때문이다. 다만 「대산 오만 진신」은 일연선사가 주를 달아가면서 새로 쓰다시피 한 것이고, 「명주 오대산 봇내태자 전기」는 원래 전해 온 산중(山中)의 고전(古傳)을 「대산 오만 진신」과 중복된 부분은 대폭 줄이고 핵심 내용만 간추린 것이다.

신동하(1997)가 「산중 고전」이 신라 시대의 기록일 것이라 판단한 것은 옳다. 오대산에는 「명주 오대산 봇내태자 전기」와 「대산 오만 진신」의 내용을 담고 있는 신라 시대의 어떤 기록들이 있었을 것이다. 신동하(1997)은 그것을 「산중 고전」이라고 부르고 그것이 신라 시대에 작성되었을 것이라고 한 것이다.

이 「산중의 고전」을 보면서 주를 달아가며 일연선사는 「대산 오만 진신」을 새로 재구성하여 작성하였다. 「대산 오만 진신」은 새 글인 것이다. 그리고 「대산 오만 진신」을 작성하고 난 후, 『삼국유사』의 앞부분에 「대산 오만 진신」을 넣고 뒷부분에 「명주 오대산 봇내태자 전기」를 실을 때에는 「산중의 고전」을 대폭 간략히 하여 「명주 오대산 봇내태자 전기」로 요약하였다. 그러므로 지금 우리가 보는 「대산 오만 진신」과 「명주 오대산 봇내태자 전기」는 어느 것이 먼저 되었는지 논의할 대상이 아니다. 이 두 기록은 일연선사 시대에 일연선사에 의하여 재구성되었으니 고려 시대에 된 것이다.

그러나 이 두 기록이 보고 베낀 원본, 즉 「산중의 고전」은 신라 시대에 된 것일 가능성이 크다. 그리고 그것을 거의 그대로 요약하여 옮겨 적은 「명주 오대산 봇내태자 전기」는 이와 매우 비슷했을 것이다. 따라서 두 기록 가운데는 「명주 오대산 봇내태자 전기」가 「대산 오만 진신」보다 더 오래 된 것 같은 모습을 보이게 되어 있다. 그러니까 「명주 오대산 봇내태자 전기」에는 신라 시대의 언어 감각이 남아 있고 「대산 오만 진신」에는 고려 시대 일연선사의 언어 감각이 반영되어 있다.

이러한 관점에서 '新羅[셔블]'과 '國[나랗]'에 대해서는 국어학적으로 정확한 이해가 필요하다. 고문헌은, 특히 한글 창제 이전에 한자로 적힌 고문헌은 어느 것이나 이두, 향찰 표기 방식을 알고 읽어야 한다. 이두, 향찰 표기 방식의 원리는 간단하다. 한자의 소리[音]과 뜻[새김, 釋 또는 訓]을 이용하여 한국어를 적었다는 것이다. 따라서 한자의 소리와 뜻을 알아야 한다. 한자의 소리는 중국어 음운사를 알아야 하고 한자의 새김은 고대 한국어의 어휘를 알아야 한다.

「명주 오대산 봇내태자 전기」에는 '新羅'가 3번 나오고 '國'이 3번 나온다. 「대산 오만 진신」에는 '新羅'가 1번 나오고 '國'이 1번 나온다.

3번 나오는 '新羅'는 뜻이 두 가지이다. 앞에 나오는 (9a)의 '新羅'는 국명이다. 뒤에 나오는 (9a, b)의 두 '新羅'는 국명이 아니고 도읍지 '셔블'을 뜻한다.

(9) a. 新羅淨神太子寶叱徒[신라의 정신의 태자 봇내가]
   b. 淨神太子 弟副君在新羅爭位誅滅[정신의 태자가 아우 부군과

신라[셔블]에서 왕위를 다투다가 주멸하였다].

c. 國人遣將軍四人到五臺山[국인이 장군 네 사람을 보내어 오대
산에 이르러], 孝明太子前呼萬歲 卽時有五色雲自五臺至<u>新羅</u>
七日七夜浮光[효명태자 앞에서 만세를 부르자 즉시 5색 구름
이 오대산으로부터 신라[셔블]에 이르기까지 7일 밤낮으로 빛
이 떠 있었다]. <『삼국유사』 권 제3 「탑상 제4」 「명주 오대산
봇내태자 전기」>

(9a)의 '新羅'는 '新[새 신] 羅[벌 라]'의 음으로 읽은 것이다. 이렇게
한자를 음으로만 읽는 방식은 후대의 한자 이용법이다. 지금의 경주 분지
를 가리키던 '동쪽 벌판[싀벌], 셔블'이 도읍지의 뜻에서 점점 뜻을 넓혀
국명 '신라'가 되었다.

(9b, c)의 '新羅'는 '新[새 신] 羅[벌 라]'에서 새김[釋, 訓]을 취한
'새벌'로써 '셔블'을 적은 것이다. 한자의 훈을 이용하여 우리말을 적는
더 오래 된 방법이다. 이 '新羅'는 '徐羅伐, 徐伐'과 같은 것으로 우리말
'싀벌>셔블>서울'을 한자의 새김을 이용하여 적은 것이다. '徐羅伐'은
'羅'를 훈독하고 나머지 두 글자를 음독한 것으로 '서벌벌'이다. '벌'을 2
번 반복하여 적었다. '徐伐'은 두 글자 모두 음독한 것이다.

「명주 오대산 봇내태자 전기」에는 이 두 가지 한자 이용법이 다 사용되
고 있다. 초기의 한자 훈 이용법인 '셔블'로서의 '新羅'와 후기의 한자 음
이용법 국명 '신라'로서의 '新羅'가 다 나온 것이다.

그런데 「대산 오만 진신」에는 '셔블'을 의미하는 초기 한자 이용법의
'新羅'는 나오지 않는다. 즉, (10)에서는 국명으로서의 '新羅'는 (10a)에
그대로 두면서 (10b, c)의 도읍 명으로서의 '新羅[셔블]'은 지웠다. 밑줄
친 자리에 있어야 할 '在新羅[셔블에 이셔]'라는 글자를 지운 것이다.

(10c)는 문장이 워낙 많이 바뀌어 속단하기 어렵다. (9c)의 '自五臺至新羅'라는 내용이 너무 황당해서인지 통째로 지웠다. '垂覆[드리워 덮이다]'의 목적어가 나라 전체라면 뜻은 같아진다. 그러나 도읍 명으로서의 '新羅'를 사용하지 않은 것은 확실하다. 「대산 오만 진신」에는 초기 한자 이용법의 '新羅'는 없고 후기 한자 이용법의 '新羅'는 있는 것이다.

(10) a. <u>新羅</u>淨神大王太子寶川孝明兩昆弟到河西府

　　b. 淨神王之弟與王＿＿＿爭位國人廢之

　　c. 遣將軍四人到山迎之[장군 네 사람을 보내어 산에 이르러 맞아 오게 하였다]. 先到孝明庵前呼萬歲[먼저 효명의 암자 앞에 이르러 만세를 불렀다]. 時有五色雲七日垂覆＿＿[이때 5색 구름이 7일 동안 드리워 덮여 있었다]. <『삼국유사』 권 제3「탑상 제4」「대산 오만 진신」>

'國'의 경우도 비슷하지만 조금 주의를 필요로 한다. 「명주 오대산 봇내태자 전기」에 3번 나오는 (11a, b)의 '國'은 '나라'의 의미가 아니다. '도읍지'의 의미이다.

(11) a. 徒中侍衛等推覓不得並皆還<u>國</u>[도 가운데 모시고 호위하던 자들은 좇아 찾았으나 찾지 못하고 모두 <u>나라[셔블]</u>로 돌아갔다].

　　b. 國人尋光到五臺 欲陪兩太子還國 寶叱徒太子涕泣不歸[國人이 빛을 찾아 오대산에 이르러 두 태자를 모시고 <u>나라[셔블]</u>로 돌아가려 했으나 봇내태자는 울면서 가지 않으므로] 陪孝明太子歸國卽位[효명태자를 모시고 <u>나라[셔블]</u>에 와서 즉위시켰다]. <『삼국유사』 권 제3「탑상 제4」「명주 오대산 봇내

태자 전기」>

'國'은 원래 왕이 있는 '궁(宮)', 궁을 둘러싼 '성(城)', 성의 외곽에 설치한 '곽(廓)'을 포함하는 영역을 가리키는 말이다. 도성을 중심으로 그 주변 지역, 도읍을 가리키는 단어이다.[3] 그러다가 점점 더 넓은 영역을 가리키게 되어 왕의 통치력이 미치는 국가 전체를 '나라'라 하게 되었다.

「명주 오대산 봇내태자 전기」에서 '도읍지'로서의 '國'이 나오는 세 곳의 해당 위치에서, 「대산 오만 진신」은 한 번은 '國'이 보이고 두 번은 '國'이 보이지 않는다. (12a)에서는 그 자리에 '國'이 남아 있지만 (12b)에서는 밑줄 친 그 자리에 '國들'이 남아 있지 않다.

(12) a. 侍衛不知所歸 於是還國[모시고 호위하던 자들은 간 곳을 알지 못하여 이에 나라[셔블]로 돌아갔다].

 b. 國人尋雲而畢至 排列鹵簿 將邀兩太子而歸 ____[國人이 그 구름을 찾아 마침내 이르러 임금의 수레 노부를 벌여놓고 두 태자를 맞이하여 ____ 돌아가려 하였다]. 寶川哭泣以辭[보천은 울면서 사양하므로] 乃奉孝明歸 ___ 卽位[이에 효명을 받들어 ____ 돌아와 즉위시켰다]. <『삼국유사』 권 제3 「탑상 제4」 「대산 오만 진신」>

이 작업, 즉 '셔블'의 의미의 '新羅'를 삭제하고, 그리고 '도읍지'를 뜻하며 '셔블'을 가리키는 '國'을 두 자리에서 삭제한 사람이 누구일까? 현

---

3) 일본의 도시 '나라(奈良)'를 보면 그 뜻을 알 수 있다. 이 '奈良'를 예전에는 '寧樂'이라고도 썼다. 나라 미술관을 지금도 '寧樂美術館[Neiraku Museum]'으로 적는다. [neiraku], 이것은 중세 한국어의 'ㅎ 종성 체언' '나랗'과 정확하게 대응한다. 신라 시대에는 [narak] 정도의 발음을 가졌을 것이다. 이기문(1971)을 참고하기 바란다.

재로서는 일연선사가 했다고 볼 수밖에 없다.

이것을 어떻게 해석하는 것이 가장 합리적일까? 국어학자의 처지에서 보면 다음과 같은 설명을 할 수밖에 없다. 일연선사가 「산중의 고전」을 토대로 하여 「대산 오만 진신」으로 새로 재구성하여 작성할 때는 자신의 고려 시대 언어 감각에 맞게 '셔블'이라는 뜻의 '新羅'는 지우고, '도읍지'라는 뜻의 '國'은 한 번은 그대로 두고 두 번은 지웠다. 그러나 「산중의 고전」을 요약하여 「명주 오대산 봇내태자 전기」로 옮겨 적을 때는 「산중의 고전」의 해당 부분을 손대지 않고 원본 그대로 두었다. 그러니 「명주 오대산 봇내태자 전기」가 더 오래 된 것처럼 보이는 것이다.

'寶叱徒'와 '寶川'의 차이도 이를 뒷받침하는 것이다. '寶叱徒'의 '寶'는 어려워서 그냥 두기로 하면 '叱徒'는 향찰 표기법으로 보아 '叱'을 'ㅅ', '무리 徒, 내[복수 접미사] 徒'로 훈독하면 'ㅅ내'가 된다. 그러니 이 인명은 우선 '봇내'라고 읽을 수 있는 것이다. '내 川'을 훈독하면 '寶川'도 '봇내'가 된다. '叱徒'를 '川'으로 바꾼 사람은 누구일까? 역시 일연선사라고 할 수밖에 없다. 일연선사는 '徒'보다는 '川'이 '내'를 적는 데에 더 적합하다고 보았을 수 있다.

3. 두 기록의 같은 내용 검토

두 왕자 입산 시기 비교

여기서는 두 기록이 거의 같은 내용을 적은 부분을 검토해 보기로 한다. 두 기록의 같은 내용을 소개하고 번역하면서 그동안 잘못된 번역, 오해된 내용들, 잘 밝혀지지 않았던 사실들을 밝힌다. 이 과정에서 필요한 자료를 『삼국사기』로부터 가져와서 중간 중간에 소개한다. 이 기록의 전체 내용은 제4장과 제5장에서 각각 검토한다.

『삼국유사』 권 제3 「탑상 제4」, 「명주 오대산 봇내태자 전기」의 앞 부분은 (13)과 같다. 이 내용은 '두 왕자 입산 시기'에 관하여 적은 것으로 두 기록에 다 들어 있다. 주목할 내용은 '태화 원년(648년) 8월 5일'이라는 입신 시기이다.

너무나 단순하지 않은가? 딱 3개의 문장이다. 그 3개의 문장 가운데에서도 (13a)의 '신라 정신 태자 봇내가[新羅 淨神太子寶叱徒]'만 약간의 복잡한 추리를 필요로 하고 나머지는 뜻이 명백하다. 이 부분의 '정신 태자'는 '정신이라는 태자'일까, 아니면 '정신의 태자'일까?

(13) a. 신라(의) 정신(의) 태자 봇내가 아우 효명태자와 더불어[新羅淨神太子寶叱徒與弟孝明太子] 하서부에 이르러[到河西府] 세헌 각간의 집에서 하룻밤을 묵었다[世獻角干家一宿].

   b. 그 다음 날 각기 1천명의 사람을 거느리고 큰 고개를 넘어 성오평에 이르러 며칠간 유완하다가[翌日踰大嶺各領一千人到省烏坪累日遊翫] 태화 원년[648년] 8월 5일에 형제가 함께 오대산에 숨어들었다[太和元年八月五日兄弟同隱入五臺山].

   c. 도 가운데 모시고 호위하던 자들은 좇아 찾았으나 찾지 못하고 모두 나라[서블]로 돌아갔다[徒中侍衛等推覓不得並皆還國]. <『삼국유사』 권 제3 「탑상 제4」 「명주 오대산 봇내태자 전기」>

『삼국유사』 권 제3 「탑상 제4」 「대산 오만 진신」 (14)의 본문은, 자장법사가 오대산으로부터 돌아간 뒤, '신라 정신대왕의 태자인 보천, 효명 두 형제가 오대산으로 숨어들었다.'는 단순한 내용이다. 이 내용은 (13)의 내용과 정확하게 일치한다. 그러나 그 시기를 '어느 날 저녁에'라고 막연하게 쓴 것이 주목된다.

(14) a. 자장법사가 (오대산으로부터) 돌아가고, 신라(의) 정신대왕의 태자[4] 보천, 효명 두 형제가[藏師之返 新羅淨神大王太子寶川孝明二昆弟] *{『국사』에 의하면 신라에는 정신 보천 효명의 3부자에 대한 분명한 글이 없다[按國史新羅無淨神寶川孝明三父子明文]. 그러나 이 「기」의 아래 부분 글에서 신룡 원년[705년]에 터를 닦고 절을 세웠다고 하였으니, 즉, 신룡이란 성덕왕 즉위 4년 을사년이다[然此記下文云神龍元年[705년]開土立寺 則神龍乃聖德王卽位四年乙巳也]. 왕의 이름은 흥광으로 본명은 융기인데 신문의 제2자이다[王名興光本名隆基 神文之第二子也]. 성덕의 형 효조는 이름이 이공*(恭은 洪으로도 적음)*인데 역시 신문의 아들이다[聖德之兄孝照名理恭*(一作洪*亦 神文之子]. 신문 정명은 자가 일조이다. 즉, 정신은 아마도 정명{이나, 과} 신문의 잘못이 아닐까 한다[神文政明字日照 則淨神恐政明神文之訛也]. 효명은 이에 효조*(照는 昭로도 적음)*의 잘못이다[孝明乃孝照*(一作昭*之訛也]. 「기」에 이르기를 효명이 즉위하여 신룡년에 터를 닦고 절을 세웠다고 하는 것은 역시 불상세한 말이다. 신룡년에 절을 세운 사람은 이에 성덕왕이다[記云孝明卽位而神龍年開土立寺云者 亦不細詳言之尒 神龍年立寺者乃聖德王也].}* 하

---

4) '봇내태자', '효명태자'를 '태자'라는 존칭호로 부르는 것이 매우 이상하다. 신문왕의 태자는 효소왕이 된 이홍이다. '효명태자'는 나중에 성덕왕이 되지만 태자로 책봉된 기록은 없다. 이런 경우의 '태자'는 그냥 '왕자' 정도로 이해하는 수밖에 없다.

서부에 이르러[到河西府] *{지금의 명주에 역시 하서군이 있
으니 바로 이곳이다. 달리는 하곡현이라고도 하나 (이는) 지
금의 울주로 이곳이 아니다[今溟州亦有河西郡是也一作河曲
縣今蔚州非是也].}* 세헌 각간의 집에서 하룻밤을 묵었다[世
獻角干之家留一宿].

b. 그 다음 날 큰 고개를 넘어 각기 천명으로 된 도를 거느리고
성오평에 이르러 여러 날 유람하다가[翌日過大嶺各領千徒到
省烏坪遊覽累日] 홀연히 어느 날 저녁에 형제 2 사람은 속세
를 벗어날 뜻을 몰래 약속하고 아무도 모르게 도망하여 오대
산으로 숨어들었다[忽一夕昆弟二人密約方外之志不令人知
逃隱入五臺山]. *{「고기」에 이르기를 태화 원년 무신년[648
년] 8월 초에 왕이 산 속으로 숨었다고 했으나 이 문장은 크
게 잘못된 듯하다[古記云太和元年戊申八月初王隱山中 恐此
文大誤]. 생각하건대 효조*(照는 昭로도 적음)*는 천수 3 년 임
진년[692 년]에 즉위하였는데 그때 나이가 16세였으며, 장안 2
년 임인년[702 년]에 붕어했으니 누린 나이가 26 세였다[按孝
照*(一作昭)* 以天授三年壬辰卽位時年十六 長安二年壬寅[
702 년]崩壽二十六]. 성덕이 이 해에 즉위하였으니 나이 22 세
였다[聖德以是年卽位 年二十二]. 만약 말한 대로 (이때가)
태화 원년 무신년[648 년]이라고 한다면, 즉, 효조가 즉위한
갑진#{임진의 잘못. 필자. 692 년}# 년보다 45 년이나 앞선 태종
문무대성황제의 치세이다 [若曰太和元年戊申 則先於孝照卽
位甲辰已過四十五歲 乃太宗文武王之世也]. 이로써 이 문장
이 잘못된 것임을 알 수 있으므로 취하지 않는다[以此知此文
爲誤 故不取之].}*

c. 모시고 호위하던 자들은 간 곳을 알지 못하여 나라[셔블]로
돌아갔다[侍衛不知所歸 於是還國]. <『삼국유사』권 제3 「탑
상 제4」「대산 오만 진신」>

「명주 오대산 봇내태자 전기」의 (13) 부분과 「대산 오만 진신」의 (14) 부분은 동일한 내용으로 두 왕자가 오대산으로 숨어든 사연을 적고 있다. 그런데 「명주 오대산 봇내태자 전기」 (13)에는 세주가 하나도 없다. 그러나 「대산 오만 진신」 (14)에는 본문보다 많은 세주가 잔뜩 붙어 있다. 이것은 무엇을 의미하는 것일까?

조금만 생각해 보면, 글을 쓰면서 세주를 붙이는 행위의 근본 심리를 이해할 수 있다. 그러면 이 두 기록의 관계도 짐작할 수 있다. 글을 쓰면서 세주를 잔뜩 붙이는 사람의 심리 상태, 그것은 참고하고 있거나 읽고 있는 문서가 마음에 들지 않는다는 것을 의미한다. 어떤 문서를 보고 정리하면서 주를 단다는 것은 그 문서의 내용이 자신이 아는 내용과 달라 불만스럽거나 의아심이 들 때 하는 행위이다.

지금 이 대목에서 일연선사가 불만스럽게 생각하는 내용은 무엇일까? 그것은 (13)의 내용을 (14)에서 고친 것이다. 두 기록 사이에 차이나는 점이 그것이다. 무엇이 차이가 나는가? 그것은 '두 왕자의 입산 시기'이다. 두 왕자의 입산 시기가 (13)에서는 '태화 원년 8월 5일에'이고 (14)에서는 '어느 날 저녁에'이다. 어느 것이 옳을까? '어느 날 저녁에'는 틀릴 리가 없다. 그러나 '태화 원년 8월 5일에'는 틀릴 위험성이 있다. 글을 쓰는 사람은 누구나 구체적 일시, 장소, 인물을 언급하는 일을 꺼린다. 학문적 글쓰기는 구체적 사실의 적시를 요구하지만 그것은 글 쓰는 사람에게는 잔인한 일이다. 대충 쓰는 것이 좋은데 학문적 글쓰기 수련을 하고 가르친 저자는 잔인하게도 구체적이고 면밀하게 쓰지 않을 수 없다.

이 '태화 원년 8월 5일'이 두 왕자가 입산한 날일 리가 없다고 일연선사는 온갖 증거, 지식을 다 동원하여 구구절절이 논증하고 있다. 이 날짜가 틀렸다고 가져다 놓은 증거가 이 왕자들의 아버지 신문왕에 관한 정보,

그 왕자들의 형 효소왕에 관한 정보이다.

'아버지 신문왕은 휘가 '정명'이고 자가 '일조'이다. 효소왕은 효조왕이기도 한데 692년 즉위할 때 16세였고 702년 죽을 때 26세였으며, 성덕왕은 702년 즉위할 때 22세였다. 648년은 효소왕이 즉위한 692년보다 45년이나 앞선 태종문무대성황제 치세이다. 그러니 648년에 두 왕자가 입산하였다는 기록은 틀린 것이다. 그래서 나는 '어느 날 저녁에'로 적을 수밖에 없다.' 그것이 요지다. 스님은 학문을 하고 있는 것이다. 『삼국유사』가 떠돌아다니는 설화를 모아 놓은 비역사서라고? 그렇지 않다. 증거가 있는 시대에 관한 한 철저히 논증된 역사적 사실들을 기술하고 있다.

그런데 왜 두 왕자의 입산 시기를 효소왕의 즉위 시기와 비교하는 것일까? 그것은 그 두 시기가 관련되기 때문이 아닐까? 효소왕의 동생들이니 효소왕이 즉위한 날짜 그 무렵에 입산하였다고 보는 것이 훨씬 타당하지, 진덕여왕 때 입산하였다고 해서야 안 되지 않겠는가?

일연선사는 (13)을 포함하는 「산중의 고전」을 보고 옮겨 적으면서 그 내용이 미심쩍거나 불만스러울 때마다 세주를 붙였다. 그것이 (14) 즉, 「대산 오만 진신」이다. 「대산 오만 진신」에서 세주를 붙이면서 「고기」나 「기」에서 말하는 내용이라고 인용하는 것이 모두 「명주 오대산 봇내태자 전기」의 내용이다.

「산중의 고전」이 먼저 있고, 일연선사가 그것을 보고 「대산 오만 진신」을 재구성하면서 세주를 붙여 쓴 후에, 다시 「산중의 고전」을 요약하여 「대산 오만 진신」 뒤에 실어 둔 것이 『삼국유사』의 「명주 오대산 봇내태자 전기」이다. 이 말은 굉장히 중요한 의미를 가진다. 「명주 오대산 봇내태자 전기」의 내용이 먼저 「산중의 고전」 속에 들어 있고, 「대산 오만 진신」은 일연선사가 그 「산중의 고전」을 보고 쓴 것이다. 그러므로 두 기록 가운데에 해석의 우선권은 당연히 「명주 오대산 봇내태자 전기」에 있다. 「명주 오대산 봇내태자 전기」를 먼저 읽고 번역하고 역사적 해석을 하고 나서, 그 다음에 「대산 오만 진신」을 읽고 번역하고 역사적 해석을 해야 한다. 다만 「명주 오대산 봇내태자 전기」의 내용에 대하여 미심쩍다고 하면서 일연선사가 주를 붙인 내용은 「대산 오만 진신」이 우선할 수도 있다. 왜냐하면 일연선사는 「산중의 고전」의 내용에 의심스러운 것이 있으면 세 주를 붙이면서 상세하게 오대산의 진여원을 다시 짓게 된 과정을 설명하고 있기 때문이다.5)

(13a)는 일연선사가 「대산 오만 진신」을 재구성하면서 보고 있던 「산중의 고전」[「명주 오대산 봇내태자 전기」와 매우 비슷했을 것]에 있던 기록이다. 그러므로 그 뜻은 (14a)와 똑 같아야 한다. (14a)에서 '신라'는 '정신대왕'을 수식하는 관형어이다. '정신대왕'은 이미 '태자'나 '왕자'가 아니다. '태자'는 '정신대왕'에 걸리는 것이 아니다. 그것은 '봇내'에 걸린다. 즉, 이 '태자'를 앞에 걸어 '정신대왕태자'로 읽을 것이 아니라 뒤에 걸어 '태자 봇내'로 읽어야 하는 것이다. 당연하지 않은가? 한 사람이 동 시기에 '대왕'도 되고 '태자'도 되는 법은 없는 것 아닌가? 이런 해석이 가능한 경우는 '(훗날) 정신대왕이 되는 태자'를 의미하는 경우밖에 없다. 그런데 어떤 사람이 그 뜻을 가지는 명사구를 '정신대왕태자'라고 적겠는가? '정신대왕이 되는 태자'로 쓸 것이다. '정신대왕태자'로 써 놓으면 당

5) 그 내용은, 효명태자가 형 봇내태자와 함께 오대산에 숨어들어 수도 생활을 하다가, 효소왕이 아들 없이 승하하여 국인들에 의하여 모셔져 와서 성덕왕으로 즉위하였고, 즉위한 지 4년 후에 수도하던 암자를 다시 개창하여 진여원을 열었으며, 직접 그곳에 와서 많은 재물과 토지를 주어 후원하였다는 것이다. 봇내태자는 계속하여 수도 생활을 하였고 50여 년 뒤에는 득도하는 단계에 이르렀으며 임종 시에는 글을 남겨 국왕의 장수와 국태민안을 빌었다고 되어 있다. 이때의 국왕은 아우 성덕왕일 수도 있고 조카 효성왕, 경덕왕일 수도 있다. 아마도 5년의 짧은 기간밖에 왕위에 있지 않았던 효성왕은 아닐지도 모른다.

연히 제1차적으로는 '정신대왕의 태자'로 번역해야 하고 해석해야 하고 이해해야 한다.

그러므로 (14a)는 '신라 정신대왕의 태자 봇내, 효명 두 형제가'로 번역해야 한다.[6] 그러면 '신라'는 그 뒤의 '정신대왕'의 수식어가 되어 '신라의 정신대왕'으로 번역된다. '정신대왕태자'는 '정신대왕의 태자'이다. 그러므로 지금 국사학계에서 통용되는 '신라'를 '돌아오자'의 부사어로 보고 번역한 '자장법사가 신라로 돌아오자'라는 번역이나, '정신'을 태자를 수식하는 관형어로 보지 않고 태자와 동격으로 보아 '정신이라는 이름을 가진 태자'라는 뜻의 '정신태자'는 절대로 성립할 수 없다. 저자가 (14a)에서 '신라'를 (13a)와 마찬가지로 '정신'을 수식하는 것으로 뒤에 걸리게 번역한 이유가 여기에 있다.

이렇게 읽으면 입산 시기만 제외하고 나머지 내용은 (14a)와 (13a)가 똑같다. 번역이 제대로 되어야 세상 일도 제대로 파악된다. 공자는 이름이 발라야[正名] 일이 이루어진다고 했다. 번역을 제대로 하지 않으면 세상 일이 제대로 파악되지 않는다. 번역을 먼저 하고 세상 일을 알 것인가? 아니면 세상 일을 먼저 알고 번역을 할 것인가?

옛날의 역사 기록은 우리가 모르는 세상 일에 대하여 선조들이 기록으로 전해 준 것이다. 그러니 우리는 일을 모르는 것이다. 그러면 기록을 먼저 정확하게 번역하여 말을 바로 이해하고 그 말을 통하여 우리가 모르는 옛날의 세상 일을 파악해야 한다. 따라서 역사 기록에 대한 번역은 언어학이 먼저 해야 한다. 역사학은 그 번역을 가지고 세상 일을 파악해야 한다.

---

6) 이병도(1975:316)은 '신라의 정신 태자 보질도가 아우 효명 태자와 더불어'로 번역하였다. 이재호(1993:446)은 '신라 정신왕의 태자 보즐도는 아우 효명태자와 더불어'로, 김원중(2002:396)은 '신라 정신왕의 태자 보질도가 동생 효명태자와 함께'로 번역하였다. 전자는 문제가 있는 번역이고, 후 2자는 정확한 번역이다.

그러나 전해 오는 기록이 대부분 옳지만 모두 완벽한 것은 아니다. 기록 자체만 보는 것은 한계가 있을 수 있다. 이때에는 우리가 아는 확실한 옛날의 세상 일을 참고하여 기록을 보완하고 번역해야 한다. 그런데 우리가 확실하게 아는 것이 뭐가 있는가? 아무 것도 모르지 않는가? 특히 신라 중대 31대 신문왕, 32대 효소왕, 33대 성덕왕, 34대 효성왕, 35대 경덕왕, 36대 혜공왕 시대에 이 땅에서 벌어졌던 일에 대해서는 아는 것이 아무 것도 없다. '효소왕이 신문왕의 원자이고, 그가 6살에 왕위에 올라 16살에 승하하였다.'고 앞뒤 맞지 않는 주장을 하고 있는 사람들이 무엇을 알겠는가? 아무도, 어떤 책도, 무슨 말도 믿을 수 없다.

요약하면 (15)와 같아진다.

(15) a. 두 왕자의 입산 시기는 648년 8월 5일이 아니라 효소왕 즉위 시기인 692년 7월 후의 어느 가을이다. 아마도 693년 8월 5일일 가능성이 크다.

    b. 이 기사에 나오는 '신라'는 '返'에 걸리는 부사어가 아니고 '정신대왕'을 수식하는 관형어이다.

    c. '정신대왕'은 '신문왕'이고 '태자'는 봇내와 효명에 걸리는 말이다.

    d. 즉, 693년 8월 5일 신라의 신문왕의 왕자인 봇내와 효명이 오대산에 숨어들었다는 내용이다.

이 밖의 해석은 어떤 것도 옳지 않다.

성덕왕의 즉위 과정과 진여원 개창 기사 비교

그 다음으로 두 기록이 같은 내용을 적은 것은 '성덕왕의 즉위 과정과 즉위 후 진여원 개창'을 적은 (16), (17)이다. 이 대목은 거의 같지만 잘 살펴보면 (16)을 보면서 약간 수정하여 (17)을 작성한 것으로 착각하게 한다. 그만큼 일연선사가 보고 있던 원본 「산중의 고전」이 「명주 오대산 봇내태자 전기」와 비슷했을 것임을 말해 준다. 그러나 「명주 오대산 봇내태자 전기」는 「대산 오만 진신」을 작성하고 난 뒤에 다시 「산중의 고전」을 요약하여 정리한 것이므로 「산중의 고전」과 「명주 오대산 봇내태자 전기」가 같은 것은 아니다.

두 기록의 관계는 「산중의 고전」이라는 어떤 글이 먼저 있고 그것을 보면서 일연선사가 「대산 오만 진신」을 새로 쓰다시피 재구성하여 작성한 후에 다시 「산중의 고전」을 대폭 간략히 요약하여 「명주 오대산 봇내태자 전기」로 옮겨 적었다는 것이다. 이 사실을 정확하게 밝히지 않으면 『삼국유사』를 제대로 읽은 것이 아니다.

(16) a. 정신 태자 아우 부군 신라[서블]에서 왕위를 다투다가 주멸했다[淨神太子弟副君在新羅爭位誅滅].

b. 국인이 장군 네 사람을 보내어 오대산에 이르러[國人遺將軍四人 到五臺山], 효명태자 앞에서 만세를 부르자 즉시 5색 구름이 오대산으로부터 신라[서블]에 이르기까지 7일 밤낮으로 빛이 떠 있었다[孝明太子前呼萬歲 卽時有五色雲自五臺至新羅 七日七夜浮光].

c. 국인이 빛을 찾아 오대산에 이르러 두 태자를 모시고 나라[=서블]로 돌아가려 하였다[國人尋光到五臺 欲陪兩太子還國]. 봇내태자는 울면서 가지 않으므로 효명태자를 모시고 나라[서블]에 와서 즉위시켰다[寶叱徒太子涕泣不歸 陪孝明太子歸國卽位].

d. 재위 20여년. 신룡 원년[705년] 3월 8일 비로소 진여원을 열

었다(운운)[在位二十餘年 神龍元年三月八日 始開眞如院(云
云)]. <『삼국유사』 권 제3 「탑상 제4」 「명주 오대산 봇내 태자
전기」>

(17) a. 정신왕의 아우가 왕과 왕위를 다투어 국인이 폐하였다[淨神王
之弟與王爭位 國人廢之].

b. 장군 네 사람을 보내어 산에 이르러 맞아 오게 하였다[遣將軍
四人到山迎之]. 먼저 효명의 암자 앞에 이르러 만세를 부르니
이때 5색 구름이 7일 동안 드리워 덮여 있었다[先到孝明庵前
呼萬歲 時有五色雲 七日垂覆].

c. 국인이 그 구름을 찾아 마침내 이르러 임금의 수레 노부를 벌
여 놓고 두 태자를 맞이하여 돌아가려 하였다[國人尋雲而畢
至 排列鹵簿 將邀兩太子而歸]. 보천은 울면서 사양하므로 이
에 효명을 받들어 돌아와 즉위시켰다[寶川哭泣以辭 乃奉孝明
歸卽位].

d. 나라를 다스린 지 몇 해 뒤인[理國有年] *{「記」에 이르기를 재
위 20여 년이라 한 것은 대개 붕어년에 나이가 26세라는 것의 잘못
이다[記云 在位二十餘年 蓋崩年壽二十六之訛也]. 재위는 단지 10
년뿐이다[在位但十年尒]. 또 신문왕의 아우가 왕위를 다툰 일은 국
사에 글이 없다[又神文之弟爭位事國史無文]. 미상이다[未詳].}* 신
룡 원년[以神龍元年] *{ 당나라 중종이 복위한 해이다[乃唐中宗
復位之年]. 성덕왕 즉위 4년이다[聖德王卽位四年也].}* 을사년
[705년] 3월 초4일 비로소 진여원을 다시 지었다[乙巳三月初
四日始改創眞如院]. <『삼국유사』 권 제3 「탑상 제4」 「대산
오만 진신」>

(16)에서 모를 말은 (16a)뿐이다. 나머지는 '국인'만 설명이 필요할 뿐
다른 것은 특별한 설명이 필요 없다. (16a)가 어려운 이유는 문장의 앞에

'정신, 태자, 아우, 부군'의 4개의 명사가 나란히 나와 있기 때문이다. 서술어 '왕위를 다투다가 죽었다'를 보면 이 4개의 명사가 한 사람을 가리키는 말일 수는 없다. (16a)를 그대로 두고는 문장이 안 된다. 조정이 필요하다. 이 조정은 문법학자, 그것도 통사론 전공자만이 할 수 있는 일이다.

王, 太子, 與의 결락

(16a)는 접속문이다. 선행절은 '정신 태자'로 시작되어 '다투다가'까지 이어신나. 후행절은 '주멸했다'만 보인다. 주어가 생략된 것이다. 후행절의 주어가 생략된 것은 그 생략된 주어가 선행절의 주어와 같기 때문이다. 예컨대 '순이가 스키를 타다가 다쳤다.'에서 '다친 사람'은 누구인가? 즉 후행절의 주어는 무엇인가? 선행절의 주어인 '순이가'이다. 후행절의 서술어 '주멸했다[죽었다]'는 자동사이다. 죽은 사람이 주어가 될 것이다. 즉, 죽은 사람이 '다투다가'의 주어도 되고 '주멸했다'의 주어도 된다. 그 주어를 정하는 일이 여기서 할 일이다. 그 선행절의 주어는 '정신, 태자, 아우, 부군' 가운데 어느 것이다.

(16a)의 선행절의 서술어는 '셔블에서 왕위를 다투다가'이다. 지금 보는 이 서술어는 '장소 부사어+목적어+타동사'로만 이루어져 있다. 이 서술어 속에는 빠진 것이 있다. '다투다(爭)'라는 동사는 '[[누가] [누구와 무엇을 다투다]]'와 같은 유형의 문장을 이루는 타동사이다. 이 타동사는 논항이 3개 필요한 3항 동사인 것이다. 그런데 서술어 속에 '누구와'에 해당하는 말이 없다. '왕위를 다투다가'만 있다. 여기서는 '누구와'에 해당하는 보충어를 정해야 한다.

주어 '누가'에 해당하고, 보충어 '누구와'에 해당될 말들은 어느 것일까? 그것은 문장의 맨 앞에 나와 있는 '정신, 태자, 아우, 부군'에서 찾는 수밖에 없다. 이 말들 중에 어느 것이 '누가'에 해당하고, 어느 것이 '누구와'에 해당할 것인가?

이 문제를 해결하기 위해서는 (16a)뿐만 아니라 그것과 똑 같은 내용을 적은 (17a)도 함께 보아야 한다. (17a)는 요약하면 (18)이다. '아우가 왕과 왕위를 다툰 것이다.'

(18) XX의 아우가 왕과 왕위를 다투었다.

그러니 그것과 같은 뜻을 가진 (16a)는 (19)가 되어야 한다. '왕이 아우와 왕위를 다툰 것이다.' 여기서 (16a)에는 '-와'라는 뜻의 '與'가 결락되었다는 것을 알 수 있다.

(19) ○○왕이 아우인 부군과 왕위를 다투었다.

그런데 (18)에서는 '아우가 왕과'였는데 (19)에서는 '왕이 아우와'가 된다. 그러니 그 '與'는 (16a)의 '弟(아우)' 앞에 있어야 한다. 이제 (16a)는 원래 (20)이어야 하는데 거기서 '與'가 결락됨으로써 의미를 알 수 없는 문장이 되고 말았다는 사실에 도달하였다.

(20) 淨神太子與弟副君在新羅爭位誅滅[정신의 태자가 아우인 부군과 서라벌에서 왕위를 다투다가 죽었다].

그런데 (17a)의 '정신왕'도 문제가 있다. (16a)에는 '정신 태자'인데 (17a)에서는 갑자기 '정신왕'이 되었다. '태자'와 '왕'은 어떤 관계인가?

아들과 아버지의 관계이다. 한 사람이 동시에 '태자이고 왕'일 수는 없다. 이대로는 이 두 문장이 같은 의미를 가질 수 없게 된다. 어느 하나가 잘못되었다.

그런데 '정신왕태자'는 말이 되지만 '정신태자왕'은 말이 안 된다. 그러니 추리할 수 있는 유일한 길은 원래 '정신왕태자'인데 (16a)에서는 '왕'이 결락되었고 (17a)에서는 '태자'가 결락되었다고 보는 수밖에 없다.

(16a)를 '정신왕태자'로 해 보고 (17a)도 '정신왕태자'로 해 보라. (16a)는 '정신왕의 태자가'가 되고 (17a)는 '정신왕의 태자의 아우가'가 된다. 무슨 문제가 있는가? 아무 문제가 없다.

이제 앞에서 본 대로 이 '정신(왕)'이 '신문왕'의 다른 이름이라고 생각해 보자. 왕 이름이야, 아명도 있고, 초명도 있고, 자도 있고, 호도 있고, 죽은 뒤에 붙인 시호도 있고, 시호를 붙였다가 피휘 때문에 달리 적을 수도 있다. 골치 아픈 왕 '신문왕'은 『삼국사기』, 『삼국유사』에 적힌 것만 해도 정명, 명지, 일초, 일조, 일소 등으로 불린다. 그리고 (17d)에서 일연 선사가 '신문왕의 아우가 쟁위를 한 일이 국사에 글이 없다.'고 하였듯이 이 '정신왕'은 신문왕일 가능성이 크다. 그러면 '정신왕의 태자'는 '신문왕의 태자'인 이홍, 즉 효소왕을 가리킨다.

그러니까 (16a)는 정확하게 읽으면 '정신(왕)의 태자[효소왕]이 아우인 부군과 왕위를 다투다가 죽었다.'는 뜻이 된다. (17a)는 '정신(왕)의 태자[효소왕]의 아우가 왕과 왕위를 다투어 국인이 폐하였다'가 된다. 즉 (17a)는 (21)에서 '太子'가 결락된 것이다.

(21) 淨神王**太子**之弟與王爭位 國人廢之[정신왕의 **태자**의 아우가 왕과 왕위를 다투어 국인이 폐하였다].

이제 (16a)도 (22)처럼 되었던 문장이었는데 '王'이 결락되었다고 할 수 있다.

(22) 淨神王太子與弟副君在新羅爭位誅滅[정신왕의 태자가 아우인 부군과 셔블에서 왕위를 다투다가 죽었다].

이것이 문법을 전공한 저자가 이 괴상한 문장들에 대하여 내린 현재까지의 진단과 처방이다.

왜 이렇게 되었을까? 오대산에 전해 온 원본「산중의 고전」은 (16a)에 해당하는 문장이 (21)과 같이 되어 있었을까? 그것을 일연선사가「대산 오만 진신」으로 재구성하면서는 (17a)처럼 적고 또 요약하여「명주 오대산 봇내태자 전기」를 적으면서는 (16a)처럼 적은 것일까?

그렇게 되었다고 하기는 어렵다. 저자의 감각으로는 일연선사가 그런 부주의한 글쓰기를 했을 것 같지 않다. 이것은「산중의 고전」이 둘 이상이었음을 암시하는 것이다. 그리고 그것들이 서로 달랐을 것이다. 그랬다면 그렇다고 적어 두자. 안타까운 일이다.

정리하면 (16a)에서 '정신(왕)의 태자=효소왕'은 주어 '누가'가 되어야 한다. 이를 정하기 위해서는 '주멸했다[죽었다]'를 고려해야 한다. 일연선사가 지금 쓰고 있는 것은 '왕이 죽어서' 오대산에 가 있던 효명태자가 서라벌로 와서 성덕왕으로 즉위하는 이야기이다. 그러므로 죽은 것은 '아우'일 수 없다. 아우가 죽었으면 왕은 살아 있다고 보아야 하므로 새 왕이 오대산에서 올 필요가 없다. 왕이 죽어야 한다. 그런데 '정신의 태자=효소왕'과 '아우', '부군'이라는 이 세 명사구 가운데 왕을 가리키는 말은 '정신의 태자=효소왕'뿐이다. 그러니까 '정신의 태자'가 '누가'에 해당하는 주어인 것이다.

부군(副君)의 뜻

이제 남은 것은 '누구와'에 해당하는 말을 정하는 것이다. 그것은 '부군 (副君)의 뜻'이 좌우한다. 이병도(1975:317), 이재호(1993:448)은 부군을 '태 자(太子)'라고 역주하였다. 일반적으로는 왕이 재위 중이고 그의 태자를 '부군'이라 부르기도 한다는 말이다. 그러면 신문왕 말년[692년] 효소왕 즉위 직전에 '태자인 이홍['징신의 태자'[효소왕]]이 아우 부군[=태자= 이홍]과 왕위를 다투다가'가 된다. 이홍 자신이 자기 자신과 왕위 다툼을 했다는 우스운 이야기가 되는 것이다. 그러므로 여기서 사용된 부군은 일 반적인 '태자'가 아니다.

'부군'의 둘째 뜻은, 왕에게 아들이 없을 때 왕의 아우를 '부군'으로 책 봉하여 태자 역할을 하게 한 왕자[조선 시대로 말하면 '세제']를 가리킨 다. 36대 효성왕 때 왕의 아우인 헌영이 태자로 책봉되었는데 이때 헌영 은 '태자'이면서 '부군'인 것이다. 그러나 용어상으로 이때는 '부군'이라 는 용어를 쓰지는 않았다.

이러한 의미의 부군(副君)의 용례를 직접 볼 수 있는 사례는 『삼국사기』 전체를 다 읽어도 딱 하나밖에 없다.

> (23) 헌덕왕(憲德王), 14년[822년] 봄 정월 같은 어머니에서 난 아우
> 인 수종을 부군으로 삼아 월지궁에 들게 했다[十四年 春正月
> 以母弟秀宗 爲副君 入月池宮]. <『삼국사기』권 제10 「신라본
> 기 제10」「헌덕왕」>

(23)에 보이는 '부군'은 정확하게 동모 아우를 태자 역할을 하게 한 직책이다. 월지궁에 들게 하였다는 것은 태자 역할을 하게 했다는 말이다. '월지궁(月池宮)', '월지' 바로 조선 시대에 '안압지(雁鴨池)'라 부른 그 연못이다. 그곳에 들었다면 임해전(臨海殿)에 든 것이다. 신라 동궁은 월지궁이고 그곳에 있는 전각의 이름은 임해전이다. 이 부군 수종이 826년 10월 형 헌덕왕이 승하하자 왕위를 계승하여 제42대 흥덕왕(興德王)이 되었다.[7]

'부군'이 이런 뜻이라면 (16a)의 아우와 부군은 동격이다. 이제 (16a)는 '정신의 태자[효소왕]이 아우인 부군과 왕위를 다투다가 (효소왕이) 주멸하였다[죽었다].'가 된다. 실제로 (24)에서 보듯이 『삼국사기』의 「효소왕」대 기록에서는 700년 5월에 '경영의 모반'이 있었고, 2년 뒤인 702년 7월에 효소왕이 승하하였다.

> (24) a. 효소왕 9년[700년] — 여름 5월 이찬 경영*{永은 玄으로도 적음}*이 모반하여 복주하였다[夏五月 伊湌慶永*{永一作玄}*謀叛 伏誅]. 중시 순원이 연좌되어 파면하였다[中侍順元緣坐罷免].
>   b. 11년[702년] 7월에 왕이 승하하였다[十一年 秋七月 王薨]. 시호를 효소라 하고 망덕사의 동쪽에 장사지냈다[諡曰孝昭 葬于望德寺東]. <『삼국사기』 권 제8 「신라본기 제8」 「효소왕」>

이 '경영의 모반'이 효소왕과 그의 아우 부군의 이 왕위 다툼의 실체이

---

7) 이 흥덕왕은 즉위한 해 11월 왕비 장화부인이 사망하자 정목(定穆)왕후로 추봉하고, 여러 신하들이 재혼을 권하자 '척조(隻鳥)도 짝을 잃으면 슬퍼하는데 황차 사람이리오?' 하고는 좌우사령을 환관으로만 하고 10년을 홀로 지낸 후에 836년 12월에 승하하면서 장화부인의 능에 합장하라고 유언하였다. 이런 왕도 있었다.

다. 그러니 700년 6월 1일 신목왕후가 죽고 702년 7월 27일 효소왕이 사망하였지. 경영의 모반은 골육상쟁이다.

이 '경영의 모반'을 신문왕 이후의 왕권 강화에 대한 진골 귀족 세력의 반발과 그에 대한 진골 귀족 세력의 거세로 설명하는 것은 적절한 설명이라 할 수 없다. '경영의 모반'은 왕권 강화에 반대하는 귀족 진골 세력의 반발이 아니고, 또한 경영을 복주한 것은 진골 귀족 세력을 거세한 것이 아니다. 효소왕이 무슨 힘이 있어 왕권을 강화하려 했겠는가?

요약하면 두 기사 모두 (25)의 역사적 사실을 적었다. 이 밖의 어떤 해석도 신라 중대의 역사적 진실을 말하는 것이 아니다.

> (25) a. 31대 신문왕의 태자인 32대 효소왕이 아우인 부군과 왕위를 다투다가 702년 7월 27일 주멸하였다.
> b. 국인이 아우를 부군에서 폐하고 702년 오대산에서 효명을 데려와 33대 성덕왕으로 즉위시켰다.
> c. 성덕왕이 705년 3월 진여원을 개창하였다.

「명주 오대산 봇내태자 전기」의 끝 부분은 (26)과 같고 이에 해당하는 「대산 오만 진신」의 같은 부분은 (27)과 같다.

> (26) 봇내태자는 항상 동굴 속의 영수를 마셨다[寶叱徒太子常服于洞靈水]. 육신이 하늘에 올라 유사강에 이르렀다[肉身登空到流沙江]. 울진대국의 장천굴에 들어가 수도하였다[入蔚珍大國掌天窟修道]. 돌아와 오대산 신성굴에 이르러 50년을 수도하였다. 운운[還至五臺神聖窟 五十年修道云云]. 오대산은 이것이 태백산의 큰 뿌리 맥인데 각 대에는 진신이 상주한다. 운운[五臺山是太白

山大根脈 各臺眞身常住云云]. <『삼국유사』권 제3 「탑상 제4」
「명주 오대산 봇내 태자 전기」>

(27) 보천은 항상 그 신령스러운 동굴의 물을 길어다 마셨다[寶川常
汲服其靈洞之水]. 고로 만년에 육신이 하늘에 날아 유사강 밖에
이르러 울진국 장천굴에 머물러 수구다라니경을 외는 것으로 낮
밤의 과업으로 삼았다[故晚年肉身飛空 到流沙江外 蔚珍國掌天
窟停止 誦隨求陀羅尼 日夕爲課]. 굴신이 현신하여 아뢰기를 '내
가 굴신이 된 지 이미 2천년이 되었으나 오늘 처음으로 수구다
라니의 진전을 들었소'[窟神現身白云 我爲窟神已二千年 今日
始聞隨求眞詮]. 하며 보살계를 받기를 청하거늘 이미 계를 받자
다음날 굴도 역시 형상이 없어졌다[請受菩薩戒 旣受已 翌日窟
亦無形]. 보천이 놀라서 20일 머무르고 이에 오대산 신성굴로
돌아와 다시 50년 수진하였다[寶川驚異 留二十日 乃還五臺山神
聖窟 又修眞五十年]. 도리천의 신이 3시로 법을 듣고 정거천의
무리가 차를 달여 바치고 40성이 10자 상공을 날아 늘 짚었던
석장이 날마다 3시로 소리를 내며 방을 3번씩 돌아다녔으므로
그것으로써 경종을 삼아 시간에 따라 수업하였다[忉利天神三時
聽法 淨居天衆烹茶供獻 四十聖騰空十尺 常時護衛 所持錫杖一
日三時作聲 遶房三匝 用此爲鐘磬 隨時修業]. 어떤 때는 문수가
보천의 이마에 물을 쏟고 성도기별을 주기도 하였다[文殊或灌水
寶川頂 爲授成道記莂]. 보천이 임종 시에 후일 산중에서 행할
국가를 도울 행사를 기록하여 두었는데 이르기를[川將圓寂之日
留記後來山中所行輔益邦家之事云], 이 산은 곧 백두산의 큰 줄
기인데 각 대에는 진신이 상주하는 곳이다[此山乃白頭山之大脉
各臺眞身常住之地]. 이하 제5장 참조 <『삼국유사』권 제3 「탑
상 제4」 「대산 오만 진신」>

제4장

「명주 오대산 봇내태자 전기」
의 정독

「명주 오대산 봇내태자 전기」의 정독

1. 정신태자는 정신왕의 태자이다

누가 갔는가

『삼국유사』에 「대산 오만 진신」의 뒤에 실려 있는 「명주 오대산 봇내태자 전기」는 다음과 같이 시작된다.

(1) a. 신라(의) 정신(의) 태자 봇내가 아우 효명태자와 더불어[新羅淨神太子寶叱徒與弟孝明太子] 하서부에 이르러[到河西府] 세헌 각간의 집에서 하룻밤을 묵었다[世獻角干家一宿].

b. 그 다음 날 각기 1천명의 사람을 거느리고 큰 고개를 넘어 성오평에 이르러 며칠간 유완하다가[翌日踰大嶺各領一千人到省烏坪累日遊翫] 태화 원년[648년] 8월 5일에 형제가 함께 오대산에 숨어들었다[太和元年八月五日兄弟同隱入五臺山].

c. 도 가운데 모시고 호위하던 자들이 좇아 찾았으나 찾지 못하고 모두 나라[셔볼]로 돌아갔다[徒中侍衛等推覓不得並皆還國].

<『삼국유사』 권 제3 「탑상 제4」 「명주 오대산 봇내태자 전기」>

(1a)에서는 '정신태자 봇내'가 '정신의 태자인 봇내'인지 '정신태자인 봇내'인지를 판단하는 것이 가장 중요하다. 그래야 누가 갔는가의 주인공이 정해진다.

이 명사구는 속격 구성으로 '정신(왕)의 태자인 봇내'라는 말이다. 그것은 「대산 오만 진신」의 '신라 정신대왕의 태자 보천, 효명 두 형제가'라는 말을 보면 바로 알 수 있다. 여기서의 정신왕은 신라 31대 신문왕을 말한다. 그리고 '태자'라는 용어가 우리가 아는 앞으로 왕이 될 것으로 책봉된 왕자가 아니라 여기서는 그냥 '왕자'와 비슷한 의미로 사용되고 있다.

(1b)에서는 두 왕자가 각각 1000명씩의 사람을 거느렸다는 것이 주목된다. 도합 2000명이면 큰 부대이다. 연대 병력을 거느리고 가는 두 왕자, 그들은 몇 살이나 되었을까? 큰 고개는 진고개를 가리킨다. 성오평은 월정사 앞 벌판을 가리키는 것으로 보인다.

그런데 (1c)에는 '모시고 호위하던' 시위 병사들이 찾지 못하고 돌아갔다고 되어 있다. 서라벌에서 호의호식하던 여남은 살의 두 아이가 얼마나 꼭꼭 숨었기에 2000여 명이나 되는 군사를 풀어 수색하였는데도 찾지 못하였을까? 그럴 수도 있으려니 하면 그럴 수도 있는 것이다. 그러나 그런 일이 가능할까 의심하기 시작하면 한도 끝도 없이 궁금증이 일어난다. 10여세의 왕자들이, 철저한 보호를 받으며 금지옥엽으로 떠받들어지고 있었을 왕자들이 2000명이나 되는 군사들의 눈을 피하여 숨는다? 나는 그 말을 믿을 수가 없다.

이들의 은입(隱入)에는 이유가 있을 것이다. 단순히 자기들의 뜻대로 숨어든 것이 아닐 것이다. 피치 못할 사정에 의하여 내어 보내졌을 것이다. 누가 내어 보내었을까? 왕이, 왕비가? 그런데 그들의 아버지 신문왕은 죽었다. 어머니 신목왕후도, 현직 왕인 형 효소왕도 실권자가 아니다. 현직 왕비는 있는지 없는지도 모른다. 이 두 왕자를 누가 오대산으로 내어 보내었을까?

언제 갔는가

(1b)의 가장 큰 문제점은 그 연대이다. 태화 원년 8월 5일이라. 날짜까지 밝혀서 이 연대가 정확하다는 인상을 주고 있지만 따져 보면 그 연대는 잘못 계산된 것이다. '태화(太和)'는 진덕여왕의 연호이다. 이때만 해도 신라는 독자적인 연호를 사용하면서 독립국 행세를 하고 있었다. 그 앞 선덕여왕의 연호는 '인평(仁平)'이다. 이러던 것을 당 태종의 '너희들은 왜 당나라 연호를 쓰지 않고 독자적인 연호를 쓰는가?'라는 한 마디에 '어이쿠, 잘못 되었습니다. 다시는 독자적인 연호를 쓰지 않겠습니다.' 하고 납작 엎드린 것이 문무왕이다.[1]

하여튼 태화는 진덕여왕의 연호인데 이 연호는 647년 7월에 정하였다. 선덕여왕이 정월에 승하하고 나서 즉위한 진덕여왕은 (2)에서 보듯이 7월에 연호를 정했지만 기록상으로 647년은 전왕인 선덕여왕의 연호인 인평을 그대로 사용하고 648년부터 태화를 사용한다. 그래서 태화 원년은 648년[진덕여왕 즉위 2년]이 된다.

> (2) a. 진덕왕이 즉위하였다[眞德王立]. 이름은 승만이고 진평왕의 동
> 모제 국반갈문왕의 딸이다[名勝曼眞平王母弟國飯{一云國芬}
> 葛文王之女也]. 어머니는 박씨 월명부인이다[母朴氏月明夫
> 人]. 승만은 자질이 아름답고 키가 7척이며 드리운 손이 무릎을

---

1) 그리하여 태종무열왕 때부터는 정관(貞觀)이니, 용삭(龍朔)이니, 선천(先天)이니, 장수(長壽)니, 천수(天授)니, 대족(大足)이니, 측천무후가 변덕을 부릴 때마다 연호를 따라잡느라 호들갑을 떨고 있었다.

지났다[勝曼資質豊麗 長七尺垂手過膝].

b. 즉위년[647년] 정월 17일에 비담을 목 베어 죽였는데 연좌되어 죽은 자가 30명이었다[元年正月十七日誅毗曇坐死者三十人]. 2월에 이찬 알천을 제수하여 상대등으로 삼고 대아찬 수승을 우두주 군주로 삼았다[二月拜伊湌閼川爲上大等 大阿湌守勝爲牛頭州軍主]. 당 태종이 지절사를 보내어 전왕에게 광록대부를 추증하고 인하여 왕을 주국낙랑군왕으로 책봉하였다[唐太宗遣使持節追贈前王爲光祿大夫 仍冊命王爲柱國封樂浪郡王].

c. 가을 7월 사신을 당에 보내어 사은하게 하고 연호를 태화로 고쳤다[秋七月 遣使入唐謝恩 開元太和]. <『삼국사기』권 제6 「신라본기 제6」 「진덕왕」>

그런데 왜 느닷없이 681년 7월에 즉위한 신문왕의 아들들이 오대산에 숨어드는 그 시기가 태화 원년[648년]이라는 이상한 기록이 나오는가? 적어도 10살 이상은 되어 1000명씩의 군사를 거느리고 명산대천을 유완하는 것으로 보이는 이 두 왕자가 오대산에 숨어든 것이 그들이 태어나기도 전이었을 것으로 보이는 648년 8월이라니, 이것은 잘못된 것이다. 그것이 잘못되었음을 여러 가지 증거를 들면서 논리적으로 증명한 분이 일연선사이다. 나중에 보기로 한다.

2. 신라는 부사어가 아니라 관형어이다

왜 틀렸는가

왜 이런 잘못된 기록이 전해져 왔을까? 모른다. 그러나 30여 년 이상 저자가 고민하여 도달한 그 잘못된 기록의 원인은 다음과 같은 것으로 추정된다. 이 글 「명주 오대산 봇내태자 전기」와 같은 내용을 적고 있는 「대산 오만 진신」은 이 문장 바로 앞에 자장법사와 관련된 이야기를 길게 적고 있다(제5장 참조). 그 자장법사에 대한 이야기 끝 부분과 그에 이어지는 이 이야기의 시작 부분이 (3a)처럼 되어 있다.

(3) a. 藏師之返新羅淨神大王太子寶川孝明二昆弟 <『삼국유사』 권 제3 「탑상 제4」 「대산 오만 진신」>
  b. 자장법사가 (오대산으로부터) 돌아가고, 신라의 정신대왕의 태자 봇내, 효명 두 형제가
  c. 자장법사가 신라로 돌아왔을 때, 정신대왕의 태자 봇내, 효명 두 형제가

이 한문 구절을 잘 읽어 보라. '끊어 읽기'가 얼마나 중요한지의 묘미를 이보다 더 잘 보여 주는 글은 이 세상에 없을 것이다. 일석 선생님께서 자주 들던 예인 '아버지 가방에 들어가신다.'야 요새 같이 큰 가방이 있으면 그 속에 아버지를 숨겨야 하는 상황도 있을 수 있으니까 세상에 있을 수 있는 일을 적은 문장이라 할 수 있다. 그러나 이것은 그렇게 되지 않는다.

(3b)의 번역은 저자가 서정목(2015a:329~332, 2016a:332)에서 제시한 것이다. (3c)의 번역은 그 밖의 거의 모든 국사학 서적과 『삼국유사』 번역서

에서 볼 수 있다. 지금도 여러 분들이 읽는『삼국유사』의 번역서들에는 (3c)로 되어 있거나 그와 비슷한 '신라로 돌아오자, 신라로 돌아오고 등등'의 문장으로 되어 있을 것이다.'신라'를 '돌아올 返'에 걸 것인가, '정신대왕'에 걸 것인가?

(3c)처럼 '신라'를 '返'에 걸리는 부사어로 보아 '자장법사가 신라로 돌아왔을 때'라고 번역하면 그때는 자장법사가 당나라에서 돌아온 643년이 된다. 따라서 정신대왕의 두 왕자가 오대산에 숨어든 때가 648년[태화 원년]과 비슷한 시기가 되어 태어나지도 않은 아이들이 각각 1000명씩의 군사를 거느리고 오대산에 숨어들었다는 이 세상에 있을 수 없는 일을 적은 문장이 되고 만다.

그러나 '신라'를 '정신대왕'을 수식하는 관형어로 보아 (3b)처럼 번역해 보라. 그러면 '자장법사가 돌아가고 난 뒤' 세월이 많이 흐른 어느 시점에 '신라의 정신대왕'의 두 왕자가 오대산에 숨어든 것이 된다. 그렇게 하면 그 문장은 이제 이 세상에 있었던 일을 적은 문장이 된다. 이 세상에 있을 수 없는 일을 적고 있는 (3c) 번역을 선택할 것인가, 있었던 일을 적은 (3b) 번역을 선택할 것인가? 그 답은 명약관화하다. 그래서 '『삼국유사』 다시 읽기'가 필요한 것이고, '끊어 읽기'가 중요한 것이다.

그러므로 태화 원년인 648년에 두 왕자가 오대산에 숨어들었다는 문장의 연대는 잘못된 것이 확실하다. 왜 이렇게 되었을까? 이런 틀린 연대가 나온 것은 신라 정신왕의 두 왕자가 오대산에 숨어든 시기와 자장법사가 당나라에서 신라로 돌아온 시기를 연결시켰기 때문에 생긴 것이다. 그 두 시기를 연결시킨 것은 '정신대왕'에 걸려야 하는 관형어 '신라의'를 엉뚱하게 '返'에 걸리는 부사어 '신라로'로 잘못 번역하였기 때문이다. 한 마디로 문장 구조를 잘못 파악한 것이다. 문장 읽기에서 면밀한 문법적 분석은 아무리 강조해도 지나치지 않다. 특히 문법적 관계를 나타내는 어미나 조사가 없는 한문 문장은 문리(文理)가 통하지 않은 채 대충 읽으면 백이면 백 틀리게 되어 있다.

아마 저 연대를 계산해 낸 사람은 「산중의 고전」을 적은 사람일 것이다. 그 사람의 시대에도 '신라'를 잘못 끊어 읽은 사람이 있었을 것이다. 이에 동의할 수 없는 일연선사는 「대산 오만 진신」에서 이 연대는 틀린 것이라고 주장하고, 그 증거로서 효소왕의 즉위 시의 나이와 승하 시의 나이, 그리고 성덕왕의 즉위 시의 나이를 들어 논증하고 있다.[2] 이 나이는 뒤에서 보는 대로 현대 한국의 신라 중대 정치사 연구를 다시 써야 할 만큼 충격을 주게 된다.

(1c)에서 분명하게 해 둘 것은, 두 왕자가 오대산에 숨어든 시기는 고구려가 멸망한 668년보다 훨씬 뒤인 신문왕 이후 시기이므로 오대산이 있는 명주가 신라 땅이라는 점이다. 그러므로 '國'은 오늘날의 '나라'를 의미하는 것이 아니다. 여기서의 '국'은 도읍지라는 뜻이다. 나라로 돌아간 것이 아니라 도읍지, 즉 서라벌로 돌아간 것이다. 그것을 '나라'로 돌아갔다고 표현한 것이다. '徒(도)'는 단순히 무리가 아니라 조직화된 부대를 뜻한다. 왕자들을 수행해 온 부대가 두 왕자의 족적을 찾지 못하고 돌아갔다는 뜻이다. 무리하게 찾으려 하지 않았다고 보아야 할 것이다.

'國[나랗]'에 대해서는 정확한 해석이 필요하다. '國'은 여기서는 '나라'의 의미가 아니라 '도읍지'의 의미이다. '國'는 원래 왕이 있는 '宮

---

2) 이렇게 훌륭한 선조가 고려 시대에 있었다니. 그래도 그 시대는 원나라에 정복당한 치욕적 시대이다. 자주적으로 고립된 시대 나라의 지식인들보다 대국에 정복당하여 세계로 향하여 열린 시각을 가지고 있던 시대 나라의 지식인들이 훨씬 학문적 수준이 높았던 까닭을 알겠다. 닫히고 꼭 막히어 제 주장만 하는 이런, 저런 세상에 무슨 객관적인 학문이 자리 잡을 수 있겠는가?

(궁)', '성(城)', '곽(廓)'을 포함하는 영역을 가리키는 말로서 도읍을 중심으로 그 주변 지역을 가리키는 단어이다. 일본의 도시 '나라(奈良)'를 보면 그 뜻을 알 수 있다. 이 '奈良'를 예전에는 '寧樂'이라고도 썼다. 사립 나라 미술관을 지금도 'Neiraku Museum[寧樂美術館]'으로 적는다.3) [neiraku], 이것은 중세 한국어의 'ㅎ 종성 체언'인 '나랗'과 정확하게 대응한다. 조선 시대 초의 '나랗'은 신라 시대에는 [narak] 정도의 발음을 가졌을 것이다.

어떤 경로로 갔는가

신라의 두 왕자가 7세기 후반에 서라벌을 떠나 오내신으로 숨어들었다. 어떤 경로로 이동하였을까? 역마살이 끼어 잠시도 집에 붙어 앉아 느긋이 글을 쓸 수 없는 초조한 이 늙은이는 무조건 길을 나선다. 그러나 집이 서라벌 근처가 아니라 북한산주 한강 북쪽 가 토정 선생의 움막 곁에 있으니 거꾸로 가는 수밖에 없다. 일단 평창까지는 맨날 가는 영동 고속도로로 간다. 오대산 월정사를 보고 상원사까지 가서 차를 두고 중대를 오른다. 그리고 내려오면 날은 저문다. 밤중에 길을 덮어가면 답사 길이 눈에

---

3) 이 부분은 동경외대 교수였던 간노 히로오미[管野裕臣] 선생의 교시에 힘입은 바 크다. 저자는 학부생 때 대학원에 유학 와 있던 管野 교수와 가까이 지낼 수 있었다. 그 후 선생의 초청으로 두 번 일본에 갈 기회가 있었다. 그 중 한 번은 1996년경 천리대학에서 열린 조선학회에 발표하러 간 것이었다. 학회가 끝난 후 나라(奈良)에 갔을 때 저자는 거리 전봇대에 'Neiraku Museum'이라고 쓴 안내 표지를 읽고 깜짝 놀랐다. 이기문(1971)에서 '奈良'을 '寧樂'으로도 적는다는 것을 읽은 기억이 났기 때문이다. 표지 따라 갔더니 사립 '寧樂美術館'이 있었다. 저자는 국립박물관도 그렇게 쓰는 줄 알고 있었고 발음도 'nieraku' 정도로 알고 있었다. 그런데 2017년 2월 저자가 남미의 티티카카 호반에 머무를 때, 저자가 쓴 글의 이 부분을 번역하던 管野 교수가 긴 메일로 자세하게 저자가 잘못 알고 있는 부분들을 수정해 주셨다. 국립박물관은 奈良國立博物館으로 적고 '寧樂'의 발음도 'neiraku'로 해야 한다는 것이었다. 일본 지명 '奈良'가 한국어 '나랗'과 관련되는지 그렇지 않은지의 논의가 더 정밀하게 진행되었으면 한다. 평생 변하지 않고 국어사와 한국의 방언에 관한 의견을 나누어 주신 우의에 감사드린다.

선연하지가 않다. 마침 평창 IC 바로 앞에는 추억의 밥집과 알프스가 있다. 일박한다.

이튿날 6번 경강 국도를 타고 성오평이라 짐작되는 벌판을 지나 고개를 넘는다. 확실하게 같은 길은 아닐지 몰라도 봇내, 효명 두 왕자가 큰 고개[대령]을 넘어온 길은 이 근방 어느 길일 수밖에 없다. 구불구불 고개를 넘으면 소금강이다. 외가가 강릉이고 거소가 한양이나 파주였던 율곡 선생이 넘어 다녔다는 고개이다. 소금강엔 앉아 놀기 좋은 너럭바위가 있고 그 바위엔 부질없이 이름 남기기 좋아하던 선인들이 파 놓은 글자가 어지럽다.

이 고개 길목에 청학사 터가 있다. 절은 무너지고 중은 흩어졌지만 명당 중의 명당으로 보이는 남향 기슭에 절터는 남아 있다. 이 절에 청학사 창건 설화가 전해 오고 기록이 있었다. 고려 시대 사관이라는 민지(閔漬)라는 사람이 썼다. 그것이 소위 「閔漬記」인데 이 기록이 좀 엉터리로 되어 있다. (4a)는 '봇내[寶叱徒＝寶川]'에 관한 주에서 '봇내'가 '정신의 태자의 아명'이라고 적은 것이고, (4b)는 그 '정신의 태자'에서 '태자'를 빼고 '정신'이라고만 적어 마치 '봇내'가 '정신'인 것처럼 적는 결정적 잘못을 범하고 있는 부분이다.

(4) a. 봇내*{봇내는 정신의 태자의 아명이다.}*방을 개명하여 화엄사라 하였다[寶叱徒*{寶叱徒淨神太子兒名也}*房改名爲華嚴寺].

   b. 당나라 측천 사성 19년 임인년에 이르러 신라 왕이 죽었으나 아들이 없어 국인이 두 왕자를 맞이해 오려 하였다[至唐則天嗣聖十九年壬寅 新羅王薨而無子 國人欲迎兩王子]. 장군 4인이 먼저 효명의 앞에 이르러 만세를 불렀다[將軍四人先到孝明前呼萬歲]. 이때 5색 구름이 나타나 그 빛이 서라벌에까지 비

취기를 이레 날 이레 밤 동안 하였다[時有五色雲現光觸于國
者七日七夜]. 신하들이 그 빛을 찾아 산에 이르러 모셔가려
하니 정신은 울면서 머무르기를 청하여 효명이 부득이 왕위를
이었다[群臣尋其光到山以迎 淨神泣請而留 孝明不得已而嗣
王位*{신라 본기에 이르기를 효소왕이 아들이 없어 국인이 신문왕의
제2자인 김지성을 왕으로 세웠다고 하였다[新羅本紀云 孝昭王無子
國人立神文王第二子金志誠立王].4) 재위 36년이고 원년은 임인년이
다[三十六年 元年壬寅-原註]}*. 이 이가 제33대 성덕왕이 되었다
[是爲第三十三聖德王也]. <「민지 기」>

　　이런 자가 사관(史官)을 하다니. (4a)에서 '봇내는 정신의 태자의 아명
[寶叱徒淨神太子兒名]'이라고까지 잘 써 놓고 갑자기 (4b)에서는 '정신'
이 '봇내'인 것처럼 써 버렸다. 어찌 사관을 했다는 자가 이렇게 글을 쓴
다는 말인가? '정신은 울면서 머무르기를 청하다니[淨神泣請而留]'? 이
게 말이나 되는가? 31대 신문왕인 정신은 오대산 근처에도 오지 않았다.
어찌 측천무후의 연호인 사성(嗣聖) 19년[702년]을 적으면서 봇내의 아버
지인 천수(天授) 3년[장수(長壽) 원년, 692년]에 죽은 정신을 여기에 등장
시킨다는 말인가? 측천 사성 19년[702년]은 이미 신문왕이 죽은 692년으
로부터 10년이나 흘렀다. 그 10년 동안 왕위에 있은 사람은 32대 효소왕
이다. 효소왕이 죽어서 효명이 와서 성덕왕이 되는 과정을 적고 있는데,
왜 그들의 아버지인 죽은 신문왕인 정신이 울면서 머무르기를 청한다는
말인가?

---

4) 성덕왕의 이름을 '김지성'이라 적고 있다. 이것은 『당서』와 같은 것이다. 『삼국사기』에
　는 성덕왕의 이름이 융기였으나 당나라 현종의 휘를 피하여 선천[712년]에 흥광으로
　개명하였다고 적고 『당서』에는 김지성이라고 되어 있다고 적었다. 706년에 조성한 황
　복사 터 3층석탑 금동사리함기 명문에는 '隆基大王'이라 적혀 있어 피휘하기 전의 휘
　를 볼 수 있다.

봇내는 '정신의 태자'이다. 오대산에 가 있은 정신왕[＝신문왕]의 왕자는 봇내[寶叱徒, 寶川]과 효명 두 명이다. 국인이 두 왕자[二昆弟]를 데리고 가려 한 것은 다 알지 않는가? 그 두 왕자가 '봇내'와 '효명'이라는 것도 다 알지 않는가? 그런데 왜 갑자기 '정신'이 나타나서 울면서 돌아가지 않으려 했다는 것인가? 정신의 귀신이 출현했나? '정신의 태자인 봇내'에 관하여 쓰고 있다가 왜 갑자기 제 맘대로 '봇내'를 '정신'으로 써 버렸는가? '태자'는 어디로 갔을까? 이런 부주의하고 제 마음대로인 글쓰기가, 글 잘라먹기가 세상을 어지럽힌다.

민지(閔漬)라는 사람이 (4)와 같은 잘못된 글을 청학사에 남겼다. '정신의 태자'인 '봇내'와 '효명'이 오대산에 와 있었는데 서라벌에서 데리러 왔다. 그런데 '정신의 태자인 봇내'는 울면서 도망가서 '효명'을 데려가서 즉위시켰다. 이때에 '정신의 태자'인 '봇내'가, '봇내'라는 아명을 가진 '정신의 태자'가 갑자기 '정신'이 되었다.

이걸 대명천지 현대 한국에 와서 또 잘못 읽은 사람이 신 모라는 대학원생이다. 그리하여 그는, 이 '정신'이 '정신태자'이고 '정신대왕'은 그의 동생 효명이 왕위에 올라 성덕왕이 된 뒤에 그의 형 '봇내'를 예우하는 의미에서 '정신대왕'이라고 불렀을 것이라고 기가 막히게 썼다. 그로부터 신문왕, 효소왕, 성덕왕에 걸치는 신라 중대 정치사는 거름통에 빠졌다.

그 청학사 터를 지나 강릉에 오면, 명주 하서부에 오면 봇내와 효명이 하룻밤을 잤던 각간 세헌의 집이 있었다. 각간이라? 최고위 일등관위의 이름이다.

이 각간(角干)은 서불한(舒弗邯)으로도 적히고 각찬(角飡)으로도 적히고 이벌찬(伊伐飡)으로도 적힌다. '飡'은 '干'과 통용되는 글자이다. 『삼국사기』권 제1 「신라본기 제1」 「지마임금」 때의 기록에는 '주다(酒多)'라고 기록되기도 하였다. '술 酒'의 '술'은 장음이다. '술'은 조선 초, 고려 시대에는 '스블'이었을 것이다. /ㅸ/은 /ㅂ/으로 소급한다. '스블', 그리고 1음절의 /ㅡ/는 자신이 없지만 현대에 와서는 떨어진 것으로 보인다. 일단 '술'의 신라 시대 말은 '스블'이었을 가능성이 있다. '많을 多'는 '한 多'이다. 조선 초 중세국어에서 '많다, 크다'는 '하다'이다. '多'는 '한'을 적은 것이다. '角'은 '뿔'이다, 조선 초에는 '쓸'이다. 그 전에는 '스블'이었을 것이다. 어, 신라 초에는 '角'도 '스블'이고 '酒'도 '스블'이구나. 그리고 '干, 邯, 多'는 모두 유라시아 유목민의 추장을 나타내는 'Kahgan'을 적은 것인가 보다. 그러면 이 일등관위를 나타내는 '角干'은 '뿔칸'이라는 우리 말을 적은 것이네. 그러면 '이벌찬'의 '이벌'은 무엇을 적었을까? 'ibur'는 몽골어에서 '角'을 의미하는 단어라고 한다. 그것뿐이랴. 임금을 나타내는 거서간(居西干)은 '깃들일 居'를 통하여 '깃칸'을 나타낸다. 임금은 독수리 깃으로 장식한 모자를 쓰고 그 밑의 장군들은 짐승의 뿔로 장식한 투구를 쓰지 않았던가? 그들이 신라를 다스린 우리 조상들이다. 이들이 어디에서 왔을까? 당연히 하늘에서 왔다. 하늘은 어디인가? 대륙이다. 왜? 우주인이 아닌 한 인간이 하늘에서 올 수는 없으므로.

그건 그렇고, 명주, 강릉에 어떻게 각간이 있을 수 있었나? 이 사람은 이름이 세헌이다. 성은? 당연히 이렇게 적힌 경우 그의 성은 김씨이다. 그는 김세헌인 것이다. 김세헌은 어떻게 강릉에 살고 있었을까? 그것을 보여 주는 증거가 「헌화가(獻花歌)」이다. 그리고 「해가(海歌)」이다.

이제 여행길 순서를 순행으로 바꾸자. 경주에서 출발하여 북으로 올라가는 여정이다. (5)는 『삼국유사』에 이 두 시가 실려 있는 모습이다.

(5) a. 성덕왕 때 순정공이 강릉*{지금의 명주}*태수로 부임하는 길에

바닷가에서 점심을 먹었다[聖德王代 純貞公赴江陵太守*{今溟州}*行次海汀晝饍]. 곁에는 병풍 같은 바위 봉우리가 바다에 잇닿아 있는데 높이가 천 길이나 되고 그 위에는 철쭉꽃이 활짝 피어 있었다[傍有石峰如屛臨海高千丈上有躑躅花盛開]. 공의 부인인 수로가 그것을 보고 좌우에 일러 말하기를, 꽃을 꺾어 바칠 사람 그 누일꼬 하였다[公之夫人水路見之謂左右曰折花獻者其誰]. 시종들이 대답하기를, 인적이 이를 수 없는 곳입니다 하고 모두 사양하여 할 수 없었다[從者曰 非人跡所到 皆辭不能]. 옆에 한 노인이 있어 암소를 몰고 지나가다가 부인의 말을 듣고 꽃을 꺾어 노래를 지어 함께 바쳤는데 그 노인은 어떤 사람인지 알 수 없었다[傍有老翁 牽牸牛而過者 聞夫人言 折其花亦作歌詞獻之 其翁不知何許人也].

b. 순행 이틀째 또 임해정에서 점심을 먹을 때 해룡이 홀연히 부인을 잡고 바다속으로 들어가는 일이 있었다[便行二日程 又有臨海亭晝饍次 海龍忽攬夫人入海]. 공이 땅에 구르며 계책을 원하였으나 나오는 바 없었다[公顚倒躄地計無所出]. 또 한 노인이 있어 말하기를[又有一老人告曰], 옛사람이 말이 있어 여러 사람의 입은 쇠도 녹인다고 했으니 지금 바닷속의 짐승이 어찌 여러 사람의 입을 두려워하지 않겠소? 마땅히 경내의 백성들을 모아 노래를 지어 부르고 막대로 언덕을 치면 바로 부인을 볼 수 있을 것입니다[故人有言 衆口鑠(삭)金 今海中傍生何不畏衆口乎 宜進界內民作歌唱之 以杖打岸 則可見夫人矣] 하였다. 공이 그 말대로 하였다[公從之]. 용이 부인을 받들고 나와 바쳤다[龍奉夫人出海獻之]. 공이 부인에게 바닷속의 일을 물었다[公問夫人海中事]. 대답하기를[曰], 칠보 궁전의 음식이 달고 기름지며 향기롭고 깨끗하여 이 세상의 요리가 아니었습니다[七寶宮殿所饌甘滑香潔 非人間煙火]. 부인의 옷에서는 세상에서 아직 들어본 적이 없는 이상한 향이 풍기었다[此夫人衣襲異香 非世所聞].

수로의 자태와 얼굴이 절세여서 매번 깊은 산과 큰 못을 지날 때마다 누차 신물에게 붙들려갔다[水路姿容絶大 每經過深山大澤 屢被神物掠攬]. 여러 사람이 부른 <해가>의 가사는 다음과 같다[衆人唱 海歌 詞曰]. <龜乎龜乎出水路 掠人婦女罪何極 汝若悖逆不出獻 入網捕掠燔之喫>. 노인의 <헌화가>는 다음과 같다[老人獻花歌曰], <紫布岩乎辺希 執音乎手母牛放教遣 吾肹不喻慚肹伊賜等 花肹折叱可獻乎理音如>. <『삼국유사』권 제2 「기이 제2」, 「수로부인」>

(5a)에는 성덕왕 때에 강릉 태수로 부임하는 순정공이 있다. 그의 이름은 당연히 김순정이다. 김순정이 서라벌을 출발하여 강릉으로 가는데 그 부인이 길옆 높은 산에 핀 꽃에 한눈을 팔았던가 보다. 높은 산 바위 위에 핀 철쭉을 보고 갖고 싶어 하였다. 산 위의 바위가 너무 높아 아무도 가지 못하였다. 암소를 몰고 가던 노인이 그 꽃을 꺾어다 바치면서 노래를 불렀다. 「헌화가」이다. 그 노인은 높은 산 바위에 이르는 돌아가는 길을 알고 있었겠지. 아니면 매일 나무하러 산에 다녀 뛰듯이 산을 오를 수 있었거나.

이 시는 한문으로 읽어서는 무슨 말을 적었는지 알 수 없다. 한자의 뜻대로 읽어도 뜻이 안 통하고 소리대로 읽어도 무슨 말인지 알 수 없다. 예를 들어 둘째 행을 뜻으로 읽어 '잡은 소리 어조사 손 어미 소 놓을 가르칠 보내다.'로 읽어도 말이 안 되고 소리로 읽어 '집음호수모우방교견'으로 읽어도 문장이 안 된다.

그러나 그 한자에 대한 우리말의 뜻과 소리를 적절히 활용하여 읽으면 무슨 말을 적었는지 짐작은 할 수 있다. 어느 한자를 어떤 뜻으로 읽고 어느 한자를 어떤 소리로 읽을 것인가? 이런 것을 하는 학문이 향가 해독이다.

(5')에서 보는 이 시의 해독은 김완진(1980)을 참고하였다. 필자의 현대 국어 해석을 일별하는 것으로도 충분하다.

(5')

헌화가(獻花歌)	중세국어로의 해독	현대국어로 해석
紫布岩乎辺希	지배 바회 ᄀ새	자주 빛 바위 가에
執音乎手母牛放教遣	자ᄇ몬 손 암쇼 노히고	잡은 손 암소 놓고
吾肹不喩斬肹伊賜等	나ᄅᆞᆯ 안디 붓그리샤ᄃᆞᆫ	나를 아니 부끄러 위하신다면
花肹折叱可獻乎理音如	고ᄌᆞᆯ 것거 바도리이다.	꽃을 꺾어 바치오 리이다

(5b)에는 그 이틀 후의 일을 적었다. 길을 가다가 바닷가 정자에서 점심을 먹는데 해룡(海龍)이 순정공의 아내 수로부인의 미모를 탐하여 납치해 갔다. 바다에 용이 있다고 생각하지 않는 우리 귀에는 이것도 상징으로 들린다. 누가 감히 태수로 부임하는 높은 사람의 부인을 훔쳐간다는 말인가? 치안이 불안할 정도로 신라의 통치력이 흔들리고 있는 것일까?

이 시 「해가」(6)은 한자의 뜻으로 해석하면 말이 된다. 즉, 한문으로 적혀 있다. 그래서 향가가 아니다. 향가는 앞에서 본 「헌화가」처럼 한자의 뜻과 소리를 적절히 이용한 향찰(鄕札) 표기법으로 적혀 있는 노래만을 가리킨다.

에이, 표기에 따라 시의 장르가 달라져서야 되나. 우리나라 노래면 다 향가지. 향가를 꼭 향찰로만 적어야 한다는 법이 신라 때에는 없었는데. 향찰로도 적고 구결로도 적고 이두로도 적고 한문으로도 적을 수 있는 것이지. 내가 우리말을 한글로도 쓰고, 영어 알파벳으로도 쓰고, 한자로도 메모하듯이. 그래도 그것은 우리말이고 우리 시인데. 나는 「해가」를 향가에 넣지 않는 이유를 모른다. 「헌화가」와 무엇이 다른가?

(6) 海歌
龜乎龜乎出水路　　거북아 거북아 수로 내어 놓아라.
掠人婦女罪何極　　남의 부녀 약탈 죄 얼마나 크랴?
汝若悖逆不出獻　　너 만약 거스르고 내어 바치지 않으면
入網捕掠燔之喫　　그물에 넣어 잡아 구워서 먹으리.

참말로, 이 무슨 짓인가? 강릉 태수로 임명되어 임지로 가는 순정공이 부인을 빼앗기다니. 그것도 다른 곳이 아니고 자신들의 통치력이 옛날부터 미치던 울진 근방을 지나고 있는데. 말이나 되는 소리인가? 아직 말갈의 영향력이 남아 있었을까?

순정공의 부인 수로의 미모가 워낙 절색이어서 심산(深山), 대택(大澤)을 지날 때마다 이런 일이 자주 일어났다. 무슨 소리일까? 심산의 철쭉꽃은 수로부인이 좋아한 것이고, 큰 못의 용은 수로부인을 좋아하였다.

심산에는 기세등등한 도둑이나 지방 호족이 터를 잡고 있었을 가능성이 크다. 대택, 큰 호수와 바다에는 해적들, 이양선들이 정박하여 노략질하였을 가능성이 있다. 성덕왕 때에도 신라의 왕권은 굳건하지 못하여 지방의 작은 세력들에게도 계속 시달리고 있었을까? 지방관으로 부임하는 고위 귀족이 누군가에게 부인을 빼앗기거나 한 눈 팔리고 있다. 「헌화가」는 좀 낫지만 「해가」는 영 말이 아니다.

『삼국유사』에는 성덕왕 시대의 통치를 짐작하게 해 주는 기사가 있다. 「기이 제2」의 「수로부인」 조의 바로 앞에 있는 「기이 제2」 「성덕왕」 조는 (7)과 같이 되어 있다. 그리고 「수로부인」 조의 바로 뒤에 있는 그의 아들 「효성왕」 조는 (8)과 같이 되어 있다. 그런데 이 (8a)의 일이 일어난 연대인 개원 10년은 효성왕 때가 아니라 성덕왕 21년[722년]이다. 물론 (8b)의 개원 21년 당나라가 발해의 침공을 받아 신라에게 발해의 배후를 공격해 주기를 청한 때도 효성왕 때가 아니라 성덕왕 32년[733년]이다.

(7) 성덕왕
  a. 제33대 성덕왕 때인 신룡 2년[706년] 병오년에 흉년이 들어 백
    성들의 굶주림이 심하였다[第三十三代聖德王 神龍二年丙午
    歲禾不登 人民飢甚]. 이듬해인 정미년 정월 초하루로부터 7월
    30일까지 백성들을 구제하기 위하여 세곡을 배급하되 한 사람
    에게 하루 3되씩으로 하였는데 일을 마치고 계산해 보니 30만
    5백석이 들었다[丁未正月初一日 至七月三十日 救民給租 一
    口一日三升爲式 終事而計三十萬五百碩也].
  b. 왕은 태종대왕을 위하여 봉덕사를 세우고 7일 동안 인왕 도량
    을 베풀고 대사하였다[王爲太宗大王刱奉德寺 設仁王道場七
    日 大赦].
  c. 이때부터 시중 직을 두었다*{*다른 본에는 효성왕 때 일이라 하였
    다.}*[時有侍中職*{一本系孝成王*].5) <『삼국유사』 권 제2 「기
    이 제2」 「성덕왕」>
(8) 효성왕
  a. 개원 10년 임술년 10월에 처음으로 관문을 모화군에 쌓았다[開
    元十年壬戌十月 始築關門於毛火郡]. 지금의 모화촌으로 경주
    의 동남 경계에 속했으며 일본을 막는 요새 담이었다[今毛火
    村 屬慶州東南境 乃防日本塞垣也]. 주위는 6792보 5척이며

---

5) 시중은 중시를 고쳐 부른 관직명이다. 중시는 진덕여왕 5년[651년]에 품주를 집사부로
  이름을 바꾸고 죽지를 집사부 중시로 삼았다고 하는 데서부터 볼 수 있다. 중시를 시
  중으로 바꾼 것은 경덕왕 6년[747년]이다.

부역 인부는 39262명이고 관장한 관원은 원진 각간이었다[周廻六千七百九十二步五尺 役徒三萬九千二百六十二人 掌員元眞角干].

b. 개원 21년 계유년에 당나라 사람들이 북적을 정복하기 위하여 신라에 청병할 때 사신 604명이 왔다가 돌아갔다[開元二十一年癸酉 唐人欲征北狄請兵新羅 客使六百四人來還國]. <『삼국유사』 권 제2 「기이 제2」 「효성왕」>

(7a)에는 성덕왕 5년[706년] 심한 흉년으로 백성들이 굶주리고 있음을 보여 준다.[6] 그런데도 성덕왕은 (7b)에서 보듯이 증조부 태종무열왕을 위하여 봉덕사를 짓고 있다. 봉덕사 종, 그 유명한 에밀레종이다. 성덕왕은 증조부 태종무열왕을 위하여 절을 짓고 그 아들 경덕왕은 아버지 성덕왕을 위하여 거대한 성덕대왕 신종, 에밀레종을 주조하였다. 그 종은 경덕왕의 아들 혜공왕 때 겨우 완성되었다. 그리고 통일 신라는 망하였다. 여기에 무슨 태평성대가 있고 화려한 불교 문화가 꽃피었다는 말인가? 가렴주구와 노동력 착취와, 내세의 복을 비는 종교에 빠진 왕실이 있을 뿐이다.

(8a)에는 성덕왕 21년[722년]에 경주 동남 경계에 있는 모화군에 요새를 쌓았다. 왜구가 경주의 바로 코앞에까지 침범하고 있었음을 알 수 있다. 그러니 동해안 먼 갯마을에 해룡이 있어 태수의 행차를 습격하여 그 부인을 납치하여 가는 일이 일어나지.

(8b)는 발해가 당나라 등주를 쳐들어가자 발해의 배후를 치라는 당나라 황제의 명을 가져온 사신들에 관한 이야기이다. 신라 군사를 당나라를 위한 이른바 용병으로 내어보내라는 요청이다. 김춘추, 김법민이 당나라 군대를 끌어들여 백제, 고구려를 멸망시킨 후에 당나라에 당하는 치욕이다.

6) 이 해에 황복사 터 3층석탑에 금동사리함을 안치하였다.

이런 것을 적어 둔『삼국유사』가 대단하다.

어떻든 순정공이 초대 강릉태수는 아닐 것이고 그 앞에도 강릉태수가 갔을 것이니 강릉에도 김씨가 있을 수 있다. 그것도 각간 정도 되려면 강릉태수이거나 강릉태수를 지낸 사람의 후손일 것이다.

이렇게 서라벌에서 출발한 순정공의 부임 행차는 울산, 울진을 거쳐 강릉에 온다. 그 길과 봇내, 효명 두 왕자가 2000여 명의 군사를 거느리고 행군해 온 루트도 동일하다. 7번 국도, 곳곳이 동해안 고속도로로 먹혀 들어가고 남은 7번 국도, 봇내와 효명은 동해안 오늘날의 7번 국도를 이용하여 2000여 명의 군사를 거느리고 강릉을 거쳐, 오늘의 6번 국도 근방 길을 이용하여 소금강으로 올라가서 큰 고개를 넘었다. 그곳이 월정사 앞 성오평이고 오늘날의 알프스가 있는 터이다.

3. 두 왕자의 수도 생활

이렇게 오대산에 숨어 든 두 왕자는 상당한 기간 동안 오대산 안에서 도를 닦았다. 그에 대한 기록이 입산 기록 다음에 이어진다.

(9) a. 형 태자는 오대산 중대 남쪽 진여원 터 아래 산기슭에 청련이 핀 것을 보고 그곳에 초막을 짓고 살았다[兄太子見中臺南下眞如院기(土基)下山末青蓮開 其地結草菴而居]. 아우 효명은 북대의 남쪽 산기슭에 청련이 핀 것을 보고 또한 초막을 짓고 살았다[弟孝明見北臺南山末青蓮開 亦結草菴而居].
   b. 형제 두 사람은 절과 염불로 수행하며 오대에 나아가 공경하며

예배하였다[兄弟二人禮念修行 五臺進敬禮拜]. 청은 동대 만월형산에 있으니 관음진신 1만이 상주하였다[靑 在東臺滿月形山 觀音眞身一萬常住]. 적은 남대 기린산인데 팔대보살을 수반으로 1만 지장보살이 상주하였다[赤 南臺麒麟山 八大菩薩 爲首 一萬地藏菩薩常住]. 백색방인 서대 장령산에는 무량수여래를 수반으로 1만 대세지보살이 상주하였다[白方 西臺長嶺山 無量壽如來爲首 一萬大勢至菩薩常住]. 흑색을 맡은 북대 상왕산에는 석가여래를 수반으로 하여 5백 대아라한이 상주하였다[黑掌 北臺相王山 釋迦如來爲首 五百大阿羅漢]. 황색 처인 중대의 풍로산{지로산이라고도 함}에는 비로자나를 수반으로 1만 문수가 상주하였다[黃處 中臺風爐山{亦名地爐山} 毘盧蔗那爲首 一萬文殊常住].

c. 진여원 땅에는 문수대성이 매일 이른 아침에 36형*{36형에 대해서는 대산 오만 진신전을 보라}*으로 변화하여 나타났다[眞如院地 文殊大聖每日寅朝化現三十六刑*{三十六形 見臺山五萬眞身傳}*. 두 태자가 함께 배례하고 매일 이른 아침에 골짜기의 물을 길어다 차를 달여 1만 진신의 문수에게 공양하였다[兩太子 並禮拜 每日早朝汲于洞水 煎茶供養一萬眞身文殊]. <『삼국유사』권 제3 「탑상 제4」 「명주 오대산 봇내태자 전기」>

(9c)에서 진여원에 문수대성이 매일 아침 나타나 36형으로 변화하는 것은 다음 장에서 볼 「대산 오만 진신」에 자세하게 나열되어 있다. 그것에 대하여 일연선사는 (10)과 같은 주를 붙였다.

(10) 36형에 대해서는 대산 오만 진신전을 보라[三十六形見臺山五萬眞身傳]

그 외의 것에 대해서는 별로 쓸 말이 없다. 특히 (9b)는 무슨 소리인지 알기 어렵다. 어떻게 우리나라 오대산에 관음보살이 나타나고 지장보살이 나타나며 아미타불이 나타나는지. 모르는 것에 대해서는 궐의(闕疑)한다.

저렇게 산에 여러 보살이, 석가여래까지 나타나는 것을 보려면 수도 생활을 얼마나 해야 했을까? 10년쯤 수도해야 되려나? 성덕왕이 즉위한 702년 7월로부터 10년 전쯤이면 693년이 된다.

그 693년은 691년 3월 태자로 책봉되어 692년 7월에 즉위한 효소왕 2년으로 684년에 태어난 김사종이 부군으로 책봉되어 동궁에 든 때와 비슷한 시기일 것이다. 692년 7월부터 693년 8월까지, 그 1년 동안 요석공주는 딸 신목왕후가 혼전에 낳은 세 아들과 혼인 후에 낳은 두 아들의 지위를 두고 올케 자의왕후의 친정 세력들과 버거운 싸움을 벌였을 것이다.

4. 서라벌의 왕위 쟁탈전

누가 죽었나

이어지는 「명주 오대산 봇내태자 전기」의 내용은 (11)과 같다. (11a)가 가장 어렵고 중요한 문장이다. '정신 태자 아우 부군'이 어떤 문법적 관계를 맺고 있는지 알 수가 없다.

여기서 먼저 해결할 것은 '신라'이다. '新羅[서블]'에 대해서 정확한 해석이 필요하다. 「명주 오대산 봇내태자 전기」의 이 부분에 나오는 '新羅'는 국명이 아니라 '서라벌'의 의미이다. 「대산 오만 진신」에는 그런 의미의 '新羅'는 나오지 않는다. 이것만 보면 일연선사는 「명주 오대산 봇

내태자 전기」를 작성할 때는 「산중의 고전」을 거의 그대로 두었지만 「대
산 오만 진신」으로 재구성할 때는 자신의 언어 감각에 맞게 '서울'이라는
뜻의 '新羅[셔블]'을 사용하지 않았을 것이라는 가설을 세울 수 있다.
'新羅'는 원래 '徐羅伐, 徐伐, 東京'처럼 우리말 '새벌>셔블>셔볼>서
울'을 한자를 이용하여 적은 것이다.

    (11) a. <u>정신 태자 아우 부군 신라[셔블]에서 왕위를 다투다가 주멸했
           다</u>[淨神太子弟副君在新羅爭位誅滅].

         b. 國人이 장군 네 사람을 보내어 오대산에 이르러[國人遣將軍四
           人 到五臺山], 효명태자 앞에서 만세를 부르자 즉시 5색 구름
           이 오대산으로부터 신라[셔블]에 이르기까지 7일 밤낮으로 빛
           이 떠 있었다[孝明太子前呼萬歲 卽時有五色雲自五臺至新羅
           七日七夜浮光].

         c. 國人이 빛을 찾아 오대산에 이르러 두 태자를 모시고 나라[=
           셔블, 國]로 돌아가려 했다[國人尋光到五臺 欲陪兩太子還國].
           <u>봇내태자는 울면서 가지 않으므로 효명태자를 모시고 나라[셔
           블]에 와서 즉위 시켰다</u>[寶叱徒太子涕泣不歸 陪孝明太子歸國
           卽位].

         d. 재위 20여년. <u>신룡 원년[705년] 3월 8일 비로소 진여원을 열었
           다</u>(운운)[在位二十餘年 神龍元年三月八日 始開眞如院(云云)].
           <『삼국유사』 권 제3 「탑상 제4」 「명주 오대산 봇내태자 전기」>

이제 서라벌에서 '왕위 다툼'이 일어나서 누군가가 죽었다는 것을 알
수 있다. 누가 죽었을까?
    '정신 태자'는 앞에서 논의가 끝난 대로 '정신의 태자'이다. 다시 한 번
반복하여 따져둔다. (11a)에서 가장 중요한 말은 '정신태자'이다. '淨神太

子'와 같은 명사구를 해석할 때는 그 통사 의미 관계에 유의해야 한다. 이렇게 'E-F'로 두 명사가 병렬된 명사구는 속격 구성[genitive construction]으로 의미 해석될 수도 있고, 동격 구성[appositive construction]으로 의미 해석될 수도 있고 접속 구성[coordinative construction]으로 해석될 수도 있다. 즉, 이러한 구는 표면 구조상으로는 같아 보이지만 심층 구조상으로는 서로 다른 세 가지 구조를 가져서 여러 가지 의미로 해석될 수도 있는 것이다. 이른바 모호성(ambiguity)을 가진 구이다. 속격 구성은 'E의 F'로 해석되고, 동격 구성은 'E인 F'로 해석되며, 접속 구성은 'E와 F'로 해석된다.

(11a)의 '淨神太子'는 세 가지 의미를 모두 가질 수 있다. 첫째 의미는 태자가 존칭호로 사용된 경우이다. 그 경우는 동격 구성으로, 의미는 '정신이라는 이름을 가진 태자'이다. 그 경우 언급된 사람은 '정신태자' 한 사람뿐이다. 둘째 의미는 태자가 보통 명사로 사용된 경우이다. 그 경우는 속격 구성으로 의미는 '정신의 태자'라는 뜻이 된다. 이 구에서는 '정신'이라는 임금과 그의 '태자'인 왕자, 두 인물이 언급된 것이다. 셋째 의미는 '정신(왕)과 태자'이다. 아버지와 아들 두 사람이 언급된 것이다. 이 문맥에서는 셋째 의미가 배제된다.

정신 태자(淨神太子)가, '정신이라는 태자'와 '정신의 태자', 이 두 의미 가운데 어느 것을 뜻하는지는 어떻게 아는가? 그것은 세상사, 세상에서 실제로 있었던 일, 즉 그 문장이 사용된 문맥이 결정해 준다. 그 세상사는 신라 역사이다. 그 신라의 역사는 다음과 같은 것이다.

첫째 의미, '정신이라는 이름을 가진 태자'는 누구일까? 그런 이름을 가진 태자는 없다. 억지로 '정신태자'를 '정명태자'의 오류라고 보면 이 사람이 '정명태자[=신문왕]'가 된다. 그러면 정명태자가 아우인 효명태자와 더불어 하서부의 세헌 각간의 집에서 하룻밤을 묵고 진고개를 넘어 성오평에서 유완하다가 오대산으로 숨어들어가 중이 되었는가? 세상의 일은 신문왕이 오대산에 갔다고 하지 않는다. 그리고 신문왕은 효명태자인 성덕왕의 아버지이지 형이 아니다.

그러면 여기서의 '淨神太子(정신 태자)'는 둘째 의미인 '정신의 태자'로 해석될 수밖에 없다. 이는 '정신(왕)의 태자'라는 뜻이고 정신왕이 신문왕이면 '정신의 태자'는 '신문왕의 태자'이고 신문왕의 태자는 '효소왕'이다. 그런데 이 기록에서는 '태자'가 '왕자'처럼 사용되고 있다. 그러니 굳이 '정신의 태자'가 효소왕만 가리키는 것이 아니라 또 다른 왕자인 '봇내태자'를 가리키게도 되는 것이다.

그러나 경우에 따라 이 중 어느 하나로만 해석되어야 하기도 한다. 여기서의 이 E-F 명사구 '정신태자'는 속격 구성으로만 의미 해석되어 'E의 F'로만 번역되어야 한다. 마치 (12)가 항상 속격 구성으로 해석되어야 하듯이.

(12) 智證王元子[지증왕의 원자이다]. <『삼국사기』 권 제4 「신라본기 제4」 「법흥왕」>

(12)의 '지증왕의 원자'를 '지증왕인 원자'나 '지증왕과 원자'로 번역할 사람이 어디에 있겠는가? 정상적인 사람이라면 그렇게 하지 않을 것이다. 그러나 그렇게 하게 되는 사람도 있다. 신라사를 전혀 모르는 외국 사람이 번역하면, 법흥왕이 지증왕의 원자라는 것을 모르는 사람이 번역하면, 지증왕은 아버지가 왕이 아니고 습보갈문왕이기 때문에 원자였던 적이 없다는 것을 모르는 사람이 번역하면, '아, 지증왕이 어느 왕의 원자이구나!' 하고는 '지증왕인 원자'라고 번역하게 되는 것이다. 또 '왕과 원자' 함께

어디로 가는구나 하고 생각하면 '지증왕과 원자'로 번역할 수도 있다.

'정신태자'가 '정신의 태자'가 아니고 '정신인 태자', 즉 '정신이라는 태자'라는 학계의 통설은 '정신이 어느 왕의 태자이구!' 하고 생각하고 있는 것이다. 신라사를 전혀 모르는 외국 사람이 번역한 것과 다름없다. 그것은 마치 (13a)의 '金義忠女'를 '김의충이라는 여인'이라고 생각하는 것과 같다. 이 '김의충녀'가 (13b)의 '義忠之女'에서 보듯이 속격 구성이라는 것은 재언할 필요성을 느끼지 않는다.

> (13) a. (경덕왕) 2년 ─── 여름 4월 서불한 김의충 여를 들여 왕비로 삼았다[二年 ─── 夏四月 納舒弗邯金義忠女爲王妃]. <『삼국 사기』 권 제9 「신라본기 제9」 「경덕왕」>
> b. 혜공왕이 즉위하였다[惠恭王立]. 휘는 건운이다[諱乾運]. 경 덕왕의 적자이다[景德王之嫡子]. 어머니는 김씨 만월부인으 로 서불한 의충의 딸이다[母金氏滿月夫人舒弗邯義忠之女]. <『삼국사기』 권 제9 「신라본기 제9」 「혜공왕」>

그러니까 '정신'은 관형어가 되어 그 뒤의 체언을 수식하는 것이다. 그러므로 '정신'은 주어도 보충어도 될 수 없다. '정신'은 '신문왕'을 가리키는 말이다. '정신(왕)의 태자'는 누구인가? 정신왕, 즉 신문왕의 태자는 효소왕이다. 그러니 이는 '효소왕이 아우와 서라벌에서 왕위를 다투다가 죽었다'는 말이 된다.

뒤에 이어지는 이야기는 왕이 죽어서 오대산에 숨어들었던 왕자가 서라벌로 가서 왕이 되었다는 것이다. 그러면 무조건 새로 즉위하는 왕의 바로 앞 왕이 죽어야 한다. 새로 즉위하는 왕은 33대 성덕왕이다. 바로 앞 왕은 32대이다. 32대 왕은 효소왕이다. 죽은 왕은 효소왕이다.

왕위를 다투었으니, '누가 누구와 왕위를 다투었는가?'가 해명되어야
한다. 그런데 누가는 이미 효소왕으로 정해졌다. 아우와 부군은 동격이어
서 '아우인 부군'이 되고 이것이 보충어 '누구와'가 되어야 한다. 효소왕
은 아우와 왕위를 다툰 것이다.

「대산 오만 진신」에는 (14)가 있다. '아우가 왕과 왕위를 다투었으니,
왕은 아우와 왕위를 다투었을 수밖에 없다.' 그러면 (11a)의 '弟(제)' 앞에
는 '與(여)'가 있어야 한다.

  (14) 정신왕의 아우가 왕과 왕위를 다투어 國人이 폐하였다[淨神王之
      弟與王爭位國人廢之]. <『삼국유사』 권 제3 「탑상 제4」 「대산
      오만 진신」>

이제 (11a)는 정확하게 '정신(왕)의 태자[효소왕]가 아우인 부군과 왕위
를 다투다가 죽었다.'는 뜻을 나타내는 문장이 되었다. 효소왕이 아우와
왕위를 다투다가 죽었다고 했으니, 효소왕이 죽은 702년 직전에 이 왕위
를 다툰 일이 있어야 한다. 왕위를 다툰 사건이 무엇일까? '형, 왕 노릇 잘
못하니 물러나. 내가 한 번 해 볼게.' 평화 시, 태평성대의 아이들이라면
이렇게 생각해도 된다.

그러나 그렇게 해서는 왕이 죽지 않는다. 왕이 죽으려면 서로 죽고 죽
이는 싸움이 있어야 한다. 그런 사건이 있어야 한다. 그런데 그런 사건은
반란 사건이다. 적어도 현 집권자에게 대어들어 그 집권자를 죽이려면, 그
집권자가 지닌 공권력 못지않은 무력을 지니고 그 집권자가 지니지 못한
명분을 지니고 대명천지에 '저 나쁜 놈을 끌어내리고 깨끗한 내가 왕이
되어야 한다.'고 부르짖은 일이 있어야 한다. 그런데 그런 일이 있었다.

(15)에서 보듯이 『삼국사기』의 「효소왕」 대 기록에서는 702년 7월 효소왕이 죽기 전인 700년 5월에 '경영의 모반'이 있었다.

(15) a. 효소왕 9년[700년] — 여름 5월 이찬 경영*{永은 玄으로도 적는
음}*이 모반하여 복주하였다[夏五月 伊湌慶永*{永一作玄}*謀
叛 伏誅]. 중시 순원이 연좌되어 파면하였다[中侍順元緣坐罷
免].
b. 11년[702년] 7월에 왕이 승하하였다[十一年 秋七月 王薨].
시호를 효소라 하고 망덕사의 동쪽에 장사지냈다[諡曰孝昭
葬于望德寺東]. <『삼국사기』 권 제8 「신라본기 제8」 「효소
왕」>

이 '경영의 모반'이 효소왕과 그의 아우가 왕위를 놓고 싸운 다툼의 실체이다. 이 경영이 효소왕의 아우일까? 경영은 얼마나 깨끗하고 또 얼마나 정당한 명분을 갖추었기에 감히 형의 왕위를 넘본다는 말인가? 이찬이나 되었으니 나이깨나 있어 보이는데. 그런데 어린 효소왕에게 어찌 이찬이나 되는 아우가 있었을까? 무엇이 안 맞아도 이렇게 안 맞나? 경영이 효소왕의 아우가 아닌 것이 확실한 것 같은데.

그런데 왜 이 반란 사건에 중시인 순원이 연좌되어 파면되었을까? 경영과 순원은 형제인가 사돈인가, 아니면 친구인가? 연좌는 어디까지 걸리는 것일까? 옛날에는 삼족[친가, 외가, 처가]을 멸한다는 말도 있고 구족을 멸한다는 말도 있다. 파면했다는 말은 족을 멸했다는 말은 아닌 것 같다. 그런데 '순원'이라는 이름이 문제이다.

김순원, 그는 자의왕후의 친정 동생인 것이다. 아, 자의왕후, 그녀는 시누이 요석공주와 손잡고 언니 운명의 남편 김오기를 불러들여 김흠돌과

그의 일당을 적폐로 몰아 청산하고 김흠돌의 딸인 신문왕의 무자한 왕비를 폐비시킨 일이 있었다. 그리고 새 왕비로 요석공주의 딸인 신목왕후를 들였다. 신목왕후는 혼인하기 전에 이미 시동생이 될 뻔했던 정명태자와의 사이에 세 아들을 낳았다. 그 첫아들이 효소왕인 것이다.

그런데 그 효소왕을 이번에는 자의왕후의 동생 순원이 쫓아내려 하였다. 순원이 모반에 연좌되어 죽음은 면하였지만 파면된 것이다.[7] 화백회의의 만장일치의 결정에 따른 것이었을까? 순원을 파면시킨 사람은 누구일까? 효소왕? 그는 2년 뒤에 죽을 만치 다쳤는데? 신목왕후? 그는 황복사 터 3층석탑 금동사리함기 명문에 의하면 700년 6월 1일에 죽었는데? 아마도 왕과 왕의 어머니가 아닌 또 다른 권력 실세가 순원을 파면시켰을 것이다. 그 실세는 효소왕의 외할머니 요석공주를 중심으로 하는 세력일 수밖에 없다.

실제로 있었던 일은, 요석공주가 옹립한 677년생 혼전, 혼외자 효소왕에 반기를 들어 그를 폐위시키고 683년 5월에 신문왕과 신목왕후가 정식으로 혼인한 후에 태어난 '원자'를 즉위시키려는 자의왕후의 후계 세력 김순원 일파의 반란이었을 것이다. 692년 효소왕이 즉위할 때 신문왕의 원자를 부군으로 삼아 다음 왕위를 넘길 듯이 한 약속이 미봉책으로 끝난 것이다. 거기에다 설상가상으로 696년에 효소왕의 아들 수충이 태어났다. 700년이면 5살이다. 효소왕과 요석공주, 신목왕후는 수충을 태자로 책봉하려 했을 것이다. 이제 차기 왕위가 신문왕의 원자에게 갈 가능성은 더욱 희박해졌다. 당연히 그에 대한 반발이 있게 되어 있다.

이를 좀 더 크게 보면, 이 대립은 태종무열왕의 자녀들의 권력 독점과

---

7) 706년[성덕왕 5년]에 조성된 황복사 터 3층석탑 금동사리함기 명문에는 '소판 김순원'이 나온다. 그러니 706년에 이미 순원은 복권되어 조정에서 중요한 지위를 차지하고 있었을 것으로 보인다.

이에 반발하는 문무왕의 처가 자의왕후 세력의 대립이다. 결국은 죽은 올케 자의왕후와 산 시누이 요석공주의 대립인 것이다. 이 두 세력은 681년 8월에 힘을 합치어 그 당시 가장 강력한 세력이었던 신문왕의 처가 김흠돌의 세력을 꺾었다. 김유신의 사위인 김흠돌이 모반으로 주륙되면서 그이전 문무왕 시대에 가장 강력한 세력이었던 태종무열왕의 처가 김유신세력도 꺾이었다. 이제 서라벌에 남은 세력은 진지왕 쇠륜[사륜, 금륜]-용수-태종무열왕-그리고 그 자녀들인 왕실 직계 세력과, 이미 진지왕 쇠륜의 동생 구륜에서 형제로 갈라진 용수의 사촌 선품의 후예들인 자의왕후의 친정 집안 왕실 방계 김순원 집안 세력뿐이었다.

이해의 편의를 위하여 이 두 집안의 족보를 간단히 보이면 (16)과 같다. 이 족보에서 유의할 것은 자의왕후가 7촌 조카 문무왕과 혼인함으로써 김순원이 신문왕의 외삼촌이 되었다는 사실이다. 친가 촌수로는 8촌 할아버지인데 외가 촌수로는 3촌으로 가까워진 것이다.

(16) a. 24진흥-25진지-용수/용춘-29무열-30문무/요석/개원-31신문-32
　　　　효소/33성덕-34효성/35경덕-36혜공
　　 b. 24진흥-구륜---선품----------자의/순원/운명-진종/소덕//대
　　　　문-사소//충신/효신///신충/의충-양상(37대 선덕)
　　　　(/는 형제 자매, //는 사촌, ///는 6촌)

왕실 직계에서 가장 강력한 힘을 가진 사람은 문무왕의 누이이면서 신목왕후의 어머니인 요석공주이다. 자의왕후 세력에서 가장 강한 힘을 가진 사람은 문무왕의 처남 김순원이며 그의 뒤에는 또 다른 누이 운명, 그리고 그의 남편 김오기[김대문의 아버지]가 있었다. 혼전, 혼외로 태어난 첫 외손자 효소왕을 끼고 남동생 개원 등을 통하여 왕실의 힘을 발휘하고

있는 요석공주에게서 외손자 효소왕을 떼어 놓는 것이 김순원 세력의 목표였다. 그 목표는 효소왕을 대신할 사람으로서 정통성이 확보되어 있는 신문왕의 원자를 즉위시키면 달성될 수 있었다. 그것은 긴 세월이 흘러야 하고 효소왕에게 아들이 없어야 하는 장구한 계책이었다.

그런데 696년에 효소왕의 아들 수충이 태어남으로써 시일이 흐르기를 기다리던 그들의 계책은 물거품이 되었다. 이 난관을 돌파하려는 모반이 '경영의 모반'이다. 이 모반의 목표는 효소왕과 신목왕후, 그리고 요석공주 제거까지 포함하였을 것이다.

이 모반은 요석공주에 의하여 진압되었다. 특별한 군사 충돌이 기록되어 있지 않은 것으로 보아 찻잔 속의 태풍인 궁정 각개 칼싸움으로 끝난 것일지도 모른다. 신목왕후가 이 싸움에서 다쳐서 사망하였고 효소왕이 다쳐서 시름시름 앓다가 승하한 것을 보면 큰 전투가 벌어졌던 것은 아닌 것으로 보인다. 그러나 요석공주는 건재하였다. 몸통은 건드리지 못한 것이었다. 이로 보면 요석공주는 왕궁에 거처하지 않았을 가능성이 있다. 왕궁에 있던 사람만 다친 것으로 보이기 때문이다.

이제 가장 어려운 수수께끼가 풀렸다. (11a) 문장의 주어 '정신의 태자'와 보충어 '아우인 부군과'가 정해진 것이다. 그러면 이 문장에는 '○○와'를 나타내는 전치사 '與'가 빠졌다는 것을 알 수 있다. 실제로 이 '與'는, 이 문장이 들어 있는 「산중의 고전」을 보고 옮겨 적은 「대산 오만 진신」에는 (14)의 '淨神王之弟與王爭位'에서 보듯이 '弟'와 '王' 사이에 분명히 들어 있다. 보고 적은 문장에 '與'가 들어 있으니, 보고 적힌 문장에도 당연히 '與'가 있었을 것이다.

그러면 이 (11a) 문장에서는 '與'가 결락된 것이다. 그 '與'는 어디에 위치하는 것이 합당할까? (14)에서 '弟與王爭位'이니 (11a)에서도 그 뜻이 나오려면 그렇게 되어야 한다. 그런데 (11a)에는 '弟'만 있고 '王'이 없다. 그렇다고 '부군'이 있으니 '弟與副君爭位' 하면 되겠는가? 안 된다. 그러면 '아우가 부군과 왕위를 다투었다'가 된다. '아우가 부군과 다투어 주멸되었다고 새 왕이 오대산에서 오지는 않는다.' 주멸된 것은 '왕'이라야 한다. 이미 본 대로 '왕'에 해당하는 말은 '정신의 태자[효소왕]'이다. 그러므로 '아우'와 '부군'은 동격이다. '與'는 '정신의 태자[효소왕]'과 '아우' 사이에 끼어 들어가야 한다.

지금까지 논의한 것을 모아 앞의 (11a)에 빠진 글자를 기워 넣어서 번역하면 (11'a)와 같아진다.[8]

(11') a. 정신(의) 태자(가) 아우(인) 부군(과) 신라[셔블]에서 왕위를 다투다가 주멸하였다[淨神 太子 (與)弟 副君 在新羅 爭位 誅滅].

모든 번역서가 이 문장의 주어를 '아우'나 '부군'으로 잡고 번역하고 있다. 있을 수 없는 번역이다. '아우'나 '부군'이 죽고 왕이 죽지 않았는데 왜 새 왕이 오대산에서 와서 즉위해야 하는가? 그 '與'가 결락되었기 때문에 모든 번역서가 제대로 번역하지 못하였다. 그렇다고 책임을 면할 수 있을까? 글자가 결락된 문장을 꿰뚫어 보지 못한 것은 번역 능력이 모자람을 말하는 것이고, 「대산 오만 진신」의 같은 내용을 적은 문장인 (14)와 비교, 대조해 보지 않은 것은 학문적 성실성에 문제가 있음을 말하는 것이다. 어떤 경우이든 이 문장을 '아우'나 '부군'이 주어인 것처럼 번역한 오역은 그 책임을 면할 수 없다.

---

8) 여기서 '정신태자=보천태자'로 보아 그가 서라벌에서 아우인 부군과 싸우다가 죽었다가 나올 수 있겠는가? 없다. 보천태자는 오대산에 있었지 서라벌에 있지 않았고 죽지도 않았다. 나이 들어서 훌륭한 스님이 되었을 따름이다.

5. 나머지 부분

이 기사의 끝 부분은 봇내태자가 수도하는 모습을 그리고 있다. 무슨 소리인지 알기 어려운 내용도 있다. 「대산 오만 진신」에도 같은 내용이 있지만 그곳은 좀 이해할 만하게 되어 있다.

> (17) 봇내태자는 항상 동굴 속의 영수를 마셨다[寶叱徒太子常服于洞 靈水]. 육신이 하늘에 올라 유사강에 이르렀다[肉身登空到流沙 江]. 울진대국의 장천굴에 들어가 수도하였다[入蔚珍大國掌天窟 修道]. 돌아와 오대산 신성굴에 이르러 50년을 수도하였다(운운) [還至五臺神聖窟 五十年修道云云]. 오대산은 이것이 태백산의 큰 뿌리 맥인데 각 대에는 진신이 상주한다[五臺山是太白山大根 脈 各臺眞身常住云云]. <『삼국유사』 권 제3 「탑상 제4」 「명주 오 대산 봇내 태자 전기」>

「대산 오만 진신」에 따르면 '오대산은 이것이 태백산의 큰 뿌리 맥인데 ---' 하는 부분 이하는 봇내태자가 죽기 전에 남긴 유언을 적어 둔 것이다. 그 유언은 다음 장에서 자세히 볼 수 있다. 왕권과 종교가 결탁한 수탈의 전형적인 모습을 보여 준다.[9]

---

9) 우리 역사도 왕권이 종교를 누르는 데까지는 잘 흘러갔다. 그러나 그 다음 신권이 왕권을 누르는 데까지 나아가지 못하고 그대로 일본 제국에 잡아먹혔다. 신권을 시민권이 누르는 정상적인 민주 발전의 궤도에 들어오지도 못한 것이다. 그리고 일본 제국의 패망으로 느닷없이 이 세상 누구도 누리지 못한 만민평등의 자유가 공짜로 주어졌다. 왕권, 신권, 시민권, 노예권이 동일하게 한 표로 평가절하된 것이다. 그것이 갈 길은 뻔하다. 모두가 자신의 권리를 주장하는, 그리하여 누구의 권리도 보장되지 않는 위장된 다수의 폭압 지배가 남아 있을 뿐이다. 잊지 말아야 할 진리는 자유는 공짜가 아니라는 것이다.

제 5 장

「대산 오만 진신」의 정독

「대산 오만 진신」의 정독

1. 당나라 오대산의 자장법사

자장은 중국에서 문수를 보았을까

『삼국유사』 권 제3 「탑상 제4」 「대산 오만 진신」의 전문을 번역하고 해석한다. 「대산 오만 진신」의 시작 부분은 (1)과 같이 되어 있다. *{   }* 속은 세주이다. *(   )* 속은 세주 속의 주이고 #{   }# 속은 저자의 주이다.

(1) a. 산중의 고전을 살펴보면[按山中之古傳], 이 산이 진성이 있는 곳이라고 이름난 것은 자장법사로부터 비롯되었다[此山之署名 眞聖住處者 始慈藏法師].

    b. 처음에 법사가 중국 오대산 문수 진신을 보고자 하여 선덕왕 때인 정관 10년[=636년] 병신년에 *{『당승전』은 12년[=638년] 이라 하였으나 지금은 『삼국본사』를 따른다.}* 당 나라에 들어갔다 [初法師欲見中國五臺山文殊眞身 以善德王代 貞觀十年丙申 *{唐僧傳云十二年 今從三國本史}* 入唐].

c. 처음에 중국 태화지 가의 돌 문수가 있는 곳에 이르러 경건하
게 7일 동안 기도를 드렸더니 홀연히 꿈에 대성이 네 구의 게
를 주었다[初至中國太和池邊石文殊處 虔祈七日 忽夢大聖授
四句偈]. 꿈을 깨니 기억은 하겠으나 모두 범어이므로 해석할
수 없어 망연하였다[覺而記憶 然皆梵語 罔然不解]. 이튿날 아
침에 홀연히 스님 한 사람이 붉은 비단에 금점이 있는 가사 한
벌과 부처의 바릿대 하나와 불두골 한 조각을 가지고 법사의
곁에 와서 '어찌하여 수심에 쌓여 있는가?' 하고 물었다[明旦
忽有一僧 將緋羅金點袈裟一領 佛鉢一具 佛頭骨一片 到于師
邊 問何以無聊]. 법사가 '꿈에 4구의 게를 받았으나 범어이므
로 해석하여 말로 할 수 없어서입니다.'고 답하였다[師答以夢
所受 四句偈梵音不解爲辭]. 스님이 번역하여 말하기를[僧譯之
云], 가라파좌낭, 이것은 모든 법을 완전히 알았다는 뜻이고[呵
囉婆佐曩 是曰 了知一切法], 달예다구야는 자성이 가진 바 없
다를 말하고[達嚟哆佉嚤 云 自性無所有], 낭가희가낭, 이는
법성을 이렇게 해석한다는 말이고[曩伽呬伽曩 云 如是解法
性], 달예노사나는 노사나를 곧 본다를 뜻한다[達嚟盧舍那 云
卽見盧舍那]고 하였다. 이어서 자기가 가졌던 가사 등 물건을
법사에게 주면서 부탁하기를, '이것은 본시 석가존의 도구이니
너가 잘 보호해 가지라.' 하였다[仍以所將袈裟等 付而囑云 此
是本師釋迦尊之道具也 汝善好持]. 또 말하기를 '네 본국의 동
북방 명주 지역에 오대산이 있는데 1만의 문수가 늘 그곳에 거
주하니 너는 거기 가서 문수를 보라.' 하고 말을 마치자 보이지
않았다[又曰 汝本國艮方溟州界有五臺山 一萬文殊常住在彼
汝往見之 言己不見].

d. 영적을 두루 찾아보고 동으로 돌아오고자 할 때 태화지의 용이
현신하여 재를 청하여 7일 동안 공양하였다[遍尋靈迹 將欲東
還 太和池龍現身請齋 供養七日]. 이에 고하기를, '전날 게를

전하던 노승은 곧 진짜 문수이다[乃告云: 昔之傳偈老僧是眞文殊也].’ 하고 또 절을 짓고 탑을 세울 것을 간곡히 부탁한 일이 있었다[亦有叮囑創寺立塔之事]. 모두 「별전」에 실려 있다[具載別傳]. <『삼국유사』 권 제3 「탑상 제4」 「대산 오만 진신」>

(1a)를 보면 오대산 속 절에 어떤 기록이 전해져 오는데 일연선사는 그 기록을 보면서 「대산 오만 진신」을 재구성하고 있다. 그 기록을 일연선사는 「산중의 고전」이라고 부르고 있다. 이 기록은 「명주 오대산 봇내 태자 전기」의 내용을 거의 포함하고 있었을 것이다. 왜냐하면 「대산 오만 진신」에서 「고기」와 「기」에서 가져 온 내용이라 한 것이 모두 「명주 오대산 봇내태자 전기」에 들어 있는 내용이기 때문이다.

여기서 회상해야 하는 것은, 제3장에서 본 내용인 월정사에 신라 시대에 된 「산중의 고전」이 먼저 있었고, 일연선사는 그것을 보고 「대산 오만 진신」을 새로 재구성한 후에 「산중의 고전」을 「명주 오대산 봇내태자 전기」로 요약하였다는 사실이다.

그 「산중의 고전」에 따르면 이 오대산이 진성[진짜 부처]가 있는 곳이라는 것은 자장법사로부터 시작되었다는 것이다. 오대산에 지혜의 상징 문수보살이 있다는 것, 그것은 중국 오대산 이야기인데 그것을 우리나라의 산에 옮겨다 놓은 신앙이 자장법사에게서부터 출발한다는 것이다. (1b)를 보면 자장법사는 636년[정관 10년]에 당나라에 갔다. 이 연대에 대하여 일연선사는 세주 (2)를 붙이고 있다.

(2) 『당승전』에는 (정관) 12년[＝638년]이라 하였으나 지금은 『삼국본사』를 따른다.

『당승전』은 638년이라 하였는데『삼국본사』는 636년이라 했다는 것이다.『삼국사기』를 보면 선덕여왕 5년[636년] 조에서 '자장법사가 당 나라로 가서 불법을 구하였다.'고 적고 있다. 일연선사는『삼국사기』를 따른 것이다.

대체로 신라 기록과 당나라 기록이 연대 차이가 나는 것은 출발 시점과 도착 시점이 다르기 때문에 나타나는 현상이다. 여기서도 636년은 자장이 신라를 떠난 시점이고 638년은 당나라 오대산에 도달한 시점을 적은 것으로 보인다.

일연선사는 '어떤 기록[山中之古傳]'을 주 텍스트로 하여 이 「대산 오만 진신」을 재구성하면서『당승전』,『삼국사기』등을 두루 참조하고 있다. 일연선사는 역사 기술을 하고 있는 것이다.

(1c)는 당나라 오대산에서 자장법사가 문수 진신을 뵙고 온 영적을 쓴 것이다. 7일 동안 태화지 가의 돌 문수보살에게 기도한 것이야 사실을 적었다 할 수 있다. 그러나 꿈 꾼 일부터 이튿날 아침에 가사, 바릿대, 불두골을 든 한 스님이 범어로 된 게송을 한문으로 번역하여 주었다는 말이나, '가사 등' 물건을 주면서 '석가존'의 도구이니 당신이 잘 지니라고 했다는 것은 그럴 수도 있고 그렇지 않을 수도 있다. 또 '본국의 동북방 명주 지역에 오대산이 있고 일만의 문수가 늘 거기 있으니 거기 가서 문수를 보라고 했다.'는 말도 같은 차원의 말이다.

(1d)에서는 자장이 신라로 돌아오려 할 때 태화지의 용이 나타나서 '전에 게를 전한 노승이 진짜 문수'라고 했다고 한다. 이 말을 그대로 믿는 사람은 없을 것이다. 용도 이상하고 진짜 문수도 좀 그렇다. 그 뒤에 이어지는 말은 '절을 짓고 탑을 세울 것을 부탁하였다.'는 것이다. 신비로운 기적에 기대어 누군가를 속이려 하고 있다. 포교를 위한 왕실의 지원을

끌어내리려고 의도적으로 신성화한 느낌을 준다.

이러한 일들이 '모두 「별전」에 실려 있다[具載別傳]'고 하는데 자장과 관련된 기록이 『삼국유사』 권 제3 「탑상 제4」에는 「황룡사 장육」, 「황룡사 구층탑」, 「전후 소장 사리」, 「대산 월정사 오류성중」 등이 있고 『삼국유사』 권 제4 「의해 제5」에는 「자장정률」이 있다.

2. 신라의 오대산에 온 자장법사

자장은 우리나라에서 문수를 보았을까

이어지는 (3a)는 643년 자장법사가 신라 명주의 오대산에서 문수의 진신을 보려 하였으나 3일 동안 날씨가 어두워 보지 못하고 돌아가서 원령사에서 문수를 보았다는 것을 적고 있다.

세주에서 말하는 「별전」은 『삼국유사』 권 제4 「의해 제5」에 있는 「자장정률」을 가리키는 것으로 보인다. 그 「자장정률」에 의하면 자장은 칡삼태기에 죽은 강아지를 담고 찾아온 노인[문수보살]을 알아보지 못하고 '미친 사람인가?' 하였다. '아상(我相: 자신의 학식, 지위, 문벌, 재산 등을 자랑하며 남을 멸시하는 마음)을 가진 자가 어찌 나를 알아보겠는가?' 하고 죽은 강아지가 변한 사자보좌를 타고 날아간 문수보살을 '아차!' 하고 따라갔지만 결국 보지 못하고 쓰러져 죽었다.[1]

---

1) 『삼국유사』 권 제4 「의해 제5」 「자장정률(慈藏定律)」의 내용을 간략히 정리하면 다음과 같다. 만년에 강릉에 사는 자장의 꿈에 이승(異僧)이 나타나 대송정(大松汀)에서 보겠다 했다. 자장이 일찍 송정에 갔더니 과연 문수가 감응하여 왔는데 법요를 물으니 '태백산 갈반지(葛蟠地)'에서 다시 만나자고 하였다. 태백산에 가서 큰 구렁이가 나무 밑에 서린 것을 보고 거기에 석남원[정명사(淨名寺)]를 짓고 성인을 기다렸다. 노거사가 칡

자장이 당나라에서 문수를 보았다든가 원령사에 머무르면서 문수를 보았다든가 하는 말들이 믿기 어려운 까닭이다.

(3) a. 법사가 정관 17년[643년]에 이 산에 이르러 문수의 진신을 보고자 하였으나 3일 동안 날씨가 어두워 성과 없이 돌아갔다[師以貞觀十七年來到此山 欲覩眞身 三日晦陰 不果而還]. 다시 원령사에 머물면서 문수를 보았다고 (운)하고[復住元寧寺 乃見文殊云], 갈반처[칡덩굴이 우거진 곳]에 이르렀으니 지금의 정암사가 곧 이곳이다[至葛蟠處今淨嵓寺是]. *{역시 「별전」에 실려 있다[亦載別傳]}*

b. 그 후에 두타 신의가 있었는데 범일의 문인이었다[後有頭陀信義乃梵日之門人也]. 와서 자장법사가 게식하던 곳을 찾아 암자를 짓고 살았다[來尋藏師憩息之地 創庵而居]. 신의가 죽은 뒤에는 암자도 또한 오래 황폐하였다[信義旣卒 庵亦久廢]. 수다사의 장로 유연이란 이가 있어 다시 짓고 살았다[有水多寺 長老有緣 重創而居]. 지금의 월정사가 바로 이것이다[今月精寺是也]. <『삼국유사』 권 제3 「탑상 제4」 「대산 오만 진신」>

자장법사는 이미 정관 17년[643년]에 신라 명주의 오대산에 왔다가 한동안 머물고 돌아간 것이다. 3일 동안 날씨가 어두워서 문수를 보지 못하고 돌아갔다고 한다. 설마 사흘을 머물고 돌아가지는 않았을 것이다. 이 사흘이 문제의 기간이다. 당나라에서 7년이나 문수를 찾아 헤매던 자장이

삼태기에 죽은 강아지를 넣어 가지고 와서 '자장을 보러 왔다.'고 했다. 시자가 박대하였다. 자장도 깨닫지 못하고 '미친 사람인가?' 하였다. 그 노거사는 '돌아가겠다. 돌아가겠다. 이상(我相)을 가진 자가 어찌 나를 알아보겠는가?' 하고 삼태기를 뒤집어 터니 죽은 강아지가 사자보좌가 되었다. 노거사는 거기에 올라앉아 빛을 발하며 가 버렸다. 자장이 듣고서 뒤늦게 깨닫고 쫓아갔으나 만나지 못하고 쓰러져 죽었다.

신라에 와서는 겨우 사흘을 기다리다 날씨가 안 좋다고 돌아가다니? 그것을 믿을 사람은 아무도 없다.

『삼국사기』 권 제5 선덕여왕 12년[643년] 조에는 '3월에 당나라에 들어가서 불법을 구하던 고승 자장이 귀국하였다.'고 되어 있다. 그러므로 자장이 신라의 오대산에 온 것은 643년 3월 이후이다. 그는 이 시점에 이미 '당나라에서 신라에 돌아왔다.' 그러므로 692년 이후의 일을 적는, 바로 이어서 나오는 기사 '藏師之返 新羅 淨神大王 ---'을 '자장이 신라로 {돌아오고, 돌아왔을 때, 돌아오자 등} 정신대왕 ---'으로 번역한 번역서나 논저들은 모두 틀린 것이다. '자장이 (오대산으로부터) 돌아가고, 신라의 정신대왕 ---'으로 번역해야 한다.

(3b)는 자장법사가 오대산에서 돌아가고 난 후에 범일의 제자인 신의가 자장법사가 머무르던 곳에 암자를 짓고 살았다는 것이다. 그리고 신의가 죽고 오랜 시간이 흐른 후에 수다사의 장로 유연이란 사람이 그 암자 자리에 월정사를 지었다는 것이다. 이것은 월정사 창건 설화이므로 이 기록은 월정사에서 전해져 왔을 가능성이 크다.

(1)과 (3)만 보아도 일연선사가 참고하고 있는 「산중의 고전」, 「고기」, 「기」는 신라 시대부터 전해 오는 기록이거나 구전 설화를 적은 기록일 것임을 알 수 있다. 그리고 일연선사가 그 「고기」를 보고 「대산 오만 진신」을 재구성하였다는 것도 분명하다. 그 「고기」의 핵심은 「명주 오대산 봇내태자 전기」와 거의 같았을 것이다.

그러나 그 「고기」를 보고 「대산 오만 진신」을 재구성하여 『삼국유사』의 권 제3 「탑상 제4」의 앞부분에 넣기로 하고 나서, 그 뒷부분에 다시 「명주 오대산 봇내태자 전기」에 요약하여 실을 때는 중복되는 부분, 중요하지 않다고 생각되는 부분을 대폭 생략하였다. 그것이 지금 우리에게 전해진『삼국유사』권 제3 「탑상 제4」에 실린 '오대산 진여원[상원사] 개창 기록' 두 가지이다.

〈**오대산 월정사**. 자장법사가 게식한 곳에 지었다. 대웅전 뒤에 새로 지은 건물에 자장법사, 보천태자, 성덕왕의 초상화를 그려 두고 있다. 그리고 전해 내려오는 자장, 보천, 효명에 관한 이야기를 적은 관광 안내 책자들이 대체로『삼국유사』의 설화와 일치하고 국사학계의 가설들과는 일치하지 않는다. 사진은 월정사 부주지 원행 스님이 보내 주었다.〉

3. 두 왕자 오대산 입산 기록

오역의 시작

이 기록에서 말하는 두 왕자가 오대산에 들어간 시기는 언제일까? 그리고 등장하는 인물들은 어떤 사람들일까? 그것을 아는 길은 번역을 하는

길뿐이다. 어떤 선입견도 버리고 기록 그대로를 번역해 나가야 한다. (4)
에서 밑줄 그은 것만 본문이고 *{   }* 속 이탤릭 체는 모두 세주이다.

(4) 자장법사가 (오대산으로부터) 돌아가고, 신라(의) 정신대왕의 태
자[2] 보천, 효명 두 형제가[藏師之返 新羅淨神大王太子寶川孝明
二昆弟] *{『국사』를 살펴보면 신라에는 정신 보천, 효명의 3부
자에 대한 분명한 글이 없다[按國史新羅無淨神寶川孝明三父子
明文]. 그러나 이 「기」의 아래 부분 글에서 신룡 원년[705년]에
터를 닦고 절을 세웠다고 하였으니, 즉, 신룡이란 성덕왕 즉위 4
년 을사년이다[然此記下文云神龍元年開土立寺 則神龍乃聖德王
卽位四年乙巳也]. 왕의 이름은 흥광으로 본명은 융기인데 신문왕
의 제2자이다[王名興光 本名隆基 神文之第二子也]. 성덕왕의
형 효조는 이름이 이공*(恭은 洪으로도 적음)*인데 역시 신문왕의
아들이다[聖德之兄孝照名理恭*(一作洪*亦 神文之子]. 신문왕 정
명은 자가 일조이다. 즉, 정신은 아마도 정명{이나, 과} 신문의
잘못이 아닐까 한다[神文政明字日照 則淨神恐政明神文之訛也].
효명은 이에 효조*(照는 昭로도 적음)*의 잘못이다[孝明乃孝照(一
作昭)之訛也]. 「기」가 효명이 즉위하고 신룡 연간에 터를 닦고
절을 세웠다 한 것은 역시 불세상한 말이다[記云孝明卽位而神龍
年開土立寺云者 亦不細詳言之尒]. 신룡 연간에 절을 세운 사람
은 이에 성덕왕이다[神龍年立寺者乃聖德王也].}* 하서부에 이르
러[到河西府] *{지금의 명주에 역시 하서군이 있으니 바로 이곳
이다[今溟州亦有河西郡是也]. 하곡현으로 적은 것도 있으나 (이
는) 지금의 울주로 이곳이 아니다[一作河曲縣今蔚州非是也].}*

---

2) '봇내태자', '효명태자'를 '태자'라는 존칭호로 부르는 것이 매우 이상하다. 신문왕의
태자는 효소왕이 된 이홍이다. '효명태자'는 나중에 성덕왕이 되지만 태자로 책봉된
기록은 없다. 이런 경우의 '태자'는 그냥 '왕자' 정도로 이해하는 수밖에 없다.

세헌 각간의 집에서 하룻밤을 묵었다[世獻角干之家留一宿]. <『삼
국유사』 권 제3 「탑상 제4」 「대산 오만 진신」>

(4)의 본문은 간단하다. 세주를 빼고 나면 (5)만 남는다. 이 (5)는 이미
제4장에서 본 「명주 오대산 봇내태자 전기」의 앞 부분과 내용상으로는 똑
같다.

(5) 자장법사가 (오대산으로부터) 돌아가고, 신라(의) 정신대왕의 태자
보천, 효명 두 형제가[藏師之返 新羅淨神大王太子寶川孝明二昆
弟] 하서부에 이르러[到河西府] 세헌 각간의 집에서 하룻밤을 묵
었다[世獻角干之家留一宿].

'신라'는 '返(반)'에 걸리는 부사어가 아니다

(5)에서 제일 중요한 것은 '신라'가 앞의 '返(반)'에 걸리는 부사어인지,
아니면 뒤의 '정신'에 걸리는 관형어인지를 결정하는 것이다. '반'에 걸리
는 부사어로 보면 (6a)와 같은 번역이 나오게 된다. 대부분의 논저와 번역
서가 하고 있는 것이 이 번역이다. 그러나 '신라'를 뒤에 오는 '정신대왕'
에 걸리는 관형어로 보면 (6b)처럼 번역된다(제4장 참조). 서정목(2015a)에
서 처음 등장한 번역이다. 물론 자장법사는 643년에 오대산에 왔다가 어
느 정도 시일이 지난 후에 '오대산으로부터' 태백산 원령사로 돌아갔다.

(6) 藏師之返 新羅 淨神大王太子寶川孝明二昆弟
　　a. 자장법사가 신라로 돌아왔을 때, 정신대왕의 태자 보천, 효명
　　　두 형제가
　　b. 자장법사가 돌아가고, 신라의 정신대왕의 태자 보천, 효명 두

형제가

이 두 번역 가운데 어느 것이 타당한 번역일까? 둘 다 옳다는 타협점은 있을 수 없다. 하나가 옳으면 다른 하나는 그른 것이다. 학문의 엄정성이 '이리 보면 이렇고, 저리 보면 저렇다.'를 용인할 만한 곳이 아니다. 여기에 지금까지의 논저들과 이 책의 운명을 가르는 차이가 있다. 학문의 세계에서는 틀린 것은 가차 없이 비판하고 미련 없이 버려야 한다.

이 문제를 해결하기 위하여 가장 먼저 명백히 해야 할 일은 자장법사가 언제 당 나라에서 신라로 돌아왔는가 하는 것이다. 이미 저 앞 (1c)에서 '동으로 돌아오고자 할[將欲東還] 때'라 하여 자장법사가 신라에 와 있다는 것을 알 수 있다. 그런데 이는 (7)을 보면 더 정확하게 알 수 있는 연대이다.

(7) 643년[선덕왕 12년] 봄 정월에 사신을 대당에 파견하여 특산물을 바쳤다[十二年 春正月 遣使大唐獻方物]. 3월에 당나라에 들어가서 불법을 구하던 고승 자장이 귀국하였다[三月 入唐求法高僧慈藏還]. <『삼국사기』 권 제5 「신라본기 제5」 「선덕왕」>

이제 자장법사가 귀국한 연대가 확정되었다. 643년[선덕여왕 12년] 3월이다. 그런데 지금 우리가 논의하는 이 대목, 신문왕의 두 왕자 보천과 효명이 오대산에 숨어든 시기는 언제쯤 되어야 하겠는가? 당연히 그들이 태어난 후이고, 그들의 아버지 신문왕이 왕이 된 681년 이후이고, 당연히 그들의 형 효소왕이 즉위한 692년 이후여야 한다. 이 두 연대, 즉 자장이 신라로 돌아온 해[643년]과 두 왕자가 오대산에 숨어든 해[693년?]은 무려 50여 년의 거리가 있는 것으로 절대로 관련을 지을 수 없는 연대이다.

그런데 이 (4)의 첫 구를 잘못 번역하여 많은 역사적 사실들을 잘못 파악하게 되었다. 이 구는 이병도(1975:308)에서 '자장법사가 신라에 돌아왔을 때'라고 번역한 이래 대부분의 번역서들이 그렇게 오역하고 있다(이재호(1993:437)). 김원중(2002:387)은 '자장법사가 신라로 돌아오자'라고 번역하였다. '자장법사가 신라로 돌아오자'로 하면 두 왕자가 오대산에 입산한 연대가 자장법사가 당 나라에서 신라로 돌아온 643년과 불가분의 관계를 맺게 된다.

제4장에서 본 「명주 오대산 봇내태자 전기」에는 '신라의 정신(왕)의 태자 봇내가 아우 효명태자와 더불어 하서부에 도착하여 세헌 각간의 집에 하룻밤을 묵었다[新羅淨神太子寶叱徒與弟孝明太子 到河西府 世獻角干家一宿].'으로 되어 있다. 그러면 「대산 오만 진신」의 (4)의 '藏師之返新羅 淨神大王太子寶川孝明二昆弟'은 자동으로 해결된다. '藏師之返[자장법사가 돌아가고]'가 먼저 떨어져 나온다.[3] 그리고 그 뒤의 '新羅淨神大王太子'는 '신라의 정신대왕의 태자'로 번역된다. '신라'는 '돌아가고'에 걸리는 부사어가 아니라 '정신대왕'을 수식하는 관형어가 되어 '신라의 정신대왕'이 되어야 하는 것이다.

일연선사가 저 앞 「대산 오만 진신」의 이 바로 앞부분 (1c)에서 636년 입당한 자장법사가 '동으로 돌아오고자 할 때[將欲東還]' 태화지의 용을 만났다고 하고, 이어서 643년에 오대산에 왔다가 진신을 보지 못하고 '원령사에 가서 진신을 보았다.'고 하여 이미 자장법사가 중국에서 돌아왔음을 말하고, 다시 (4)에서 '자장법사가 (당나라에서) 신라로 돌아오자'라고

---

3) 번역서들이 이런 문제에 전혀 신경을 쓰지 않고 있다. 『삼국유사』의 번역은 중요한 대목은 모두 다시 검토해야 한다. 그리고 『삼국사기』의 기사에는 틀린 글자가 많다. 원전을 읽고 틀린 글자를 찾아내어 고치고 그 다음에 정확하게 번역하여야 비로소 역사적 진실을 밝힐 수 있다. 번역서 보고 연구하지 말라. 헛일 하는 것이다.

적었을 리가 없다.4) 그러므로 '藏師之返'은 '자장법사가 돌아가고'로 번역되고, 이는 '자장법사가 (643년에) (오대산에 와서 한 동안 머물다가) 돌아가고'로 해석된다.

그런데 이를 '藏師之返新羅'로 끊어서 '자장법사가 신라에 돌아왔을 때'라고 틀리게 번역하면 '두 왕자의 입산 시기'는 바로 그때가 되어 643년 이후 그에 가까운 시기에 두 왕자가 입산한 것이라고 생각하게 된다. 두 왕자의 입산 시기를 태화 원년[648년] 8월 5일로 적고 있는 「명주 오대산 봇내태자 전기」는 이런 계산을 한 것으로 보인다. 옛날 우리 선조들이 「산중의 고전」을 쓰면서 이 구절에 현혹되어 '태화 원년 무신년[648년]'이라는 '입산 시기'를 추정하여 쓴 것이 아닐까 하는 생각이 든다. 그런데 자장이 오대산에 온 643년과 648년 사이에 5년의 시간 차이가 있다. 이 5년이 수수께끼를 푸는 열쇠가 된다.

앞에서 본 대로 올바로 번역하면 '자장이 (오대산으로부터) 돌아간 뒤'로부터 '두 왕자의 입산 시기' 사이의 시간 간격은 45년이라 해도 아무 문제가 없다. 이 문장은 '자장법사가 (648년에 오대산으로부터) 돌아가고 난 45년 후인 (693년에), 신라의 정신대왕의 태자인 봇내, 효명 두 형제가 하서부에 와서 세헌 각간의 집에서 하루를 묵었다.'고 한 것이다.5) 이제

---

4) 『삼국유사』 권 제3 「탑상 제4」 「황룡사구층탑」에도 '정관 17년 계묘[643년] 16일에 (자장은) 당제가 준 경상, 가사, 폐백을 가지고 귀국하여 탑 세울 일을 왕에게 아뢰었다[貞觀十七年 癸卯 十六日 將唐帝所賜 經像袈裟幣帛 而還國 以建塔之事 聞於上]. ――― (백제의) 아비지라는 공장이 명을 받고 와서 목재와 석재를 경영하고, 이간 용춘*{용수로 적기도 한다.}*이 소장 200명을 거느리고 일을 주관하였다[匠名阿非知 受命而來 經營木石 伊干龍春*{一作 龍樹}*幹蠱率小匠二百人].'고 되어 있다. 몇 장 앞에 있는 글에 들어 있는 내용인데 뒤의 글을 번역하면서 연관 짓지 않고 다르게 오역하였으니 번역을 여러 사람이 나누어서 하지 않았다면 생길 수 없는 일이다. 「황룡사구층목탑 금동찰주본기」에는 이간 용수가 감군(監君)을 맡은 것으로 되어 있다.

5) 「고기」[=「산중의 고전」]의 태화 원년[648년]이란 연대는, 자장법사가 신라로 돌아온 뒤 오대산에 온 시기[643년]와 자장법사가 오대산에서 돌아간 시기[648년?]를, 두 왕

두 왕자가 오대산에 온 연대는 643년과 아무 관련이 없게 되어 693년의 8월 5일에 입산하였다는 결과를 도출할 수 있다.

자장법사가 오대산에 와서 계식한 기간은 얼마나 될까? 단지 3일? 그것은 아닐 것이다. 그러나 두 왕자가 입산한 시기로 추정되는 693년으로부터 45년을 빼면 648년이 된다. 그러니 643년에 오대산에 온 자장법사는 한 5년 정도 계식하고 648년에 오대산에서 원령사로 돌아간 것으로 계산된다. 그러니 태화 원년[648년]은 두 왕자가 입산한 시기가 아니라 자장법사가 오대산에서 원령사로 돌아간 시점이 된다. 앞에서 5년이라는 시간이 열쇠가 된다고 한 것은 이를 말한다. 두 왕자는 648년으로부터 45년 후에 오대산에 들어온 것이다.

이제 그동안 헤맨 연대 문제의 답이 명확하게 드러났다. 자장은 643년[선덕여왕 12년]에 문수를 보러 오대산에 왔다. 그리고 5년 정도 머무르다가 문수를 보지 못하고 648년[진덕여왕 2년, 태화 원년]에 태백산 원령사로 돌아갔다. 그 후 만년에 대송정, 태백산 갈반처 석남원으로 찾아온 문수를 알아보지 못하고 문전박대하여 쫓아 보내었다가 뒤늦게 깨닫고 따라갔으나 역시 보지 못하고 쓰러져 죽었다.

그렇게 648년 자장이 오대산으로부터 돌아간 때로부터 45년 뒤인 693년[효소왕 2년] 보천, 효명 두 왕자가 오대산에 숨어들었다. 「명주 오대산 봇내태자 전기」의 '태화 원년[648년]'이라는 입산 연대는 자장이 오대산으로부터 돌아간 연대를 두 왕자가 오대산에 숨어든 시기로 잘못 착각하여 적은 것이다. 8월 5일이라는 날짜는 옳을 가능성이 크다.

자가 오대산에 숨어 든 시기[효소왕 즉위 2년인 693년]과 혼동하여 생긴 오류일 수 있다. 물론 이 책임은 「고기」의 기록자에게 있지 『삼국유사』에 있는 것이 아니다.

'정신대왕'은 누구인가? 신문왕이다

이제 해야 할 일은 다시 쓴 (5')의 '정신대왕이 누구인가?'를 밝히는 것
이다. 『삼국사기』 「신라본기」에 따르면 신라에는 '정신왕'이 없다. 「신라
본기」만이 아니라 「고구려본기」, 「백제본기」에도 없다. 『삼국유사』의 권
제1 「왕력」에서도 '정신왕'과 비슷한 왕은 존재하지 않는다. 이 유령 같
은 이름 '정신왕'이 『삼국유사』의 「대산 오만 진신」에 나온다.

(5') 자장법사가 (오대산으로부터) 돌아가고, 신라(의) 정신대왕의 태자
보천, 효명 두 형제가[藏師之返 新羅 淨神大王太子寶川孝明二
昆弟], <『삼국유사』권 제3 「탑상 제4」 「대산 오만 진신」>

『삼국유사』권 제3 「탑상 제4」의 두 글 「명주 오대산 봇내태자 전기」,
「대산 오만 진신」과 역사적 사실에 비추어 보아, 이 문장의 '정신대왕'이
신문왕이라는 것에는 의심의 여지가 없다. 그러나 '정신대왕', '정신왕',
'정신태자', '정신' 등으로 등장하는 이 '정신'을 포함하는 명사구는 다른
문맥에서는 경우에 따라 적절하게 해석하기가 아주 어렵게 되어 있다.

(5')의 '정신대왕'에서 '대왕'은 존칭호이다. 이 경우 두 명사는 동격이
다. 그러면 '정신이라는 이름을 가진 대왕', 즉 '(이름이) 정신인 대왕', 즉
'정신인 대왕'의 뜻으로 해석된다. 이는 한 인물만을 가리키는 말이다. 이
'정신대왕'도 속격 구성으로 해석될 수 있을까? 그러면 '대왕'이 보통 명
사가 되어 '정신의 대왕'이라는 뜻이 나와야 한다. 불가능하다. 그러면 접
속 구성으로 보아 '정신과 대왕'으로 볼 수 있을까? 안 된다. 그러므로
'정신대왕'은 동격 구성으로만 해석된다. 그것은 '대왕'이 '정신'의 소유,
소속, 소재물일 수 없어서 그렇다.[6]

(5')의 '정신대왕'이 누구인가를 추리하기 위해서 생각해야 할 문법적 사항은, '淨神大王太子寶川孝明'에서 '태자'라는 존칭호가 어느 말에 걸리는가 하는 점이다. 즉, 어떻게 끊어 읽을 것인가 하는 문제가 제기된다.

'정신대왕태자, 보천, 효명'으로 끊을 수는 없다. '대왕'과 '태자'가 한 사람의 존칭호로 쓰일 수는 없기 때문이다. 그러면 '정신대왕, 태자보천, 효명'으로 끊어 읽을 것인가? 이렇게 끊어 읽으면 '효명'은 존칭호가 없게 된다. '태자효명'은 '태자'를 붙이지 않아도 되는가? 안 된다. 그가 왕이 되었지 '보천'이 왕이 된 것도 아니다. 그러므로 이 구에서 '대자'는 '보천'과 '효명' 둘 모두에 걸리는 존칭호이다. 따라서 이 구는 '정신대왕 태자, 보천, 효명'이라고 끊어 읽어야 한다. 즉, 이 구는 '정신대왕(의) 태자(인) 보천(과) 효명'으로 해석해야 하는 것이다.[7] 번역은 모두 이렇게 잘 해 놓았다.

이제 여기서의 '정신대왕'은 효명태자[=성덕왕]과 보천태자의 아버지인 신문왕일 수밖에 없다. (4)의 세주에서 '정신은 아마도 정명이나{또는 정명과} 신문의 잘못이 아닐까 한다[則淨神恐政明神文之訛也].'라는 일연선사의 판단이 이 경우에는 꼭 맞은 것이다. 『삼국유사』 권 제2 「기이 제2」 「가락국기」에는 '정명왕'이라고 하였으므로 '정명왕', '정명태자'의 잘못이든 '신문왕'의 잘못이든 일연선사의 이 주는 정확한 것이다.

이제 가장 중요한 문제가 밝혀졌다. (5')의 '정신대왕태자보천'을 '정신대왕(의) 태자(인) 보천'이라고 번역하면, 그와 똑 같은 일을 적은 「명주오대산 봇내태자 전기」의 '淨神太子寶叱徒'는 당연히 '정신(의) 태자(인)

---

6) '신라대왕'은 '신라의 대왕'으로 속격 구성으로 해석된다. '신라라는 대왕'이 아니다. 그것은 대왕이 '신라'의 소유, 소속, 소재물이어서 그렇게 된다.

7) 이병도(1975:308), 이재호(1993:437), 김원중(2002:387)은 '정신대왕의 태자 보천(과) 효명(의) 두 형제가'라고 정확하게 번역하고 있다.

봇내'로 번역되어야 하는 것이다. 그러면 '정신의 태자'는 '寶叱徒[봇내]'를 가리키는 말이고, 거기서 떼어낸 '정신'은 '신문'을 가리키는 말이다. 그러므로 이 대목에 등장하는 인물은 정신왕[=신문왕]과 그의 두 아들인 보천태자와 효명태자 3부자임에 틀림없다. (5')의 '정신대왕'은 '신문대왕'을, 「명주 오대산 봇내태자 전기」의 '정신 태자'에서 '태자'를 '봇내'에 걸리게 떼어내고 남은 '정신'은 '신문'을 가리키는 것이다.

　「대산 오만 진신」의 세주 속에는 '정신'이라는 말이 두 번 나온다. '『국사』에 의하면 신라에는 정신, 봇내, 효명의 3부자에 대한 분명한 글이 없다.'라는 말 속에 '정신'이 들어 있다. '봇내태자'와 '효명태자[=성덕왕]'이 형제이므로 이들과 '정신'이 3부자라는 말로 불리려면 이 '정신'은 성덕왕의 아버지인 신문왕일 수밖에 없다. 그리고 이 '정신'에 대하여 일연선사가 붙인 설명은, '신문(왕) 정명은 자가 일조(日照)이다. 즉, 정신은 아마도 정명{이나, 과} 신문의 잘못이 아닐까 한다.'이다.8) 이 속의 '정신'은 관어적 언어(meta language)로 사용된 것으로 '정신'이라는 단어를 가리키는 것이다. 이 대목에서 일연선사가 '정신'이 신문을 가리키는 말이라고 이해하고 있었음은 확실하다. 그리고 실제로 '정신'은 '신문'이다.9)

---

8) '신문왕 정명은 字(자)가 日照(일조)이다.'는 옳다. 그러나 『삼국사기』에는 신문왕의 자가 '日怊(일초)'로 되어 있다. 이것은 '孝照'를 '孝昭'로 쓰는 것처럼 측천무후의 이름자인 '照'를 피휘하여 쓴 것이다. 이 '怊(초)' 자는 '슬퍼하다'의 뜻으로 왕의 자에 들어갈 만한 글자가 아니다. 『삼국유사』 권 제1 「왕력」에는 신문왕의 자가 '日炤(일소)'라도 되어 있다. '밝을 炤'를 사용한 '日炤'가 정상적으로 피휘한 그의 자일 것이다.

9) 신종원(1987)은 이 '정신태자'를 '정신의 태자'라는 속격으로 보지 않고 동격으로 보아 '정신태자=보천태자'로 보고 있다. 그리고 '정신대왕'은 성덕왕이 즉위하고 나서 그의 형 보천을 예우하는 뜻에서 '정신대왕'이라고 불렀을 것이라고 썼다. 그리고 687년 2월의 '원자생'의 원자와 '691년 3월 1일 왕자 이홍 태자 책봉'의 왕자 이홍이 동일 인물이라고 보고 효소왕이 6세에 즉위하여 16세에 사망하였다고 적고 있다. 이런 틀린 주장에 토대를 두고 조범환(2010)은 효소왕이 어려서 신목태후가 섭정하였을 것이라고 보았고, 김태식(2011)은 이 시기 신목왕후가 '모왕'으로서 어린 효소왕을 대신하여 나라를 다스렸다고 하였다. 신목왕후는 아버지 김흠운이 전사한 655년 정월 이후

신문왕, 효소왕, 성덕왕 때 역사는 인멸되었다

이제 (4)의 세주에 대하여 검토해 보기로 한다.

> (8) 『국사』에 의하면 신라에는 정신 보천 효명의 3부자에 대한 분명
> 한 글이 없다[按國史新羅無淨神寶川孝明三父子明文].

'정신대왕의 태자 봇내, 효명 두 형제가'라고 함으로써 등장인물 세 사람이 분명해졌다. 정신대왕, 봇내태자, 효명태자이다. (8)의 세주 속에서『삼국유사』의 편찬 시기[1281년]에도 '『국사』 등에 정신왕과 봇내, 효명의 세 부자에 관한 기록이 드물다.'고 적고 있다. 이는 이 시기의 역사가 신라 시대부터 인멸되었을 가능성이 있음을 시사한다. 의도적으로 이 일을 역사 기록으로 남기지 않았을 것이다.

> (9) 그러나 이 「기」의 아래 부분 글에서 신룡 원년[705년]에 터를 닦
> 고 절을 세웠다고 하였으니, 즉, 신룡이란 성덕왕 즉위 4년 을사년
> 이다[然此記下文云神龍元年[705년]開土立寺 則神龍乃聖德王卽
> 位四年乙巳也].

(9)의 신룡 원년은 당 중종 복위년으로 705년이다. 당 중종은 683년 1월 3일 즉위하여 장인을 중용하다가 어머니 측천무후의 미움을 사서 2달만에 쫓겨났다. 그러다가 705년 2월 23일에 다시 황제의 위에 올랐다. 그

에 태어났다 하더라도 혼인 시 28살이었고 신문왕 사후[692년] 효소왕 즉위 시에 37살 정도이며 700년 이승을 떠날 때 45살 정도에 지나지 않는다. 당나라 측천무후처럼 여황제 역할을 한 것이 아니다. 신문왕, 효소왕, 성덕왕 전반기까지 전체적으로 왕실의 안방 권력을 행사하였을 여인은 신문왕의 장모, 효소왕과 성덕왕의 외할머니인 김흠운의 아내, 요석궁의 홀로 된 공주와 김오기의 아내 운명으로 판단된다.

의 어머니 측천무후는 705년 12월 16일 죽었다. 그 해는 신라 성덕왕 즉위 4년이다. 그 해에 성덕왕이 오대산에 와서 효명암 터에 진여원을 지었다.

(10) *왕의 이름은 흥광으로 본명은 융기인데 신문의 제2자이다[王名興光本名隆基 神文之第二子也].*

(10)의 성덕왕의 본명이 '융기'였는데 '흥광'으로 고쳤다는 것은 『삼국사기』의 기록과 일치한다. 당 현종의 이름 '융기'를 피휘하여 선천(先天)[712년 9월부터 4개월, 당 현종 즉위년, 713년부터는 연호가 開元(개원)으로 바뀐다.]에 '흥광'으로 고쳤다.[10] 당나라 왕자와 같은 이름을 가졌다는 것도 기이하고 멀쩡한 이름을 그 당나라 왕자가 황제가 되는 바람에 개명하였다는 것도 이상하다. 그러나 그것이 약소국의 운명이다. 『자치통감』에는 '金崇基(김숭기)'라고 적었으니 한 글자만 바꾸어도 되는 모양이다. 『당서』에는 아예 '金志誠(김지성)'이라고 적었다.

신문왕의 제2자라는 말도 옳다. 차자(次子)는 원래부터의 둘째 아들이라는 뜻이고, 제2자는 형이 하나 이상 죽어서 살아 있는 아들들 가운데 둘째 아들이라는 뜻이다. 첫째 형 효소왕이 죽었으므로 둘째 봇내가 장자가 되고 셋째인 성덕왕이 제2자가 된다.

---

10) 706년[성덕왕 5년]에 조성된 황복사 터 3층석탑 금동사리함기 명문에는 성덕왕을 '隆基大王'이라고 적었다. 712년에 피휘하기 전에는 융기대왕이었다. 성덕은 죽은 뒤의 시호이고 살았을 때인 706년에는 융기대왕이라고 지칭했음을 말해 준다. 신문왕을 정명왕이라 적은 『삼국유사』권 제2 「기이 제2」 「가락국기」를 연상시킨다. 712년 당 현종의 휘를 피하여 휘를 흥광으로 고친 뒤에는 '흥광대왕'으로 적었을 가능성도 있다. 이로써 왕과 왕비의 지칭어가 둘 이상 있을 수 있고 살아서의 지칭과 죽어서의 지칭이 다르다는 것은 확정되었다.

照(조)와 曌(조), 그것은 측천무후의 이름이다

효소왕은 원래 시호가 孝照王(효조왕)이었을 것이다.[11] 그런데 '照(조)'가 측천무후의 이름 자여서 피휘하여야 하게 되었다. 그리하여 '불 灬'를 떼고 '昭(소)'로 적기도 하였는데 그것이 본 시호처럼 전해져 오게 되었다.

(11) *성덕의 형 효조는 이름이 이공*(恭은 洪으로도 적음)*인데 역시 신문의 아들이다[聖德之兄孝照名理恭*(一作洪)*亦神文之子].*

효소왕의 이름은 '이공(理恭)'이었던 모양인데 피휘 등의 문제인지 '이홍(理洪)'으로 적기도 하였다. 물론 효소왕도 신문왕의 아들이다. 그 어머니는 문제의 신목왕후이다. 신목왕후는 김흠운의 딸인데, 김흠운이 태종무열왕의 사위인 것으로 보아, 신목왕후의 어머니는 요석궁의 홀로 된 공주일 수밖에 없다.

(12) *신문 정명은 자가 일조이다[神文政明字日照]. 즉, 정신은 아마도 정명{이나, 과} 신문의 잘못이 아닐까 한다[則淨神恐政明神文之訛也].*

신문왕은 이름이 정명이고 시호가 신문이다. 그런데 『삼국사기』에서는 이름이 명지(明之)라고도 하였다. 政 자가 피휘 대상이었을 가능성이 있다. 자(字)는 日照(일조, 해가 비취다)인데 '照' 자가 측천무후의 이름 자라 쓸 수 없게 되었다. 그래서 『삼국사기』에서는 피휘하여 '日怊(일초, 해가

---

11) 706년에 조성된 황복사 터 3층석탑 청동사리함기 명문에는 孝昭王을 세 번이나 '孝照大王'이라고 적고 있다. 효소왕의 시호가 원래 효조왕이었고 照를 피휘한 것이 昭임이 명백하다.

슬퍼하다)'라 적었다. 그런데 이 '忓' 자는 '슬퍼하다'는 뜻이다. 적절한 피휘가 아니다. 『삼국유사』권 제1 「왕력」에서는 신문왕의 자를 일소(日炤)라 적었다. '밝을 炤'는 '照'를 피휘하기 위하여 '불 灬'를 떼고 '날 日'을 '불 火'로 바꾼 것으로 일반적인 피휘 방식이다.

그런데 왜 「고기」는 신문왕을 정신왕이라고 부르고 있는 것일까? 일연 선사는 이 '정신'에 대하여 '淨神恐政明神文之訛也'라고 주를 붙이고 있다. (12)의 '정신(淨神)'에 관한 이 주가 매우 중요하다. '政明神文之訛也'를 어떻게 읽을 것인가? 현재로서는 모른다. 두 명사가 나란히 오면 속격 구성, 동격 구성, 접속 구성 가운데 하나이다.

'정명의 신문'은 말이 안 된다. '정명인 신문'도 여기서는 이상하다. 접속 구성은 두 가지가 있다. 대등, 종속 접속이 있고, 그 대등 접속에 또 두 가지가 있다. and, or가 그것이다. '정명과 신문', 또는 '정명이나 신문' 둘 가운데 어느 하나이다. 그러니까 이 주는 두 가지 뜻으로 해석될 수 있다. 제1 뜻은 '정신은 정명과 신문의 오류가 아닐까 한다.'이고 제2 뜻은 '정신은 정명이나 신문의 오류가 아닐까 한다.'이다. 제1 뜻을 택하면 또 둘로 나뉘어 '정명과 신문'으로 쓸 것을 잘못 썼다는 뜻으로 해석할 수도 있고, '정명'에서 '정'을 따고 '신문'에서 '신'을 딴 오류라고 해석할 수도 있다. 그러나 뒤의 것은 '政' 자와 '淨' 자가 다르므로 틀린 해석이다. 제2 뜻을 택하면 '정명이나 신문' 둘 중 하나의 오류가 된다. 일단 '신문'의 오류라는 것은 정확하다. 그러나 '政明'의 오류라 하기에는 '政' 자와 '淨' 자가 다르고 '明'과 '神'도 다르니 적절하지 않다.

'淨神'이 '정명과 신문의 와전'이든 '정명이나 신문의 와전'이든 관계 없이 일연선사가, '정신대왕, 정신왕, 정신'으로 적히는 이 인간이 31대 신문왕이라고 확신하고 있는 것은 틀림없다. 저자도 그렇다. 다른 어떤 왕일 수가 절대로 없기 때문이다. 그러면 왜 신문왕을 정신왕이라고 적었는가? 알 수 없다. 그러나 추정은 할 수 있다. 이런 거 쓰는 것은 위험하지만, 저자는 신문왕을 정신왕이라고도 하는 데에는 다음 두 가지 이유 후보 가운데 어느 하나가 작용했을 것이라고 생각한다.

제1 후보로 저자는 '정신왕'이 신문왕의 또 다른 이름으로 아마도 시호 '신문'을 정하기 전에 생시에 통용되던 이름(?)이 아닐까 하는 생각을 가지고 있다.『삼국유사』권 제1「왕력」,「성덕왕」조에서 성덕왕의 첫째 왕비를 '배소왕후 시(諡) 엄정', 둘째 왕비를 '점물왕후 시(諡) 소덕' 등으로 적은 것으로 보아 살아있을 때의 왕과 왕비의 이름과 죽은 뒤에 붙이는 시호 사이에 차이가 있을 수 있기 때문이다.12) 그 후에 이 '정신'을 피휘 등의 문제로 '정명', '명지'로 바꾸었을 것이다.

제2 후보로 처음 '정신'이라고 시호를 붙였다가 어떤 사정에 의하여 '신문'으로 시호를 바꾸었을 가능성도 있다. 이 '정신 나간 왕'을 '깨끗한 정신을 가졌던 왕'인 것처럼, 아니면 '모든 것을 깨끗이 청소한 악역을 담당한 왕'인 것처럼 '정신'으로 시호를 지은 것인지도 모른다. 그랬다가 어디에 걸렸거나 '淨' 자가 피휘 대상이 되어 그 시호를 못 쓰고 '신문(神文)'이라는 다른 시호를 쓰게 되었을 가능성도 있기 때문이다.

아무튼 '정신왕'은 군소리 필요 없이 '신문왕'이다. 왜? 효소왕 사후 왕위에 오른 자는 효소왕의 아우 성덕왕이고, 그 형제의 아버지는 신문왕이기 때문이다.「대산 오만 진신」에서 정신왕이 성덕왕의 아버지라는 것은 분명한 것이다. 그러면 정신왕은 신문왕일 수밖에 없다.

---

12) 앞에서 본 '융기대왕'을 고려하면 '정신대왕', '정신왕'은 '신문'으로 시호가 정해진 692년 이전에 살아 있는 신라 31대 왕을 지칭하는 말이었음에 틀림없다. 그리고 후에 이 '정신'이 피휘 대상이 되어 '정명', '명지'로 바꾸었을 것이다. 황복사 터 3층 석탑 금동사리함기 명문은 706년에 되었으므로 시호인 神文大王으로 적고 있다.

(13) 효명은 이에 효조*(照는 昭로도 적음*)의 잘못이다[孝明乃孝照*

(一作昭*之訛也].

이 주석은 틀린 것이다. 이는 이 글의 주인공 '효명'에 대하여 일연선사
가 잘못 알고 있었을지도 모른다는 암시를 주는 주석이다. 이 기록에 나
오는 왕자 '효명'은 '효조'나 '효소'가 아니다. 이 이야기의 주인공 왕자
효명은 33대 성덕왕이다. 일연선사조차 잘 몰랐을지도 모르는 '효명과 효
조'의 사연은, 저자가 공부한 바에 의하면 다음과 같다.

'효조'나 '효소'는 성덕왕의 형인 32대 효소왕이다. 32대 효소왕은 이
름이 '이공', 또는 '이홍'이다. 그가 죽은 후 시호를 '孝照王(효조왕)'으로
하였을 것이다.[13] 그런데 '照'가 측천무후의 이름 자이어서 피휘해야 했
다. '照'에서 '불 灬'를 떼고 '昭'로 하면 피휘가 된다. 그것이 '孝昭王(효
소왕)'이다. 그러니까 孝照를 孝昭로 바꾼 것은 측천무후의 이름 照(조)를
피휘하여 '불 灬'를 떼고 昭로 쓴 것이다. 이 왕은 원래 효조왕인데 피휘
하여 임시로 효소왕이라 적은 것이다.

그런데 측천무후는 여황제가 된 뒤에 자신의 한자, 측천자를 제정하였
다. 그 측천자 중에는 자신의 이름자 '照'를 대치할 글자 '曌'가 들어 있
다. '하늘 空' 위에 뜬 '해 日'과 '달 月', 이 멋진 구상성(具象性)의 상징
성을 음미해 보라. 하늘에 떠서 세상을 비추는 해와 달, 그보다 더 황제를
잘 나타내는 글자가 따로 있겠는가?

(14)에는 '武曌'가 엄연히 등장한다. 이 '曌' 자를 고려 시대 식자들은
알았던 것이다.

---

13) 진작에 황복사 터 3층석탑 금동사리함기 명문의 '孝照大王'을 보았으면 한 줄로 끝낼
논증이었다. 그러나 그렇게 했으면 이 긴 추리가 주었던 고통과 희열의 시간을 누릴
수는 없었을 것이다.

(14) 則天順聖皇后 武曌[측천순성황후 무조] <『삼국사기』권 제31「
연표 하」 683년[癸未]〉

그런데 이 글자를 이용하여 '효조왕'을 적으면 '孝曌王'이 되고 이 '曌'
를 피휘하기 위하여 '하늘 空'을 떼면 '明'이 남는다. 그러면 孝曌는 孝
明으로 쓰게 된다. 이제 '孝明王'이 등장한 것이다. '효명'으로 적힌 사람
이 효소왕을 가리키기도 하고 효명태자(성덕왕)을 가리키기도 하는 혼란이
생길 수 있다.

『삼국사기』권 제8의 권두 차례에는 "神文王, 孝明*{明本文作昭}*王,
聖德王"으로 되어 있다. 효소왕을 효명왕이라고 적고 있는 것이다. '효명
왕*{明은 본문에서는 昭로 적는다.}*'는 이러한 사정에 따라 효소왕을 가리키
는 말이다. 그리고 그 '明' 자에 주석을 붙여 '明 자는 본문에서는 昭 자
로 적는다.'고 한 것이다. 이것을 '孝昭王'의 '昭' 자가 고려 광종(光宗)의
이름 자 '昭'와 같아서 그것을 피휘하여 '明'으로 썼다고 하고 있다. 그렇
다면 본문에서는 왜 '昭' 자를 쓰는가? '孝昭王'도 못 쓰는 말이 되어야
하지 않겠는가?[14] 못 쓴 시호는 '孝照', '孝曌'이고 쓴 것이 '孝昭', '孝
明'이다.

이 사람은 이름 '理恭'도 못 쓰고 '理洪'이 되었고, 시호 '孝照', '孝
曌'도 못 쓰고 '孝昭', '孝明'이 되었다. 약소국의 불행한 왕이다. 그의 할
아버지 문무왕이 당나라를 불러들여 백제, 고구려를 멸망시킨 뒤에 겪게
된 냉혹한 국제 정치의 비극이다. 당나라의 '원교근공(遠交近攻)'의 덫에

---

14) 文武王(문무왕)을 文虎王(문호왕), 金武林(김무림)을 김호림(金虎林)으로 쓴 것을 볼 수
있다. 흔히 고려 혜종의 휘 武 자를 피휘하여 虎로 썼다고 하고 있다. 모르지. 측천무
후의 성이 武라서 그것을 피했을 수도 있다. 『삼국유사』권 제1「왕력」에는 武后를
虎后로 적고 있다. 그리고 治를 理로 바꾸어 적은 것도 많다. 당 고종의 이름 治를 피
한 것인지 고려 성종의 이름 治를 피한 것인지 더 연구해 볼 일이다.

걸려 든 업보이다. 그러나 그 불행은 이에서 그치지 않는다. 앞으로 보는 대로 효소왕의 아들은 왕위에 오르지도 못하고 스님이 되었고, 효소왕의 마누라 성정왕후는 시동생과 동서에 의하여 궁에서 쫓겨났다. 그러나 스님이 되는 것이 더 나았는지도 모른다. 효소왕은 26세에 죽었는데 그의 아들은 99세까지 살았으니.

아무튼 이 주석은 일연선사가 이 글의 주인공 '왕자 효명'과 그의 형 '孝璺王'의 피휘한 시호 '孝明王'을 혼동하여 붙인 잘못된 주석이다. 만약 이 주석대로 '효명이 효조의 잘못이라면' 이 이야기에서 즉위하는 왕이 효소왕이 되어야 하지 않겠는가? 즉위하는 왕은 어디까지나 성덕왕이고 효소왕은 이미 죽은 것으로 되어 있다. 황복사 터 3층석탑 금동사리함기 명문에 따르면 '孝照大王'은 대족(大足) 2년[702년] 7월 27일에 죽었다.

(15) 「기」에 이르기를 효명이 즉위하여 신룡 연간에 터를 닦고 절을 세웠다 한 것은 역시 불세상한 말이다[記云孝明卽位而神龍年開土立寺云者 亦不細詳言之尒]. 신룡 연간에 절을 세운 사람은 이에 성덕왕이다[神龍年立寺者乃聖德王也].

(13)에 이어지는 주석이다. 일연선사는 '효명'이 '효조, 효소'의 잘못이라고 써 놓고 아무래도 불안하였던가 보다. 「기」에서 말하는 효명[일연선사는 효소왕으로 잘못 알고 있다.]이 즉위하여 705년에 진여원을 세웠다는 말이 불세상한 말이라고 하고 있다. '불세상'이랴? 효명을 효소왕이라고 보면 그렇지. 그래 놓고는 705년에 절을 세운 사람은 성덕왕이라 하고 있다. 왕자 효명이 성덕왕이 되었으니 맞지.

이 효명은 효소왕이 아니라 성덕왕이 되는 왕자 효명임을 일연선사가 정말 몰랐을까? 나는 그것이 믿어지지 않는다. 일연선사가 왕자 효명과 효명왕인 효소왕, 효조왕을 구분하지 못하다니. 하기야 저자도 2016년 중국 여인이 쓴 소설 『측천무후』, 일본 학자가 쓴 『무측천 평전』 등을 읽기 전에야 측천무후의 이름이 무조(武照)였었다는 것도 몰랐고, 그녀가 측천자를 만들었었고 그 측천자 속에 '비췰 照'를 대치할 '비췰 曌'가 있었었다는 것도 알지 못했으니. 일연선사나 그런 책을 접할 리가 없는 사람들을 어찌 탓하겠는가.15)

(16) 하서부에 이르러[到河西府] *{지금의 명주에 역시 하서군이 있으니 바로 이곳이다. 하곡현으로 적기도 하나 (이는) 지금의 울주로 이곳이 아니다[今溟州亦有河西郡是也一作河曲縣今蔚州非是也].}* <u>세헌 각간의 집에서 하룻밤을 묵었다[世獻角干之家留一宿].</u>

(16)은 아무 설명이 필요 없다. '하서부'는 강릉의 '하서군'이다. '하곡현'이라 적은 것도 있는데 하곡현은 더 남쪽의 울주이고 이곳이 아니다.

(4)에 이어지는 글은 (17)이다. 다시 한 줄 한 줄 정독해 보자. 글을 어떻게 읽어야 하고, 어떻게 써야 하는지 일연선사는 전범을 보여 주고 있다.

(17) <u>그 다음 날 큰 고개를 넘어 각기 천명으로 된 도를 거느리고 성오평에 이르러 여러 날 유람하다가[翌日過大嶺各領千徒到省烏坪遊覽累日] 홀연히 어느 날 저녁에 형제 2사람은 속세를 벗어날 뜻을 몰래 약속하고 아무도 모르게 도망하여 오대산으로 숨</u>

---

15) 더욱이 나도 2019년 7월 22일 한창 이 책의 마지막 교정을 볼 때에야 황복사 터 3층 석탑 금동사리함기 명문에 '孝照大王', '隆基大王'이 있다는 것을 우연히 보았으니 할 말이 없다. 거기에 신목왕후가 神睦王后로 되어 있고 700년 6월 1일 죽었다고 되어 있는 것은 서정목(2014a)를 집필할 때 알았는데 왜 더 읽어 보지 않았을까?

어들었다[忽一夕昆弟二人密約方外之志不令人知逃隱入五臺山].*{「고기」에 이르기를 태화 원년 무신년[648년] 8월 초에 왕이 산 속으로 숨었다고 했으나 이 문장은 크게 잘못된 듯하다[古記云太和元年戊申八月初王隱山中 恐此文大誤]. 살펴보건대 효조*(照는 昭로도 적음)*는 천수 3년 임진년[692년]에 즉위하였는데 그때 나이가 16세였으며, 장안 2년 임인년[702년]에 붕어했으니 누린 나이가 26세였다[按孝照*(一作昭)*以天授三年壬辰卽位時年十六 長安二年壬寅[702년]崩壽二十六]. 성덕이 이 해에 즉위하였으니 나이 22세였다[聖德以是年卽位 年二十二]. 만약 말한 대로 (이때가) 태화 원년 무신년[648년]이라고 한다면, 즉, 효조가 즉위한 갑진#{임진의 잘못: 필자; 692년}#년보다 45년이나 앞선 태종문무왕의 치세이다[若日太和元年戊申 則先於孝照卽位甲辰已過四十五歲 乃太宗文武王之世也]. 이로써 이 문장이 잘못된 것임을 알 수 있으므로 취하지 않는다[以此知此文爲誤 故不取之].}* 모시고 호위하던 자들은 간 곳을 알지 못하여 나라[셔블]로 돌아갔다[侍衛不知所歸 於是還國]. <『삼국유사』권 제3 「탑상 제4」「대산 오만 진신」>

(17)은 일연선사가 얼마나 글을 정확하게 쓰려고 노력했는지 보여 준다. 자신이 읽고 있는 글 속에 조금이라도 의심스러운 곳이 있으면 그대로 따르지 않는다. '홀연히 어느 날 저녁에'는 얼마나 멋있는 말인가?

어떤 역사적 사실을 적으면서 '언제'를 적는데 '몇 년 몇 월 몇 일'이 아니다. 왜? 잘 모르니까. 자신이 살던 시기로부터 약 400여년 전, 690년대 초반에 일어난 일에 대하여 시기를 잘 모르니까 '어느 날 저녁에'라고 적었다. 그러고는 그렇게 쓰는 이유가 무엇인지 분명하게 밝히고 있다.

「고기」가 태화 원년[648년] 8월 초에 성덕왕이 되는 왕자 효명이 오대산에 숨어들었다고 하는데 이 문장은 크게 틀렸다는 것이다. 이 「고기」는 무엇인가? 그런데 '태화 원년 8월 5일'이라는 날짜는 이미 여러 번 본 날짜이다. 어디에 있었는가? 제4장에서 검토한 「명주 오대산 봇내태자 전기」에 있는 날짜이다. 이제 「고기」가 「명주 오대산 봇내태자 전기」의 원본이라는 것을 알 수 있다. 그것이 '산중의 고전(山中之古傳)'인 것이다.

그런데 연도가 맞지 않아서 '태화 원년[648년] 8월 5일'을 믿지 않고 '홀연히 어느 날 저녁에'라고 적은 것이다. 그러면 그 증거를 대야 할 것이다. 일연선사가 가져다 놓은 증거를 보라. 얼마나 자세한가. 그리고 이것이야 말로 확고부동한 근거가 되어야 하지 않겠는가? 전해 온 산중의 「고기」가 말하는 날짜가 틀렸다고 '어느 날 저녁에'라고 막연히 써 놓고 그 근거를 대는데 그것이 확실한 근거가 아니면 되겠는가? (18)에 반복한다.

(18) 살펴보건대 효조*(照는 昭로도 적음)*는 천수 3년 임진년 즉위할 때에 나이가 16세였으며, 장안 2년 임인년에 붕어했는데 누린 나이가 26세였다[按孝照*(一作昭)*以天授三年壬辰卽位時年十六 長安二年壬寅崩壽二十六]. 성덕이 이 해에 즉위하였으니 나이 22세였다[聖德以是年卽位 年二十二]. 만약 말한 대로 (이때가) 태화 원년 무신년이라고 한다면, 즉, 효조가 즉위한 갑진#{임진의 잘못. 필자, 692년}#년보다 45년이나 앞선 태종문무왕의 치세이다[若曰太和元年戊申 則先於孝照卽位甲辰己過四十五歲 乃太宗文武王之世也]. 이로써 이 문장이 잘못된 것임을 알 수 있으므로 취하지 않는다[以此知此文爲誤 故不取之].

가져다 놓은 근거는 효소왕의 나이와 성덕왕의 나이이다. 이 나이를 근거로 일연선사는 「고기」의 연대가 틀렸다고 판정하고 있다. 그러면 이 나이는 절대로 틀릴 수 없는 것이다.『삼국유사』속의 다른 말은 다 틀렸다고 양보해도 이 두 왕의 나이만은 틀릴 수 없다. 그런데 이것을 틀린 기록이라 하고, 효소왕이 6세에 즉위하였다고 우겨서야 되겠는가?

효조{소}왕은 천수 3년[692년]에 즉위하였는데 그때 나이가 16세였고, 장안 2년[702년]에 붕어했으니 향년 26세였다. 성덕왕이 702년 즉위하였는데 나이 22세였다. 그런데 이때[성덕왕이 오대산에 입산하는 때]를 태화 원년[648년]이라 하면 효조{소}왕이 즉위한 해[692년]보다 45년이나 앞서는 태종문무왕의 치세이다. 이로써 '성덕왕이 오대산에 들어간 해'가 태화 원년[648년]이라고 한 문장은 틀렸음을 알 수 있으므로 취하지 않는다. 얼마나 분명한가? 702년에 22세인 성덕왕이 648년에 오대산에 숨어들어 갔다면 몇 살 때 간 것인가? 마이너스 33세다. 말이 안 되지.

이 문단의 태종문무왕은 누구이겠는가? 모두 신라 태종무열왕이나 문무왕이라 하고 있다. 말이나 되나? 648년은 진덕여왕 2년이다. '태화'는 진덕여왕의 연호이다. 선덕여왕이 647년 정월에 승하하고 즉위한 왕이 진덕여왕이다. 그리고 647년 7월에 '태화'라는 연호를 정하였다. 647년은 선덕여왕의 마지막 해이므로 선덕여왕의 연호인 인평(仁平)을 그대로 사용한다. 태화 원년은 진덕여왕 즉위 이듬해인 648년이다.

태종무열왕은 진덕여왕이 사망하고 나서 654년에 즉위하였다. 그리고 문무왕은 661년에 즉위하였다. 어찌 648년이 태종무열왕과 문무왕의 치세라고 행여라도 일연선사가 착각했겠는가?

『삼국사기』권 제31 「연표 하」에는 (19)와 같은 기록이 있다. 이것이 무엇을 의미하는지 대한민국에서 교육을 받은 사람이라면 모르는 사람이 없을 것이다.

(19) 太宗文武大聖皇帝 世民[태종문무대성황제 세민] <『삼국사기』
   권 제31 「연표 하」>

(19)를 보면, 그리고 동양사와 한국사의 기본만이라도 아는 사람이라면,
이 이름을 기억에서 되살려내지 못할 사람이 없을 것이다. 그 놈은 누구
이며 어떤 일을 했으며 우리에게는 무슨 의미를 가지는가? (후술)

효소왕의 나이는 천기를 누설한 것이다

그러나 정작 더 중요한 것은 이 일연선사의 진술한 역사 연대에 관한
기술이, 이것이 천기(天機)를 누설한 것이 되고 말았다는 점이다. 일연선
사야 꿈에도 생각하지 않았겠지만 이 효소왕과 성덕왕의 나이가 신문왕이
고종사촌 누이와 혼전, 혼외 성교를 한 사실을 누설하고 만 것이다. 김부
식이 『삼국사기』에서 아무리 덮고, 빼고, 숨기고, 조작하고, 온갖 짓을 다
하여도 역사적 진실은 이렇게 스스로 드러나게 되어 있다.

거기에다 박창화의 『화랑세기』는 기름을 끼얹었다. 태자 정명이란 놈이
형수가 될 뻔했던 고종사촌 누이와 정이 들어[성교하여] 이공전군을 낳았
다고 써 버린 것이다.

박창화, 지가 어떻게 그것을 지어내었겠는가? 그것도 1930~40년대에.
이것은 절대로 지어낼 수 있는 이야기가 아니다. 그리고 그 증거가 특별
히 역사서에 있는 것도 아니다. 무엇을 보지 않고는 이렇게 쓸 수가 없다.
박창화의 『화랑세기』를 위작이라고 하는 것은 올바른 말이 아니다. 누구
나 박창화를 신으로 숭배하지 않는 한 그가 이런 것을 제 마음대로 지어
내어 썼다는 것을 인정할 수 없을 것이다. 박창화의 『화랑세기』를 위작이
라고 하는 것은 박창화를 신의 경지에 끌어올리는 것과 같다.

그는 무엇을 보고 쓴 것임에 틀림없다. 그것이 김대문의 『화랑세기』가 아니라 하더라도 그에 필적하는 기록이 있었음에 틀림없다. 박창화는 무엇을 보았을까? 일본 궁내성 도서료나 도다이지의 쇼소인[正倉院]에서 그는 무엇을 보았을까? 김대문의 『화랑세기』를 본 것일까.

누가 무슨 말을 해도 저자는, 문무왕의 맏아들 소명전군이 일찍 죽어 그 약혼녀인 김흠운의 딸이 소명제주가 되었고 자의왕후를 따라 자주 소명궁에 들른 태자 정명이 김흠운의 딸과 화간하여 이공전군을 낳았다는 이 이야기를, 박창화가 위서를 쓰면서 지어내었다고 생각할 수 없다.

이 이야기가 비록 김대문의 『화랑세기』를 보고 필사한 것이 아니라 하더라도 일본에 있는 무엇인가를 보고 적은 것은 틀림없다. 일본에는 무엇인가가 있는 것이다. 『삼국사기』, 『삼국유사』를 아무리 읽어도 그런 이야기는 없지만, 그러나 그 이야기가 진실임을 보여 주는 증거는 곳곳에서 드러난다. 감출 수 없는 일인 것이다.

687년 2월의 '元子生'의 '元子'와 691년 3월 1일의 '封王子理洪爲太子'의 '王子'가 글자가 다르니 뜻이 다르고 가리키는 대상이 다를 것이라는 꼭 막힌 생각밖에 하지 못하는 국어학도가 천신만고 끝에 찾아낸,

(20) 효소왕이 687년 2월생 신문왕의 원자가 아니다. 원자는 원비의 맏아들이어야 하는데 효소왕의 어머니는 원비가 아니다. 효소왕의 어머니 신목왕후는 683년 5월 7일에야 겨우 왕비가 되었다. 그런데 「만파식적」에서 효소왕 이공은 682년 5월 17일 말을 타고 함월산 용연 폭포에 왔다. 아무리 유목민의 후예라 하더라도 6세는 되어야 말을 탈 수 있을 것이다. 그를 687년생이라고 하면 682년에는 마이너스 5세이다. 그러니 일연선사가 말하는 대로 그는 692년 즉위할 때 16살이고 702년 승하했을 때 26살이다. 692년에 16살이면 그는 677년생이다. 677년생이면 「만파식

적」의 해인 682년에 6세이다. 말을 탈 만한 나이가 되었다. 그런데 677년은 어머니 김흠운의 딸이 신문왕과 혼인하기 6년 전이다. 그러니 그는 혼외자이고 왕비의 아들이 아니니 원자가 아니다. 따라서 그가 687년 2월에 태어난 신문왕의 원자가 아니고 원자는 따로 있다. 그 원자는 어떻게 되었을까? 그러면 681년 8월에 김흠돌이 모반한 이유는 사위 정명태자의 불륜 때문이라고 할 수 있다. 그가 즉위하면 자기 아들을 낳은 김흠운의 딸을 왕비로 하기 위하여 김흠돌의 딸을 내어쫓을 것은 불문가지 아닌가?

(20)과 같은 주장을 겨우 겨우 만들어 가고 있는데 야속한 박창화는, 아니 김오기와 김대문은『화랑세기』에서 이미 다 까발려 버린 것이다.

그런데 더 무서운 것은 형수가 될 뻔한 고종사촌 누이와 성교를 했다는 사실이다. 고종사촌 누이는 중요한 것이 아니다. 고종사촌 정도면 얼마든지 혼인하는 종족이었으니까. 문제는 그 고종사촌 누이가 형과 혼인할 예정이었던 형수 감[ㄱ숨]이었다는 것이다. 그리고 그 형, 소명전군은 일찍 죽었다. 영문학도 내 동생은 이 말을 듣자 말자 '형사취수(兄死娶嫂) 제도네요.' 하였다. 그리고는 '부여, 고구려에는 형사취수 제도가 있었다고 배웠는데 신라에 있었다는 말은 못 들었어요.' 하는 것이었다.

그런데 조사를 해 보니 신라 왕실에는 형사취수의 경우가 많고도 많았다. 아, 이 제도는 유라시아 대륙의 유목민들의 제도구나. 그렇다면 이 신라 김씨 왕실이 흉노(匈奴)족의 후예라는 문무왕 비석의 기록은 역사적 진실이겠구나. 이제야 본격적으로 통일 신라를 연구할 수 있게 되었다. 아니 이제 본격적으로 우리 민족의 기원에 대하여 이야기할 수 있게 되었다.

〈30대 **문무왕 비편**: 신라 왕실 경주 김씨의 먼 선조를 기록하고 있다. 조상이 멀리 화관지후(火官
之后)에서 나와 영이한 투후(秺侯)의 제천지윤(祭天之胤)으로 전칠엽(傳七葉)하였다고 적고 있다. 투
는 산동성의 성무현을 가리킨다. 투후는 김일제(金日磾, B.C. 134~86)로 흉노 휴도왕의 태자였으
나 휴도왕이 죽은 후에 한나라에 잡혀왔다. 김일제는 한 무제의 마감(馬監)으로 일하면서 신망을
받아 김(金)씨 성을 하사받고 투후로 봉해졌다. 그 후손 상(賞)-당(當) 등이 후를 지내어 7대까지
이어졌다. 평제(平帝) 때 왕망(王莽)이 외척 위(衛)씨를 숙청하고 실권을 잡은 후 왕망의 이종사촌
인 당의 후손들이 귀하게 되었다. 그러나 후한을 세운 광무제에 의하여 왕망의 신나라가 망하자
당의 후손들이 계림(鷄林)과 가락(駕洛)으로 피신한 것으로 보인다. '十五代祖星漢王 降質圓穹
誕靈仙岳 肇臨 [15대조 성한왕이 하늘로부터 내려와 신령스러운 선악에 태어나서 시작하였다.]'
고 하여 문무왕의 15대조인 김알지로부터 이 땅에 살게 되었음을 적고 있다. 알지-열한-아도-수
유-욱부-구도-미추왕/말구-내물왕/실성왕-눌지왕-자비왕/지증왕-소지왕/법흥왕/입종-진흥왕-진
지왕-용수-태종무열왕-문무왕으로 이어지므로 알지는 문무왕의 15대조이다.〉

원주민이 있었을 것이다. 이들은 제주 토착인들에게서 볼 수 있는 남방계 혈통이었을 것이다. 북방에서 강력한 군사력을 갖춘 일단의 사나이들이 전쟁에서 패하거나 정쟁에서 밀려서 살 길을 찾아 남하한다. 여자는 극소수만 따라온다. 그리고 원주민 남자들을 죽이고 원주민 가임 여자들을 차지하여 인종청소를 한다. 거기서 태어난 트기들이 또 트기를 낳고. 그런 과정이 수없이 되풀이되고,16) 그렇게 하여 형성된 것이 이 민족이다.

환인[하늘]의 아들[天子]임을 자칭하는 환웅이 3000명의 사나이들을 거느리고 와서(여자도 있었을까?) 호랑이[남자]를 거세하고 곰이 변한 웅녀[여자]를 차지하여 단군을 낳아 그 단군이 고조선을 건국하였다는 단군신화가 그대로 그것을 보여 준다. 그리고 고구려, 백제, 신라, 가락국 건국신화가 다 그 패턴으로 되어 있다.

이제 우리는 평화를 숭상한 백의민족이 아니다. 대륙에서 패권을 다투다가 패배하여 정복당하고 여자를 모두 빼앗긴 후에 살아남은 사나이들이 극소수의 여자를 데리고 남하하여 한반도 원주민을 정복하고 남자들을 모두 죽이고 여자들을 강간하여 트기를 낳고 또 트기를 낳아 수천 년에 걸쳐 이룩된 정복의 결과가 이 민족이다. 우리는 정복자의 후예인 것이다. 이 세상에 살아남아 우수한 민족으로 인정받고 다른 민족을 깔보며 사는 사람들 가운데 정복자의 후예가 아닌 민족이 있는가? 그러니 그렇게 잔인하지. 세상에 이렇게 악독하고 잔인한 민족이 따로 없지 않은가? 일일이 예를 들 것도 없다.

다시 이렇게 쓰고 있는 2018년 10월의 롱 아일런드의 가을, 미국 TV에서는 '걸어서 세계로'와 비슷한 프로그램에서 헝가리의 건국 과정을 다루

---

16) 2017년 2월 남미 페루, 칠레 등에 갔더니 혼혈과 혼혈이 대를 이어가며 계속되는 것이 종족의 이름을 달리하며 족보처럼 전해져 오고 있었다.

며 아틸라가 말을 타고 칼을 휘두르며 서진하여 돈 강을 건너서 다뉴브, 도나우 강 유역의 부다페스트 지역을 강점하는 영상을 내보내고 또 내보내고 있었다. 아아, 훈족, 그들은 한나라 무제에게 쫓겨 서쪽으로 달아난 뒤 어디를 배회하다가 저 때 저렇게 돈 강을 건너 다뉴브 강까지 진출하게 되었을까?[17]

그리고 놀랍게도 잉글랜드도 켈트 족을 몰아내고, 브리튼 족을 멸망시키고 거기에 앵글로색슨이 들어섰다. 북미, 남미, 호주, 동유럽, 북유럽 이 세상 어디든 내가 다녀본 곳곳은 모두 원주민 남자들을 정복자가 다 죽이고 원주민 여자들을 빼앗아 트기를 낳는 구조로 잡탕 민족이 형성되어 있었다. 이것이 인류의 보편적 역사이다.

한반도가 거기서 예외라서 단일민족이 순혈을 유지하며 평화롭게 살아왔다는 말은 소가 웃을 말이다. 이 세상에 그런 민족은 존재하지 않는다. 정복자의 강간에 의하여 혼혈된 아이를 낳는 순간 그 여인은 새 종족의

---

17) 동구에서는 아틸라가 헝가리를 건국하는 영상이 반복되어 상영된다. 훈족, 그들은 누구일까? 2019년 6월 24일 핀란드의 헬싱키에 있었다. 노르웨이의 베르겐에서 온통 고교 때 빠졌던 솔베이지 송에 점령당했던 머릿속은 어느덧 대학 시절에 접한 핀란드 인 G. J. Ramstedt의 A Korean Grammar와 Studies in Korean Etymology에 대한 추억으로 가득 찼다. 그 시대는 음운론, 역사언어학과 비교언어학의 시대였다. 그로부터 변형생성문법의 통사론으로 변신한다는 것은 얼마나 힘든 일이었던가? 이제 다시 그 옛날의 비교언어학을 추억하며 언어의 상층부와 하층부를 생각한다. 한국어의 상층부는 신라 왕실, 가야 왕실을 통하여 흉노족의 언어재를 차용한 요소들로 형성되었다. 원래의 삼한족의 언어가 하층부를 이룬다고 할 때 현재 한국어의 어떤 특징이 원주민의 언어재를 담고 있는지 전혀 알 수 없다. 따라서 비교언어학적으로 한국어가 북방 알타이계 언어와 유사한 것은 상층부에 한한 것이다. 하층부는 여전히 오리무중이다. 각설하고 Suomi족, 그들은 볼가 강으로부터 헝가리를 거쳐서 스칸디나비아의 동쪽에 자리 잡은 아시아인들이라고 한다. 그 머리가 검고 눈동자가 검은 Suomi족을 스웨덴의 바이킹들이 정복하여 트기를 만든 것이 세계에서 가장 아름다운 금발을 자랑하는 핀란드인이 되었다. 어순이 주어-목적어-동사이고 조사가 많다는 그들의 말을 소개하는 안내자의 말을 들으며, '아, Ramstedt 선생이 한국어를 연구한 것은 자신들의 조상을 찾아 동방으로 간 것이구나!' 하는 것을 깨달았다. 나도 우리 조상들을 찾아 바이칼 호반의 이르크추크로 가야 할 모양이다.

어머니이지 멸망한 원주민의 여인이 아니다. 전쟁에서 진 남자들의 혈통은 그렇게 끊어지는 것이다. 이 비정한 인종 청소, 혼혈의 역사가 인류의 역사이다.

(21) 모시고 호위하던 자들은 간 곳을 알지 못하여 나라[셔블]로 돌아갔다[侍衛不知所歸 於是還國].

'國'만 문제이고 나머지는 설명이 필요 없다. '국'은 여기서 '서라벌'을 가리키는 것이 확실하다. 왜냐하면 668년 고구려 멸망 후, 아니 진흥왕이 고구려와 수나라의 전쟁을 틈 타 비겁하게 죽령 이북 고구려 땅을 차지하여 명주, 삭주와 북한산주를 수중에 넣은 이후부터 이 오대산은 신라 땅이었다. 그러므로 오대산을 떠나 서라벌로 간 것을 표현하는 데 사용된 '국'은 '나라'라기보다는 '도읍지'를 의미하는 원래의 의미로 사용되었다. '宮', '城', '廓'을 포함하는 도읍지, 즉 서라벌[=셔블]을 말하는 것이다. 다른 두 군데에서는 '國'을 삭제한 일연선사가 왜 이 대목에서는 그 원래의 의미대로인 '國'을 그대로 두었는지는 아직 모르겠다. 더 연구해 보아야 한다.

두 왕자는 언제 오대산에 갔을까

(17)을 보면 그 다음 날 큰 고개를 넘어 각각 무리 1000명을 거느리고 성오평에 이르러 여러 날 유완하였다.[18] 그러다가 홀연히 형제가 어느 날 저녁 속세를 떠날 생각을 하고 오대산으로 숨어들었다. 그리고 그 연대가

---

18) 이 유람은 사냥을 겸한 군사 기동 훈련을 말할 것이다. 2000명의 군사를 거느리고 유람한다는 것은 오늘 날 우리가 생각하는 유람은 아니다.

문제가 된다. 「고기」라는 자료에 '태화 원년[648년] 8월 초에 왕[성덕왕, 효명태자]가 산으로 갔다.'고 한다. 사실 「명주 오대산 봇내태자 전기」에는 '태화 원년 8월 5일'이라고 날짜를 밝히고 있다. 그런데 이것이 잘못되었다는 것이다.

그 근거로 효소왕의 즉위 시의 연대가 692년이라는 것과 그때 효소왕의 나이가 16세라는 것을 들고 있다. 692년 7월에 신문왕이 죽고 효소왕이 즉위한 것은 어느 기록이나 다 그렇다. 야, 이 나이, 왕의 나이를 언급하고 있는 것은 아주 드문 일이다. 『삼국사기』에서는 거의 찾아볼 수 없는 왕의 나이, 그러나 『삼국유사』는 가끔 툭, 툭 왕의 나이를 던진다.

두 왕자가 오대산에 숨어든 시기를 효소왕의 즉위 시기와 비교하는 것은 그 두 시기가 밀접한 관련을 맺기 때문이다. 봇내와 효명 두 왕자가 오대산에 숨어 든 것은 효소왕이 즉위한 692년 7월보다 일 년쯤 후인 693년의 8월 5일이라고 할 수 있다.[19] 그러니 성덕왕이 '648년 8월 초에 입산하였다.'는 것은 틀렸으므로 취하지 않는다는 것이다.

일연선사가 믿을 수 없어서 취하지 않은 것은 「고기」의 '태화 원년[진덕여왕 2년, 648년] 8월 5일에 왕이 산 속으로 숨었다.'는 기록이다. 그것이 틀렸음을 증명하는 논거가 두 왕의 즉위 시의 나이와 효소왕의 승하시의 나이다. 그러니 이 효소왕의 즉위 연대와 나이는 틀릴 수 없는 것이고 그 연대는 성덕왕의 오대산 입산 시기와 밀접한 관련을 맺는 것이다. 그러면 그 입산 이유는 효소왕의 즉위라는 정치적 사건에서 찾아야 한다. 형이 왕위에 오르자 아우 두 사람이 속세를 등진 것이다. 왜 그랬을까? 이

---

19) 692년 7월 신문왕이 죽고 태자 이홍이 즉위하여 효소왕이 되었다. 그리고 사종을 부군으로 책봉하였다. 사종의 두 형 봇내와 효명은 설 자리가 없었다. 신문왕의 상을 치르고 둘은 서라벌을 떠났을 것이다. 이것이 필자가 두 왕자가 693년 8월 5일에 오대산으로 숨어들었다고 추정하는 근거이다.

것도 정치적 사건으로 보아야 한다.

이것을 자장법사가 오대산에 왔다가 돌아간 시점인 태화 원년[648년] 과 혼동하여 적은 것이 「고기」, 즉 「산중의 고전」이다.[20] 그것은 '자장법사가 (오대산으로부터) 돌아가고, 신라 정신대왕의 태자 봇내, 효명 두 형제가'로 번역해야 할 (3)의 첫 문장을, '자장법사가 신라에 돌아오자, 정신대왕의 태자 봇내, 효명 두 형제가'로 잘못 번역한 것과 관련된다. 현대의 모든 번역자들처럼 이 글을 옮겨 쓴 우리 선조들도 '신라'를 '반'의 부사어로 해석했을 것이다. 그러면 그 해는 643년이 되고 그로부터 가까운 648년에 두 왕자가 오대산에 숨어든 것처럼 오해할 수 있다. 아니면 중간에 '자장이 오대산에서 돌아가고'와 관련된 단락이 누락되었을 수도 있다.

그러나 643년에 당나라에서 신라로 돌아온 자장은 오대산에 와서 5년 쯤 머무르고 648년에 오대산에서 태백산 원령사로 돌아갔다. '장사지반 (藏師之返)'은 자장이 돌아간 이 시점을 의미한다. 그러니까 자장이 643년에 오대산에 와서 5년 수도하고 648년에 돌아가고 나서, 바로 두 왕자가 오대산에 왔는가, 아니면 자장이 오대산에서 돌아가고 한참 세월[45년]이 흐른 뒤에 두 왕자가 오대산에 왔는가의 문제이다. 말할 것도 없이 당연히 후자가 옳다.

'신라'는 정신대왕을 수식하는 관형어이고 '장사지반(藏師之返)'은 '자장법사가 (오대산으로부터) 돌아가고'를 의미한다. 그런 까닭에 일연선사가 '태화 원년[648년]은 정관 22년으로 당 태종문무왕의 시대이므로 효

---

20) 이 「고기」는 서정목(2015a)에서 '「명주 오대산 봇내태자 전기」 원본'이라고 부른 것으로, 일연선사가 「대산 오만 진신」과 「명주 오대산 봇내태자 전기」를 재구성하면서 보고 있었던 신라 시대의 기록이다. 이 「고기」는 현재 『삼국유사』 권 제3 「탑상 제4」에 전해 오는 「대산 오만 진신」의 세주를 제외한 내용과 거의 같았을 것이고 따라서 「명주 오대산 봇내태자 전기」와 매우 비슷했을 것이지만 그보다는 훨씬 자세했을 가능성이 크다.

소왕이 즉위한 692년보다 45년 전의 연대'라고 한 것이다. 그것을 그대로 역산하여 648년+45년 하면 693년이 나온다. 이러한 모든 상황을 면밀하게 고려하면 두 왕자의 오대산 입산 시기는 693년 8월 5일이라고 추론할 수 있다(서정목(2015a:330) 참조).

저자가 온갖 자리에서 입에 침을 튀겨가면서 이러한 사실들을 떠들고 다니자, 최근에 비로소 이 기록들을 제대로 읽기 시작한 조범환(2015)는 두 왕자의 입산 시기를 700년 '경영의 모반' 전후라고 추정하고 있다. 그러나 그것은 그렇게 되지 않는다. 그것이 어려운 이유를 세 가지만 지적한다.

첫째, 부군이 그때 책봉되었다는 추정은 적절하지 않다.

700년의 '경영의 모반'은 이미 책봉되어 있는 부군을 즉위시키려는 모반이다. 그 논문의 설명 틀, 즉 '신목왕후가 섭정하다가 효소왕이 친정하게 되면서 일부 세력이 권력에서 소외되어 부군을 세우고 효소왕을 폐하려 했다.'는 논지가 성립되려면, 효소왕이 692년 6살에 즉위하여 한 동안 신목왕후가 섭정했다는 것이 증명되어야 한다. 그리고 그 섭정은 700년에 효소왕이 14살이라고 할 때 있을 수 있는 일이다. 그런데 이것이 틀린 것은 다 드러나지 않았는가? 692년 16살에 즉위한 효소왕은 700년이면 24살이다. 신목왕후의 섭정이 있었다고 하기 어렵고, 그 섭정이 20살이 넘도록 계속되었다는 것은 무리하다. 외할머니의 영향력이 강했다는 것과 신목왕후가 섭정했다는 것은 다르다.

둘째, 성덕왕의 오대산 수도 기간을 2년 정도로 추정하는 것은 불합리하다.

「대산 오만 진신」과 「명주 오대산 봇내태자 전기」를 잘 읽어 보면 적어도 10여 년 수도 생활을 한 느낌이 든다. 자장법사가 오대산에 와서 문수의 진신을 보려다가 보지 못하고 (5년쯤 뒤에) 돌아가서 원령사에 가서 비로소 보았다고 한다. 그런데 중대에 자리 잡은 효명과 월정사 터에 자리 잡은 봇내가 무슨 재주로 2년 만에 매일 새벽 문수의 진신을 볼 정도로 도가 틜 수 있었겠는가? 2년 정도보다는 훨씬 더 오래 수도했다고 보아야 한다. 681년생 성덕왕은 12세쯤인 693년에 오대산에 가서 10년 수도하고 702년 22세에 다시 속세로 돌아와 즉위한 것이다. 그리고 35년 동안 온갖 파란만장한 속세의 고뇌에 시달리다가, 다시 효성왕, 경덕왕에게 그 속세의 더러운 싸움을 물려주고 승하한 것이다. 성덕왕의 스님 생활은 2년은 확실히 아니고 10년은 되어야 한다는 것이 저자의 동물적 직감이다. 명시적 증거가 없을 때는 느낌, 직관이 가장 중요하다.

셋째, 부군이 누구인지, 그리고 부군이 효소왕과 왕위를 다투어 국인이 부군을 폐위하고 오대산에서 성덕왕을 데려왔다는 기록에 대한 고려가 부족하다. 나아가 그 추정으로는 부군을 미는 세력이 모반한 이유가 적절하게 설명되지 않는다.

700년 '경영의 모반' 때에 부군이 폐위되었다. 그러려면 부군이 그 전(아마도 692년경)에 책봉되어 있어야 하고 그 부군은 효소왕의 아우여야 한다. 효소왕의 아우로 부군에 책봉되었을 가능성이 가장 큰 사람은 684년생 김사종이다. 700년의 '경영의 모반'의 원인은 효소왕의 아들 출생이다. 효소왕에게 아들이 태어나고 그 어머니가 자신의 아들을 태자로 책봉하기를 요구할 때 비로소 그에 반대하는 부군 세력이 모반으로 몰릴 수 있다.

714년[성덕왕 13년] 2월에 당나라로 숙위 가는 왕자 김수충, 그리고 716년[성덕왕 15년] 3월에 쫓겨나는 성정왕후, 그 두 사람은 신라 중대 최대의 미스터리 인물이다. 현재까지 서정목(2016a, 2017)을 제외하고는 이 두 사람의 신원조사에 착수한 연구자조차 없다. 성정왕후는 효소왕의 왕비이다. 그리고 김수충은 효소왕의 아들이다. 김수충은 지장보살의 화신 김교각으로 696년생이다. 이 효소왕의 아들의 존재가 700년에 그의 삼촌 부군 김사종을 미는 세력의 모반을 야기시킨 것이다. 700년 '경영의 모반' 2년 후 효소왕이 죽자 국인이 성덕왕을 데려왔다. 702년에 오대산에서 서라벌로 오는 성덕왕은 700년보다 훨씬 전에 오대산에 갔어야 한다.

많은 논저들은 김수충을 성덕왕의 아들로 보고 성정왕후를 성덕왕의 왕비 엄정왕후의 다른 이름인 것처럼 설명하고 있다. 그러나 그것은 완전히 틀린 말이다. 704년에 혼인한 성덕왕과 엄정왕후가 어떻게 714년에 숙위 가는 왕자 김수충을 둘 수 있었겠는가? 성덕왕과 엄정왕후의 아들은 김중경, 김승경이 있다. 그런데 중경이 원자가 아니므로 그의 형도 있었는데 죽었다고 보아야 한다. 만약 수충이 이들의 아들이라면, 704년에 혼인하여 714년에 수충이 숙위 가는 10년 사이에 이 부부가 몇 명의 아들을 낳았어야 하는가? 4명이다. 가능한가? 714년에 숙위 가는 왕자 김수충은 절대로 성덕왕과 엄정왕후의 아들이 아니다. 그리고 성덕왕은 나중에 후비 소덕왕후[생시에는 점물왕후였다]와의 사이에 헌영과 그의 아우, 딸 사소부인을 두었다.

나아가 일단 왕비의 시호는 죽은 뒤에 붙인다고 보아야 한다. 그런데 성덕왕의 선비의 시호 엄정왕후[생시에는 배소왕후였다]를 그 뒤에 성정왕후로 바꾸었을 리가 없다.

두 왕자는 왜 오대산으로 숨어들었을까

두 왕자는 오대산에 유완을 갔다가 왜 아무도 모르게 산 속으로 숨어들었을까? 서라벌 왕궁의 주지육림이 지겨웠을까? 정말로 불가(佛家)의 진리가 궁금하여 몸으로 수행하여 깨달음을 얻으려고 그리 했을까? 요새는 그러하다고 믿을 사람이 하나도 없다.

그들은 왜 그 좋은 세상을 버리고 산중으로 들어가 중이 되었을까? 좋은 세상 버리고 죽음의 구렁텅이로 들어가려는 사람들이야 예나 지금이나 많이 있지만 왕자들인 그들이 왜 그랬을까? 『삼국사기』에서 통일 신라 시기를 면밀하게 들여다보면 그 이유가 저절로 드러난다.

681년 7월 1일 문무왕이 승하하였다. 태자 정명은 왕이 되어 동궁에서 대궁으로 옮겨갔다. 동궁에 태자비 김흠돌의 딸이 함께 있다가 이때 대궁으로 옮겨갔을까? 대궁에서 있었을 신문왕의 즉위식에 왕비 김흠돌의 딸이 참석하였을까? 그러지 않았을 가능성이 크다. 이 왕비 김흠돌의 딸은 당나라의 책봉을 받은 기록이 없다. 문무왕의 승하와 신문왕의 즉위를 알리는 사신을 보내고, 2개월 정도 걸려서 당 조정에 보고가 되면 거기서 문무왕의 승하에 대한 조위 사절을 보내어, 또 2개월 정도 걸려서 서라벌에 와서 조위를 표하고 제사를 지내고 신왕과 왕비를 책봉하는 것이 정상적인 절차이다.

이 절차가 거의 정확하게 반영되어 있는 태종무열왕의 사후 문무왕의 즉위 시의 기록을 살펴보면 (22)와 같다. 6월 승하가 2달 정도 걸려서 당나라에 알려지고 다시 조위 사신이 2달 정도 걸려서 10월 29일에 서라벌에 온 것이다.

(22) a. 661년[태종무열왕 8년], 6월에 대관사 우물 물이 피가 되었다 [八年 — 六月 大官寺井水爲血]. 금마군 땅에 피가 5보 넓이나 흘렀다[金馬郡地流血廣五步]. 왕이 승하하여 시호를 무열이라 하고 영경사의 북에 장사지냈다[王薨 謚曰武烈 葬永敬寺北]. 태종이라는 시호를 올렸다[上號太宗]. 당 고종이 부음

을 듣고 낙성문에서 거애하였다[高宗聞訃 擧哀於落城門].
<『삼국사기』 권 제5 「신라본기 제5」 「태종왕」>

b. 661년[문무왕 원년] 겨울 10월 29일 대왕은 당 황제의 사자가
이르렀다고 듣고 (전장에서) 드디어 서울로 돌아왔다[冬十月
二十九日 大王聞唐皇帝使者至 遂還京]. 당나라 사신은 전왕
에 대하여 조위 겸 칙명에 의한 제사를 지내고 잡채[비단]
500단을 (부의로) 증정하였다[唐使弔慰兼勅祭前王 贈雜菜五
百段]. <『삼국사기』 권 제6 「신라본기 제6」 「문무왕 상」>

그런데 (23a)와 (23b)에서 보는 문무왕 승하 후에는 이런 절차가 하나도
기록되어 있지 않다. (23a)의 생략된 부분은 문무왕의 유언이 길게 적혀
있고 당나라 사신이 와서 조위를 표하고 제사를 지냈다는 말은 조금도 없
다. 이상하지 않은가? 문무왕은, 죽음이 당나라에 보고될 필요도 없고 황
제의 조위를 받을 수도 없고 당나라 사신이 제사를 지내지 않아도 좋을
만큼 존재감이 없는 왕인가?

(23) a. 문무왕 21년[681년] ― 7월 1일에 왕이 돌아가셨다[[秋七月一
日 王薨] 시호를 문무라 하였다[諡曰文武]. 군신들이 유언에
따라 동해 어귀*{口는 『유사』에는 中이라 적었다.}*의 큰 바위 위
에 장사지냈다[群臣以遺言葬東海口*{口 遺事作中}*大石上].
세속에 전하기를 왕이 화하여 용이 되었다 하고 이에 그 바위
를 대왕석이라 부른다[俗傳王化爲龍 仍指其石爲大王石]. 유
조에 이르기를[遺詔曰], ―――― <『삼국사기』 권 제7 「신라본
기 제7」 「문무왕 하」

b. (신문왕) 즉위년, 신문왕이 즉위하였다[神文王立]. 휘는 정명
이다.*{명지라고도 함, 자는 일초}*[諱政明*{明之字曰怊}*]. 문

무왕의 장자다[文武大王長子也]. 어머니는 자의*{儀는 義로도
적음}*왕후이다[母慈儀*{一作義}*王后]. 왕비는 김씨이다[妃
金氏]. 소판 흠돌의 딸이다[蘇判欽突之女]. 왕이 태자가 될
때 들였으나 (혼인한 지) 오래이나 아들이 없었다[王爲太子時
納之 久而無子]. 후에 아버지가 난을 일으킨 데에 연좌하여
궁에서 쫓아내었다[後坐父作亂 出宮]. 문무왕 5년에 책립하
여 태자가 되었다[文武王五年立爲太子]. 이때에 이르러 왕위
를 이었다[至是繼位]. 당 고종이 사신을 파견하여 책립하여
신라왕으로 삼고 인하여 선왕의 관작을 어어받게 하였다[唐
高宗遺使冊立爲新羅王 仍襲先王官爵]. <『삼국사기』 권 제8
「신라본기 제8」 「신문왕」>

(23b)는 신문왕에 대하여 자세히 썼다. 제일 중요한 것은 왕의 장인 '김
흠돌의 모반'이다. 그리고 왕비는 폐비되었다. '문무왕의 장자'라고 한 것
으로 보아 '문무왕의 원자'는 아니다. 아마도 문무왕의 원자는 일찍 죽었
는가 보다. 이 '장자(長子)'는 형이 하나 이상 죽고 살아 있는 아들들 가운
데 가장 나이 많은 어른 아들이라는 뜻이다. 665년에 태자가 될 때 혼인
하였는데 그 태자비에게 681년까지, 그러니까 16년 동안이나 아들이 없었
다고 한다.

(24a~d)에서 보듯이 신문왕도, 효소왕도, 성덕왕도, 효성왕도 승하하였
을 때 모두 당나라 황제의 사신이 와서 조위를 표하고 제사를 지내고 새
왕을 책봉하였다. 그런데 (24e)에서 보는 경덕왕의 승하 후에도 그런 절차
가 없다. 혜공왕의 경우 책봉을 요청하는 사신이 가고 또 특별히 그 어머
니를 대비로 책봉하는 기사까지 적혀 있다. 그러나 이 시기는 이미 당나
라가 '안사(安史)의 난' 이후 어지러워진 때이다. 문무왕 승하 후와는 시대

가 다르다. 문무왕의 경우에 조위 사절이 온 기록이 없다는 것은 매우 특이한 일이다.

(24) a. (효소왕) 즉위년, 효소왕이 즉위하였다[孝昭王立]. 휘는 이홍*{洪은 恭으로도 적음}*이다[諱理洪*{一作恭}*]. 신문왕 태자이다[神文王太子]. 어머니 성은 김씨이고 신목왕후이다[母姓金氏 神穆王后]. 일길찬 김흠운*{運은 雲이라고도 한다.}* 딸이다[一吉湌金欽運*{一云雲}*女也]. <u>당 측천무후가 사신을 보내어 조위하고 제사를 지냈다[唐則天遣使 弔祭].</u> 인하여 왕을 책립하여 신라왕 보국대장군 행좌표도위대장군계림주 도독으로 삼았다[仍冊王爲新羅王輔國大將軍行左豹韜尉大將軍鷄林州都督]. <『삼국사기』 권 제8 「신라본기 제8」「효소왕」>

b. (성덕왕) 즉위년, 성덕왕이 즉위하였다[聖德王立]. 휘는 흥광이다[諱興光]. 본명은 융기인데 현종의 휘와 같아서 선천에 고쳤다*{당서에는 김지성이라 하였다.}*[本名隆基 與玄宗諱同先天中改焉*{唐書言 金志誠}*]. 신문왕 제2자이다[神文王第二子]. 효소왕의 동모제이다[孝昭同母弟也]. 효소왕이 승하하고 아들이 없어 국인들이 세웠다[孝昭王薨 無子 國人立之]. <u>당 측천무후는 효소왕이 승하하였다는 부음을 듣고 위하여 거애하고 이틀 동안 조회를 하지 않았다[唐則天聞孝昭薨 爲之擧哀 輟朝二日].</u> 사신을 파견하여 조위하고 왕을 책립하여 신라왕으로 삼고 인하여 형의 장군 도독의 호를 이어받게 하였다[遣使弔慰 冊王爲新羅王 仍襲兄將軍都督之號]. <『삼국사기』 권 제8 「신라본기 제8」「성덕왕」>

c. (효성왕) 2년 봄 2월 당 현종은 성덕왕의 승하 부음을 듣고 애도하고 슬퍼하기를 오래 하였다[二年 春二月 唐玄宗聞聖德王薨 悼惜久之]. <u>좌찬선대부 형숙을 파견하여 홍려소경으로 머</u>

무르며 조위하고 제사를 지내고 (성덕왕에게) 태자태보를 추증하였다[遣左贊善大夫邢璹 以鴻臚少卿 住弔祭 贈太子太保]. 또 사왕을 책립하여 개부의동삼사 신라왕으로 삼았다[且冊嗣王爲開付儀同三司新羅王]. <『삼국사기』 권 제9 「신라본기 제9」 「효성왕」>

d. (경덕왕) 2년 봄 3월 ― 당 현종은 찬선대부 위요를 파견하여 와서 조위를 표하고 제사를 지냈다[二年 春三月 ― 唐玄宗遣 贊善大夫魏曜 來弔祭]. 인하여 왕을 책립하여 신라왕으로 삼고 선왕의 관작을 이어받게 하였다[仍冊立王爲新羅王 襲先王官爵]. <『삼국사기』 권 제9 「신라본기 제9」 「경덕왕」>

e. (혜공왕) 3년 ― 가을 7월 이찬 김은거를 파견하여 당에 들어가 특산물을 바치고 인하여 책명을 청하였다[三年 ― 秋七月 遣伊湌金隱居入唐貢方物 仍請加冊命]. ― 4년 ― 당 대종은 창부 낭중 귀숭경에게 어사중승지절을 겸하게 하여 책서를 가지고 와서 왕을 책립하여 개부의동삼사 신라왕으로 삼고 겸하여 왕의 어머니 김씨를 대비로 책봉하였다[四年 ― 唐代宗遣 倉部郎中歸崇敬兼御史中丞持節資冊書 冊王爲開府儀同三司 新羅王 兼冊王母金氏爲大妃]. <『삼국사기』 권 제9 「신라본기 제9」 「혜공왕」>

문무왕의 사후에는 (23b)에서 보듯이 바로 신문왕의 즉위가 기록되고 왕비가 '김흠돌의 모반'에 연루되어 폐비되었다는 기록이 나온다. 그리고 왕의 책봉 기사만 나온다. 문무왕에 대한 조위나 제사, 그리고 왕비의 책봉 기사는 없다.

신왕과 왕비를 책봉하는 사신은 681년 11월이나 되어야 서라벌에 오게 되어 있다. 그런데 이미 681년 8월 8일에 '김흠돌의 모반'으로 서라벌은 피투성이가 되었다. 신문왕은 즉위한 직후에 '김흠돌의 모반'으로 장인 김흠돌과 그를 추종하는 흥원, 진공 등을 죽이고, 8월 28일 가장 강력한 세력이었을 김흠돌의 사돈 상대등 겸 병부령 김군관과 그 적자를 자살하게 만들고, 태자비에서 막 왕비가 된 김흠돌의 딸을 폐비시켰다.

이 사정으로 당나라와의 외교 관계가 원활하지 못했을 수도 있다. 문무왕의 장례도 원활하게 치루어졌다는 보장이 없다. 오죽했으면 문무왕이 나를 태워 동해 속 바위에 묻어 주면 왜적 쳐들어오는 것 막겠다고 했을까? 더러운 세상 꼴 뵈기 싫어서가 아니었을까? 저자가 문무왕에 대하여 신문왕이 불효하였다고 평가하는 것은 이런 사정과 관련된다.

이 과정에 요석공주와 자의왕후가 깊이 관여하였다. 그리고 자의왕후는 곧 사망하였다. 태자비였다가 금방 왕비가 된 김흠돌의 딸은 궁에서 쫓겨났다. 아마도 당나라에 신문왕의 즉위 보고는 이루어졌지만 왕비 문제는 보고되지 않았을 것이다. 왕의 즉위를 알리고 책봉 요청을 할 때 왕비의 책봉 사항은 넣지 않았을 것이다. 폐비되었으니 책봉 신청을 할 필요가 없다. 폐비가 신문왕 즉위 직후, 친정아버지 '김흠돌의 모반'과 거의 동시에 이루어졌음을 알 수 있다.

신문왕과 김흠운의 딸은 683년 5월 7일에 정식으로 혼인하였다. 김흠운의 딸은 정명이 즉위하기 전 태자 시절에는 동궁에서 태자와 함께 살고 있었다. 박창화의 『화랑세기』에는 소명궁이었다가 선명궁이 된 김흠운의 딸이 자의왕후의 명에 의하여 동궁으로 들어갔다고 되어 있다. 이 기록은 보통 기록이 아니다. 정명이 김흠운의 딸이 살던 소명궁에 가서 형수 감과 화간하여 이공전군을 낳은 뒤에 선명궁이라 고쳐 부르고 김흠운의 딸을 동궁에 들게 하였다는 말이다. 동궁을 창건하여 거기에 태자와 태자비가 들어가지 않고 김흠운의 딸이 677년생 이홍, 679년생(?) 봇내와 함께 들어갔다는 것으로 해석된다. 지어내기를 이렇게 정확하게 할 수는 없다.

신라의 동궁은 (25)에서 보듯이 679년[문무왕 19년] 8월에 창건되었다. 이 동궁은 김흠운의 딸과 즉위하기 전의 태자 정명을 위하여 창건한 것이 틀림없다. 그 동궁에서 태자 정명과 그의 정부 김흠운의 딸, 그리고 그들의 아들 이홍[677년생], 봇내[679년생?]가 함께 살았다.

> (25) 문무왕 19년[679년] ── 가을 8월 태백이 달에 들어갔다[秋八月太白入月]. 각간 천존이 죽었다[角干天存卒]. <u>동궁을 창조하였다[創造東宮]</u>. 비로소 내외의 여러 문의 액호를 정하였다[始定內外諸門額號]. 사천왕사가 완성되었다[四天王寺成]. 남산성을 증축하였다[增築南山城]. <『삼국사기』 권 제7 「신라본기 제7」 「문무왕 하」>

문무왕과 자의왕후는 이 말썽꾸러기 아들과 그가 혼외 성교로 낳은 두 손자들을 거두어야 했다. 그런데 그 손자들의 어머니가 누이이고 시누이인 요석공주의 딸로서 생질녀이다. 그리고 죽은 아들 소명전군의 약혼녀로서 맏며느리가 될 뻔한 아이이다. 아니 이미 맏며느리 역할을 하고 있다. 이런 콩가루 집안의 가장이 문무왕이다. 그러니 남명 조식은 「정당매」에서 '전조의 왕 이로 보면 집안 잘못 다스렸네[前王自是未堪家].'라고 읊었지. 이런 집안이 망하지 않으면 이 세상의 어떤 집안이 망하겠는가? 성덕왕이 되는 효명은 681년 이 동궁에서 태어났다.

김흠운의 딸이 동궁에 살았다면 그것은 정식 태자비인 김흠돌의 딸이 동궁에 못 갔다는 것을 뜻한다. 동궁에서 정명태자가 두 여인과 2명의 아들을 데리고 함께 살았다는 것은 상상이 안 된다. 이것으로써도 태자비의 친정아버지 김흠돌이 모반한 이유는 깔끔하게 설명이 되고도 남는다. 엎드려 생명을 부지해 보아야 이홍이 태자가 되어 왕위에 오르면 자신과 왕비인 딸, 그리고 그 딸의 소생들은 살아남을 수 없다.

665년 8월 왕자 정명을 태자로 책봉할 때 태자비가 된 김흠돌의 딸은 아마도, 그 후 677년 김흠운의 딸이 아들 이공을 낳은 뒤로는 소박을 맞았을 것이다. 남편 정명태자가 태자비의 4촌 자매와 함께 아들을 둘이나 두고 동궁에서 살고 있는데 정식 태자비는 어디에 서 있었겠는가? 현대의 상식으로는 아마도 친정에 가 있었을 것이다.

정명태자는 즉위하여 동궁에서 대궁으로 옮겨갔다. 김흠운의 딸은 683년 5월 7일 정식으로 혼인한 후에야 대궁으로 옮겨갔을 것이다. 681년 7월의 신문왕의 즉위와 683년 5월 7일 신목왕후와 신문왕의 혼인 사이의 2년 동안 김흠운의 딸은 어디에서 살았을까? 둘이 떨어져 살았을까? 그것은 상식이 허용하지 않는다. 어딘가에서 함께 살았을 것이다. 동궁에서 계속 살고 있었을까? 그것은 어려울 것이다.

김흠운의 딸은 혼인할 때 (26)에서 보듯이 '그 댁'에서 나와 왕궁의 '북문'으로 들어갔다. 여기서 '그 댁'이 어딘지 알기 어렵다. 일단 혼인 전 김흠운의 딸이 살던 집임에는 틀림없다. 그리고 신문왕이 재혼할 때 보낸 그 많은 예물들은 요석공주가 살고 있는 고모 집, 즉 설총의 집으로 간 것이다. 그러면 김흠운의 딸은 동궁에 살다가 정명태자가 즉위한 뒤에는 친정인 요석궁으로 돌아가서 요석공주와 함께 살았을 수도 있다. 신문왕은 밤마다 요석궁에 나가서 잤을 수도 있다.

태자가 태자비를 제치고 형수가 될 뻔했던 고모의 딸과 동궁에서 살다가 즉위하였고, 그 고모의 딸을 즉위 2년 후에 왕비로 들이는 상황이다. 태자가 왕이 되어 대궁으로 옮겨간 상태에서 그의 정부가 그대로 동궁에 살고 있기는 곤란하였을 것이다. '그 댁에서 나와 왕궁의 북문으로 들어

갔다.'는 것은 친정인 요석궁으로부터 나와서 월성의 북문으로 들어갔다는 말일 수도 있다. 동궁에서 나와 북문으로 들어갔다는 말일 가능성도 있지만 가능성은 낮다.

(26) 신문왕 3년[683년] — 5월 7일 이찬 문영, 개원을 보내어 그 댁에 이르러 책립하여 부인으로 삼았다[五月七日 遣伊飡文穎愷元 抵其宅 冊爲夫人]. 그 날 묘시에 파진찬 대상, 손문과 아찬 좌야, 길숙 등을 보내어 각각 처량과 급량, 사량 2부의 부녀 30명씩과 너불어 맞아오게 하였다[其日卯時 遣波珍飡大常孫文阿飡坐耶 吉叔等 各與妻娘及梁沙梁二部嫗各三十人 迎來]. 부인은 수레를 타고 좌우에서 시종하는 관인과 부녀자 등으로 매우 성황을 이루었다[夫人乘車 左右侍從官人及娘嫗甚盛]. 왕궁의 북문에 이르러 수레에서 내려 궁안으로 들어왔다[至王宮北門下車入內].
<『삼국사기』 권 제8 「신라본기 제8」 「신문왕」>

혼인 과정을 이렇게 자세하게 적은 것은 『삼국사기』 편찬 당시에 무엇인가 근거가 되는 사료가 있었음을 뜻한다. 『삼국사기』에 예단을 보낸 단자가 그렇게 상세하게 기록된 혼인은 이것밖에 없다. 당나라, 송나라 기록에 그런 것이 있었을까? 있을 리가 없다. 그 예물 단자는 내용상으로 보아 왕실에서 김흠운의 집으로 보낸 것이다. 김흠운의 집에 누가 살고 있었는가? 요석궁의 홀로 된 공주가 살고 있었다. 누구랑? 원효대사랑? 그러기는 어렵다. 아마도 683년 5월이면 655년 경에 출생한 김흠운의 딸은 28세 정도 되었고, 김흠운의 전사로부터 수년 이내로 태어났을 것으로 추측되는 설총은 25세 정도 되었을 것이다. 그 예물 단자는 설총의 집 기록이었을 가능성이 크다.

그렇다면『삼국사기』편찬시인 고려 시대에 신문왕의 이 혼외정사 사건을 아는 사람이 아무도 없었을까? 그럴 리가 없다.

『삼국사기』권 제47「열전 제7」「김흠운」조에는 김대문이 지은『화랑세기』가 그때까지 전해온다고 적었다. 그들은 그것을 보았다. 그런데 거기에는 김오기와 김대문이 김흠돌의 악행에 관하여 적었을 것이다. 그리고 그 원인이 되는 사건인 '정명태자가 소명궁에 있는 형수 감과 화간하였다.'는 기록도 있었을 것이다. 그리고 소명궁 김흠운의 딸이 이공전군을 낳았다는 기록도 있었을 것이다. 박창화의『화랑세기』에 그렇게 적혀 있기 때문이다.

그렇다면 이 역사는『삼국사기』편찬자들에 의하여 인멸된 것이다. 그들은 의도적으로 신문왕, 신목왕후의 혼외정사와 효소왕, 성덕왕, 사종, 근질, 수충을 둘러싼 왕위 계승의 지저분한 골육상쟁에 관하여 적지 않았을 것이다.

그 인멸되고 누락된 역사를 일연선사는『삼국유사』에 적어 두었다. 이 사례보다 더『삼국유사』의 책명을 '遺事(유사)'답게 하는 사례는 따로 없다. 관변 어용 관리 사가가 인멸한 왕들의 지저분한 골육상쟁 기록, 그것을 적어 둔「산중의 고전」, 그리고 그것을 논거를 들어가며 명확하게 논증하여 옮겨 적고 있는 70대의 일연선사, 그는 유사 이래 최고의 역사가이다.

그 후 684년에 신문왕과 정비 신목왕후 사이에서 법적인 혼인 관계에서 태어난 맏아들인 원자가 태어났다. 정식 혼인한 왕비의 맏아들은 이 김사종(金嗣宗)이다. 이름 사종이 '종통을 이어받았다.'는 뜻이기 때문에 그를 제외하고 어느 누구도 신문왕의 원자라 하기 어렵다. 김흠운의 딸이 왕비가 되기 전에 이미 677년에 이홍[=이공], 679년(?)에 봇내[=보천],

681년에 효명[=융기, 흥광]이 태어났으므로 사종은 그들의 넷째 아들이다. 이때부터 자의왕후의 후계 세력인 김순원 세력과 요석공주 사이에 알력이 시작되었을 것이다.

김순원 세력은 정식 혼인 관계에서 태어난 원자가 차기 왕위를 계승하여야 왕실이 안정된다고 보았을 것이다. 특히 요석공주와 밀착된 이공을 왕위에 올리면 자신들의 권세가 불안정해 질 것이 뻔하였다.

그러나 요석공주는 생각이 달랐다. 그 공주는 비록 혼전, 혼외자이긴 하지만 신문왕의 첫아들. 자신의 첫 외손자 이공이 차기 왕위를 계승하여야 한다고 생각하였을 것이다. 자기가 손수 거두었을 수도 있는 외손자, 처녀 딸이 낳은 이 태자의 아들을 왕위에 올리고 싶었을 것이다. 공(公)과 사(私), 그것이 흔들리고 있다.

이 갈등이 이공의 태자 책봉이 691년 3월 1일까지 미루어진 이유일 것이다. 677년생인 이공은 태자로 책봉될 때 15살이나 되있다. 늦은 편이다. 아버지인 '왕자 정명', 문무왕의 장자인 그는 형이 전사하였기 때문에 15살쯤 되어서 태자가 된 것으로 보인다. 그러나 다른 태자들은 보통 7~8살에 태자로 봉해진다. 684년생 원자 사종은 691년에 8살이다. 이러한 논란이 진행되는 상황에서 신문왕은 병에 걸렸다. 그러므로 691년 3월 1일 태자를 책봉해야 하는 것은 매우 다급한 일이었다.

요석공주가 고집을 꺾지 않자 김순원 파는 타협안을 내었을 것이다. 그 타협안으로 가장 적절한 것은 '효소왕이 즉위한 후에 원자를 부군으로 책봉하는 것'이었다. 효소왕에게는 691년에는 아들이 없었다.[21] 그리하여 혼외자인 왕자 이홍{이공}이 691년 3월 1일 아우 사종을 제치고 태자로

---

21) 『삼국유사』 권 제5 「신주 제6」 「혜통항룡」 조에 의하면 692년에 효소왕에게는 딸이 하나 있었다.

책봉되었다.

신문왕은 692년 7월에 사망하였다. 사람을 그렇게 많이 죽이고 혼외 성교로 아들을 셋씩이나 낳은 이런 나쁜 자가 오래 살 수는 없다. 온갖 스트레스로 속이 썩을 대로 썩었을 것이다. 왕자 정명은 665년 8월 태자로 책봉될 때 15세쯤 되었다. 사망 시 그는 42세쯤 되었다. 692년 7월 태자 이홍이 즉위하면서 정식 혼인 관계에서 태어난 '동부동모의 아우인 신문왕의 넷째 아들 원자는 부군으로 책봉되었다.' 부군이 되면 그가 동궁의 주인이 된다.

이러면 전에부터 동궁에서 살고 있었던 둘째 아들 봇내와 셋째 아들 효명은 왕위 계승 서열에서 멀어진다. 속세를 떠날 수밖에 없다. 그들이 오대산에 가서 중이 된 것이다. 그러므로 이 두 왕자의 오대산 입산 시기는 693년의 8월 5일 경이었음에 틀림없고, 그들이 입산한 까닭은 동궁에 새로 부군인 아우 김사종이 자리를 잡아 그들에게는 왕위 계승 가능성이 없어졌기 때문이다.

태종문무왕은 당 태종문무대성황제를 가리킨다

이렇게 분명한 논지를 잘못 해석한 이면에는 이 주석 속의 '太宗文武王(태종문무왕)'을 틀리게 읽은 실수가 들어 있다. 이 '태종문무왕'에 대하여 이병도(1975:312)와 이재호(1993:443)은 '태종무열왕의 오기'라고 주석하였다. 신라 태종을 가리키는 것으로 잘못 읽은 것이다. 그 뒤로 예의 그 대학원생의 논문(1987:95)은 '태화 원년은 태종, 문무왕의 시절이 아니라 진덕왕대이다.'와 같이 적어, 『삼국유사』의 신뢰도를 의심하는 근거로 들고 있다. 이 '태종문무왕'이 신라의 태종, 문무왕을 가리키는 것으로 잘못 읽은 것이다.

태종무열왕의 즉위년은 654년이고 문무왕의 즉위년은 661년이다. 648년이 태종무열왕이나 문무왕의 치세라고 일연선사가 어찌 꿈에라도 생각이나 했겠는가? '태종문무왕지세'를 '태종 무열왕의 시대이다.'고 한 번역은 상식을 벗어난 것이다. 이런 번역서를 교양서로 읽고 자랄 한문, 한자 모르는 우리 후손들은 또 무어라 하겠는가?

태화 원년은 진덕여왕 즉위 2년으로 648년[무신년]을 가리킨다. 그런데 그 해를 태종무열왕과 문무왕, 두 왕의 치세와 관련지어 생각하고 진위여부를 사료 비판한다는 생각을 어떻게 하는지 이해할 수가 없다. 절대로 그런 생각을 해서는 안 된다. 이는 일반인의 상식에도 어긋난다. 그런 생각을 할 수 있는 해가 있다면 그 해는 태종무열왕이 승하하고 문무왕이 즉위하는 661년[신유년]뿐이다. 신라의 태종무열왕의 재위 기간은 654년[갑인년]~661년[신유년]이고, 문무왕의 재위 기간은 661년[신유년]~681년[신사년]이다. 그러므로 태종무열왕과 문무왕의 치세는 661년뿐이다. 648년에 이 세상을 다스린 왕이 누구인가? 신라는 진덕여왕이 다스렸고 천하는 당 태종 이세민이 지배하였다. 이 '태종문무왕'은 절대로 신라의 태종무열왕과 문무왕을 가리키는 말이 아니다.

이 '태종문무왕'은 당나라 '太宗文武大聖皇帝'를 말한다. (19)에서 본대로 『삼국사기』 권 제31 「연표 하」에 보면 당 태종을 '태종문무대성황제 세민'이라고 분명히 적고 있다. 고려 시대 사람들에게는 이것이 상식이었을 것이다. 당나라의 '태종문무왕지세'는 627년[정관 원년 정해년]~649년[정관 23년 기유년]이다. 648년[무신년]은 정확하게 당나라 정관 22년으로 태종문무대성 황제지세이다. 그러므로 '『삼국유사』가 태화 원년이 당나라 태종문무왕지세라고 한 것'을, 마치 '『삼국유사』가 태화 원년[648년]이 신라의 태종무열왕과 문무왕지세라고 한 것'처럼 해석하고, 이것이 틀렸으니 『삼국유사』가 믿을 수 없는 책인 것처럼 쓰는 것은 『삼국유사』를 모독하고 이 민족의 지적 수준을 멸시하는 일이다. 다만 '王(왕)'이라 한 것이 이상한데 이는 '皇(황)'이라 쓸 것을 오각한 것으로 볼 수도 있고 당나라 왕도 왕이라고 보았다고 해석할 수도 있다. 그러나 '태화 원년이 태종문무왕 치세'라는 취지의 글 내용은 정확한 것이다. 당나라 왕 태종문무대성황제 이세민의 치세가 626년부터 649년까지 '정관(貞觀)의 치(治)'라고 유명하지 않은가?

4. 두 왕자의 산중 생활

이어지는 두 왕자의 산중 생활은 다음과 같다.

(27) 두 태자가 산중에 이르자 청련이 홀연히 땅 위에 피어[二太子到山中靑蓮忽開地上], 형 태자가 암자를 짓고 머물러 살았는데 이를 일러 보천암이라 하였고[兄太子結庵而止住 是曰 寶川庵], 동북으로 향하여 600여보를 가서 북대의 남쪽 기슭에 역시 청련이 핀 곳이 있어 아우 태자 효명이 또한 암자를 짓고 머물러[向東北行六百餘步 北臺南麓 亦有靑蓮開處 弟太子孝明又結庵而止], 각각 부지런히 업을 닦았다[各勤修業]. 하루는 함께 오봉을 첨례차 올랐더니[一日同上五峯瞻禮次], 동대 만월산에는 1만 관음진신이 나타나 있고[東臺滿月山有一萬觀音眞身現在], 남대의 기린산에는 8대 보살을 위두로 하여 1만의 지장[南臺麒麟山八大菩薩爲首 一萬地藏]이, 서대의 장령산에는 무량수여래를 위두로 하여 1만 대세지[西臺長嶺山 無量壽如來爲首 一萬大勢至]가,

북대의 상왕산에는 석가여래를 위두로 하여 5백 대아라한[北臺 象王山 釋迦如來爲首 五百大阿羅漢]이, 중대의 풍로산(지로산 이라고도 한다)에는 비로자나를 위두로 하여 1만 문수[中臺風盧 山亦名地盧山 毘盧蔗那爲首 一萬文殊]가 나타나 있었다. 이와 같이 오만 진신을 일일이 바라 절하였다[如是五萬眞身一一瞻 禮].

매일 인조에 문수대성이 진여원{지금의 상원}에 이르러 36종 류의 모습으로 변하여 나타났다[每日寅朝 文殊大聖到眞如院{今 上院} 變現三十六種形]. 혹은 부처 얼굴 형상으로 나타나고[或 是現佛面形] 혹 보주의 모양으로[或作寶珠形], 혹 부처의 눈 모 양으로[或作佛眼形], 혹 부처의 손 모양으로[或作佛手形], 혹 보탑의 모양으로[或作寶塔形], 혹은 만 부처 머리 모양으로[或 萬佛頭形], 혹은 만등 모양으로[或作萬燈形] 혹은 금다리 모양 으로[或作金橋形], 혹은 금북 모양으로[或作金鼓形], 혹은 금종 모양으로[或作金鐘形], 혹은 신통 모양으로[或作神通形], 혹은 금루 모양으로[或作金樓形], 혹은 금륜 모양으로[惑作金輪形], 혹은 금강저 모양으로[或作金剛杵形], 혹은 금옹 모양으로[或作 金甕形], 혹은 금비녀 모양으로[或作金鈿形], 혹은 오색광명 모 양으로[或作五色光明形], 혹은 오색원광 모양으로[或作五色圓 光形], 혹은 길상초 모양으로[或作吉祥草形], 혹은 청련화 모양 으로[或作靑蓮花], 혹은 금전 모양으로[或作金田形], 혹은 은전 모양으로[或作銀田形], 혹은 부처의 발 모양으로[或作佛足形], 혹은 뇌전 모양으로[或作雷電形], 혹은 부처가 솟아나오는 모양 으로[或如來湧出形], 혹은 지신이 솟아나오는 모양으로[或地神 湧出形], 혹은 금봉 모양으로[或作金鳳形], 혹은 금오 모양으로 [或作金烏形], 혹은 말이 사자를 낳는 모양으로[或馬産獅子形], 혹은 닭이 봉을 낳는 모양으로[或鷄産鳳形], 혹은 청룡 모양으 로[或作靑龍形], 혹은 백상 모양으로[或作白象形], 혹은 까치

까마귀 모양으로[或作鵲鳥形], 혹은 소가 사자를 낳는 모양으로 [或作牛産獅子形], 혹은 유저 모양으로[或作遊猪], 혹은 청사 모양으로[或作靑蛇形] 나타나 보이었다.

　두 공이 늘 굴 속의 물을 길어 차를 달여 불공을 드리고 밤이 되면 각각 암자에서 수도하였다[二公每汲洞中水 煎茶獻供 至夜 各庵修道]. <『삼국유사』 권 제3 「탑상 제4」 「대산 오만 진신」>

길게 옮겨 적었지만 무슨 가치가 있을지 모르겠다. 독실하게 불공을 드린 것은 맞다. 그리고 암자에서 수도한 기간이 제법 길어 보인다. 적어도 10년은 되지 않겠는가?

5. 성덕왕 즉위 기록 검토

이렇게 오대산에 입산하여 수도 생활을 하고 있던 두 왕자의 생활에 변화가 닥친다. 그 변화는 두 왕자 가운데 한 왕자가 서라벌로 가서 왕이 되었다는 것이다. 「대산 오만 진신」의 (28)이 그것이다. 이 기록은 「명주 오대산 봇내태자 전기」에도 똑 같은 내용을 적은 글이 있다. 서로 대조하여 보면 더 쉽게 이해할 수 있다. 이 부분은 다른 어떤 부분보다 더 세심한 문헌 비평이 필요하다.

첫 문장 (28a)가 문제를 제기한다. (28a)는 접속문이다. 주절은 후행절 '국인이 폐하였다.'이고 종속절은 선행절 '정신왕의 아우가 왕과 왕위를 다투었다.'이다. 주절의 동사는 '그만 둘 廢', '폐하다'이고 종속절의 동사는 '다툴 爭'이다. '폐'는 여기서 '누가 누구를 폐하다'는 타동사 구문의 동사로 사용되었고, '쟁'은 여기서 '누가 누구와 무엇을 다투었다'는 불완전 타동사 구문의 동사로 사용되었다.

'폐(廢)'의 목적어는 '아우인 부군'이다

주절의 동사 '폐하였다'는 타동사이다. 그러면 그 목적어가 있어야 한다. 그런데 이 문장에는 목적어가 없다. '폐하다'의 목적어가 생략되어 있다. 생략된 목적어는 무엇일까?

(28) a. 정신왕의 아우가 왕과 왕위를 다투어 국인이 폐하였다[淨神王之弟與王爭位 國人廢之].

　　b. 장군 네 사람을 보내어 산에 이르러 맞아 오게 하였다[遣將軍四人到山迎之]. 먼저 효명의 암자 앞에 이르러 만세를 불렀다[先到孝明庵前呼萬歲]. 이때 5색 구름이 7일 동안 드리워 덮여 있었다[時有五色雲七日垂覆].

　　c. 국인이 그 구름을 찾아 마침내 이르러 임금의 수레 노부를 벌여 놓고 두 태자를 맞이하여 돌아가려 하니 보천은 울면서 사양하였다[國人尋雲而畢至 排列鹵簿 將邀兩太子而歸 寶川哭泣以辭]. 이에 효명을 받들어 돌아와 즉위시켰다[乃奉孝明歸卽位].

　　d. 나라를 다스린 지 몇 해 뒤인[理國有年]*{『記』에 이르기를 재위 20여 년이라 한 것은 대개 붕어년에 나이가 26세라는 것의 잘못이다[記云 在位二十餘年 蓋崩年壽二十六之訛也]. 재위는 단지 10년뿐이다[在位但十年尒]. 또 신문왕의 아우가 왕위를 다툰 일은 국사에 글이 없다[又神文之弟爭位事國史無文]. 미상이다[未詳].}* 신룡 원년[以神龍元年]*{당나라 중종이 복위한 해이다[乃唐中宗復位之年]. 성덕왕 즉위 4년이다[聖德王卽位四年也].}* 을사년[705년] 3월 초4일 비로소 진여원을 다시 지었다[乙巳三月初四日始改創眞如

院]. <『삼국유사』권 제3 「탑상 제4」「대산 오만 진신」>

(28a)의 선행절은 동사가 '다투어'로 되어 있으므로 이유를 나타내는 종속절이다. 이런 경우 주절의 목적어는 무조건 종속절의 주어가 된다. (29)에서 '혼내다'의 목적어는 선행절의 주어인 '영이'이지 '순이'가 아니다.

(29) 영이가 순이를 때려 엄마가 혼내었다.

(29)와 같이 (28a)에서도 '국인이 폐하다'의 목적어는 선행절의 주어인 '정신왕의 아우'이다. 그러면 '국인들이 정신왕의 아우를 폐하였다.'가 나온다. '정신왕의 아우'가 무슨 직위에 있었기에 폐하였을까? 이제 '정신왕의 아우'가 누구인지, 그가 어떤 직위에 있었는지, 그것을 밝히는 일이 과제가 되었다. 그런데 그것은 바로 (28a)의 '정신왕'이 누구를 가리키는가 하는 것을 밝히는 것이다. '정신왕'은 이미 앞에서 본 대로 '정신대왕'으로 적힌 바 있다. 그 '정신대왕'은 '신문왕'을 가리킨다. 그러나 여기서는 그렇게 보아서는 합리적 해석이 안 된다. 왜 그런가?

『삼국사기』나 『삼국유사』에는 신문왕의 아우가 있었다는 기록이 없다. 그러나 문무왕이 아들 하나만 두었다는 것은 그의 오랜 재위 기간[20년]과 활동의 왕성함에 비추어 상식에 어긋나는 것으로 보인다. 만약 신문왕의 아우가 있었다면 이 글의 정신왕을 신문왕으로 볼 경우 '신문왕의 아우가 신문왕과 왕위를 다투었다.'가 되므로 이 기록은 신문왕의 즉위에 반대하는 세력이 있었음을 암시한다. 이에 해당하는 사실은 681년 8월의 '김흠돌의 모반'이다. 김흠돌이 정명태자의 아우를 즉위시키려고 정명태자의 즉위에 맞서 다투었다는 추리가 가능하다. 아니면 이 기록으로부터

그러한 가설이 도출되어 나온다.[22]

그러나 뒤에 이어지는 (28b, c)의 기록은 장군 4명을 오대산으로 보내고, 또 국인이 직접 오대산에 가서 '효명태자'를 모셔 와서 즉위시키는 내용이다. 이 부분도 좀 문제가 있다. 국인이 누구인지가 가장 중요하다. 그리고 명을 받아 오대산으로 간 장군 4인이 누구누구인지도 추적 대상이 된다. 아마도 문무왕의 아우들인 개원, 지경 등일 것이다.

(28c)를 보면 국인이 와서 처음에는 봇내[=보천]을 모셔가려 하였다. 그러나 봇내는 울면서 사양하였다. 서라벌에서 온 장군들과 외할머니에게 겁을 먹은 것일까? 굴러온 복을 찼다. 트라우마가 있었을 것이다. 그래서 할 수 없이 아우 효명을 데리고 온 것으로 되어 있다.

그가 왕이 되어 즉위한 지 몇 년 후인 신룡 원년[705년, 성덕왕 4년]에 진여원을 열었다는 것이다. 신룡 원년은 당나라에서 어머니 측천무후에게 미움 받아 쫓겨났던 중종이 복위한 해로 서기 705년이다. 그 705년 12월에 대주(大周)의 여황제 측천무제(則天武帝)가 죽었다. 705년은 신라의 성덕왕 4년이다. 그러니 이 효명태자는 33대 성덕왕이다. 이렇게 되면 지금 즉위하는 왕은 성덕왕이지 다른 어떤 왕일 수가 없다.

성덕왕의 아버지 신문왕은 아우와 왕위를 다투다가 죽은 일이 없다. 신문왕은 북원소경[원주]의 전방 야전군 김오기 부대를 서라벌로 회군시켜 왕비의 아버지 김흠돌의 모반을 피로써 진압하고, 수많은 화랑 출신 장군들을 죽이고, 문무왕의 상대등 겸 병부령 김군관 장군과 그 아들을 자살

---

22) 장인이 사위가 왕으로 즉위하는 것을 막으려 하다니 이것은 상식에 어긋난 일이다. 당연히 이 사위는 장인의 딸인 왕비와의 사이에 문제가 있다. 박창화의 『화랑세기』에는 '김흠돌이 신문왕의 배 다른 아우 인명전군(仁明殿君)을 옹립하려 하였으나 실은 자신이 왕이 되려 하였다.'고 적고 있다. 박창화의 『화랑세기』가 진서를 필사한 것이라면 역사적 사실일 것이고, 위서라면 박창화의 설정이 여기서 나왔다고 할 수 있다.

하게 하고, 통일 신라를 멸망의 나락으로 내몬 원인을 제공한 나쁜 놈이다. 그리고 재위 11년 사이도 없이 그냥 죽었을 따름이다.

(28a)의 '정신왕[=신문왕]의 아우'가 왕과 왕위를 다투었다는 기록은 신빙성이 떨어진다.[23] 여기에는 심각한 잘못이 들어있을 수 있다. (28d)의 *{   }* 속 세주(細註)에서 '*신문왕의 아우가 왕위를 다툰 일이『국사』에 없다*'고 한 것이 주목된다.『국사』에 없다고 실제로 없었다는 것을 보장하지는 않는다. 그렇지만 신문왕 즉위 시의 김흠돌의 모반은 이 시기에 논의될 일이 아니다. 이 일은 정신왕[=신문왕]과 관련된 일이 아니다. 여기서의 '정신왕'은 신문왕이 되어서는 안 된다.

이 문장에는 오류가 있을 수 있다. 무엇이 오류일까? '정신왕의 아우가 왕과 왕위를 다투었다.'에서 잘못될 수 있는 것은 무엇일까? 잘못될 가능성이 있는 말은 '정신왕'과 '아우'뿐이다. '왕과 왕위를 다투었다.'는 전체가 오류일 수는 있지만 그 속 어느 한 요소가 오류일 수는 없다. '아우'는 '형'의 오류일 수 있다. 그러나『삼국사기』,『삼국유사』에서는 신문왕의

---

23) 이병도(1975:310), 이재호(1993:439)는 '{(그때에), [그때]} 정신왕의 아우가 왕과 왕위를 다투{었는데, 니}'라고 번역하였다. 아무런 주석도 없다. 의미를 어떻게 파악하였는지 알 수 없다. 김원중(2002:390)은 '그때 정신왕의 아우가 왕과 임금 자리를 다투자, 나라사람들은 왕을 쫓아내고'로 번역하였다. 완전한 오역이다. '왕을 쫓아내다니', 그는 '폐하다'의 목적어를 '정신왕'으로 본 것이다. 정신왕이 폐위되었는가?『삼국사기』를 보았으면 그런 말은 안 했을 것이다.『삼국유사』를 번역하면서『삼국사기』를 안 본다는 것을 상상이나 할 수 있겠는가? 그런데『삼국유사』 번역의 현장에서는 그런 일이 벌어지고 있다. 이 번역서는 이 부분을 번역할 때『삼국사기』를 보지 않고 번역한 것이 틀림없다. 신라 상대와 중대에서 폐위된 왕은 25대 진지왕뿐이다. 하대에서도 시해되고 자살한 왕은 있어도 폐위된 왕은 없다. 이 '정신왕'을 신문왕으로 보기는 어렵고, 효소왕을 가리키는 말이 되어야 하며 효소왕은 702년에 죽었다는 주가 필요한 곳이다. 그래야 이 '정신왕'이 누구를 가리키는 것일까 하는 나아간 생각을 할 수 있다. 사전 찾아보면 다 알 수 있는 '柴地(시지[땔감밭])', '栗地(율지[밤밭])', '位土(위토[제사용 토지])'에는 주를 달면서 핵심 문제인 '정신왕'에 주를 단 번역서는 단 한 권도 없다. 외국인이 '정신왕'에 주를 단 뒤에 화들짝 놀랄 것이다.

'형'이 신문왕과 왕위를 다툰 사실이 없다. '아우'가 오류라고 상정하기는 어렵다. 그러면 오류일 수 있는 것은 '정신왕'뿐이다.

그러면 31대 신문왕이 아닌 다른 어느 왕일까? 30대 문무왕일 리는 없다. 문무왕의 충직한 동생들, 김인문, 노차, 지경, 개원 등이 반란을 일으켰다는 말은 없다. 하기야 김인문은 당 고종의 명으로 신라왕이 되어 당나라 군대를 이끌고 대당 투쟁 중인 형의 나라로 쳐들어오기는 하였다. 그러나 그것으로 문무왕이 죽지는 않았다. 얼른 사과의 표문을 당 고종에게 보내고 납작 엎드렸을 뿐이다. 그러면 33대 '성덕왕'일까? 아니다. 이 기록의 시점에는 성덕왕은 아직 즉위하지도 않았다. 성덕왕의 즉위 직전 왕이다. 그러면 신문왕 다음의 왕이니 32대 효소왕이어야 한다. 이 '정신왕'은 효소왕을 가리키는 어떤 명사구의 오류임에 틀림없다.

왜 (28a) 속의 '정신왕'이 효소왕을 가리키는 말이 되어야 하는가? 이는 단순하고 간단한 문세이다. '정신왕'이 누구를 지칭하는지 알 수 없다 하더라도, 여기서 언급되는 이 왕은 지금 즉위하는 것으로 그려지는 33대 성덕왕의 바로 앞 왕이다. 33대 성덕왕 바로 앞 왕은 32대 효소왕이다. 그러므로 (28a)의 '정신왕'은 당연히 내용상으로는 효소왕을 가리키는 명사구가 되어야 한다.

'정신왕의 아우'는 '정신왕 태자의 아우'에서 '태자'를 결락시킨 것이다

(28a)를 읽는 데에 가장 중요한 것은 이 문장의 동사가 어떤 성격의 동사인가 하는 것이다. (28a)의 종속절의 동사는 '다투다(爭)'이다. '쟁(爭)'은 '누가 누구와 무엇을 다투었다.'와 같이 사용되는 동사이다. 목적어인 '무엇을'에 해당하는 말은 '位[왕위]'이다. 보충어인 '누구와'에 해당하는 말

은 '왕과[與王]'이다.

(28a)의 주어는 '○○왕의 아우'이다. 그러면 '○○왕의 아우가 ○○왕과 왕위를 다투었다. ○○왕이 죽었다.'라는 의미가 된다. 그런데 이 ○○왕은 내용상으로 성덕왕의 바로 앞 왕인 일찍 죽은 '효소왕'이다. 여기에 들어갈 말은 의미상으로 효소왕밖에 없다. 효소왕의 아우가 효소왕과 왕위를 다투다가 이 아우가 폐위되고, 효소왕의 '이 아우'가 아닌 다른 아우 효명이 오대산에서 와서 성덕왕으로 즉위하였기 때문이다. 그러므로 (28a) 속의 '정신왕'이 차지하고 있는 자리는 어떤 것이든 효소왕으로 해석될 수 있는 명사구가 차지해야 한다.

효소왕을 가리키는 명사구는 제4장에서 본 「명주 오대산 봇내태자 전기」에서는 (30)처럼 '淨神太子[정신의 태자]'라고 되어 있다. '정신'이 '신문왕'이고 그의 태자, 즉 '정신의 태자'는 무조건 효소왕 이홍인 것이다. 그러므로 '정신왕'은 무조건 '정신왕태자'의 잘못이다. '정신왕' 다음의 '태자'를 결락시켰거나 아니면 '태자'를 '왕'으로 잘못 적은 것이다.

(30) 정신의 태자가 아우인 부군 서라벌에서 왕위를 다투다가 주멸하였다[淨神太子弟副君在新羅爭位誅滅]. <『삼국유사』 권 제3 「탑상 제4」 「명주 오대산 봇내태자 전기」>

그리고 앞에서 본 「대산 오만 진신」의 '두 왕자 오대산 입산 기록'에서는 '정신대왕의 태자 보천'이라는 말로 '봇내태자'를 가리킨다. 일단 '정신의 태자', '정신대왕의 태자', '정신왕의 태자'와 같은 말이 등장하는 것이다. 그리고 '정신태자'에서 태자를 제외한 '정신'이 신문왕을 가리키는 말로 사용된다. 그러니까 제일 중요한 것은, '정신', '정신대왕', '정신왕'

이라는 말로 가리키는 사람이 '신문왕'이라는 것을 확정하는 것이다.

(28a)가 이렇게 '정신왕지제'로 된 과정에 대해서는 두 가지 추론이 가능하다. 첫 번째 추론은 단순하게 '정신태자지제'라고 적을 것을 실수로 '정신왕지제'로 적었다고, 즉 '태자'를 '왕'으로 잘못 적었다고 보는 것이다. 두 번째 추론은 '정신왕태자시제'에서 '태자'가 결락되었다고 보는 것이다. 이 두 추론에서 제일 중요한 것은, (28a)는 「명주 오대산 봇내태자 전기」의 (30)이 들어 있던 「산중의 고전」을 보고 재구성한 것으로 거의 옮겨 쓴 것이라는 사실이다.

먼저 첫째 추론을 생각해 보자. (30)은 '정신의 태자가 아우[부군]과 왕위를 다투다가 죽었다.'는 뜻이다. 그런데 (28a)는 '정신왕의 아우가 왕과 왕위를 다투어 폐위하였다.'는 뜻이다. (30)은 'A[왕]이 B[왕의 아우]와 왕위를 다투었다.'는 말이고, (28a)는 'B[왕의 아우]가 A[왕]과 왕위를 다투었다.'는 말이다. 같은 내용을 주어를 달리 하여 표현한 것이다. 그 내용은 정확하게 형제 사이에 왕위를 두고 싸운 골육상쟁을 의미한다. 여기서 A는 왕이다. 그리고 B는 왕의 아우인 부군이다.

그런데 왕인 그 A가 (30)에서는 '정신의 태자'로 적혀 있고, (28a)에서는 '정신왕'으로 적혀 있다. 그런데 '정신의 태자'와 '정신왕'이 같은 사람일 수는 없다. 이 둘 중 어느 하나는 옳고 다른 하나는 틀린 것이다. 어느 것이 옳은 것일까?

(30)의 '정신의 태자가 아우와 다툰 것'과 (28a)의 내용을 같게 하려면 (28a)의 주어는 '정신의 태자의 아우가'가 되어야 한다. 그래야 '정신의 태자의 아우가 형 왕과 다툰 것'으로 되어 그 내용이 '아우가 형 왕과 왕위를 다툰 것'이 된다. 그리고 형[왕]은 '정신의 태자'가 된다. '정신의 태자' 즉 '신문왕의 태자'가 누구인가? 그거야 효소왕이 되는 이공이다. 그러

므로 (28a)는 '태자'로 적을 것을 '왕'으로 잘못 적은 것이라 할 수 있다.

(28a)는 「명주 오대산 봇내태자 전기」의 (30)이 원래 들어 있던 「산중의 고전」을 보고 재구성한 것이다. 거의 옮겨 쓴 것이라 할 수 있다. 그러면 「산중의 고전」에는 원래 (30)처럼 '淨神太子之弟[정신의 태자의 아우]'라고 되어 있었을 가능성이 있다. 이 말을 가지고 '정신'이 왕의 이름인 줄을 알고 있는 필사자가 (28a)의 '淨神王之弟[정신왕의 아우]'라는 구(句)를 재구성하였을 것이다. 저 앞 '두 왕자 오대산 입산 기록'에서 '정신 대왕의 태자 봇내'가 나왔으니 거기에 비추어 '태자'를 '왕'으로 잘못 적었을 가능성이 있다. 이를 반영하여 (28a)의 '왕'을 '태자'로 바꾸어 번역하면 (28'a)와 같아진다.

(28') a. 정신의 *태자의* 아우가 왕과 왕위를 다투어 국인이 폐하였다
[淨神*太子*之弟 與王爭位國人廢之]. <『삼국유사』 권 제3 「탑상 제4」 「대산 오만 진신」>

두 번째 추론은 「산중의 고전」이 원래 '淨神王太子之弟[정신왕의 태자의 아우]'라고 되어 있었는데 이 '정신왕태자'에서 실수로 '태자'를 결락시킨 것으로 보는 것이다. (30)의 '정신의 태자가 아우와 다툰 것'과 (28a)의 내용을 같게 하려면 (28a)의 주어는 '정신왕의 태자의 아우가'가 되어야 한다. 그래야 '정신왕의 태자의 아우가 형과 다툰 것'으로 되어 그 형[왕]은 '정신왕의 태자', 즉 효소왕이 된다. 그러므로 (28a)에는 '태자'가 빠져 있다고 생각할 수 있다.

'왕'과 '태자'가 겹쳐 나오니 하나를 결락시켰을까? 글쓴이가 착각했거나 각수(刻手)가 실수하였을 수도 있다.[24] 아무튼 (28a)의 '淨神王之弟'는

'淨神王太子之弟'에서 '태자'를 결락시킨 말이라 할 수도 있는 것이다. 중요한 것은 '효소왕'을 가리키는 말은 '정신왕의 태자' 또는 '정신의 태자'이라는 점이다.

이를 반영하여 (28a)에 '태자'를 기워 넣어 문장을 완성하고 번역하면 (28"a)와 같아진다.

(28") a. 정신왕의 *태자*의 아우가 왕과 왕위를 다투어 국인이 폐하였
다[淨神王*太子*之弟 與王爭位國人廢之]. <『삼국유사』권 제
3 「탑상 제4」「대산 오만 진신」>

(28a)의 '왕과 왕위를 다투었다.'에서 '왕'은 누구인가? '정신왕의 아우가 왕과 왕위를 다투었으니' '그 왕'은 당연히 '정신왕'이다. 그런데 그 '정신왕' 뒤에 '태자'가 결락되었다면 '정신왕'은 '정신왕의 태자'가 되고 '정신왕의 태자'는 '효소왕'을 가리킨다. 그러니까 (28a)의 '왕과'는 '효소왕과'이다. 이 문장은 '정신왕의 태자[효소왕]의 아우가 왕[정신왕의 태자(효소왕)]과 왕위를 다투었다.'는 내용을 적은 것이다.[25]

원전 기록 내용을 손대는 것은 위험한 일이다. 그러나 이러한 만용을

---

24) 서정목(2014a:263-66)에서는 아예 '효소왕'의 오류라고 했었다. 그러다가 '정신태자'라고 쓸 것을 '정신왕'이라고 잘못 쓴 것이 아닐까 하는 생각을 하게 되었다. 그리고 그 다음에 「대산 오만 진신」과 「명주 오대산 봇내태자 전기」를 정밀 대조하면서 혹시 '정신왕태자지제'라고 쓸 것을 '왕'과 '태자'가 중복되니 '태자'를 결락시킨 것 아닐까 하는 생각을 하였다. 그리고 「민지 기」의 '정신'도 '정신태자'라고 쓸 것을 '태자'를 결락시킨 것임을 알았다. 「명주 오대산 봇내태자 전기」의 내용을 포함한 「산중의 고전」이 원 자료이고 이것을 보고 「대산 오만 진신」과 「민지 기」가 이루어졌기 때문에 '정신태자'를 중심에 놓고 '정신왕'과 '정신'을 해결하는 것이 옳은 방향이다.
25) 정신왕을 봇내태자로 보면, '봇내태자의 아우[=효소왕의 아우이기도 하다]인 부군이 효소왕과 왕위를 다투었다.'가 되어 결과적으로 '부군이 효소왕과 왕위를 다툰 것'이 되어 필자의 해석과 같아진다.

부리는 것은 사리에 맞고 역사적 진실에 충실한 논리적 설명을 하기 위해서이다. 이 문장의 '王'을 '太子'로 바꾸거나 아니면 '왕' 뒤에 '태자'를 넣어야 한다.26) 참 이상한 글쓰기이다. 누가 이런 짓을 했을까? 제4장에서 본 대로 고려 시대 나쁜 사관인 민지(閔漬)라는 자의 「민지 기」에 '정신태자'에서 '태자'를 결락시킨 '정신'이 '봇내[寶川]태자'를 가리키는 경우가 있었다.27) 이로 보아 '정신'에 대한 이해가 충분하지 못하여 '정신태자'를 '정신'으로 적기도 하고 '정신왕태자'를 '정신왕'으로 적기도 하는 '태자' 결락이나, '정신태자'를 '정신왕'으로 '태자'를 '왕'으로 바꾸어 적는 일까지 생긴 것이다. 이 두 가지 가능성 중 어느 하나가 정답이겠지만 분명히 '정신왕지제'는 '정신태자지제'를 잘못 적은 것이거나 '정신왕태자지제'에서 '태자'를 결락시킨 것이다. '왕이 아우와 왕위를 다투었으면' 당연히 '왕의 아우가 왕과 왕위를 다툰 것' 아니겠는가?

그런데 앞에서 본 「명주 오대산 봇내태자 전기」의 해당 내용 (30)에는 '與' 자가 없다. '정신왕 태자의 아우가 왕과 왕위를 다투었으면' '왕은

---

26) 여기서 '정신왕'을 '봇내태자'로 보면 어떻게 되는가? 그러면 '정신왕[=봇내태자]의 아우[=부군]가 왕과 왕위를 다투었다'가 된다. 그러면 이때 '왕'이 누가 되는가? 이 문장을 제대로 읽으면 그 '왕'은 '정신왕[=봇내태자]'가 된다. 즉, '정신왕[봇내태자]의 아우가 정신왕[봇내태자]와 왕위를 다투었다.'는 말이 되는 것이다. 이게 말이 되는가? 봇내태자는 이 시점에 오대산에 있었다. 그가 그의 아우[=부군]과 서라벌에서 왕위를 다투었을 리가 없다. 이 '왕'을 '효소왕'으로 보고, '정신왕'은 성덕왕이 즉위한 뒤 그의 형 봇내태자에게 예우상 붙인 것으로 보면, 이 문장은 '정신왕의 아우가 효소왕과 왕위를 다투었다.'는 말을, '정신왕의 아우가 왕과 왕위를 다투었다.'라고 썼다는 결과가 된다. 이렇게 쓰는 것은 작문의 기본을 어긴 것이다. '효소왕'에서 '효소'를 생략하려면 그 앞에 나온 사람이 '효소왕'이어야 한다. 통사론에서 두 개의 동일 인물 지칭 명사구가 있을 때에만 후행 명사구의 생략이 가능하다는 것은 상식이다. 서로 다른 인물을 가리키는 두 명사구에서 후행 명사구를 생략한다는 것은 있을 수 없는 일이다.

27) '정신'이 '봇내태자'를 가리키는 경우가 「민지(閔漬) 기」에 있다. 그 경우는 '정신의 태자[봇내]'를 나타내는 '정신태자'에서 '태자'가 결락된 것이다.

아우인 부군(과) 왕위를 다투어야 하지 않는가? 그러므로 '弟' 앞에서는 '與'가 결락된 것이다. 이 '與'를 기워 넣어 문장을 완성하고 번역하면 (30')이 된다.

> (30') 정신의 태자가 아우인 부군과 서라벌에서 왕위를 다투다가 주멸 하였다[淨神太子與弟副君在新羅爭位誅滅]. <『삼국유사』 권 제3 「탑상 제4」 「명주 오대산 봇내태자 전기」>

지금까지 논의한 것을 모으고, '王'을 '太子'로 바꾸거나 기워 넣고, '與'를 기워 넣은 후에, '정신의 태자'를 '효소왕'으로 하여 이 두 문장이 뜻하는 바를 정리하면 (31a, b)가 된다.

> (31) a. 정신(왕)[신문왕]의 *태자*[효소왕]의 아우가 (효소)왕과 왕위를 다투어 국인이 (효소왕의 아우를 부군에서) 폐하였다[淨神王 *太子*之弟 與王爭位國人廢之]. <『삼국유사』 권 제3 「탑상 제 4」 「대산 오만 진신」>
>   b. 정신[신문왕]의 태자[효소왕]이 (효소왕의) 아우인 부군과 서 라벌에서 왕위를 다투다가 (효소왕이) 주멸하였다[淨神太子*與* 弟副君在新羅爭位誅滅]. <『삼국유사』 권 제3 「탑상 제4」 「명 주 오대산 봇내태자 전기」>

이제 이 두 문장은 정확하게 동일한 내용을 적은 것이 되었다. 실제로 효소왕은 16세에 즉위하여 10년 만에 26세의 나이로 사망하였다. 『삼국 사기』에는 이렇게 일찍 죽은 효소왕의 사인에 대하여 한 마디 말도 없다. 그리고 모두 687년 2월에 출생한 신문왕의 '원자'가 691년 3월 1일 태자로 책봉된 '왕자' 이홍과 같은 사람이라고 오산하여 '효소왕이 6세에 즉위하여 16세에 사망하였다.'고 하고 있다. 그렇다면 왜 그렇게 일찍 죽었는지 살펴보아야 하지 않았을까? 자연사이라면 할 수 없지만, 자연사가 아니라면 한번쯤은 돌아보았어야 하지 않겠는가? 더욱이 지금까지 본 대로 '효소왕이 아우와 왕위를 다투다가 죽었다.'는 기록이 『삼국유사』에 있으면 좀 심각하게 연구해 보았어야 하지 않는가?

이제 효소왕 시대에 왕이 죽을 만한 반란 사건이 있었는가를 찾는 일이 떠올랐다. 그런데 실제로 그런 일이 있었다.

국인은 누구인가? 요석공주

잠깐, 여기서 약간 다른 생각을 해 보기로 한다. 장군 4인을 오대산에 보낸 사람은 누구일까? 그 앞 문장은 '국인이 (부군을) 폐하였다.'이다. 그러면 이 문장 '장군 4인을 오대산에 보내는' 문장의 주어도 '국인'일 가능성이 크다. 국인이 누구일까? 이를 온갖 번역서들처럼 '나라 사람'이라고 번역해도 뜻이 통할까? 신라 시대에 나라 사람들이 무슨 백만 민란이라도 일으켜서 부군을 폐하고 장군을 4명씩이나 오대산에 보내는 광란을 벌였다는 말인가?

여기서의 '국인'은 '나라 사람'으로 번역해서는 안 된다. '국인'은 『삼국사기』, 『삼국유사』에 여러 번 나온다. 그리고 각각의 문맥에서 가리키는 사람이 다 다르다. 어떤 문맥에서는 정말로 일반 백성을 가리키기도 한다. 그러나 진지왕을 폐위시키는 '국인'은 분명히 진흥왕비 사도태후이다. '국인에 대한 연구'가 따로 필요할 정도이다. 대부분의 경우 '국인'은 새 왕을 세우고 나라의 중요한 결정을 내리는 보이지 않는 손을 가리킨다.

그러면 이 통일 신라 시대, 효소왕과 성덕왕이 교체되는 시기의 나라의 주인, 실권자가 누구일까? 문명왕후, 자의왕후는 681년 문무왕 사망 후 얼마 지나지 않아 죽은 것으로 파악된다. 신목왕후는 700년 6월 1일 죽었다. 효소왕도 702년 7월에 죽었다. 누가 남아 있을까? 국인은 누구일까? 1차적으로는 요석공주, 그 다음은 자의왕후의 언니 운명, 운명의 남편 김오기, 또 문무왕의 아우 개원, 지경, 노단, 거득, 마득 등이다. 그러나 복수라면 이들을 묶은 세력으로 볼 수도 있다.

그런데 700년 5월의 '경영의 모반'으로 자의왕후의 동생 김순원이 파면되었다. 이로 보면 자의왕후의 언니 운명과 그의 남편 김오기는 배제되었다고 보아야 한다. 김순원이 '경영의 모반'에 연좌되었다는 것은 문무왕의 처가 세력이 '경영의 모반'에 연좌되었다는 말이다. 그러므로 문무왕의 처가, 신문왕의 외척 세력은 이 시기의 국인 속에 들지 못할지도 모른다.

이 시기의 권력 실세는 문무왕의 형제, 자매일 가능성이 크다. 자매야, 김유신의 재취한 아내 지조공주와 요석궁의 홀로 된 공주밖에 없다. 지조공주는 김흠돌의 모반으로 법적 사위가 거세되었으니 발언권이 줄어들었을 수밖에 없다. 655년 정월 양산 아래서 벌어진 백제와의 전투에서 일찍 죽은 김흠운의 아내, 신문왕의 둘째 왕비 신목왕후의 어머니, 효소왕의 외할머니인 요석궁의 홀로 된 공주, 세칭 요석공주가 이 시기의 권력 실세, 국인이었을 가능성이 가장 크다.

그러면 장군 4인은 누구일까? 1차적으로는 요석공주와 가장 가까운 형제들이다. 개원, 지경 등이 있다. 거기에 효소왕, 성덕왕 교체기인 702년을 전후하여 서라벌 정가에서 행세하던 사람들을 들 수 있다. 성덕왕 3년에 상대등이 되는 문영(文穎)이 눈에 뜨인다. 이들이 오대산에 효명을 데리러 간 장군 4인 중의 일부일 가능성이 있다.

그런데 장군 4인을 먼저 보낸 뒤에 오색구름, 상운(祥雲)이 효명암에 7

일 동안이나 서라벌에서도 볼 수 있을 만큼 드리워 덮여 있었다. 믿거나 말거나 한 이야기이지만, 이 사람들의 사기술이야 나무에 아기가 든 금궤를 달아서 신성화를 꾀하니 어쩔 수 없다. 오대산 방향에 오색구름이 크게 일어 7일 동안 계속되고 서라벌에까지 그 소식이 봉화대 같은 것을 통하여 전달되었다고 치자. 그리고 국인이 직접 오대산에 왔다. 누가 왔을까? 오대산 어느 절에 요석공주가 왔다는 설화가 전해 왔으면 오죽 좋으랴. 야속하게도 오대산에는 그런 말이 없고 동두천 소요산에는 요석공주가 머물며 멀리 산속에서 수도하고 있는 원효대사의 뒷모습을 보며 그리워했다는 얄궂은 설화가 전해 온다.

이 사건은 효소왕이 죽은 '경영의 모반'을 말한다

그러면 효소왕의 아우가 효소왕과 왕위를 놓고 싸운 일이 있는가? 실제로 있다. 그것은 700년 5월의 '이찬 경영*{또는 경현}*의 모반'이다. 효소왕 10년 동안에 있었던 반란 사건은 이것 하나뿐이다. 이 사건 빼고는 효소왕의 아우가 효소왕과 쟁위를 벌였다고 생각할 만한 일이 없다. 이 '경영의 모반'이 효소왕과 그의 아우 부군의 이 왕위 다툼의 실체이다.

(32) a. 효소왕 9년[700년] — 여름 5월 이찬 경영*{永은 玄으로도 적음}*이 모반하여 복주하였다[夏五月 伊飡慶永*{永一作玄}*謀叛 伏誅]. 중시 순원이 연좌되어 파면하였다[中侍順元緣坐罷免].

b. 11년[702년], 7월에 왕이 승하하였다[十一年 秋七月 王薨]. 시호를 효소라 하고 망덕사의 동쪽에 장사지냈다[諡曰孝昭 葬于望德寺東]. <『삼국사기』 권 제8「신라본기 제8」「효소왕」>

그런데 그 경영의 관등이 이찬이다. 이찬이라니? 이찬은 2등관위이다. 1등관위인 각간 다음이니 진골이고 거의 왕족임에 틀림없다. 누구일까? 무엇이 불만스러워 효소왕, 신목왕후에게 반기를 들었을까? 그 당시의 실세 요석공주와 그의 딸 신목왕후에게 불만을 품을 만한 위치의 인물이 누가 있을까? 그리고 그 불만은 어디에서 온 것일까?

그 불만 요인의 후보 하나는 요석공주가 옹립한 효소왕이 677년생 혼전, 혼외자라는 것일 수 있다. 691년 3월 1일 '왕자 이홍'을 태자로 책봉할 때 상당한 문제가 제기되었을 것이다. 677년생 이홍은, 신문왕이 정명태자 시절 태자비가 아닌 형수 감 김흠운의 딸과 화간하여 낳은 혼전, 혼외자이다. 그러므로 그는 한 번도 신문왕의 원자나 문무왕의 원손이라는 타이틀을 갖지 못하였다.

그런데 681년 8월의 김흠돌의 모반으로 김흠돌의 딸인 왕비를 쫓아내고 이홍의 어머니 김흠운의 딸이 683년 5월 7일 정식 혼인하여 왕비가 되었다. 그리고 684년에 '김사종'이 태어났다. 그러니 이 김사종이 신문왕과 신목왕후 사이의 법적 적장자인 원자가 될 수밖에 없다. 그 원자를 지지하는 세력은 691년 3월 1일 이홍을 태자로 책봉하려는 요석공주 측과 맞서서 사종을 태자로 삼아야 한다는 주장을 했을 수 있다. 이 태자 자리 싸움에서 이홍 측이 이겼다.

692년 7월 신문왕이 죽고 효소왕이 즉위할 때 김사종을 밀던 세력은 그를 '부군'으로 책봉할 것을 요구하였을 것이다. 혼외자 이홍보다 혼내에서 태어난 적장자(嫡長子)인 사종이 왕위 계승의 우선권을 가진다고 할 수 있기 때문이다. 요석공주 측은 김사종을 부군으로 삼아 다음 왕위를 넘길 듯이 약속하였을 것이다. 그런데 그 계책이 미봉책으로 끝났다.

그 계책은 왜 미봉책이 되었을까? 그것은 '부군(副君)'이라는 직책의 성격과 관련된다. 부군은 왕이 아들이 없을 때 아우 중 한 명을 부군으로 책봉하여 태자 역할을 하게 한 직위이다. 그 부군이 왕이 되려면 형인 왕이 아들을 낳지 않아야 한다. 그런데 효소왕에게 아들이 태어났을 것 같은 기미가 있다. 효소왕과 요석공주, 신목왕후는 그 아들을 태자로 책봉하려 했을 것이다. 이제 차기 왕위가 신문왕의 원자 김사종에게 갈 가능성은 더욱 희박해졌다. 당연히 그에 대한 반발이 있게 되어 있다.

이 모반으로 목이 잘린 '경영'은 누구일까? 아마도 김사종의 장인이었을 것이다. 684년생 사종은 700년에 17세이다. 혼인하였을 것이다. 어쩌면 그도 아들을 낳았을지 모른다. 나중에 보는 대로 김사종의 아들로 보이는 성덕왕의 조카 김지렴이 성덕왕 32년[733년] 12월에 당나라로 아버지를 찾아오는 것을 보면 지렴도 이때쯤 태어났다고 보아야 할 것이다. 그러면 경영의 처지에서는, 적장자인 원자 사위 김사종이 왕위를 잇지 못하고 그리하여 자신의 외손자인 김지렴이 왕이 되지 못하는 억울한 처지에 놓이는 셈이 된다. 이런 억울한 일이 누구 때문에 생겼는가?

정명태자와 김흠운의 딸 사이에서 태어난 혼전, 혼외자인 김이홍이 691년 3월 1일에 태자로 책봉되어 692년 7월에 효소왕으로 즉위하였기 때문이다. 효소왕은 677년생이니 즉위할 때 16세이다. 혼인하였을 것이다. 그리고 아들이 있었을 것이다.

『삼국사기』 권 제8 「신라본기 제8」 「성덕왕」 조에는 아버지가 불분명한 왕자가 하나 등장한다. 성덕왕 13년[714년]에 당나라로 숙위 가는 왕자가 있는 것이다. 그가 김수충(金守忠)이다. 그리고 그 시기에는 남편이 누구인지 알쏭달쏭한 왕비가 하나 등장한다. 성덕왕 15년[716년]에 궁에서 쫓겨나는 왕비가 있는 것이다. 성정(成貞)왕후이다.

수충의 아버지가 누구인지는 밝혀져 있지 않다. 그러나 714년 2월에 수충이 숙위 가고 나서 성덕왕 14년[715년] 12월에 김중경(金重慶)이 태자로 책봉되고 716년 3월에 성정왕후가 쫓겨나는 것을 보면, 이 수충이 효소왕의 아들일 것이고 성정왕후가 효소왕의 왕비였을 것이라는 짐작을 할수 있다. 나중에 보듯이 696년에 효소왕의 아들 김수충이 태어났다. 700년이면 수충은 5살이다. 그러면 김중경은 704년에 성덕왕과 혼인한 김원태의 딸 엄정(嚴貞)왕후의 아들일 것이고 그가 태자가 되는 데 대하여 효소왕의 왕비 성정왕후가 항의하다가 쫓겨났다는 것을 알 수 있다. 그리고 717년 9월에 김수충은 공자와 10철, 72제자의 도상을 들고 귀국하였다. 태자 중경은 717년 6월에 죽었다. 왕위 계승의 향방은 어디로 갈 것인가?

성덕왕은 720년 3월에 김순원의 딸 소덕왕후와 재혼하였다. 그리고 724년 봄에 김중경의 아우 김승경(金承慶)이 태자로 책봉되었다. 그가 34대 효성왕이다. 소덕왕후는 김헌영(金憲英)을 낳고 나서 724년 12월에 죽었다. 이 헌영이 효성왕 3년[739년] 5월 태자로 있으면서, 외사촌 누이 혜명왕비와 짜고 이복형 효성왕을 죽이고 왕위를 빼앗은 35대 경덕왕이다. 그러니 그 경덕왕의 아들 36대 혜공왕이 고종사촌 형인 김양상에게 시해되고 통일 신라가 멸망하였지. 이 그림의 데자 뷔를 우리는 보고 있다. 그래서 역사는 늘 되풀이 된다고 말한다.

이로 보면 '경영의 모반'은 효소왕을 폐위시키고 신문왕과 신목왕후가 683년 5월 7일에 정식으로 혼인한 후인 684년에 태어난 '첫 번째 원자 사종'을 즉위시키려는 김순원 일파의 반란이었을 것이다. 경영은 김사종의 장인으로서 주모자가 되어 목이 날아갔다.

그러나 정작 중요한 것은 '경영의 모반'에 연좌되어 김순원이 중시 직에서 파면되었다는 사실이다. 김순원이 누구일까? 700년 5월 효소왕 때 모반에 연좌되어 파면되었다가 720년 3월 딸을 성덕왕의 두 번째 왕비 소덕왕후로 들이는 이 인물, 김순원이 누구인지 궁금하기 짝이 없었다. 그런데『삼국사기』는 또 그 김순원이 739년 3월에 '딸 혜명'을 효성왕의 두 번째 왕비로 들인다고 적고 있다. 이것은 틀림없이 틀린 기록이다. 720년 3월에 성덕왕과 혼인하는 소덕왕후의 여동생이 739년 3월에 효성왕과 혼인할 리가 없다. 서정목(2016a, 2018)에서 다 따져 보았더니 혜명왕비는 김순원의 딸이 아니라『삼국유사』권 제1「왕력」의 증언대로 김진종의 딸이었다. 물론 김진종은 김순원의 아들이었다. 그러면 혜명왕비는 김순원의 손녀가 된다.

그런데 저 위의 김지렴이 733년 12월에 당나라에 갔을 때 그를 종질이라고 지칭하는 사나이가 있다. 그의 이름은 김충신(金忠信). 그가 734년 [성덕왕 33년] 정월에 당 현종에게 올린 표문에서 성덕왕의 조카 지렴을 자기도 '종질 지렴'이라고 지칭하는 것이다. 그러면 김충신은 성덕왕과 4촌이거나 6촌이라는 말이다. 종질은 5촌 조카를 말한다. 그런데 김지렴의 5촌 당숙이 있기 어렵다. 왜냐하면 신문왕의 형제의 아들이 지렴의 5촌 당숙인데 소명전군은 일찍 죽었고 인명전군은 김흠돌의 모반에 연루되어 죽었을 것이기 때문이다. 외척으로 가도 없었다. 신문왕의 첫 번째 처가인 김흠돌의 집안은 김흠돌의 모반으로 결딴이 났다. 거기에 지렴의 당숙이 있을 리 없다. 신문왕의 두 번째 처가인 김흠운의 집안에도 지렴의 당숙이 있을 리 없다. 김흠운은 20여 세에 전사하였다.[28] 요석공주와의 사이에 딸 하나 두고.

다 따져 보았더니 그 종질은 재종질, 즉 7촌 조카를 말하는 것이었다. 김사종의 아들 김지렴을 7촌 조카라고 부르는 사나이 김충신, 그는 어디

---

28) 김흠돌과 흠운은 김달복과 김유신의 누이 김정희의 아들들로 형제이다. 김흠돌의 모반 때에 김달복의 집안은 멸문되었다고 보아야 한다.

로 연결되는 것일까? 친가일까 아니면 외척일까? 김지렴이 문무왕의 증손 자이니 친가라면 문무왕의 형제의 손자이다. 가능성이 없는 것은 아니다. 그러나 문무왕의 형제, 문왕, 지경, 개원, 마득, 거득 등의 손자로 알려진 사람은 아직 없다.

그런데 혜명왕비의 오라비로 보이는 사람이 등장한다. (33)에서 보듯이 『삼국사기』 권 제9 「신라본기 제9」 「효성왕」 4년[740년] 7월에는 효신 공의 집 앞에서 한 여인이 조정의 정사를 비방하다가 사라지고, 8월에는 영종이 모반하다가 목 베어 죽임을 당하는데, 이에 앞서 영종의 딸이 후 궁에 들어 왕의 총애를 독차지하여 혜명왕비가 질투를 하여 족인들과 짜 고 효성왕이 총애하던 후궁을 죽였다는 일이 적혀 있다.

(33) a. 효성왕 4년[740년] 가을 7월 붉은 비단 옷을 입은 한 여인이
예교 아래로부터 나와 조정의 정사를 비방하며 효신공의 문을
지나다가 홀연히 보이지 않았다 [四年 --- 秋七月 有一緋衣
女人 自隷橋下出 謗朝政 過孝信公門 忽不見].
b. 8월 파진찬 영종이 모반하였다[八月 波珍飡永宗謀叛]. 목 베
어 죽였다[伏誅]. 이에 앞서 영종의 딸이 후궁에 들었는데 왕
이 그녀를 지극히 사랑하여 은총을 쏟음이 날로 심하여 갔다
[先是 永宗女入後宮 王絶愛之 恩渥日甚]. 왕비가 질투하여
족인들과 모의하여 그녀를 죽였다 [王妃嫉妬 與族人謀殺之].
영종이 왕비의 종당들을 원망하여 이로 인하여 모반하였다
[永宗怨王妃宗黨 因此叛]. <『삼국사기』 권 제9 「신라본기
제9」 「효성왕」>

이 효신의 이름이 이상하다. 효신의 형이 충신이지 않을까? 혜명이 김 순원의 손녀라면 효신, 충신은 김순원의 손자이다. 그리고 혜명왕비, 충신,

효신의 아버지는 김진종이다. 이들이 신문왕의 손자 지렴을 종질, 7촌 조카라고 부를 수 있으려면 어디로 가야 하는가? 그것은 신문왕의 외가로 가는 수밖에 없다. 신문왕의 외가는 문무왕의 처가이다. 문무왕의 아내는 자의왕후이다. 문무왕의 처가는 자의왕후의 친정이다.

아! 자의왕후, 『삼국유사』는 자눌(慈訥)왕후라고도 적었다. 벙어리처럼 말이 없는 여인. 말 없는 여인은 천하를 지배한다. 김유신 장군이 살아 있고 문무왕이 어머니 문명왕후에 대한 효성을 다하고 있을 동안 묵묵히 말 없이 시어머니에게 순종하고 있던 자의왕후, 그녀는 김유신 세력의 힘이 떨어지고 문무왕이 사망하는 681년 7월 이후 무서운 여인으로 돌변하였다. 그리고 8월 8일 드디어 '김흠돌의 모반'으로 서라벌을 피의 거리로 만들었다. 무서운 적폐청산이 시작된 것이다. 무엇이 틀어졌는지 사돈인 신문왕의 장인 김흠돌을 죽이고 그를 따르는 통일 전쟁의 장군들을 도륙한다. 드디어 화랑도를 폐지하였다. 시어머니 문명왕후의 후견 세력인 화랑단이 그렇게 미웠을까? 그리고 그 자의왕후의 아버지는 파진찬 김선품이다. 여기까지이다. 『삼국사기』, 『삼국유사』를 샅샅이 뒤적여 다다를 수 있는, 충신이 지렴을 종질이라고 부르는 가족 지칭어를 통한 그들의 인척 관계에 관한 추론은 여기서 멈춘다.

이 정도에서도 우리는 김충신, 효신이 성덕왕의 6촌이고 김진종이 신문왕의 외사촌이라는 것을 알 수 있다. 그리고 김진종의 아버지로 보이는 김순원이 자의왕후의 형제라는 것쯤을 짐작할 수 있었다. 그러면 김순원은 신문왕의 외삼촌이 되고 문무왕의 처남이 된다. 이제 신문왕의 외척 세력이 김순원이라는 결론에 이를 수 있을 것인가?

그런데 박창화의 『화랑세기』는 이 추론을 모조리 까발리고 있다. 아예 가계도를 그릴 수 있을 만큼 자세하게 적었다. 그 책은 김순원이 자의왕후의 남동생이라고 적었다. 그리고 김운명이라는 여인이 자의왕후의 언니이다. 김순원의 아버지는 김선품이고 김선품의 아버지는 김구륜이다. 이 구륜은 동륜[26대 진평왕의 아버지], 금륜[25대 진지왕]과 형제이다. 그들의 아버지는 24대 진흥왕이다. 모두 경주 김씨 왕실인 것이다. 진흥왕의 이 세 아들을 중심으로 가계도를 그리면 (34)와 같다.

(34) a. 24진흥-동륜---26진평---27선덕//28진덕
   b. 24진흥-25진지-용수/용춘-29무열---30문무-31신문-32효소
      /33성덕/사종-34효성/35경덕//지렴-36혜공
   c. 24진흥-구륜---선품---------순원/자의-진종/소덕-충신/효
      신/혜명
   (/는 2촌, //는 4촌)

(34)에서 문무왕이 7촌 고모 자의왕후와 혼인함으로써 순원은 신문왕의 외3촌이 되었다. 그리하여 외가 촌수로 진종이 신문왕의 외4촌이 되고 충신은 성덕왕과 진외6촌이 되었다. 그렇게 하여 성덕왕의 아우인 사종의 아들인 지렴, 즉 성덕왕의 왕질(王姪)을 충신이 종질[7촌 조카]이라고 지칭하게 된 것이다.

자의왕후의 언니 운명의 남편이 김오기(金吳起)이다. 그의 아버지는 예원이다. 진본『화랑세기』는 이 김오기와 그의 아들 김대문이 대를 이어 기술한 화랑들의 족보이다. 김오기는 향음으로 적었고 김대문은 한문으로 적었다. 이 김오기가 문무왕 18년[678년] 정월에 설치된 북원소경[원주]를 지키고 있었다. 그런데 그가 681년 8월 신문왕 즉위 직후에 자의왕후의 밀령을 받고 군대를 끌고 와서 김흠돌과 그를 둘러싸고 있던 김유신의 부하들을 결딴낸 것이다.

그 김흠돌의 모반을 그리는 박창화의 『화랑세기』의 장면은 매우 리얼하다. 『삼국사기』, 『삼국유사』에서는 볼 수 없는 서라벌의 권력 다툼을 적나라하게 보여 준다. 김오기가 월성의 새 호성장군이 되어 이미 호성장군을 맡고 있는 김진공과 맞서는 장면, 그 장면에서 호성장군의 인부를 내어놓으라는 김오기의 호통에 '상대등의 문서가 없는데 어찌 인부를 내어 주겠는가?'고 궁지에 몰려 있는 김진공.

그 상대등은 김군관이었다. 병부령을 겸하고 있었다. 아마도 총리 겸 국방장관인 김군관이 이 쿠데타의 향배를 결정할 가장 중요한 권력자였을 것이다. 그런데 그는 사돈인 김흠돌의 거사 계획을 알았던 것 같고, 그것을 진압하러 온 김오기에게 맞서야 할 처지에 있었을 것이다. 순하고 착한 장군이었을까? 바보처럼 우유부단하게 사돈 김흠돌의 편을 들어 김오기 군대를 역적으로 몰아 처단하지도 못하고 좌고우면하다가[29] 상대등직을 김진공의 형 김진복에게 내어 주고 자신은 병부령으로서 681년 8월 28일, 적자 1명과 함께 자진하라는 신문왕의 명을 받고 스스로 목숨을 끊었다. 적자 1명은 김흠돌의 사위인 35대 풍월주 김천관이다.

저자가 보기에 향가 중의 백미(白眉) 「찬기파랑가」는 사돈 편을 들지 왕 편을 들지, 이러지도 못하고 저러지도 못하면서 전왕 문무왕과 화랑도에 충절을 지킨 노-화랑(기파-랑) 김군관을 찬양한 제가(祭歌)로 보인다. (35)에 김완진 선생(1980)의 해독에 토대를 두고 저자가 현대어로 해석한 그 시를 적어 둔다. 자세한 것은 서정목(2014d, e, 2017c)를 참고하기 바란다.[30]

---

29) 우리는 2번의 정변에서 노 모, 한 모라는 병부령이 이와 유사한 행동을 하는 것을 보았다.

30) 이 해독은 김완진(1980, 1986/2000)의 해독에 서재극(1974), 백두현(1988)의 '물시보라'와 이임수(2007)의 '수무내'를 합친 것과 거의 같다. 그리고 김준영(1979), 안병희

(35) 흐느끼며 바라보매[咽鳴爾處米]

　　이슬 밝힌 달이[露曉耶隱月羅理]

　　흰 구름 좇아 떠간 언저리에[白雲音逐于浮去隱安攴下]

　　기랑의 모습일 시 숲이여[耆郎矣皃史是史藪耶](원 제5행).

　　모래 가른 물시울에[沙是八陵隱汀理也中](원 제4행)

　　숨은 내 자갈 밭에[逸烏川理叱磧惡希]

　　낭이여 지니시던[郎也持以攴如賜烏隱]

　　마음의 가를 좇노라[心未際肹逐內良齊].

　　아아 잣가지 높아[阿耶 栢史叱枝次高好]

　　눈이 덮지 못할 화랑장이여[雪是毛冬乃乎尸花判也].

　어차피 망하는데 왜 머뭇거렸을까? 증조부 거칠부(居柒夫[荒宗]) 이래
로 혁혁한 공을 세워 백제로부터 빼앗은 새 영토 북한산주를 맡아 다스리
던 한성주행군총관 김군관은 이렇게 우유부단하게 사돈 편 들지 왕 편 들
지 망설이다가 집안을 멸문으로 내몰았다. 그렇게 세력 다툼의 수를 읽을
줄 모르는 자가 병부령을 했다니, 한심하다. 하기야 누군들 최고 권력에
대항하겠다는 판단을 하기가 쉽겠는가? 그러나 결국 대항하지 않아도 죽
는다로 귀결된다면 대항하여 뒤집는 것이 낫다. 정의와 불의는 이긴 뒤에
합리화되는 것이다. 우리는 '김오기의 반란'이 하루아침에 '김흠돌의 모
반'으로 바뀌는 과정을 읽고 있다. 역사의 교훈은 순간의 선택이 자손만
대를 좌우한다는 것이다. 그리고 그러한 것을 몇 번씩이나 눈으로 보면서

(1987)에 따라 현전 노래의 제4행과 제5행의 순서를 바꾸었다. '花判'은 '소도(蘇塗)를
관장한다.'에서 온 '蘇判'처럼 화랑단을 관장하는 병부령을 가리킬 것으로 추론하여
'화랑장'으로 해독하였다.

우리는 세상을 살았다. 가치관이 올바를 리가 없다.

그 뒤에는 김군관의 집안이 다스리던 한산주를 누가 맡게 될 것인가? 논공행상이 어떻게 돌아갈 것인가? 한 집안을 역적으로 몰아 결딴을 내면 그 집안의 재산과 여자들은 그를 죽인 세력에게 상으로 주어진다. 김대문이 『한산기』를 지었다고 한다. 한산이 어디일까? 지금의 서울 지역이다. 이 서울 지역은 신주, 북한산주, 남천주, 한주로 이름이 계속 바뀐 9주의 하나이다. 한때는 김유신의 할아버지 김무력이 신주 군주를 하였다. 김군관의 재산과 여자들은 김오기와 그의 아들 김대문의 것이 되었을 것이다. 이래서 역사는 이긴 자의 것이고, 역사는 반복된다는 말이 이의의 여지없이 진실인 것이다.

이런 것을 지어낼 수 있는 사람이 박창화? 불가능하다. '김흠돌의 모반' 하나도 제대로 밝혀내지 못한 것이 광복 후 70년 동안의 한국사 연구이다. 그런데 그가 무슨 재주로 혼자서 이런 것을 지어낸다는 말인가? 박창화의 『화랑세기』는 무엇인가를 보고 썼음에 틀림없다.

요약하면 이 '경영의 모반'은, 김사종의 장인일 것으로 보이는 경영과 자의왕후의 후계 세력 김순원이 합세하여, 요석공주를 비롯한 문무왕의 형제, 자매들이 밀고 있는 신문왕과 신목왕후의 혼외자 효소왕을 끌어내리고 신문왕과 신목왕후가 정식 혼인한 후에 태어난 원자인 부군 김사종을 옹립하려는 반란이다.

성덕왕의 즉위

이 '경영의 모반'으로 700년 6월 1일 신목왕후가 사망하였다. 딸을 잃은 요석공주 등 국인은 이 모반을 진압하고, 경영을 죽이고 김사종을 부군에서 폐위시키고 김순원을 중시에서 파면하였다.[31] 효소왕을 폐위시키고 효소왕의 아우인 '부군' 원자 사종을 즉위시키려 했던 이 '경영의 모반' 때문인지는 불분명하지만 2년 뒤인 702년 7월 효소왕도 죽었다.[32]

이 모반을 일으킨 세력은 크게 보면 자의왕후의 후계 세력이라 할 수 있다. 자의왕후는 요석공주의 올케이다. 자의왕후는 이미 사망하였지만 그의 동생 김순원 세력과 요석공주 사이에 올케와 시누이 사이의 권력 다툼이 전개된 것이다.

이 싸움에서 승리한 요석공주는, 경영과 김순원의 지원을 받으면서 형 효소왕에게 도전한 결과가 된 효소왕의 아우 신문왕의 첫 원자 김사종을 '부군' 지위에서 폐위하였다. 요석공주의 힘이 더 강력하였다는 말이다. 그의 뒤에는 문무왕의 아우들, 개원, 지경 등이 있었다. 그들은 사병을 기르고 있었을 것이다. 무력이 없이는 정권을 빼앗을 수도 유지할 수도 없다. 그리고 2년 후에 효소왕이 승하하자 요석공주는 '부군이었던' 그 원자를 배제하고, 효소왕의 아들 김수충도 배제하고, '부군이 아

---

31) 요석공주는 김순원을 죽였어야 했다. 김유신의 딸 신광을 법민의 태자비로 미는 김흠돌의 말을 듣지 않고 현숙하다는 이유로 김선품의 딸 자의를 태자비로 선택한 29대 태종무열왕의 일생일대의 실수, 그리고 김순원을 죽이지 않고 파면으로 그친 요석공주의 또 한 번의 실수가, 이후 통일 신라를 30대 문무왕의 처가, 31대 신문왕의 외척들이 전횡하는 나쁜 나라로 만들었다. 그것이 32대 효소왕의 비극적 골육상쟁과 반란에 의한 사망, 김수충[지장보살 김교각]의 당나라 망명과 수도 생활, 신문왕의 첫 원자 김사종의 당나라 망명과 그 아들 김지렴의 당나라 행, 신문왕의 둘째 원자 김근{흠}질의 당나라 망명, 그리고 김순원의 손녀 혜명왕비에 의한 34대 효성왕의 시해 후 김순원의 외손자 35대 경덕왕의 즉위, 김순원의 딸 소덕왕후의 외손자 김양상의 36대 혜공왕 시해와 37대 선덕왕으로의 자립 등 신라 중대 후기의 정치 상황을 엉망진창으로 만들어 버린 근본 원인이다. 적을 죽이지 않고 살려 주면 언젠가는 그 적이나 그의 후손들에 의하여 자신의 후손들이 죽음을 당하게 되어 있다.

32) 706년에 조성된 황복사 터 3층석탑 금동사리함기 명문에, 신목태후(神睦太后)는 700년 6월 1일[聖曆三年六月一日]에 죽었고 효조대왕(孝照大王)은 702년 7월 27일[大足二年七月二十七日]에 죽었다고 되어 있다.

니었던', 승려가 되어 오대산에 가 있던 효명태자를 데려와서 성덕왕으로 즉위시켰다.

여기서 '효명태자'가 효소왕이어야 한다고 생각할 수도 있다. 그리고 실제로 효소왕은 '효명왕'으로 적히기도 하였다.[33] 그러나 그 생각은 잘못된 것이다. 오대산에서 와서 즉위하여 왕이 된 효명태자는 효소왕이 아니다. 「대산 오만 진신」의 진여원 개창 기사 뒤에는 (36)처럼 진여원[상원사: 眞如院 터 위에 지은 절이라는 뜻이 上院寺이다.]이 개창된 뒤 대왕이 이 절에 와서 행한 일들이 기록되어 있다. 그때 대왕이 오대산 진여원에까지 왔다는 것이다.

(36) 대왕이 친히 문무백관을 거느리고 산에 이르러, 전당을 세우고 아울러 문수대성의 니상을 만들어 당 안에 봉안하고, 지식 영변 등 5명으로 화엄경을 오랫동안 번역하게 하였다[大王親率百寮 到山 營構殿堂並塑泥像文殊大聖安于堂中 以知識靈卞等五員 長轉華嚴經]. 이어 화엄사를 조직하여 오랫동안 비용을 대었는데, 매년 봄과 가을에 이 산에서 가까운 주현으로부터 창조 1백 석과 정유 1석을 바치게 하는 것을 상규로 삼고, 진여원으로부터 서쪽으로 6천보를 가서 모니점과 고이현 밖에 이르기까지의 시지 15결과 율지 6결과 좌위 2결을 주어 처음으로 농장을 설치하였다[仍結爲華嚴社長年供費 每歲春秋各給近山州縣倉租一百石 精油一石以爲恒規 自院西行六千步至牟尼岾古伊峴外 柴地十五 結 栗枝六結 座位二結 創置莊舍焉]. <『삼국유사』 권 제3 「탑상 제4」 「대산 오만 진신」>

---

33) 앞에서 본 일연선사가 '효소왕[효명왕]'과 '성덕왕[효명태자]'를 혼동하고 있는 듯한 주를 붙인 것은 이 사정과 관련된다. '孝明'을 '孝昭'에서 고려 광종의 이름 '昭'를 피휘하여 썼다는 설명은 상식을 벗어난 것이다. 그러면 '孝昭'를 못 쓰고 '孝明'을 써야 한다. 쓰지 못한 시호는 '孝照', '孝曌'이고 사용한 시호가 '孝昭'와 '孝明'이다.

이 대왕은 누구일까? 효소왕은 오대산에 갔다는 말이 없다. 그러나 성덕왕은 오대산에 갔을 가능성이 있다. 이 대왕은 성덕왕이었을 가능성이 크다. 진여원을 처음 지은 왕은 성덕왕이고, 오대산에 가 있는 왕자도 성덕왕이 된 효명태자이다. 그가 즉위한 시점은 효소왕이 왕위에 오르는 692년으로부터 10년이나 뒤지는 702년이다. (36)에 해당하는 내용은 「명주 오대산 봇내태자 전기」에서는 생략되었다.

〈오대산 상원사 문수전 효명태자가 성덕왕이 되어 효명암을 진여원으로 고쳐지었다. 그 진여원 터 위에 지은 절이라는 뜻이 상원사의 이름이다. 계단 옆으로 조선 세조의 목숨을 구해 주었다는 은묘(恩猫)의 석상이 세워져 있다. 사진은 월정사 원행 스님이 제공하였다.〉

이제 33대 성덕왕이 어떤 과정을 거쳐서 왕위에 오르게 되었는지 드러났다. 성덕왕은 형 효소왕과 아우인 부군 김사종이 '경영의 모반'을 통하여 서로 왕위를 다투다가 아우 사종이 부군에서 폐위되고 효소왕이 2년 뒤에 승하하자 어부지리로 왕이 되었다. 그 이면에는 이렇게 요석공주와 자의왕후의 동생 김순원 세력이 서로 권력 다툼을 벌이는 서라벌의 권력 투쟁이 들어 있는 것이다. 이런 경위를 거쳐서 효명태자는 중이 되어 수도 생활을 하던 오대산을 떠나 서라벌로 와서 왕이 되었다. 이때 형인 봇내태자는 울면서 도망가고 서라벌로 가지 않으려 하였다.

진골 귀족 거세가 아니다

이 '경영의 모반'을 신문왕 이후의 왕권 강화에 대한 진골 귀족 세력의 반발과 그에 대한 진골 귀족 세력의 거세로 설명하는 것은 적절하다 할 수 없다. 이 '경영의 모반'은 왕권 강화에 반대하는 귀족 진골 세력의 반발이 아니고, 또한 경영을 복주한 것은 진골 귀족 세력을 거세한 것이 아니다. 효소왕이 무슨 힘이 있어 왕권을 강화하려 했겠는가? 실제로 효소왕 시대에 왕권을 강화하려 한 증빙 사료가 있는가? 하나도 없다.

이것은 어떤 면에서든지 골육상쟁, 즉 형제간, 친척간, 왕족간의 권력 다툼으로 설명되어야 하지, 왕권 강화와 진골 귀족 세력의 거세라는 그럴 듯한 명분으로 포장되어서는 안 된다. 그들은 모두 진골 귀족 세력이다. 그들은 그런 거창한 명분을 두고 싸운 것이 아니다. 그냥 누구를 왕위에 올리는 것이 자신에게 더 유리한가, 그것으로 싸운 것이다. 절대왕권 하에서 왕권과 신권이 서로 갈등할 수 있기나 한가?

신라 중대는 왕실 내부에서 왕의 친인척들이 왕자들을 둘러싸고 벌인 세력 경쟁으로 설명되어야 한다. 그리고 그 골육상쟁이 결국은 나라를 멸망시키는 근본 원인이 되었다는 것을 말해야 한다. 그래야 인간이 역사를 기록한 이래 형제들의 싸움으로 나라와 집안이 망하였다는 보편적 원리를 세울 수 있다. 그것을 말하는 것이 『시경』의 「각궁」이고 『삼국유사』의 「원가」이다. 이것을 지적하지 않으면 통일 신라를 제대로 연구한 것이 아니다. 그러므로 『삼국유사』 권 제5 「피은 제8」 「신충 괘관」의 '각궁'을 '공신'이니 '가까이 지내던 사람'이니 하고 번역하고, 신충을 가리키는 말이라고 하는 것은 「원가」를 바로 설명한 것이 아니다.

특히 이 시기는 문무왕의 누이 요석공주와 문무왕의 왕비 자의왕후 친정 집안인 김순원 세력 사이의 갈등으로 모든 것이 수렴된다. 효소왕은 요석공주의 대리인이고, 김순원은 자의왕후 사망 후 '신문왕의 원자 김사종'을 중심으로 왕실의 권위를 세우려 한 사람이다.

신목왕후는 이 두 왕자의 친어머니임에 틀림없다. 그리고 처음에는 어머니 요석공주의 강력한 영향 아래 효소왕을 지지한 것이 틀림없다. 효소왕이 696년에 왕자 김수충을 낳았다. 이후 신목왕후는 어떤 처지에 놓였을까? 혼외자인 큰아들 효소왕-장손자 수충으로 이어지는 왕통의 편에 섰을까? 아니면 적통 원자 사종-적통 손자 지렴으로 이어질 적통의 편에 섰을까? 이 결정은 고부관계에서 판가름 난다. 큰며느리 성정왕후와 시어머니 신목왕후, 작은 며느리 사종의 부인과 시어머니 신목왕후, 그 두 관계가 어떤가에 달려 있다. 적어도 황복사 터 3층석탑 금동사리함기 명문에 남아 있는 기록대로 신목왕후가 700년 6월 1일 사망하였다면 원자 김사종을 지지하는 세력에 맞서서 효소왕의 편에 섰을 것이라고 할 수밖에 없다.

이런 이야기가 『삼국사기』에 있는가? 눈을 씻고 찾아보아도 없다. 이것이 저자를 30년 이상 헤매게 한 요인이다. 「모죽지랑가」, 「찬기파랑가」, 그리고 「원가」와 「안민가」를 이해하고 가르치기 위해서는 그 노래들이 지어진 효소왕, 성덕왕, 효성왕, 경덕왕 시대의 서라벌을 알아야 하였다. 그리고 『삼국사기』가 동모형제라고 적고 있는 효소왕과 성덕왕, 그리고 효성왕과 경덕왕에 대하여 알아야 하였다. 형제를 알려면 그 아버지를 알아야 하는 것 아닌가? 그리고 어머니에 대해서 알아야 하는 것 아닌가? 그런데 그 야속한 『삼국사기』는 이에 관하여 알 듯 모를 듯 불분명한 기록을 남기고 있다. 그러나 『삼국유사』는 잘 읽으면 모든 것이 이해되는 정확한 기록을 남겨 두었다. 이것이 『삼국유사』의 진정한 가치이다.

그런데 학계는, 이 시대가 왕권 강화를 위하여 진골 귀족들을 숙청하던 시대였다느니, 『삼국유사』는 믿을 수 없는 야담이라느니 하고 곳곳에 대못을 박아 진실에의 접근을 봉쇄하고 있었다.

모반은 계속되었고 진골 귀족들은 계속 거세당하였다. 그러나 왕권은 점점 더 쇠약해져 갔다. 진골 귀족인 왕실이 진골 귀족들을 죽였다. 같은 진골 귀족들끼리 싸운 것이다. 어떤 세력이 어떤 세력을 거세할 때는 명백하게 개념 정의된 파벌이 있지 않으면 안 된다. 하다 못해 '김흠돌의 딸 지지 세력' 대 '김흠운의 딸 지지 세력'의 대결이라고라도 말해야 한다.

정확하게 말하면 처음에는 '김흠돌의 딸이 앞으로 낳을 원자 지지 세력' 대 '이미 태어난 혼외 왕자 이홍 지지 세력'의 대결이다. 이것이 681년 8월의 '김흠돌의 모반'이다. 그 다음은 '신문왕과 신목왕후의 혼외, 혼전 아들인 효소왕을 지지하는 세력' 대 '신문왕과 신목왕후가 정식으로 혼인한 후에 태어난 원자 김사종을 지지하는 세력'의 대결이다. 이것이 700년 5월의 '경영의 모반'이다. 이것을 『삼국유사』는 이렇게 명백하게 보여 주고 있다.

『삼국사기』에는 일언반구도 언급되지 않아 효소왕이 승하하고 나서 그 아우인 성덕왕이 어떻게 왕위에 올랐는지 도무지 알 수가 없다. 성덕왕 융기, 아니 효명은 태자로 책봉된 적도 없고, 특별히 쿠데타를 한 것 같지도 않은데 어떻게 슬쩍 양상군자처럼 왕위에 올랐는가? 그런데 그 성덕왕의 즉위 과정이 이렇게 명명백백하게 『삼국유사』에 적혀 있다. 이런데도

『삼국유사』는 믿을 수 없는 책인가?

성덕왕 효명, 융기는 681년에 태어난 신문왕의 혼전, 혼외자이다. 그 해는 서라벌에서 신라 역사상 가장 비참한 내전이 벌어진 '김흠돌의 모반'이 있던 해이다. 북원 소경[원주]에서 야전군을 이끌고 서라벌로 회군한 자의왕후의 형부 28세 풍월주 김오기는 월성을 지키고 있는 호성장군 26세 풍월주 진공을 쳐부수고, 27세 풍월주 김흠돌이 동원한 서울 병력, 지방 병력 혼합군을 격파한 후에 자신이 호성장군이 되어 8월 8일 김흠돌, 진공, 흥원 등을 주살하고, 8월 28일 상대등 겸 병부령 23세 풍월주 김군관과 그 아들 30세 풍월주 김천관을 자진시켰다. 김천관은 김흠돌의 사위였다. 이로 하여 수많은 화랑도 풍월주 출신 장군들이 죽고 파직되었다. 자의왕후는 결국 화랑도를 해체하였다. 신라의 인재 배출 기관이 폐쇄된 것이다. 그러면 썩은 귀족이나 왕실 출신의 무능한 자제들이 자리를 채우고, 능력 없는 장군들이 군대를 통솔하며, 부패한 관리들이 백성들의 등을 치기 시작한다. 망하는 길로 들어선 것이다.

그 후 김흠돌의 딸인 왕비를 폐비시키고, 683년 5월 7일 신문왕은 김흠운의 딸 신목왕후와 혼인하였다. 신목왕후의 아버지가 655년 정월 전사하였으므로 유복녀라 하더라도 신목왕후는 혼인할 때 28살 이상이다. 그녀에게는 이홍, 봇내, 효명의 세 아들이 있었다. 이 신문왕의 아들들의 외할머니 요석공주가 677년에 태어난 이홍을 691년 3월 1일 태자로 책봉하고 즉위시키기 위하여, 683년 5월 7일의 부모의 정식 혼인 후 684년에 태어난 아우 원자 김사종을 미는 세력과 협상하여 효소왕 이후의 왕위를 원자에게 주기로 하고 원자를 부군으로 책봉하였을 것이다. 효소왕이 즉위하고 얼마 후 693년의 8월 5일 효명은 형 봇내와 함께 오대산으로 유완을 갔다. 아마도 외할머니, 어머니가 왕위 계승권으로부터 멀어진 두 형제를 서라벌로부터 떼어 놓으려 한 것이리라.

원자 김사종이 부군[태자 역할]이 되어 동궁을 차지하였다. 683년 5월 7일 어머니 신목왕후가 대궁으로 시집가고, 또 형 효소왕이 692년 7월 즉위하여 대궁으로 가 버린 후 동궁, 즉 월지궁에 살고 있던 이 두 왕자 봇내와 효명이 거기서 부군으로 책봉된 원자 아우 김사종과 부딪히며 살아가기가 얼마나 어려웠겠는가? 그들은 속세를 떠날 수밖에 없다.

봇내는 그 무서운 서라벌의 권력 투쟁에 이미 물렸다. 679년생쯤 되었을 그는 681년 8월 8일 3살쯤 된 시점에 할머니 자의왕후, 외할머니 요석공주, 그리고 어머니인 훗날의 신목왕후가, 새로 왕비가 된 김흠돌의 딸과 연관된 모든 장군들을 죽이는 것, 왕비를 폐비시키는 것을 경험한 것이다. 피로 물든 서라벌을 겁에 질린 눈으로 바라본 것이다. 두 왕자는 693년 여름 바닷가 길로, 오늘의 7번 국도를 따라 각각 1000명, 도합 2000명이나 되는 부대를 거느리고 북상하여 양양을 거쳐 진고개를 넘어 오대산 앞 성오평에서 군사 훈련을 하였다. 그러다가 693년 8월 5일 새벽 초승달이 비취는 야음을 틈타 월정사 앞을 지나 오대산 중대로 숨어들었다. 그 기회를 타서 도망친 것이다. 기록에는 그렇다. 그러나 사실은 요석공주가 은밀히 오지 말라고 했을 것이다. 그리고 그 호위 군사들에게는 짐짓 못 찾은 척하라고 지령했을 것이다. 그러니 요석공주는 그 2000명이나 되는 군사들이 찾지 못한 두 왕자를 효소왕 사후, 오대산에서 쉽게 찾아서 효명을 데리고 올 수 있지 않았겠는가? 요석공주는 이 두 왕자가 오대산 어디에 있는지까지 알고 있었을 것이다.

이 싸움을 좀 더 크게 보면, 이 대립은 태종무열왕의 자녀들의 권력 독점과 이에 반발하는 문무왕의 처가 자의왕후 세력의 대립이다. 결국은 죽은 올케 자의왕후와 산 시누이 요석공주의 대립인 것이다. 이 두 세력은

681년 8월에 힘을 합치어 그 당시 가장 강력한 세력이었던 신문왕의 처가 김흠돌의 세력을 꺾었다. 김유신의 사위인 김흠돌이 모반으로 주륙되면서 그 이전 문무왕 시대에 가장 강력한 세력이었던 태종무열왕의 처가 김유신 세력도 꺾였다. 이제 서라벌에 남은 세력은 진지왕 사륜-용수-태종무열왕-그리고 그 자녀들인 왕실 직계 세력과, 진지왕의 동생 구륜에서 형제로 갈라진 용수의 사촌 선품의 후예들인 자의왕후의 친정 집안, 왕실 방계 김순원 집안 세력뿐이었다.

이해의 편의를 위하여 이 두 집안의 족보를 다시 한 번 보이면 (37)과 같다. 이 족보에서 유의할 것은 자의왕후가 7촌 조카 문무왕과 혼인함으로써 김순원이 신문왕의 외삼촌이 되었다는 사실이다. 친가 촌수로는 8촌 할아버지인데 외가 촌수로는 3촌으로 가까워진 것이다.

(37) a. 24진흥-25진지-용수/용춘-29무열-30문무/요석/개원-31신문-32
         효소/33성덕-34효성/35경덕-36혜공
     b.   24진흥-구륜- 선품--------자의/순원/운명-진종/소덕//대문
         -35경덕//사소--37선덕
         (/는 형제 자매, //는 사촌)

왕실 직계 (37a)에서 가장 강력한 힘을 가진 사람은 문무왕의 누이이면서 신목왕후의 어머니인 요석공주이다. 자의왕후 세력 (37b)에서 가장 강한 힘을 가진 사람은 문무왕의 처남 김순원이며 그의 뒤에는 또 다른 누나 운명, 그리고 그의 남편 김오기[김대문의 아버지]가 있었다. 혼전, 혼외로 태어난 첫 외손자 효소왕을 끼고 남동생 개원 등을 통하여 왕실의 힘을 발휘하고 있는 요석공주에게서 외손자 효소왕을 떼어 놓는 것이 김순원 세력의 목표였다. 그 목표는 효소왕을 대신할 사람으로서 정통성이

확보되어 있는 신문왕의 원자 김사종을 즉위시키면 달성될 수 있었다. 그런데 그것은 긴 세월이 흘러야 하고 효소왕에게 아들이 없어야 하는 장구한 계책이었다. 그런데 696년에 효소왕의 아들 김수충이 태어남으로써 시일이 흐르기를 기다리던 그들의 계책은 물거품이 되었다. 이 난관을 돌파하려는 모반이 '경영의 모반'이다. 이 모반의 목표는 효소왕과 신목왕후, 그리고 요석공주 제거까지 포함하였을 것이다.

이 모반은 요석공주에 의하여 진압되었다. 특별한 군사 충돌이 기록되어 있지 않은 것으로 보아 찻잔 속의 태풍인 궁정 각개 칼싸움으로 끝난 것일지도 모른다. 신목왕후가 이 싸움에서 다쳐서 사망하였고 효소왕이 다쳐서 시름시름 앓다가 승하한 것을 보면 큰 전투가 벌어졌던 것은 아닌 것으로 보인다. 그러나 요석공주는 건재하였다. 몸통은 건드리지 못한 것이었다. 이로 보면 요석공주는 왕궁에 거처하지 않았을 가능성이 있다. 왕궁에 있던 사람만 다친 것으로 보이기 때문이다.

(28d)에는 몇 가지 부수적 설명을 필요로 하는 내용이 있다. 성덕왕이 702년에 즉위하였기 때문에, '나라를 다스린 지 몇 해 뒤'인 신룡 원년[705년] 을사년에 터를 닦아 절을 세운 것이 성덕왕 즉위 4년 을사년이라고 한 것은 정확하다.

(28') d. 나라를 다스린 지 몇 해 뒤인[理國有年]*{「記」에 이르기를 재위 20여 년이라 한 것은 대개 붕어년에 나이가 26세라는 것의 잘못이다[記云 在位二十餘年 蓋崩年壽二十六之訛也]. 재위는 단지 10년뿐이다[在位但十年尒]. 또 신문왕의 아우가 왕위를 다툰 일은 국사에 글이 없다[又神文之弟爭位事國史無文]. 미상이다[未詳].}* 신룡 원년[以神龍元年]*{당나라 중종이 복위한 해이다[乃唐中宗復位之年]. 성덕왕 즉위 4년이다[聖德王卽位四年也].}* 을사년[705

년] 3월 초4일 비로소 진여원을 다시 지었다[乙巳三月初四日 始改創眞如院]. <『삼국유사』권 제3 「탑상 제4」「대산 오만 진신」>

그런데 「산중의 고전」인 「기」에는 '재위 20년에 절을 지었다.'고 했는데 그것은 잘못이라고 지적하고 있다. 그리고는 그 20년은 붕어 시의 나이가 26세인 것이 잘못 들어와 있다고 하고 있다. 재위 10년, 26세에 죽은 왕은 성덕왕이 아니라 효소왕이다. 일연선사는 효명태자를 효소왕으로 착각하고 있다. 효명태자는 곧 33대 성덕왕(聖德王)이고, 효소왕(孝昭王), 효명왕(孝明王)은 32대 효조왕(孝照{曌}王)을 측천무후의 이름 자 조(照{曌})를 피휘하여 기록한 것이다. 혼동하기 쉽게 되어 있다. '신문왕의 아우가 쟁위한 일이 국사에 없다.'는 것은 좀 이상하다. 신문왕 즉위 시의 '김흠돌의 모반'이 일연선사 시대에도 『국사』에 정확하게 적혀 있지 않은 것으로 보인다. 박창화의 『화랑세기』에는 김흠돌이 신문왕의 아우 인명(仁明)을 즉위시키려고 모반하였다고 적혀 있다.

6. 봇내태자의 후일담

「대산 오만 진신」의 끝 부분도 보천태자의 수도 생활을 적고 있다. 그런데 그 내용은 「명주 오대산 봇내태자 전기」의 해당 내용보다 훨씬 길고 자세하다. 이로 보아 일연선사가 「대산 오만 진신」을 작성하면서 보고 있던 「산중의 고전」은 절대로 「명주 오대산 봇내태자 전기」가 아니다. 그것은 「명주 오대산 봇내태자 전기」보다는 훨씬 더 자세한, 그러나 「명주 오대산 봇내태자 전기」의 내용을 다 담고 있는 그런 기록이다.

그 기록은 '「명주 오대산 봇내태자 전기」 원본'이라 불러야 한다. 일연 선사는 그 '「명주 오대산 봇내태자 전기」 원본'을 보면서 「대산 오만 진신」 을 작성하고, 『삼국유사』에 「대산 오만 진신」을 실은 다음, 그 원본을 요 약한 「명주 오대산 봇내태자 전기」를 작성하여 「대산 오만 진신」 뒤에 실 어 둔 것이다. 그러니까 그 원본은 「대산 오만 진신」의 원본'이기도 하다.

이와 관련하여 일연선사에게 아쉬운 점 하나가 있다. 일연선사는 그 원 본을 손대지 말고 그대로 실어 두었어야 한다. 현재의 기록을 보면 요약 하고 생략하고 손질하면서 어느 정도 변개를 가하였음에 틀림없다. 역사 기록을 손질한 것이다. 그것이 이 두 기록을 읽고 올바로 이해하는 데에 큰 지장을 초래한 셈이다. 역사 기록을 손대면 어떻게 되는지, 이 사례는 똑똑히 보여 준다 할 것이다.

이어지는 보천왕자의 수도 생활은 (38)과 같다. 그 전문을 번역하여 실 어 둔다.

(38) 보천은 항상 그 신령스러운 동굴의 물을 길어다 마셨다[寶川常 汲服其靈洞之水]. 고로 만년에 육신이 하늘에 날아 유사강 밖에 이르러 울진국 장천굴에 머물러 수구다라니경을 외는 것으로 낮 밤의 과업으로 삼았다[故晚年肉身飛空 到流沙江外 蔚珍國掌天 窟停止 誦隨求陀羅尼 日夕爲課]. 굴신이 현신하여 아뢰기를 '내 가 굴신이 된 지 이미 2천년이 되었으나 오늘 처음으로 수구다 라니의 진전을 들었소이다[窟神現身白云 我爲窟神已二千年 今 日始聞隨求眞詮].' 하며 보살계를 받기를 청하거늘 이미 계를 받자 다음날 굴도 역시 형상이 없어져서 보천은 놀랐다[請受菩 薩戒 旣受已 翌日窟亦無形 寶川驚異].

20일 머무르고 이에 오대산 신성굴로 돌아와 다시 50년 수진하였다[留二十日 乃還五臺山神聖窟 又修眞五十年]. 도리천의 신이 3시로 법을 듣고 정거천의 무리가 차를 달여 바치고 40성이 10자 상공을 날아 늘 호위하였다[忉利天神三時聽法 淨居天衆烹茶供獻 四十聖騰空十尺 常時護衛]. 가지고 있던 석장이 날마다 3시로 소리를 내며 방을 3번씩 돌아다녔으므로 그것으로써 종경을 삼아 시간에 맞추어 수업하였다[所持錫杖 一日三時作聲遶房三匝 用此爲鐘磬 隨時修業]. 문수가 간혹 보천의 이마에 물을 쏟고 성도기별을 주기도 하였다[文殊或灌水寶川頂 爲授成道記莂].

보천이 임종 시에 후일 산중에서 행할 국가를 도울 행사를 기록한 기를 남겼는데 이르기를[川將圓寂之日 留記後來山中所行輔益邦家之事 云],

이 산은 곧 백두산의 큰 줄기인데 각 대는 진신이 상주하는 곳이다[此山乃白頭山之大脉 各臺眞身常住之地].

청은 동대의 북각 아래와 북대의 남쪽 기슭 끝에 있으니 마땅히 관음방을 두어, 원상관음과 푸른 바탕에 일만 관음상을 그려 봉안하고, 복전 오원을 두어 낮에는 8권 금경 인왕 반야 천수주를 읽게 하고 밤에는 관음예참을 염하게 하여 원통사라 이름하라[靑在東臺北角下 北臺南麓之末 宜置觀音房 安圓像觀音及靑地畵一萬觀音像 福田五員 晝讀八卷金經仁王般若千手呪 夜念觀音禮懺 稱名圓通社].

적은 남대의 남쪽에 있으니 지장방을 두어 원상지장과 붉은 바탕에 팔대보살을 수반으로 일만 지장상을 그려 봉안하고, 복전 오원을 두어 낮에는 지장경과 금강반야를 읽게 하고 밤에는 찰례참을 염하게 하여 금강사라 이름하라[赤在南臺南面 置地藏房安圓像地藏及赤地畵八大菩薩爲首 一萬地藏像 福田五員 晝讀地藏經金剛般若 夜占察禮懺 稱金剛社].

백색 방인 서대의 남쪽에는 미타방을 두어 원상무량수와 흰 바탕에 무량수여래를 수반으로 일만의 대세지를 그려 봉안하고, 복전 오원을 두어 낮에는 8권 법화를 읽게 하고 밤에는 미타예참을 염하게 하여 수정사라 이름하라[白方西臺南面 置彌陀房 安圓像無量壽及白地畵無量壽如來爲首一萬大勢至 福田五員晝讀八卷法華 夜念彌陀禮懺 稱水精社].

흑색 지인 북대의 남쪽에는 나한당을 두어 원상석가와 검은 바탕에 석가여래를 수반으로 5백 나한을 그려 봉안하고, 복전 5원을 두어 낮에는 불보은경과 열반경을 읽게 하고 밤에는 열반예참을 염케 하여 백련사라 이름하라[黑地北臺南面 置羅漢堂 安圓像釋迦及黑地畵釋迦如來爲首五百羅漢 福田五員 晝讀佛報恩經涅槃經 夜念涅槃禮懺 稱白蓮社].

황은 중대 진여원에 처하니 가운데는 진흙으로 빚은 상의 문수부동을 안치하고 후벽에는 누런 바탕에 비로자나를 수반으로 36화형을 그려 봉안하고, 복전 5원을 두어 낮에는 화엄경과 6백 반야를 읽게 하고 밤에는 문수예참을 염하게 하여 화엄사라 이름하라[黃處中臺眞如院 中安泥像文殊不動 後壁安黃地畵毗盧遮那爲首三十六化形 福田五員 晝讀華嚴經六百般若 夜念文殊禮懺 稱法華社].

보천의 거처를 개창하여 화장사라 하고 원상비로자나삼존과 대장경을 봉안하고 복전 5원을 두어 낮에는 장문장경을 읽게 하고 밤에는 화엄신중을 염하게 하고 해마다 1백일 동안 화엄회를 열게 하여 법륜사라 이름하라[寶川處開創華藏寺 安圓像毗盧遮那三尊及大藏經 福田五員 晝讀長門藏經 夜念華嚴神衆 每年設華嚴會一百日 稱名法輪社].

이 화장사로 오대사의 본사로 삼아 굳게 호지하고 정행복전에게 명하여 길이 향화를 받들게 하면 국왕이 장수하고 백성이 안태하고 문무가 화평하고 백곡이 풍요할 것이다[以此華藏寺爲五

臺社之本寺 堅固護持 命淨行福田 鎭長香火 則國王千秋 人民安泰 文虎和平 百穀豐穰矣]. 또 더하여 하원 문수갑사를 배치하여 사의 도회로 삼고 복전 7원으로 밤낮으로 화엄신중예참을 행하게 하라[又加排下院文殊岬寺爲社之都會 福田七員 晝夜常行華嚴神衆禮懺]. 위에 말한 37원의 재 지내는 재료와 옷 비용은 하서부 도내 8주의 세금으로 4사의 자금에 충당케 하라[上件三十七員 齋料衣費 以河西府道內八州之稅 充爲四事之資]. 대대의 군왕이 잊지 않고 준행한다면 다행이다[代代君王 不忘遵行幸矣]. <『삼국유사』 권 제3 「탑상 제4」 「대산 오만 진신」>

   결국 세금으로 절 불공 자금을 충당하라 하고 있다. 33대 성덕왕이야 형을 돌보았겠지만 34대 효성왕이 무슨 수로 오대산의 삼촌을 보살폈을까? 35대 경덕왕이 이렇게 하여 불사에 나라를 말아먹고 결국 36대 혜공왕이 고종사촌 형에게 시해 당하였다.

   백성은 무엇일까? 세금이나 내는 존재일까? 백성이 없으면 왕이 어디에 있고 나라가 어디에 있을 거라고? 『육도(六韜)』에는 '천하는 일인의 천하가 아니라 천하의 천하다[天下非一人之天下 天下之天下].'라는 강태공의 말이 있다. 전제왕권의 시대에도 저런 말이 있었는데 대명천지에 천하의 운명을 좌지우지하다니. 그러나 어쩔 수가 없다. 서라벌에서 저러고 있는데 그 골육상쟁을 피하여 오대산에 숨어든 자가 불공드리면 국왕이 장수하고 인민이 안태하고 문무가 화평하며 백곡이 풍요할 것이라 한다. 그것도 백성들의 세금을 걷어서. 37원이라, 계산도 에누리 없이 정확하다. 군왕이 대대로 그 짓을 하란다. 불공드려 그렇게 된다면 무슨 걱정이 있겠는가? 그러니 도적이 벌떼처럼 일어나 영일이 없었지. 그런 것이 모반으로 얼룩진 통일 신라의 역사이며 골육상쟁이며 연속된 흉년이다.

35대 경덕왕이 아버지 33대 성덕왕의 명복을 비는 종을 만드는 데에 쓸 세금을 수탈해 가는 판에서, 숟가락 몽둥이 하나 공출할 것도 없는 어머니가 어린 딸까지 빼앗겨야 했던 에밀레종의 설화가 아무리 근거 없는 것이라 해도, 그런 이야기가 생기는 까닭이 다 있다. 그 울부짖는 어린 딸을 끓는 쇳물에 넣은 뒤에 비로소 36대 혜공왕은 '성덕대왕신종'을 만드는 데에 성공하였다. 구리, 철, 그리고 사람 뼈 속의 인이 적절히 융합되어야 종이 이루어진다고 화학 선생은 설명해 주었다. 그러니 혜공왕은 수많은 모반에 시달리다 후비와 함께 결국 고종사촌 형에게 죽임을 당하였지.

제6장

스님이 된 원자들

스님이 된 원자들

1. 신문왕과 신목왕후

그들의 아들들

지금까지 등장한, 31대 신문왕과 신목왕후의 아들들은 677년생 32대 효소왕[이공, 이홍, 효조왕, 효명왕], 679년(?)생 봇내[보천], 681년생 33대 성덕왕[효명, 융기, 흥광, 지성, 숭기], 684년생 사종[정중무상, 455번째 나한], 687년생 근{흠}질[무루] 등 5명이었다. 딸은 현재로서는 선비 김흠돌의 딸이 낳은 것으로 보이는 1명이 포착된다.

이 책 제4, 5장의 핵심 주장은 신문왕의 셋째 아들인 효명[융기, 흥광, 지성, 숭기]가 693년 8월 5일 오대산에 숨어들어 스님이 되었다가 702년 7월 형 효소왕이 아우인 부군 김사종과 왕위를 다투다가 죽어서 서라벌로 와서 즉위하여 33대 성덕왕이 되었다는 것이다. 그리고 효소왕 이홍[이공]이『삼국사기』권 제8「신라본기 제8」「신문왕」조의 687년 2월에 '元子生'이라는 기록을 남긴 그 원자가 아니라는 것이었다.

그런데 다 보았다시피 '부군'으로 책봉되었다가 '형[효소왕]과 쟁위'하는 바람에 폐위된 효소왕의 아우가 있다. 그 쟁위 바람에 효소왕이 죽고 '부군'이 왕위에 오를 자격을 잃어 오대산에서 스님이 되어 있던 효명이 와서 33대 성덕왕이 되었다. 이것이 『삼국유사』의 증언이다. 이제 이 '부군'이 누구인지 찾아보기로 한다.

이 효소왕의 아우 부군이 『삼국사기』의 687년 2월에 '元子生'의 기록을 남긴 사람이라면 또 얼마나 좋을까? 나는 그것을 밝힌 것만으로도 대단한 일을 했다고 자만하고 『요석: 원가에 대한 새로운 생각』에서, (1)과 같이 의기양양하게 썼다.

(1) 687년생(?) 원자는 692년 혼외 출생의 첫째 형 효소왕에게 왕위를 내어 주었고, 702년 효소왕이 승하하자 또 혼외 출생의 셋째 형 성덕왕에게 왕위를 내어 주었다. 그 원자가 김사종이고 그가 728년[성덕왕 27년] 당 나라에 사신으로 가서 과의[당 나라 종 6품] 벼슬을 받았다. 그의 아들은 지렴으로 733년[성덕왕 32년] 12월 당 나라로 숙위를 떠나 734년에 당 나라 조정에 도착하였다. 이 신문왕의 원자 김사종이 무상공존자(無相空尊者)가 되었을 가능성이 가장 높다. 그런데 중국 기록에 그 무상선사가 684년생이라 하니 저 믿을 수 없는 사서 『삼국사기』가 또 실수를 한 것으로 보인다. <서정목(2016:437), 『요석: 원가에 대한 새로운 생각』, 글 누림.>

그런데 그것이 그렇지 않았다. 『삼국사기』가 틀리지 않았다. 틀린 것은 나였다. 신문왕과 신목왕후, 이 두 사람의 아들들에 관하여 더 조사해야 할 것들이 있었다. 신문왕이 태종무열왕의 손자이니 그의 아들은 태종무열왕의 증손자이다. 효소왕, 봇내, 성덕왕, 김사종과 김근{흠}질이 여기에 해당한다. 그리고 효소왕의 아들, 태종무열왕의 고손자 김수충, 아마도 그 항렬에서 가장 나이가 많았을 것으로 보이는 이 사람도 수사가 필요한 사람이다. 사종, 근질, 수충, 그들은 또 다른 탐구를 필요로 하는 사람들이다(서정목(2016d, 2017b 재수록) 참고).

2. 정중 무상선사: 신문왕의 첫 번째 원자 김사종

종을 이어받다

정중종(淨衆宗)을 창시한 500 나한의 455번째 나한 무상선사(無相禪師)는 신문왕의 넷째 아들 김사종(金嗣宗)이다.[1] 그는 728년에 당나라로 갔다. 그런데 그때는 효소왕이 이미 죽었으므로 그가 당나라에 제출한 신상 명세서에는 신라국왕의 제3자라고 기록되어 있다. 신문왕의 둘째 아들 봇내, 셋째 아들 성덕왕에 이어 제3자인 것이다. 장자는 형이 죽어 가장 나이 많은 아들을 뜻한다. 차자는 원래부터 둘째 아들이고 제2자는 형이 죽고 남아 있는 아들들 가운데 둘째로 나이 많은 아들이다. 그러니 제3자는 형이 죽어 세 번째로 나이 많은 아들이란 뜻이다.

『삼국유사』에 의하면 사종은 692년 효소왕이 즉위한 후 부군으로 책봉되어 있었던 것으로 보인다. 그러나 700년 '경영의 모반'에 연루되어 부군에서 폐위되고 출가하여 승려가 되었다. 『삼국사기』에는 그가 728년 7월 33대 성덕왕의 왕제라는 지위로 당나라에 숙위 가서 과의[종 6품 하]

---

1) 대부분의 기록에 무상선사가 성덕왕의 셋째 아들이라 되어 있다. 그러나 그것은 신라 국왕의 제3자라는 말을 잘못 이해하여 그가 당나라에 간 시점의 왕인 성덕왕의 셋째 아들로 잘못 기록한 것이다.

를 받고 돌아오지 않았고, 당 현종에게 자제의 당나라 유학을 요청하였으며, 733년 김지렴이 당나라에 사신으로 갔다고 되어 있다. 이 지렴은 사종의 아들이다.

사천성 성도의 정중사 터에 가면 정중종을 창시한 5백 나한의 한 분 무상선사가 신라의 왕자라고 한다. 그는 45세 때인 728년에 당나라에 왔다고 한다. 그러면 그는 684년생이다. 728년에 당나라에 간 왕자는 신문왕의 왕자 김사종이다. 이 김사종이 무상선사가 되었다.

성덕왕 시대에 왕의 아우[王弟]로 적힌 사람들은 신문왕의 아들들이다. 성덕왕대에는 당나라에 많은 사신들이 갔다. 무려 35회 가까이 된다. 여기에 숙위를 간 왕자들도 3명이나 되고 왕의 조카도 1명이 있다. 많은 왕족들, 왕의 친인척들이 당나라에 가 있기도 하다.

> (2) 728년[성덕왕 27년] 가을 7월 (왕은) 왕제 김사종을 보내어 당에 들어가서 방물을 바치고 겸하여 자제가 국학에 입학할 것을 청하는 표를 올렸다[二十七年 秋七月 遣王弟金嗣宗 入唐獻方物兼表 請子弟入國學]. (당 현종은) 조칙을 내려 허락하고 사종에게 과의를 주었다[詔許之 授嗣宗果毅]. 이에 머물러 숙위하였다[仍留宿衛]. <『삼국사기』 권 제8 「신라본기 제8」 「성덕왕」>

(2)의 왕의 아우 김사종은 이름이 특이하다. '宗을 이어받았다.'는 이름이니 그가 태종무열왕-문무왕-신문왕-사종으로 이어지는 종통을 계승한 것이 틀림없다. 그러면 그가 신문왕의 원자이다.[2] 어머니가 왕비가 되기 전, 혼인하기 전에 처녀의 몸으로 낳은 이홍, 봇내, 효명의 세 혼전, 혼외

---

[2] 신라시대 사람 이름은 좀 이상하다. 사연이 있어 보인다. 특히 嗣宗(사종)은 의미심장한 이름이다.

자를 제외하고, 683년 5월 7일 신문왕과 김흠운의 딸이 정식 혼인한 후인 684년에 태어난, 왕비 신목왕후의 첫아들인 첫 번째 원자가 이 김사종이다. 사종은 당나라에 가서 과의(果毅[당나라 종 6품 하])를 받고 돌아오지 않았다. 어떻게 살았을까?

500 나한의 455번째 나한 무상선사

불교학에서는 선종(禪宗)의 하나인 정중종을 창시한 무상선사(無相禪師, 684~762)가 신라의 왕자라고 한다.3) 선종사서(禪宗史書) 『역대법보기(歷代法寶記)』에는 무상선사가 45살인 728년[성덕왕 27년]에 당나라에 왔다고 되어 있다.

728년에 당나라로 간 왕자는 (2)에서 보았듯이 성덕왕의 아우, 따라서 신문왕의 왕자인 김사종이다. 다른 아무 추가적인 증거를 제시할 필요도 없이 우리는 728년에 당나라에 온 신라 왕자가 누구인지 확정할 수 있다. 『역대법보기』의 무상선사는 『삼국사기』의 이 김사종이다. 『역대법보기』는 무상선사가 45살인 728년에 당나라에 왔다고 하고, 『삼국사기』는 성덕왕의 아우 김사종이 728년에 당나라에 사신으로 갔다고 하니 무상선사와 김사종이 동일인임은 재론의 여지가 없다.4)

---

3) 박정진 기자의 '박정진의 차맥 (23) 불교의 길, 차의 길'에 따르면 무상선사가 국내에 처음 알려진 것은 1979년 9월 4일 대한민국학술원 주최 '제5회 국제학술강연회'에서 캐나다 맥매스터 대학의 란윈화 교수가 돈황에서 발견된 '무상오경전'을 소개하는 '무상의 무념철학'을 발표한 것이라고 한다. 그 후 세계일보가 민영규 교수를 중심으로 '무상발굴팀'을 구성하고 현지답사 결과를 촉도장정(1990.11.28.~1991.1.9.), 사천강단(1991.1.16.~2.27.)으로 연재하면서 널리 알려졌다고 한다. 최석환 씨가 천녕사 석굴본 '오백나한도'에 455번째로 무상공존자가 들어 있음을 확인한 것은 2001년 8월이었다고 한다.

4) 저자가 이런 주장을 처음 하고 다닐 때 '신라 시대에 당나라에 사신으로 가는 왕의 아우, 왕의 조카는 꼭 친아우, 친조카가 아니다. 4촌 아우, 6촌 아우도 있고 5촌 조카,

김사종은 728년에 당나라에 가서 당 조정에서 '과의' 벼슬을 받으며 당 현종을 만났다. 김사종은 그로부터 27년이 지나 72세쯤 된 때인 755년 12월 '안사(安史)의 난'이 일어난 후 사천성 성도로 피란 온 현종을 다시 만났다. 현종은 이미 두타행(頭陀行)으로 높은 경지에 이른 고승 70대의 무상선사, 김사종에게 사천성 성도(成都, 청두)의 정중사에 주석(駐錫)하여 수도하게 하였다. 그래서 그가 정중종의 창시자가 된 것이다.

그런데 김사종, 무상선사가 728년에 45세이면 그는 몇 년생인가? 684년생이다. 684년은 어떤 해인가? 신문왕과 신목왕후가 거창한 혼인식을 거행한 683년 5월 7일의 이듬해이다. 그러니 그때는 신문왕의 시대이다. 그 해에 태어난 신라 왕자는 무조건 신문왕의 아들이다. 김사종은 신문왕과 신목왕후가 정식으로 혼인한 후 태어난 첫째 아들이다. 그가 새 왕비 신목왕후의 아들이면 그는 원자(元子)일 가능성이 크다. 실제로 그는 신문왕의 원자이다.

신문왕의 원자라? 『삼국사기』는 누누이 말한 대로 신문왕의 원자가 687년 2월에 태어났다고 적고 있다. 그리고 691년 3월 1일 왕자 이홍을 태자로 책봉하였다고 적고 있다. 태자 이홍은 692년 7월 2일 아버지 신문왕이 죽어서 효소왕이 되었다. 그런데 왜 신문왕의 원자로 보이는 무상선사, 김사종은 684년에 태어난 것일까? 이홍[이공]은 누구이며, 김사종은 누구이고, 687년 2월에 출생한 신문왕의 원자는 또 누구인가?

이 무상선사에 대하여 정운(2009)은 (3a)와 같이 기술하였다. (3b)는 2019년 8월 4일자로 '임기영 불교연구소 블로그'에 올라온 최근 문화일

7촌 조카도 있다. 그러니 성덕왕의 친아우라고 단정하고 논의하면 안 된다.'는 조언이 많았다. 『삼국사기』에는 '종제'라는 말도 사용하고 '종질'이라는 말도 사용하고 있다. 4촌 아우, 5촌 조카, 7촌 조카를 가리킨다. 일차적으로 왕제는 2촌 아우, 왕질은 3촌 조카를 생각해야 한다. 그것이 합리적이 아닐 때 다른 경우를 생각하는 것이 정상적인 추론이다.

보 기사를 발췌한 것이다. (3c)는 '세계일보 박정진의 차맥 (23) 불교의 길, 차의 길'에서 발췌한 것이다.

(3) a. <u>무상대사는 신라 성덕왕(재위 702~737)의 셋째 왕자였다.</u> 무상 대사가 어릴 적 손위 누나가 출가하기를 간절히 기원했는데, 왕 가에서는 억지로 그녀를 시집보내려 하였다. 누나는 칼로 본인 의 얼굴을 찔러 자해하면서까지 출가하고자 하는 굳은 마음을 사람들에게 보였다. 무상은 누나의 간절히 출가하고자 하는 불 심을 지켜보면서 '여린 여자도 저런 마음을 갖고 출가하고자 하는데, 사내대장부인 내가 출가해 어찌 법을 깨치지 않을 수 있겠는가!'라고 강한 의지를 품었다.

이후 성인이 된 무상은 群南寺로 출가한 뒤 728년(성덕왕 27 년) 무상은 나이 44세에 당나라로 건너갔다. ―중략― 무상대사 는 선정사에 머물다가 사천성으로 옮겨가 자주(資州[현 자중 현]) 덕순사(德純寺)에 머물고 있던 처적선사를 찾아가 법을 구 해 처적선사로부터 가사와 법을 받고 '無相(무상)'이라는 호를 받았다. ―중략― 무상대사는 정중사에 머물며 제자를 지도하 다가 762년 세속 나이 79세로 열반에 들었다. <정운(2009)>

b. 다음은 문화일보에 소개된 무상선사에 대한 보도내용이다.

신라의 구법승으로 중국 선종의 중흥조인 마조도일(馬祖道 一)의 스승으로 기록돼 있는 무상선사(無相禪師, 684~762)의 사리탑이 중국 쓰촨(四川)성 펑저우(彭州)에서 발견됐다고 밝혔 다. 지난 2001년 중국 불교의 성자로 추앙받는 오백나한(五百羅 漢)중 455번째 조사(祖師)가 무상선사인 사실이 확인된 뒤 이번 에 사리탑까지 발견됨에 따라 다소 도외시돼 온 무상선사에 대 한 불교학계의 연구가 뒤따를 전망이다.

무상선사가 중국 오백나한에 포함된 것을 확인하는 등 무상선사 행적 찾기와 연구에 전념해 온 최석환(62) 한국국제선차문화연구회 회장은 "지난 달 24일 펑저우 단징산(丹景山) 금화사(金華寺)의 김두타원(金頭陀園)에 10여년 전 훼손된 채 방치된 20여기 사리탑 중 무상선사의 사리탑을 최초로 확인했다."고 17일 밝혔다. ---중략---

금화사가 사찰의 내력을 소개한 팸플릿에는 "김두타는 법명 무상, 속성은 김씨, 당대 신라국 성덕왕의 셋째 왕자로 신라에서 출가해 개원(開元: 당 현종 때의 연호) 16년[728년]에 바다를 건너 당나라에 이르렀다. 김두타를 김화상(金和尙), 김선사(金禪師)로도 불렀다."고 기록돼 '김두타'가 '무상선사'임을 최종 확인할 수 있었다. ---중략---

무상선사는 당나라 현종 때인 728년 중국에 건너가 쓰촨성 일대에서 활약하면서 초기 선종의 대표적 계파인 정중종(淨衆宗)을 일으켰다. <임기영 불교연구소 블로그>

c. 원효와 의상으로 한국 불교는 한국적 특수성과 국제적 보편성의 통합을 획득하고, 이러한 선배들의 업적 끝에 최초로 한국 불교의 위용을 중국 대륙에 드러낸 인물이 바로 김화상(金和尙)이라고 불리는 무상(無相, 684~762)이고, 중국에서 지장보살의 화신으로 칭송되는 김지장(地藏, 696~794), 즉 김교각(金喬覺)이다. ---중략---

정중종(淨衆宗)은 신라출신의 정중무상 김화상이 당에 유학하여 어느 누구도 흉내 낼 수 없는 탁월한 두타행으로 새롭게 형성한 사천지방의 선종이다. 아시다시피 무상은 신라 성덕왕(聖德王)의 셋째 아들이었으며 당나라로 건너가서 장안에 도착(728)한 뒤 선정사(禪定寺)에 머물다가 다시 촉(蜀) 땅 사천성의 덕순사(德純寺)로 간다. 거기서 스승 처적(處寂)으로부터 무상이라는 법명을 받고 법통을 계승하게 된다. 그 후 지선(智詵, 609~702)--처적(處寂, 669~763)--무상(684~762)으로 이어지

는 사천 지방의 선종은 당시에 중국의 정통으로 자리를 잡게 된
다. <박정진의 차맥 (23) 불교의 길, 차의 길>

불교학은 신라 왕자가 당나라에 가서 당 현종의 지원을 받아 수도 생활
을 하여 500 나한의 455번째 나한인 무상선사가 되었다고 하고 있다. 그
러면 이 말이 진실인지 지어낸 말인지 검증을 해야지. 누가 그 일을 해야
하는가?

불교학도 중국 서적들에서 그냥 베껴올 것이 아니라『삼국사기』나『삼
국유사』를 살펴 읽어 그 시대에 어느 왕의 어느 왕자가 왜 당나라에 가서
스님이 되었는지 밝혀야 한다. (3)의 각 기록에는 공통적으로 무상선사가
'성덕왕의 셋째 아들'이라는 내용이 들어 있다. 중국의 사찰 소개 팜플렛
에도 그렇게 되어 있는가 보다.

나머지 내용은 다 옳은 것으로 보인다. 그러나 단 하나 무상선사가 성
덕왕의 셋째 아들이라는 말은 절대로 옳지 않다. 그의 아버지는 33대 성
덕왕이 아니고 31대 신문왕이다. 성덕왕은 681년생이고 무상선사는 684
년생이다. 성덕왕은 그의 형이다.

(3)을 쓴 사람들은 성덕왕의 왕자가 몇 명이나 되는지 조사해 보았을까?
성덕왕의 왕자는 기록상 중경(重慶), 승경(承慶), 헌영(憲英), 그리고 경덕
왕 때 왕제라고 적혀 당나라에 사신으로 간 왕자, 모두 4명이 있다. 이름
으로 보아 중경은 둘째 아들이다. 그러면 그의 형이 있었을 것이다. 아마
그의 형 이름은 '원경'이었을 것이다. 원경은 7세 이하의 무복지상(無服之
殤)으로 일찍 죽어서 그런지 역사 기록에 아무런 흔적을 남기지 못하였다.
이 가운데 어느 왕자가 무상선사가 되었다는 말인가?

셋째 왕자? 원경을 빼고 헤아릴 때 셋째 왕자는 헌영이다. 헌영은 35대

경덕왕(景德王)이다. 그는 이복형 34대 효성왕을 죽이고 왕위를 빼앗아 742년에 즉위하여 24년 동안 관제며, 지명이며, 관명이며, 복식까지 온통 나라를 완전히 바꾸었다. 그리고 불사(佛事)에 엄청난 재원을 소모함으로 써 나라를 도탄에 빠지게 하고 765년에 죽었다.

경덕왕이 불사에 막대한 국고를 투입한 이유는 단 하나, 아들을 낳기 위한 것이었다. 천하가 일인의 천하가 된 것이다. 그는 즉위 당시에 무자했던 왕비 김순정의 딸 사량부인(沙梁夫人)을 폐비시키고 김의충(金義忠)의 딸을 왕비로 들였다. 이 왕비가 만월부인(滿月夫人=경수태후)이다. 이 만월부인은 왕비가 된 지 15년이 지나서 758년에 아들 건운을 낳았다. 그 건운이 765년 8세에 왕이 된 36대 혜공왕(惠恭王)이다. 그는 정사를 망쳐 수많은 반란에 시달리다가 결국 고종사촌 형 김양상(金良相)에게 시해 당하였다. 이로써 김춘추의 후손들이 왕위를 이은 통일 신라는 멸망하였다. 그런 사람이 경덕왕이고 헌영이고 성덕왕의 셋째 왕자이다. 그가 언제 당나라에 가서 무상선사가 되었다는 말인가?

성덕왕의 첫째 아들 원경을 넣어서 헤아리면 셋째 왕자는 승경이다. 그는 724년에 태자로 책봉되어 737년 2월에 즉위하였다. 그가 신충의 「원가」 사건을 겪은 34대 효성왕이다. 효성왕은 후궁에게 빠져서 재혼한 새 왕비 혜명이 그 후궁을 죽였다. 그 까닭으로 그 후궁의 아버지 영종이 모반하였다. 그로부터 2년 뒤 효성왕은 재위 5년인 742년 5월에 죽임을 당하고 화장되어 동해에 뼈가 흩뿌려졌다. 이처럼 비참한 삶을 산 왕,『삼국유사 다시 읽기 12』의 주인공이 효성왕 승경이다. 성덕왕의 셋째 왕자 승경, 그가 무상선사가 된 것이 아님은 확실하지 않은가?

〈정중종을 창시한 **무상선사**, 오백나한 중 1인.〉

성덕왕의 둘째 아들로 보이는 중경은 715년 12월에 태자로 책봉되었으나 717년 6월에 죽었다. 그래서 그의 아우 승경이 태자가 된 것이다. 그도 무상선사가 된 것이 아님은 명약관화하다.

이제 성덕왕의 아들로서 남은 것은 743년[경덕왕 2년] 12월에 당나라에 사신으로 가는 경덕왕의 왕제가 남았다. 이 사람이 무상선사가 되었을까? 어림없다. 그는 728년에 간 것이 아니다. 명백하게 743년 12월에 갔다고 적혀 있고 돌아왔다고 되어 있다.

그러니 무상선사가 성덕왕의 셋째 왕자가 아닌 것이 확실하다. 무상선사가 성덕왕의 왕자가 아닌 것도 확실하다. 이렇게 『삼국사기』 몇 장만 살펴보아도 다 알 수 있는 일을, 하나도 조사해 보지도 않고 저렇게 '무상선사는 성덕왕의 셋째 왕자로'라고 하고 있다.

큰 절이든 작은 암자든 산에만 가면 오백나한상이라고 하여 조그만 나한들을 옹기종기 만들어 놓고 거기에 촛불을 켜고 빌면 소원을 이룬다고 한다. 그 오백나한의 한 분, 455번째 나한이 신라 왕자라니? 왜 왕자가 당나라에 갔을까? 당나라에 가면 갔지 왜 수도하여 오백나한의 경지에까지 이르렀을까? 그는 어느 시대 어느 왕의 왕자일까? 그의 어머니는 누구일까?

그런데 그가 문무왕의 적통 원손이요 요석공주의 외손자라고 하면 어떤 생각이 떠오를까? 왜 그는 왕위에 오르지 못했을까? 그를 대신하여 왕위에 오른 자는 누구일까? 통일 신라의 왕위 계승은 어떻게 이루어진 것인가?

그런데 중국 책에는 무상선사가 '신라국왕의 제3자'라고 하였지 '성덕왕의 제3자'라고 하지는 않은 것 같다. 인터넷에 떠돌아다니는 글을 둘 인용해 오기로 한다.

(4) a. 정중무상(淨衆無相 684~762) 신라스님 益州 金和尙(입당구법
歸化僧), 성은 金씨(신라국왕의 제3자). 本國 群南寺로 출가수
계한 후 開元 16년(728, 성덕왕 27년) 入唐하여 玄宗을 拜謁하
고 蜀 땅에 들어가 資州(사천성) 德純寺 處寂(648~732 또는
665~732: 智詵의 제자)에게 師事하여 摩衲袈裟를 받고 법을
잇다. 항상 頭陀行을 하고 깊은 계곡의 바위 아래에서 선정을
익혔으며, 후에 成都府 淨衆寺에 주하였다. 그는 이곳에서 20
년간 독자적인 '引聲念佛과 無憶, 無念, 莫忘의 三句說法을
선양하였고 益州節度使 章仇兼瓊의 귀의를 받아 淨衆派를 형
성하였다. (歷代法寶記, 宋高僧傳19, 無相傳, 圓覺經大流抄3
下, 北山錄6, 전당문780, 四證堂碑銘)

<무비 스님>

b. 정중무상(淨衆無相)선사 (상)

사천 선종 법계 4대 종사 중 一人

무상선사(684~762)는 신라인이며 속성은 김씨이다. 김화상
(金和尙)이라고 불리기도 한다. 그는 본래 신라왕의 셋째 왕자
출신이라 전해지며 왕이 총애하여 왕위를 계승할 것을 희망했
으나 정작 본인은 왕위에는 무심하여 출가하여 사문이 됐다. 그
에게는 본래 막내 누이가 있었는데 나이가 들어 혼사(婚事)가
진행되자 스스로 칼로 얼굴에 상처를 내어 속가를 등지고 출가
했다. ---중략---

출가하여 제방을 두루 참방하며 수도하다 바다 건너 당나라
로 유학의 길에 올랐으니, 당 개원 16년(728)이었다. 무상이 장
안에 도착하자 당 현종은 그를 영접하고 선정사(禪定寺)에 머
무르게 하였다. 후에 무상은 장안을 떠나 사천지방으로 들어가
덕순사(德純寺)의 지선(智詵)선사를 참알하였다. 지선은 홍인의
제자로서 신수, 혜능 등과는 동문 법형제이다. 지선은 홍인문하
에서 득법한 연후에 사천지방에 와서 교화하고 있었는데, 이때

에 이미 연로하고 몸이 쇠약하여 무상을 그의 입실 제자인 처
적(處寂. 당화상)에게 안배하였다.

  -하략-

(4a, b)는 공히 정중무상 김화상이 '신라국왕의 제3자'라고 하고 있다.
'성덕왕의 제3자'와 '신라국왕의 제3자', 이것은 엄청난 차이다.

여기서 말하는 '신라국왕'은 33대 성덕왕이 아니다. 728년의 신라왕은
성덕왕이 맞지만 728년[성덕왕 27년]에 당나라에 가는 『삼국사기』의 김
사종이 성덕왕의 셋째 왕자라는 보장은 없다. (3a)도 "728년(성덕왕 27년)
무상은 나이 44세에 당나라로 건너갔다."고 썼다. 무상이 728년[성덕왕
27년]에 44세이고 성덕왕의 셋째 왕자라면, 그의 아버지 성덕왕은 몇 살
이나 되어야 하는가? 15세에 첫아들을 낳고 17세에 둘째를 낳고 20세에
셋째 무상을 낳았다면 성덕왕은 728년에 64세가 되어야 한다. 성덕왕은
35년간 왕위에 있은 후 737년에 사망하였다. 그러면 그는 사망할 때 73세
가 되어야 한다.

이제 성덕왕의 사망 시기의 나이를 찾아보아야 한다. 유일하게 성덕왕
의 나이를 적고 있는 책은 『삼국유사』이다. 『삼국유사』 권 제3 「탑상 제4」
「대산 오만 진신」에는 성덕왕이 702년 22세의 나이로 왕위에 올랐다고
하였다. 그러면 728년에 48세밖에 안 되고 사망 시기인 737년에 57세밖
에 안 된다. 728년에 48세밖에 안 된 성덕왕이 어찌 728년에 44세의 셋
째 왕자 무상을 두었겠는가?

성덕왕이 702년 즉위할 때 12세 정도 되었을 것이라는 추정이 있다(이
기동(1998), 이영호(2011)). 이 나이는 32대 효소왕이 신문왕의 원자로서
687년 2월에 출생하였다는 가설로부터 나온 것이다. 이 가설 위에서 692

년에 즉위한 효소왕이 6세에 왕이 되었고 702년 16세에 죽었으며, 오대산에 숨어들어 스님이 되었던 성덕왕은 형 봇내와 함께 갔으니 성덕왕이 효소왕보다 4살쯤 적을 것이라고 보고 성덕왕이 12세에 왕이 되었다는 것이다. 그러고는 효소왕이 16세에 즉위하여 26세에 죽었고 성덕왕이 22세에 즉위하였다고 적은 『삼국유사』는 믿을 수 없는 책, 역사 연구의 자료가 될 수 없는 책이라 하고 있다.

그러나 687년 2월에 출생한 신문왕의 '원자'가 효소왕이 된 '왕자' 이홍과 동일인이라는 증거는 아무 데도 없다. 아니 『삼국사기』는 '원자'와 '왕자'라고 구분하여 썼고 이 두 말은 서로 뜻이 다르니 이 둘이 동일인이 아니라는 증거만 떡 하니 남아 있다. 글자 하나가 얼마나 중요한가? 그런데 이제 또 684년생 김사종이, 무상선사가 나타났으니 어찌 정리해야 할 것인가?

그런데 성덕왕이 702년에 왕위에 올랐을 때 12세라면 728년에는 몇 살이 되는가? 38세이다. 그러면 38세의 성덕왕이 44세의 무상을 셋째 왕자로 두었다는 말인가? 이러니 김재식 선생 같은 엔지니어가 블로그에 (5)와 같은 글을 올리지 않을 수가 없지.

> (5) 그런데 무언가 조금 이상하다. 중국 학자들이 정설로 받아들이는 김교각 스님의 출생연도가 696년이고 무상 선사가 684년인데--, 성덕왕이 691년 출생하였다면 무상은 아버지보다 나이가 많고, 5살에 교각을 낳은 것이 된다. 중국 자료가 잘못되었는지? 삼국사기 역시 당시로는 각종 기록을 참고하였겠지만 오백 년 후에 적은 것이니 잘못되었을 수도 있고? 이런 것 좀 제대로 연구하는 데 지원해야 하는 것 아닌가 생각을 하며 대원문화원을 나서면서---. <김재식 블로그(2015. 10. 31. 안휘성 지주 구화산 대원

어디에서 잘못이 생겼는가? 무상이 728년에 45세라는 것이 잘못 되었을까? 아니다. 『역대법보기』가 잘못 되었을 가능성은 거의 없다. 성덕왕의 나이에 대한 한국 학계의 통설이 틀렸고 '신라국왕의 제3자'를 제 마음대로 '성덕왕의 셋째 왕자'라고 고치는 (3)이 잘못된 것이다.

『역대법보기』에서 728년에 당나라에 왔다고 하는 신라 왕자 무상은, 그리고 『삼국사기』에서 728년에 당나라에 갔다고 하는 김사종은 성덕왕의 아들이 아니다. 그는 신라국왕의 제3자일 뿐이다.[5] 그 신라국왕은 누구일까? 적어도 33대 성덕왕의 앞 왕인 것은 확실하다. 그러면 32대 효소왕? 아니면 31대 신문왕? 아니면 30대 문무왕?

이 세 왕 가운데 가장 이상한 왕이 신문왕이다. 그에게는 아들이 많다. 그리고 두 명 이상의 왕비가 있어 여자관계가 복잡하다. 또 '김흠돌의 모반'이라는 큰 정치적 사건을 겪었다. 그 김흠돌은 김유신의 사위이고 신문왕의 장인이다. 이상하지 않은가? 왜 장인이 사위에게 반기를 들었을까? 또 신문왕은 『삼국유사』 권 제2 「기이 제2」에, 정말 이상한 이야기인 피리를 불면 모든 적이 물러간다는 「만파식적」을 남기고 있다.

그리고 『삼국사기』 권 제46 「열전 제6」에서 설총으로부터 '예부터 간사하고 아첨하는 신하를 멀리하는 왕이 드물고, 바르고 곧은 신하를 가까이 하는 왕이 드물다.'는 「화왕계」라는 훈계를 듣고 있다. (6)에 이 사실(史實)의 필요한 부분을 요약하여 보인다.

---

5) 앞에서 본 대로 왕질 지렴이 당나라에 갔다. 그가 왕의 조카, 즉 성덕왕의 조카이기 때문에 만약 무상이 성덕왕의 제3자라면 무상선사와 지렴은 4촌이 되어야 한다. 이 두 사람의 관계만 잘 살펴도 올바른 추리의 과정을 밟을 수 있을 것이다.

(6) a. 신문대왕이 한여름 높고 밝은 방에 계시면서 설총을 돌아보고 말하기를[神文大王以中夏之月處高明之室顧謂聰曰] — 고상한 이야기와 멋있는 익살로 울적한 마음을 푸는 것이 좋을 것 같소[不如高談善謔以舒伊鬱].

b. 첩은 — 이름은 장미라고 합니다[妾 — 其名曰薔薇]. 지금 임금님의 높으신 덕이 있음을 듣고 향기로운 휘장 안에서 잠자리를 모실까 하오니 임금님께서는 저를 거두어 주소서 [聞王之令德期薦枕於香帷 王其容我乎].

c. 또 한 장부가 있어 — 이름을 백두옹이라고 합니다[有一丈夫 — 其名曰白頭翁]. — 그런 까닭으로 비록 삼실로 만든 신이 있더라도 골풀로 만든 신을 버리지 않고서 모든 군자들이 모자라는 데 대비하지 않음이 없었다고 합니다[故曰雖有絲麻無棄菅莉凡百君子無不代匱]. 임금님께서도 역시 이런 뜻이 있으신지 알지 못하겠습니다[不識王亦有意乎].

d. 혹자가 말하기를 두 사람이 왔는데 누구를 취하고 누구를 버리겠습니까[或曰二者之係 何取何捨].

e. 화왕이 말하기를 장부의 말이 또한 도리가 있으나 아름다운 사람을 얻기도 어려우니 장차 어찌하면 좋을꼬[花王曰 丈夫之言亦有道理而佳人難得將如之何].

f. 장부가 앞으로 나아가 말하기를[丈夫進而言曰], 나는 이르기를 임금께서 총명하시어 옳은 도리를 아실 것이라고 하여 왔는데 지금 보니 그렇지 않사옵니다[吾謂王聰明識理義故來焉耳 今則非也]. 무릇 임금 된 자로서, 간사하고 아첨하는 자를 친근히 아니 한 자 드물고, 정직한 자를 멀리 하지 아니 한 자 또한 드뭅니다[凡爲君者鮮不親近邪佞疎遠正直]. 이로써 맹가는 불우하게 평생을 마쳤으며 풍당랑도 숨어서 벼슬 없이 늙었습니다 [是以孟軻不遇以終身 馮唐郎潛而皓首]. 옛날부터 이와 같은데 전들 어떻게 하겠습니까[自古如此吾其奈何].

g. 화왕이 말하기를[花王曰], 내가 잘못하였다. 내가 잘못하였다
   [吾過矣吾過矣].

h. 이에 왕은 근심하는 쓸쓸한 표정을 지으며 말하기를[於是王愀
   然作色曰], 그대의 우언에는 참으로 깊은 뜻이 있으니 청컨대
   이를 써 두어 임금 된 자를 훈계하는 말로 삼게 하라 하고 드
   디어 설총을 높은 벼슬로 발탁하였다[子之寓言誠有深志請書
   之以爲王者之戒 遂擢聰以高秩].6) <『삼국사기』권 제46「열
   전 제6」「설총」>

　더욱이 전생에 재상으로서 신충을 잘못 재판하여 이승에 와서 등창을
앓는 원성을 사고 있다고 『삼국유사』권 제5「피은 제8」의 「신충 괘관」
조는 적고 있다. 그런 왕이 31대 신문왕이다(서정목(2018:80~88) 참고).

　그러므로 『역대법보기』에서 말하는 '신라국왕'은 바로 '31대 신문왕'이
다. 신문왕의 아들들은 이미 본 대로 32대 효소왕, 봇내, 33대 성덕왕, 사
종, 근{흠}질이다. 그러니 셋째 왕자는 성덕왕이다. 그런데 사종이 당나라
에 가던 시점은 효소왕이 승하한 이후였다. 그러니 남은 아들들만 헤아리
면 사종이 세 번째 나이 많은 아들이다. 그러니 그가 성덕왕 시대인 728
년에는 '신문왕의 제3자'인 것이다.7) 따라서 중국 책에서 '신라국왕의 제

---

6) 이 기록 끝에 '김대문은 신라 귀문의 자제로서 성덕왕 3년[704년]에 한산주 도독이
　되어 전기 몇 권을 지었는데, 그 가운데 『고승전』, 『화랑세기』, 『악본』, 『한산기』는
　아직 남아 있다.'고 적혀 있다. 김부식은 『화랑세기』를 본 것이다.

7) 왕과 정식으로 혼인한 원비의 맏아들은 원자이다. 그 외 어디서 태어나든 왕의 종자
　로 태어난 아들은 왕자이다. 이 아들들의 서열을 가리키는 말이 어렵다. 장자(長子)라
　는 말은 형인 원자가 죽어서 살아있는 아들들 가운데 가장 어른인 아들이다. 원비에
　게서 태어나지 못해서 원자는 아니지만 원자보다 나이 많은 아들도 장자라 하는지는
　아직 용례를 확인하지 못하였다. 문무왕의 태자인 정명은 '장자'라고 적혔다. 그가 원
　자가 아닌 것은 확실하다. 박창화의 『화랑세기』는 문무왕의 맏아들로 '소명전군'이 있
　었다고 적고 있다. 그가 조졸하여 그의 약혼녀였던 김흠운의 딸과 태자 정명이 화간
　하여 이공전군을 낳았다고 적은 것이다. 일단 정명은 소명의 아우로 보인다. 소명이

3자'라 한 말은 틀린 말이 아니다. 그러니까 '원자', '장자', '제2자', '제3
자' 이런 말의 용법은 중국 것을 그대로 가져와서 『삼국사기』에 적은 것
이다. 그런 것을 (3)은 제 마음대로 무상선사가 당나라에 가던 시점의 왕
인 성덕왕의 아들인 것으로 지레 짐작하고 '신라국왕의 제3자'를 '성덕왕
의 셋째 왕자'라고 적었다.

무상선사의 누나

(3a)과 (4b)에서 공통적으로 말하는 무상선사의 이 누나는 신문왕과 어
느 여인 사이에서 태어난 딸일까? 왕실에서 혼인시키려 하였다는 기록의
흐름으로 보아 어린 무상선사보다 10여 세 이상 더 많아 보인다. 신목왕
후는 677년 효소왕, 679(?)년 봇내, 681년 성덕왕, 684년 무상선사, 687년
2월 김근{흠}질을 낳았다. 무상선사의 누나는 아마도 효소왕보다 나이가
많았을 것 같은 느낌을 준다. 그러면 그녀는 신목왕후의 딸이 아닐 가능
성이 크다.

그러면 그 누나는 누가 낳았을까? 신목왕후 이전에 신문왕과 살을 섞은

태어났을 때는 태종무열왕 시대이므로 소명이 원손이 되고 정명은 원손이 아닌 것일
수도 있다. 그러나 소명은 태자비 자의의 아들이어서 원손이 되고 정명은 소명보다
나이가 더 많지만 다른 여인이 낳아서 '장자'로 적힌 것일 수도 있다. 그러나 박창화
의 『화랑세기』를 잘 보면 태자 정명이 자의왕후를 따라 소명궁에 자주 들러서 김흠운
의 딸과 정이 들었다는 문맥은 정명이 자의왕후의 아들임을 암시한다. 그러니 신문왕
이 된 태자 정명은 차자(次子)였으나 형이 죽어서 살아 있는 아들들 가운데 가장 나이
많은 아들인 '장자'가 된 것이라고 해석하는 것이 옳다. 차자는 태어나면서부터 원래
둘째인 아들을 가리킨다. 형이 한 명 이상 죽어서 살아 있는 아들들 가운데 두 번째
로 나이 많은 아들은 제2자라 부른다. 따라서 제3자는 살아있는 아들 가운데 세 번째
로 나이가 많은 아들을 가리킨다. 태어나면서부터 셋째 아들인 차자 다음의 아들은
무엇이라 부르는지 아직 용례를 확인하지 못하였다. 이것이 왜 중요한가? 그것은 이
서열이 왕위 계승서열과 직결되어 있기 때문이다. 왕이 된 왕자와 왕이 못 된 왕자의
차이는 무엇일까? 우리가 얼마 전에 본 대로 죽음과 주지육림, 부귀영화의 차이, 그것
이다.

여인은 누구일까? 많고도 많았겠지만 기록상으로 분명한 것은 665년 8월 정명이 태자로 책봉될 때 맞이한 태자비 김흠돌의 딸이다. 그가 그 후보일 가능성이 있다. 그 신문왕의 선비는 오래도록 아들이 없었다고 한다. 이것이 신라 중대 최대의 내란인 '김흠돌의 모반'의 근본 원인이다.

그런데 태자비 김흠돌의 딸은 아들을 못 낳았지, 딸까지 못 낳은 것은 아닌 것 같다. 태자비 김흠돌의 딸이 낳은 딸이 무상선사의 이 누나로 보인다. 만약 그 누나가 김흠돌의 딸이 낳은 첫 아이이면 그녀는 문무왕의 첫손주이고 김유신의 외증손주이다. 이 여인이 사나이로 태어났으면 신라 왕위 계승 서열이 이 사람보다 앞서는 사람은 없다. 이로써 그가 왜 혼인하지 않고 출가하려 했는지 설명된다. 사나이로 태어나지 않았다는 단 한 가지 이유 때문에 외할아버지를 죽이고 외가를 쑥밭으로 만들었으며 어머니를 왕비의 자리에서 쫓겨나게 만든 팔자 사나운 여인, 그녀가 정상적인 삶을 살 수 있었겠는가?

신문왕의 첫 번째 원자

무상선사는 728년에 우리 나이로 45세이니 684년생이다. 그러면 그는 681년생 성덕왕에 이어서 신문왕의 넷째 아들이다. (3)은 성덕왕의 동생을 아들로 잘못 적고 있다. 중국 기록에 '신라국왕의 제3자'라고 적고 있지만 그 신라왕은 성덕왕이 아니다. 성덕왕 때에 당나라에 와서 왕자라고 하니 성덕왕의 왕자인 줄 알았겠지. 당대에야 성덕왕의 아우이고 그 아버지 신문왕의 왕자라는 것을 알았겠지만 세월이 흐르면 아버지의 아들인지 형의 아들인지 10여년 정도의 연대야 아무 것도 아니게 혼동된다.

무상선사는 684년생이니 신문왕과 신목왕후가 혼인한 683년 5월 7일 이후 처음 태어난 아들이다. 부모가 정식으로 혼인한 후에 태어난 왕비의 맏아들인 그가 첫 번째 '신문왕의 원자'임에 틀림없다.

그는 691년 3월 1일 형인 '왕자 이공{홍}'의 태자 책봉 시에 태자 후보 제1위였다. 부모가 혼인한 후 처음 태어난 적통 원자였기 때문이다. 그러나 혼전, 혼외 출생의 동복형 677년생 이공에게 태자 자리를 내어 주었다. 그래서 692년 7월 32대 효소왕이 즉위할 때 왕위를 빼앗긴 것이다.

31대 신문왕의 첫 번째 원자는 684년에 태어났다. 첫 번째 원자, 이 말은 참으로 기묘한 말이다. 원자는 한 왕에게 하나뿐이다. 맏아들이 둘인 아버지가 있을 수 없기 때문이다. 원자가 죽으면 그 다음에 태어나거나, 죽은 원자의 첫째 아우는 절대로 '원자로 불리지 않는다.' 그는 '장자일 뿐이다.' 그러나 신문왕, 이 왕은 복도 많아 원자가 둘씩이나 된다. '첫 번째 원자', '두 번째 원자'. 어떻게 그런 일, 역사에 한 번 뿐인 그 따위 썩은 일이 일어났을까? 뒤에서 보기로 하자.

그런데 사종이 684년생이라면,『삼국사기』권 제8「신라본기 제8」「신문왕」7년[687년] 2월의 '元子生'은 무슨 기록일까? 왜 사종의 출생년 684년이 아닌 687년 2월에 '원자생'이 기록되어 있는 것일까? 684년생 사종이 원자가 아니거나, 687년 2월이 사종의 출생년월이 아니거나 둘 중에 하나밖에 길이 없다. 그런데 그 길은 의외로 희한하게 열렸다. 그 답은 684년생 사종이 원자이기도 하고 원자가 아니기도 하다는 이상야릇한 것으로 낙착되었다. 따라서 확실한 것은 687년 2월은 사종의 출생월이 아니라는 것이다.

어떻게 하면 김사종이 원자이기도 하고 원자가 아니기도 하다는 희한한 결론에 이를 수 있는가? 원자였다가 원자가 아닌 상태로 되면 되지 않는가? 그런 경우가 있을까? 있다. 비근한 예로는 조선 태종의 세자 양녕대군을 생각해 볼 수 있다. 그가 처음에 세자였다가 주지육림에 빠진 척 양광[佯狂: 미친 척]하여 폐세자 되고 난 후부터는 세자가 아닌 것과 같다. 김사종도 처음 태어날 때에 원자여서 부군으로 책봉되었으나 폐부군 되면서 원자가 아니게 되는 것이다.

경영의 모반과 부군 폐위

『삼국사기』권 제8 「신라본기 제8」 「효소왕」 9년[700년] 5월에는 '경영{현}의 모반'으로 '경영'을 복주하고 이에 연좌시켜 중시 김순원을 파면하였다고 되어 있다. 698년 순원이 중시가 될 때에 대아찬[5등관위명]인데 700년에 경영은 이찬[2등관위명]인 것을 보면 경영이 최고위층 귀족임을 알 수 있다. 그리고 700년 6월 1일 신목왕후가 사망하고 702년 7월 27일 효소왕이 죽었다. 왕의 어머니가 죽고 왕이 그 반란 뒤에 죽는 것으로 보아 이 반란은 왕위를 노린 것임에 틀림없다.

> (7) 효소왕 9년[700년] 5월 이찬 경영*{永은 玄으로도 적음}*이 모반하여 복주되었다[夏五月 伊湌慶永*{永一作玄}*謀叛伏誅]. 중시 순원이 연좌되어 파면되었다[中侍順元緣坐罷免]. 『삼국사기』권 제8 「신라본기 제8」 「효소왕」

그런데 제4장, 제5장에서 누누이 본 대로 『삼국유사』권 제3 「탑상 제4」 「명주 오대산 봇내태자 전기」에는 정신왕[신문왕]의 태자[효소왕]이 아우인 부군과 왕위를 다투다가 죽었다는 기록이 있고, 「대산 오만 진신」에는 정신왕 태자[효소왕]의 아우가 왕과 왕위를 다투어 국인들이 폐하였다는 기록이 있다.

> (8) a. 정신(의) 태자(가) 아우(인) 부군(과) 셔블[新羅]에서 왕위를 다

투다가 주멸하였다[淨神太子#{與 결락: 저자#弟副君在新羅爭
位誅滅]. 국인이 장군 4명을 보내어 오대산에 이르러 효명태자
앞에서 만세를 부르자 즉시 오색 구름이 오대산으로부터 셔블
에 이르기까지 7일 밤낮으로 빛이 떠돌았다[國人遣將軍四人
到五臺山孝明太子前呼萬歲 卽時有五色雲自五臺至新羅七日
七夜浮光].

　b. 국인이 빛을 찾아 오대산에 이르러 두 태자를 모시고 나라[國,
　　셔블]로 돌아오려 했으나 봇내태자는 울면서 돌아오려 하지 않
　　으므로 효명태자를 나라[國]로 모시고 와서 즉위시켰다[國人
　　尋光到五臺 欲陪兩太子還國 寶叱徒太子涕泣不歸 陪孝明太子
　　歸國卽位]. 재위 20여년 신룡 원년[705년] 3월 8일 비로소 진
　　여원을 열었다(운운)[在位二十餘年 神龍元年 三月八日 始開眞
　　如院(云云). <『삼국유사』 권 제3 「탑상 제4」 「명주 오대산 봇
　　내 태자 전기」>

(8') a. 정신왕#{태자 결락: 저자#의 아우가 왕과 왕위를 다투어, 국인
　　이 (아우를 부군에서) 폐하고 장군 네 사람을 보내어 산에 이르
　　러 맞아오게 하였다[淨神王#{太子 결락: 저자#之弟與王爭位
　　國人廢之 遣將軍四人到山迎之].

　b. 먼저 효명의 암자 앞에 이르러 만세를 부르니 — 보천은 울면
　　서 사양하였다[先到孝明庵前呼萬 歲---寶川哭泣以辭]. 이에
　　효명을 받들어 돌아와 즉위시켰다[乃奉孝明歸卽位]. 나라를
　　다스린 지 몇 해 뒤인[理國有年] 신룡 원년[以神龍元年] 을사
　　년[705년] 3월 초4일 비로소 진여원을 고쳐지었다[乙巳三月初
　　四日始改創眞如院]. <『삼국유사』 권 제3 「탑상 제4」 「대산 오
　　만 진신」>

『삼국사기』와 『삼국유사』의 이 기록들을 연관시키면 어떤 역사적 사실

이 드러나는가? 때는 700년이다. 692년 7월 신문왕이 죽고 그의 태자 이
홍[효소왕]이 즉위하여 9년이 되었다. 그때 경영이 반란을 일으켜 신목왕
후가 죽었다. 반란 통에 시해되었을 것이다. 그리고 그때 효소왕이 다쳐
시름시름 앓다가 2년 후인 702년 7월 27일에 죽었다.

이 반란은 어떤 반란이었을까? 왕의 어머니를 죽이고 왕을 죽이려 한
이 반란 사건, 그것은 왕위 쟁탈전일 수밖에 없다. 그런데『삼국유사』권
제3「탑상 제4」「명주 오대산 봇내태자 전기」는 '효소왕이 아우인 부군과
왕위를 다투다가 죽어서 오대산의 효명을 데려와서 즉위시켰다.'고 썼고,
『삼국유사』권 제3「탑상 제4」「대산 오만 진신」은 '효소왕의 아우가 왕
과 왕위를 다투어 국인이 그 아우를 부군에서 폐하고 오대산의 효명을 데
려와서 즉위시켰다.'고 적었다. 693년 8월 5일 입산한 두 왕자가 오대산
에서 수도 생활을 한 지 7~8년이 지난 시점이다.

이 반란의 주동자 경영은 누구일까? 중시 순원은 경영과 어떤 관계에
있을까? 이들이 왕으로 옹립하려 한 사람은 누구일까? 그 사람은 아마도
효소왕의 아우인 부군이었을 것이다. 그러니 국인은 부군을 폐하고 효명
을 왕위에 앉혔지. 그러면 경영과 순원은 이 효소왕의 아우 부군을 옹립
하려 했을 것이다. 그러면 그들은 부군과 인척 관계에 있었을 것이다.

신문왕과 신목왕후의 여러 아들 가운데 누가 부군이었을까? 부군은 무
엇인가? 천자, 그리고 좌현왕, 우현왕, 어디서 많이 듣던 이름이다. 한나라
에 맞서 만리장성 밖 새외의 스텝 지대를 누비던 천고마비의 주인공 훈족,
유목민족 그들이 쓰는 말이 천자(텡그리), 좌현왕, 우현왕이었다. 주로 천
자의 아우들이 지역을 나누어 맡아 다스렸다. 신라는 '왕이 아들이 없을
때 그 아우 가운데 한 사람을 부군으로 삼아 태자 역할을 하게 하였다.'
이 시기에 누가 부군에 적합한가? 677년생 혼전, 혼외자 효소왕, 그리고

오대산에 간 679년(?)생 봇내, 681년생 효명, 그 다음에 684년생 김사종, 그 첫 원자가 이렇게 부군으로 있다가 폐위된 것이다.

684년생이면 700년에 몇 살인가? 17살이다. 17살이면 혼인하였을 것이다. 사종은 누구와 혼인하였을까? 당대 최고 명문, 권력가 집안의 딸과 혼인하였을 것이다. 사종은 최고위 귀족의 사위가 되었다. 이찬 경영, 그가 김사종의 장인이 아니라는 증거는 아무 데도 없다.

무상선사의 아들 김지렴

그 김사종이 (9)에서 '자제의 당나라 국학 입학을 요청한 것'이 특이하다. 이 자제[아들]이 신라 귀족 일반의 자제들을 가리켜서 신라 젊은이들의 당나라 유학을 허락해 줄 것을 요청한 것일까? 아니면 사종이 자신의 아들의 당나라 유학 허락을 요청한 것일까? 이를 판단하기 위해서는 깊은 숙려와 넓은 상황 고려가 필요하다.

> (9) 728년[성덕왕 27년] 가을 7월 (왕은) 왕제 김사종을 보내어 당에 들어가서 방물을 바치고 겸하여 자제가 국학에 입학할 것을 청하는 표를 올렸다[二十七年 秋七月 遣王弟金嗣宗 入唐獻方物兼表 請子弟入國學]. (당 현종은) 조칙을 내려 허락하고 사종에게 과의를 주었다[詔許之 授嗣宗果毅]. 이에 머물러 숙위하였다[仍留宿衛]. <『삼국사기』 권 제8 「신라본기 제8」 「성덕왕」>

(9)의 첫 문장은 조심해서 읽어야 한다. '遣[보낼 견]'의 주어는 '(왕은)'으로 표시했듯이 성덕왕이다. 이 '遣'에는 '사역'의 뜻도 있어 '시키다'로 해석되는 면도 있다. '당에 들어가서 방물을 바치고'의 행동주는 사

종이다. 그 다음에 '표를 올리다'의 행동주는 무엇일까? '표문'은 황제에게 올리는 글이다. '왕'일까? '사종'일까? 판단하기 쉽지 않다. 이 표문이 성덕왕이 작성하여 보낸 것인지 사종이 작성하여 올린 것인지 불분명하다.

만약 모든 신라 젊은이들의 유학을 요청한 것이라면 그 표문은 왕의 이름으로 되어 있고 사신은 단지 그것을 전한 것으로 적혀야 하다. 그런데 저 문장 (9)는 그것이 불분명하게 적혀 있다. 즉, '表[표문을 올리다]'라는 동사가, '遣'과 같은 주어를 가져서 그 주어가 성덕왕일 수도 있고, '入', '獻'과 같은 주어를 가져서 그 주어가 김사종일 수도 있는 것이다. 문장의 흐름상으로는 사종으로 해석된다. 이런 때는 관련 사항들과 이어지는 기록들에서 단서를 찾아 이 '자제'가 가리키는 대상을 결정해야 한다.

(10a)에서 보듯이 640년 선덕여왕 때에 이미 신라는 당나라에 자제들의 유학을 청하였다. (10a)도 '遣'의 주어는 선덕여왕이지만 '請'의 주어가 당나라에 간 자제들인지 선덕여왕인지 불분명하다. 그리고 (10d)에서 보듯이 고구려, 백제, 고창, 토번의 많은 귀족 자제들이 당나라 국학에 입학하여 공부하고 있었다. 그런데 왜 지금 이 시점, 68년이나 지난 728년 당현종 시기에 김사종이 뜬금없이 뒷북치는 소리를 하고 있는 것일까? 오로지 신라의 자제들만이 이 국자감에 들어가지 못하여 특별히 이때에 김사종이 그것을 당 현종에게 청한 것일까? 그럴 리가 없다.

(10) a. 선덕왕 9년[640년] 여름 5월 왕은 자제들을 당나라에 보내어 국학에 들기를 청하였다[九年 夏五月 王遣子弟於唐 請入國學].

    b. 이때 태종은 천하의 명유들을 많이 징발하여 학관으로 삼고 수시로 국자감에 행차하여 그들로 하여금 강론하게 하였다 [是時 太宗大徵天下名儒爲學官 數幸國子監 使之講論].

c. 학생으로서 능히 하나의 대경[『예기』, 『춘추』, 『좌씨전』] 이
상을 밝게 통달한 사람은 모두 관리에 보임될 수 있게 하였다
[學生能明一大經已上 皆得補官]. 학사를 1200간으로 증축하
고 학생을 3260명이 차도록 늘렸다[增築學舍千二百間 增學
生滿三千二百六十員]. 이때 사방의 학자들이 서울로 구름같
이 모여들었다[於是 四方學者雲集京師].

d. 이때에 고구려, 백제, 고창, 토번*{『昌』과 『吐』는 『당서』 「유학전」
에 의거하여 보충하였다8)}*이 역시 자제들을 보내어 입학시켰
다[於是 高句麗百濟高昌吐蕃*{昌及吐 據唐書儒學傳補之}*亦
遣子弟入學. <『삼국사기』 권 제6 「신라본기 제6」 「선덕왕」>

(9)의 '자제'는 일반적인 귀족의 자제들을 가리키는 말이 아니다. 이 대
목은 김사종 자신의 당 현종에 대한 개인적 요청으로 보아야 한다. 김사
종이 자신의 아들을 당나라로 데려오고 싶다는 뜻을 황제에게 말한 것이
다. 그렇다면 사종은 혼인하였고 아들을 신라에 두고 왔다는 말이 된다.
사종은 몇 살이나 되었고 언제 혼인하였으며 지렴은 또 몇 살이나 되었을
까? 볼모로 남겨 두고 온 것일까?

아마도 어렸을 것 같은 아들, 언제 정쟁에 휘말려 목숨을 잃을지 모르
는 전 원자(前元子)의 아들을 고국에 두고 온 신라왕의 아우가 그 아들을
당나라로 데려오고 싶을 때 누구에게 하소연할 것인가? 그거야 당연히 신
라왕보다 훨씬 힘센 당나라 황제에게 할 수밖에 없다. 그 황제가 당 현종

---

8) (10d)에는 고창, 토번에서 '昌' 자와 '吐' 자가 잘 보이지 않아 『당서』 「유학전」을 참고
하여 보충하였다는 주가 있다. 이 주로 보아 『삼국사기』의 편자들이 중국 쪽의 사료에
는 눈을 화등 같이 뜨고 있었음을 짐작할 수 있다. 그런데 막상 중요한 신라의 일들에
관해서는 왜 그렇게 소홀하게 적었는지 알 수가 없다. 사료가 부족하기도 했겠지만 숨
기고 싶은 것이 많기도 했을 것이다. 제 조상들의 이야기이니 그럴 수밖에. 그러나
제 것은 가볍게 보고 당나라 것은 무겁게 본 본성이 작용하지 않았다 하기도 어렵다.

이다.

그런데 김사종이 당나라에 온 728년으로부터 5년이 흐른 뒤 (11)에서 보듯이 733년에 '왕질(王姪: 왕의 조카) 김지렴'이 당나라에 갔다.[9] 그리고 당 현종의 극진한 대접을 받는다. 이 야속한 『삼국사기』야, 이 대목에서 독자들이 무엇을 궁금해 하겠는가? 왕의 조카이면 누구의 아들인지가 궁금하지 않겠는가? 高昌에서 昌 자가 잘 안 보이고 吐蕃(토번)에서 吐 자가 잘 안 보여서 『당서』를 참조하여 복원하였다는 주석까지 붙이는 책이 어찌 지렴이 누구의 아들이며 어떻게 하여 성덕왕의 조카가 되는지 그것 한 줄을 안 쓴다는 말인가? 그 까닭은 무엇일까? 그 까닭은 그가 누군지가 그들에게는 주석을 붙일 필요 없이 자명한 사실이었기 때문일 것이다. 나는 지렴을 환대하는 향연장에 사종이 참석했는지 안 했는지 그것이 가장 궁금하다. 그런 것을 적어 둔 책은 이 세상에 없다니---. 역사는 누구를 위하여 집필되는가?

> (11) 733년[동 32년] 겨울 12월 왕의 조카 지렴을 당에 파견하여 사은하였다[冬十二月 遣王姪志廉朝唐謝恩]. --- (이때 당 현종은) 지렴을 내전으로 불러 향연을 베풀고 속백을 하사하였다[詔饗志廉內殿 賜以束帛]. <『삼국사기』권 제8 「신라본기 제8」, 「성덕왕」>

이 '지렴'은 '왕질'이니 왕의 조카이다. 당시의 왕은 성덕왕이다. 그러니 지렴은 성덕왕의 조카이다. 성덕왕의 조카가 존재하려면 성덕왕의 형이나 아우가 있어야 한다. 그 밖의 해석은 일단 배제된다. 이 해석이 전혀

---

9) 이 문제에 관하여 '신라 시대에 견당사나 숙위로 가는 왕의 아우, 왕의 조카는 꼭 친아우, 친조카가 아니다. 4촌 아우, 6촌 아우도 있고 5촌 조카, 7촌 조카도 있다.'고 생각하는 경향이 있다. 그럴 수도 있을 것이다. 모든 사례를 놓고 점검할 필요가 있다. 쉽게는 권덕영(1997)을 참고할 수 있다.

통하지 않을 때 성덕왕의 4촌이 누구인지 따져 보고 그의 아들일 가능성, 즉 성덕왕의 5촌 조카[당질(堂姪)]일 가능성을 타진해야 한다. 그러나 여기서는 거꾸로 따져보기로 한다.

성덕왕의 4촌은 신문왕의 형이나 아우의 아들이다. 현재로서는 신문왕의 형, 아우가 있었는지 없었는지 분명하지 않다. 문무왕의 아들이 몇 명이나 되는지, 또 손자는 누구누구인지 전혀 모르는 것이다.

박창화의 『화랑세기』는 신문왕의 형으로 소명전군(昭明殿君)이 있었고 아우로 인명전군(仁明殿君)이 있었다고 기록하고 있다. 그것도 소명전군은 자의왕후의 아들이고 인명전군은 야명궁(夜明宮)의 아들이라고 적었다. 소명전군은 일찍 죽어서 아마도 아들이 없었을 것 같다. 그의 약혼녀가 김흠운의 딸이고 그녀가 나중에 신목왕후가 되니 소명전군의 아들이 있었을 것 같지는 않다. 인명전군은, 김흠돌이 신문왕을 죽이고 인명전군을 옹립하려고 '김흠돌의 모반'을 일으켰다고 되어 있으니, 능지처참되었을 것이고 그 아들이 있었다 하더라도 죽였을 것이다. 자의왕후는 이렇게 멋지게 시앗 야명궁에 대한 복수를 단행하였다.[10] 무서운 여인이다. 그러니 성덕왕의 5촌 조카가 따로 있을 턱이 없다.

7촌 조카는 있을까? 문무왕의 형제는, 태종무열왕의 번식력이 출중하여, 인문, 지경, 개원, 개지문, 거득, 마득 등등 수두룩하다. 그러니 성덕왕의 3종질[7촌 조카]라면 몇 명이나 있을 수 있다. 기록에서 찾을 수도 있으려나? 그러나 그렇게 멀리 갈 것까지야 없다.

성덕왕의 형은 둘이다. 하나는 효소왕이다. 효소왕의 아들이면 효소왕 사후 왕이 되었어야 한다. 그리고 그는 '왕질'이기 이전에 '왕자'이다. 이

---

[10] 이런 역사적 사실은 아무 데도 기록되어 있지 않고 오로지 박창화의 『화랑세기』에만 적혀 있다. 그러니 그 책이 위서라면 이런 것도 위언(僞言), 즉 거짓말이 된다. 그런데 어쩐지 이런 말들이 위언일 것 같지 않다는 생각이 든다.

효소왕에 대하여 '6세에 즉위하여 16세에 승하하였다.'는 것이 통설이다. 저자는 이미 '효소왕이 16세에 즉위하여 26세에 승하하였다.'는 『삼국유사』의 기록이 올바르다는 것을 증명하고 또 증명하였다. 그러므로 효소왕 때나 성덕왕 때 '왕자'로 기록된 사람 가운데에는 효소왕의 아들도 있을 수 있다. 그가 성덕왕의 조카임에는 틀림없다. 그러나 그는 '왕질'로 신분이 격하되어 적힐 리가 없다. 따라서 지렴은 효소왕의 아들일 수는 없다. 『삼국사기』는 아예 '효소왕에게는 아들이 없어 동모제인 성덕왕이 즉위하였다.'고 했으니, 아마도 그 사관들은 효소왕의 아들의 흔적도 남기지 않았어야 목을 유지할 수 있었을 것이다.[11]

성덕왕의 또 다른 형은 봇내이다. 그는 오대산에서 스님이 되어 있다. 스님도 숨겨둔 아들이 있을 수야 있지만 이렇게 왕질로 적혀 당나라에 사신을 가기는 어려울 것이다. 지렴이 봇내의 아들일 수는 있지만 확률은 떨어진다. 그러므로 이 지렴을 성덕왕의 형의 아들이라 하기는 어렵다.

이제 이 성덕왕의 조카는 그의 아우의 아들일 가능성이 높아진다. 그런데 이미 본 대로 바로 앞 728년에 '왕제' 김사종이 당나라에 갔다. 그리고 그가 당 현종에게 '자제'의 국학 입학을 요청하는 표를 올렸다. 그리고 '왕질 김지렴'이 이렇게 당나라 조정에 나타났다. 이 지렴이 누구의 아들이겠는가? 당연히 사종의 아들이다. 그러므로 사종이 요청한 '자제의 국학 입학'에서 '자제'는 사종 자신의 아들을 가리킨다고 결론지을 수 있다. 그렇다면 지렴을 환영하는 그 당나라 궁정의 향연장에 지렴의 당나라 국학 입학을 요청한 사종이 참가하였을 가능성도 있는 것이다.

---

11) 그렇게 하여 그 아버지가 누구인지 모르게 된 인물이 김수충이다. 그는 성덕왕의 시대에 왕자 김수충으로 적혔지만 성덕왕의 아들이 아닌 것이 분명하다. 다 성덕왕의 아들로 보고 있지만 그럴 리가 없다. 그는 696년생이고 그때의 왕은 성덕왕의 형 효소왕이다. 그러므로 수충은 효소왕의 아들이다. 『삼국사기』가 숨기고 인멸하려 한 효소왕의 아들이 눈을 똑 바로 뜨면 보이게 되어 있다.

그리고는 이 두 부자의 행적에 관하여 『삼국사기』는 더 이상 어떠한 기록도 남기지 않았다. 이들의 당나라에서의 행적이 『구당서』나 『신당서』에도 적히기는 어렵다. 사신으로 오는 것이야 외교 사절이니 조정에 나타나는 것이고 당나라 실록 『구당서』, 『신당서』에 적힐 수 있다. 그리고 그것을 보고 베낀 『자치통감』에도 적힐 수 있다, 결국은 『삼국사기』도 그런 것을 보고 베낀 것이다. 거기에 없으면 『삼국사기』에도 없으니까. 『삼국사기』를 금과옥조처럼 떠받들면 안 되는 까닭이다.

『삼국사기』에 없으면 어쩔 수 없이 다른 기록을 보아야 한다. 그래서 한국사 연구는 국내 서적만 보아서는 충분하지 않다고 말하는 것이다. 중국 책을 보아야 하고 일본 책을 보아야 한다.

3. 하란산 석 무루: 신문왕의 두 번째 원자 김근(흠)질

『송고승전』은 어떤 왕의 제3자인 무루(無漏)를 '將立儲副[태자로 책립하려]' 하였음을 (12)처럼 적고 있다. 그러나 그 왕자는 '연릉의 사양[延陵之讓]'을 흠모하여 형에게 왕위를 양보하고 출가하였다가 당나라로 간 것으로 보인다.[12] 그런데 이 스님도 신라국왕의 제3자이다.

> (12) 스님 무루는 성이 김씨로 <u>신라국왕의 제3자이다</u>[釋無漏 姓金氏 新羅國王 第三子也]. 본토에서 그 땅에 적장자가 있었으나 저부 [태자, 부군]으로 책립하려 하였다[本土以其地居嫡長將立儲副].

---

12) 그가 '연릉지양(延陵之讓)'을 흠모하였다는 것은 형에게 왕위를 양보하였다는 의미로 보인다. '연릉지양'은 오왕(吳王) 수몽(壽夢)의 넷째 아들이었던 계찰(季札)이 아버지의 왕위 계승 명령을 어기고 형에게 양보하고 연릉에 봉해진 것을 뜻한다.

그러나 무루는 어려서부터 연릉의 사양을 사모한 고로 석가법의
왕자가 되기를 원할 따름이었다[而漏幼慕延陵之讓 故願爲釋迦
法王子耳]. 마침내 도망하여 바다에 와 배를 타고 중화의 땅에
도달하였다[遂逃附海艦 達于華土]. <『송고승전』권 제21 감통
6-4. 唐朔方靈武下院無漏傳(大正藏) 권 50, p. 846 상>

이 무루가 누구일까? 신라 왕자로서 저부(儲副[=태자])가 될 수 있는
위치에 있던 사람, 그리고 당나라에 간 기록이 있는 왕자, 여러 정치적 상
황에서 겪은 안 좋은 경험 때문에 왕이 될 수 있는 기회를 사양할 만한
사연을 갖고 있는 왕자를 찾아야 한다.

이 무루는 당 숙종이 '안사의 난'을 진압하기 위하여 연 백고좌 강회에
참석하였고, 758년 입적하였다고 한다. 이 스님은 80세에 이승을 떠났을
까, 70세에 떠났을까? 758년으로부터 80을 빼면 678년이 되고 70을 빼면
688년이 된다. 678년은 문무왕의 시대이고 688년은 신문왕의 시대이다.
그는 문무왕의 아들이거나 신문왕의 아들이다. 문무왕에게 제3자가 있었
을까? 기록에서 찾을 수는 없다. 신문왕에게는 제3자가 있었을까? 있었다.

신문왕에게는 기록된 왕자만 하여도 5명이 있다. 효소왕, 봇내, 성덕왕,
사종, 근{흠}질이 그 다섯이다. 이 스님 무루는 신문왕의 다섯째 왕자 근
{흠}질일 가능성이 가장 크다. 신문왕의 제3자는 무상선사였다. 그런데
무루도 신문왕의 제3자로 볼 수 있다. 왜 그런가? 그가 당나라에 간 시점
인 726년에는 효소왕이 사망하였고 형 사종이 역적으로 몰리어 없는 것
으로 치부되었다. 그러면 남은 아들은 봇내, 성덕왕, 그리고 근{흠}질이
다. 근{흠}질이 신문왕의 제3자가 된다. 장자가 살아 있는 아들들 가운데
첫째라는 말이듯이, 제3자라는 말이 살아 있는 아들들 가운데 셋째 아들
이라는 말임을 알 수 있다.

성덕왕의 아우 김근{흠}질

(13)의 726년 5월에 당나라에 사신으로 간 성덕왕의 아우 김근{흠}질은 신문왕의 왕자이다. 성덕왕의 왕제의 지위로 조공사로 당나라에 갔다. 이미 이때 승려 신분이었던 것으로 보인다. 그는 낭장[당나라 정5품 상]을 받고 돌아갔다[還之]. 그러나 어디로 돌아갔는지 모른다. '還'의 목적지가 신라라는 보장이 없으므로 그가 돌아왔는지 안 돌아왔는지는 모른다. 신라로 오지는 않은 것 같다. 왜냐하면 그 뒤의 신라 왕위 계승 과정에 그의 흔적을 볼 수 없기 때문이다.

> (13) 726년[성덕왕 25년] 여름 4월 김충신을 당에 파견하여 하정하였다[二十五年 夏四月 遣金忠臣入唐賀正]. 5월 왕제 김근*{『책부원구』는 흠으로 적었다.}*질을 당으로 파견하여 조공하니, 당에서는 낭장을 주어 돌려보내었다[五月 遣王弟金釿*{冊府元龜作欽}*質入唐朝貢 授郞將還之]. <『삼국사기』 권 제8 「신라본기 제8」 「성덕왕」>

700년 5월의 '경영의 모반'에 연루된 김사종은 부군에서 폐위되고 원자 자격을 잃었다. 군남사로 쫓겨났다. 이제 신문왕의 적통 왕자는 김근질 하나뿐이었다.[13] 김근질이 당 현종으로부터 받은 벼슬 낭장[정 5품 상]과 김사종이 받은 과의[종 6품 하]의 품계 차이가 크다는 것이 주목된다. 이는 근질이 사종보다 더 지위가 높았다는 것을 뜻하는 것으로 해석된다. 그는 사종과는 달리 당나라에 갈 때에도 신라의 원자의 자격을 유지하고

---

13) 북송의 왕흠약, 양억 등이 1013년에 완성한 『책부원구』에는 그의 이름이 흠질(欽質)로 되어 있다. 이하에서는 『삼국사기』를 따라 '근질(釿質)'로 적는다.

있었을 것이다. 『삼국사기』의 687년 2월 '元子生' 기록은 신문왕의 두 번째 원자, 이 근질의 출생연월이다.

김사종이 부군에서 폐위된 후 국인(요석공주 등)은 다섯째 외손자 김근질을 효소왕의 부군[儲副]에 책봉하려 한 것으로 보인다. 그러나 근질은 부군이 되기를 거부하였다. 그는 부처님 나라의 왕자가 되기를 원했다. 김근질은 이미 5살 때인 691년 3월의 태자 책봉의 논란을 보았고, 700년 14살 때 '경영의 모반'으로 어머니가 죽고 형 김사종이 부군에서 폐위되어 원자 자격도 박탈당한 채 절로 쫓겨 가는 것을 보았다.

702년 효소왕이 승하하였다. 이때는 근질이 왕위 계승 제1 후보였다. 사종이 부군 지위에서 폐위되었기 때문이다. 그러나 700년의 '경영의 모반' 뒤에 부군 책봉을 거부했던 그는, 또 형 효소왕이 702년에 승하하는 것을 보고는 왕위가 더 두려워졌다. 그는 왕실의 골육상쟁에 트라우마를 가지게 되었을 것이다. 근질은 극구 왕위에 오르기를 사양하였다. 김근질은 왕위를 오대산에 가 있는 형들[봇내, 효명]에게 양보하고 대궁으로부터 도망쳤다. 할 수 없이 국인[요석공주]는 오대산의 효명[융기, 흥광]을 데려와서 즉위시켰다. 이 왕이 33대 성덕왕이다. 김근질은 형 효명에게 왕위를 양보한 것이다.

은천 하란산 백초곡의 신라 승

김근질은 그 후의 행적은 불분명하지만, 726년 5월 형 성덕왕의 명을 받아 당나라에 조공사로 갔다. 김근질이 사신으로 당에 간 기회에 서역으로 가려다가 지금의 영하 회족자치구 은천(銀川)의 하란산(賀蘭山) 백초곡(白草谷)에 들어갔을 것이다. 그러면 그는 726년에 이 땅을 떠나 당나라에 간 것이다. 입당 시기는 726년일 가능성이 매우 높다. 영하 은천은 원래 신라 김씨 왕족들의 선조인 훈족의 거주지였고 이때는 투르크족이 당나라와 국경을 맞대고 있었다. 이 김근질이 영하 회족자치구 은천의 하란산 백초곡에서 수도하여 석 무루가 되었다.

755년 12월부터 763년 2월까지 계속된 '안사의 난' 때 당 현종은 756년에 사천성의 성도로 피난을 갔다. 그리고 현종의 아들 숙종은 영주(靈州)에서 진압군을 지휘하였다. 숙종은 756년 7월부터 757년 10월까지 영주 행궁에 머무르면서 백고좌 강회를 열기도 하였다. (14)를 보면 그 숙종의 꿈에 금색의 승려가 보여서 불러 왔으니 이 이가 무루이다.

(14) 신라 승 무루[新羅僧無漏]: 그때 도적의 난리가 사방에 성하자 어떤 이가 황제에게 마땅히 부처의 도움에 의지하기를 권하였다 [時寇難方盛 或勸帝宜憑佛祐]. 승려 100인을 불러 행궁에 들어 아침저녁으로 찬불 공양을 하게 하였다[詔沙門百人入行宮朝夕諷唄]. 황제가 어느 날 저녁 몸이 금색인 승려가 보승여래를 외우고 있는 꿈을 꾸었다[帝一夕夢沙門身金色誦寶勝如來]. 좌우에 물으니 어떤 이가 대답하기를[以問左右 或對曰] '하란산 백초곡에 신라 승 무루가 있는데 늘 이 부처 이름을 외웁니다[賀蘭白草谷有新羅僧無漏常誦此名].'고 답하였다. 불러서 보고 행궁에 있게 하였다[召見行在]. 이미 불공이 와 있어서 그를 따라 함께 머무르며 복을 빌게 하였다[旣而不空至 遂并留之託以祈福].
<『佛祖統紀』 권 제40 p. 375하 376상>

(14)를 보면 무루가 당 숙종의 초청으로 백고좌 강회에 참가한 것은 756년에서 757년 사이인 것으로 보인다. 무루는 행궁에 있는 동안 여러 번 백초곡으로 돌아가기를 주청하였으나 허락을 얻지 못하고 (15)에서 보듯이 758년[경덕왕 17년]에 입적하였다.

(15) 신라의 무루가 공중에 떠서 서서 입적하다[新羅無漏凌空立化]: 이 해[758년, 경덕왕 17년]에 신라 승려 무루가 우합문에서 합장하고 공중에 떠서 서서 발이 땅을 떠나 한 자나 되게 하여 입적하였다[是歲新羅僧無漏 示寂于右閤門 合掌凌空而立 足去地尺許]. 좌우로부터 듣고 황제가 놀라서 아래로 거둥하여 와서 보았다[左右以聞 帝驚異降蹕臨視]. 옛 (백초)곡에 돌아가 묻히기를 원하는 남긴 표를 얻었다[得遺表乞歸葬舊谷]. 옛 거처로 호송하고 탑을 세우라는 조서가 있었다[有詔護送舊居建塔]. 회원현의 하원에 이르렀을 때 수레의 끌채가 움직이지 않았다[至懷遠縣下院 軔擧不動]. 그에 따라 향기로운 진흙으로 전신을 바르고 하원에 머물렀다[遂以香泥塑全身 留之下院]. <『佛祖歷代通載』권 13, 43(『大正藏』권49), p. 598 하>

왜 형 김사종보다 아우인 김근질이 더 먼저 당나라에 갔을까? 둘 다 이미 출가하여 승려가 되어 있었던 것은 틀림없다. 아마도 김사종은 이미 부군에서 폐위되고 원자의 자격도 잃어서 성덕왕의 왕위에 직접적인 위협은 되지 않았을 것이다. 그러나 김근질은 달랐다. 그는 비록 부군 책봉을 사양하고, 또 702년에 형 성덕왕에게 왕위를 양보하고 도망쳤지만 엄연히 신문왕의 적통 원자이다. 그러니 그의 생년월인 687년 2월에 '元子生'이 적힌 것이다. 그가 신문왕의 두 번째 원자이다. 성덕왕으로서는 가장 두려운 정적 아우이다. 687년 2월생이고 758년에 입적하였으니 향년 72세였다(서정목(2017b:359~360)).

720년 3월 소덕왕후를 성덕왕의 새 왕비로 들인 김순원 측으로서는 김근질을 당나라로 보내 버리는 것이 가장 급선무였을 것이다. 김근질이 당나라에 간 시기[726년 5월]의 직전[726년 정월]에 김순원의 손자로 추정되는 김충신이 당나라에 간 것도 예사롭게 보이지는 않는다.

여성구(1998:178)은 '무루가 신문왕의 아들일 가능성보다는 성덕왕의 아들일 가능성이 많다고 하겠다.'고 하고, (16)처럼 결론짓고 있다.

(16) 무루는 왕자 출신으로 형제들 간의 왕위계승을 놓고 알력이 일어나자 --- 성덕왕의 아들이었을 것으로 비정되며, 입당시기는 확실치 않으나 --- 756년 이전에는 入唐하였을 것이다.

그 논문은 '성덕왕은 691년생이다.' '근질은 692~693년에 태어났을 것이다.' '근질이 성덕왕의 동생일 확률은 적어지고 아마 사종과 마찬가지로 從弟로 보는 것이 타당하지 않을까?' 하고 있다. 이 견해는 적절한 추론이라 수 없다.

모든 것은 '효소왕이 687년 2월에 태어난 신문왕의 원자이고 692년 6세에 즉위하여 702년 16세로 승하하였다.' '성덕왕은 691년생이다.'는 통설에 갇힌 탓이다. 이거 안 고치면 신라 중대 정치사, 통일 신라사는 결코 진역사에 이를 수 없다. 거듭 말한다. 역사의 진실은, '효소왕은 677년생이고 신문왕의 원자가 아니며, 성덕왕은 681년생이다.'는 것을 받아들일 때 비로소 그 본모습을 드러낸다.

김재식 선생은 블로그에 「영하 회족 자치구 은천 하란산 암화, 하란산에서 발견한 신라인의 족적」이라는 제목의 기행문을 올려 놓았다. (17)에 관련 내용을 소개한다.

(17) 마지막으로 하란산 관련된 우리 선조 한 분을 소개한다. 당 숙종 때 하란산에서 두타행을 하는 무루라는 스님이 있었다. 무루는 산스크리트 아사스라바(asasrava)를 번역한 말로 "번뇌가 없다."라는 뜻이다. '송고승전'에 따르면 속성은 김, 신라 왕의 3째 왕자

로 기록되어 있다. 정황으로 보아 신라 신문왕~경덕왕 사이의 왕자로 추정된다.

무루는 왕위를 받을 수 있었으나 마다한 채 구법을 위해 당을 거쳐 서역으로 가던 중 총령(蔥嶺, Pamirs 고원) 대가람에서 독룡지의 큰 뱀을 제도하고 관음상에서 49일을 기도드리고, 깨달은 바 있어 인도에 가려는 뜻을 버리고 당으로 돌아와 하란산 백초곡에 초암을 짓고 두타행을 하였는데--

안록산의 난 때 당 숙종이 여러 번 몽중에 염불하는 금색인을 보고 --- 스님을 불렀으나 스님은 응하지 않다가, 중서령 곽자의의 설득으로 응하여 궁중의 내사에서 국가, 왕실의 안녕을 위해 빌었고, 난이 평정된 후 백초곡으로 돌아가고자 자주 청하였으나 뜻을 이루지 못하고 입적하였다.

무루의 입적 소식을 들은 숙종은 매우 슬퍼하며 생전 그의 소원대로 백초곡의 초암에 스님의 시신을 옮기고 후하게 장례를 치루도록 하였다고 한다. <김재식 블로그 20160810>

오래 전에 읽은 김 선생의 글을 찾아 옮겨 적는다. 2016년 가을과 2018년 여름. 그 사이 서울은 완전히 바뀌어 천양지차의 세계가 되었다. 2019년 설에 만난 김 선생과 「가락국기」에 대한 이야기를 나누고 '보주태후 허황옥'의 출발지를 논의하면서 2016년 이전의 옛정을 되살렸다.

4. 구화산 지장보살 김교각: 효소왕의 아들 김수충

숙위 간 왕자 수충

안휘성 지주시 청양현의 구화산(九華山)은 지옥의 모든 중생을 구제하겠다는 서원을 한 지장보살의 성지이다. 구화산에는 지장보살의 화신으로 추앙받는 신라 왕자 김교각(金喬覺)의 시신에 금을 입혀 육신불(月身佛)로 만든 세계 최초의 등신불이 있다. 그 곳에는 그의 99세 입적을 기념하는 99미터 높이의 동상이 서 있다. 1999년 9월 9일 9시 9분에 착공하여 2013년 8월에 완공하였다.

813년에 당나라 비관경(費冠卿)이 지은 『구화산 화성사기(九華山化城寺記)』에 의하면, 김교각은 721년(?) 24세에 당나라에 왔고, 75년 수도하고 99세 되던 794년에 입적하였다고 한다. 794년에 입적한 그가 당나라에서 75년 수도하였다면 당나라에 간 것은 719년이다. 794년에 99세였으면 그는 696년생이고 24세 된 해는 719년이다. 어떻게 보아도 그는 696년생이고 719년 24세에 당나라에 갔다. 696년의 신라왕은 32대 효소왕이다. 이 해는 677년생 효소왕이 20세 되던 해이다.

『삼국사기』에는 (18)에서 보듯이 714년에 당나라로 숙위를 가는 왕자 김수충이 있다. 아무도 그의 아버지가 누구인지 모른다. 그런데 당 현종의 대우가 극진한 것으로 보인다.

> (18) 714년[성덕왕 13년] 2월 — 왕자 김수충을 당으로 보내어 숙위하게 하니 현종은 주택과 의복을 주고 그를 총애하여 조당에서 잔치를 베풀었다[春二月 — 遣王子金守忠 入唐宿衛 玄宗賜宅及帛以寵之 賜宴于朝堂]. <『삼국사기』 권 제8 「신라본기 제8」 「성덕왕」>

이 왕자는 몇 살이나 되어 보이는가? 이 김수충은 아마도 이때 20세는 되어 보인다. 그 정도는 되어야 황제의 근위 부대에서 숙위를 할 수 있을 것이다. 714년에 20세이면 그는 몇 년생인가? 695년생이다. 19세이면

696년생이다. (18)의 김수충도 696년생일 가능성이 크다.

　지장보살의 화신 김교각은 696년생이다. 그리고 『삼국사기』에서 714년
에 숙위가는 왕자 김수충도 696년생쯤 되어 보인다. 이 둘이 동일인일 가
능성이 매우 크다. 『삼국사기』에서 지장보살 김교각에 해당하는 왕자는
714년에 19세쯤의 나이로 숙위를 간 김수충밖에 없다.

〈**지장보살 김교각 동상**. 효소왕과 성정왕후의 왕자 김수충이다.
사진은 김재식 선생이 보내 주었다.〉

제4장, 제5장에서 이미 본 대로 효소왕대에 김사종이 부군으로 책봉되어 있었다. 이것은 효소왕 유고 시에 사종이 왕위를 잇는다는 뜻이다. 그러나 그것은 효소왕에게 아들이 없을 때 가능하다. 왜냐하면 부군은 왕에게 아들이 없을 때 왕의 아우 가운데서 태자 역할을 하게 책봉된 직위이기 때문이다. 그리고 실제로 『삼국사기』는 겉으로는 '효소왕에게 아들이 없어 국인이 성덕왕을 즉위시켰다.'고 하고 있다. 그렇지만 『삼국사기』를 면밀하게 읽고 깊이 생각해 보면 효소왕에게 아들이 있었을 것만 같은 정황이 간파된다.

『삼국사기』 권 제8 「신라본기 제8」 「성덕왕」 조에는 아버지와 어머니가 누구인지 알 수 없는 왕자가 한 사람 등장한다. (18)에서 본 대로 714년 2월 당나라로 숙위를 가는 왕자 김수충(金守忠)이 있는 것이다. 이 왕자는 누구의 아들일까? '왕자'라고 적힌 이상 그의 아버지는 무조건 죽었든 살아 있든 왕이어야 한다. 이것이 왕자라는 단어가 가지는 고유의 의미 자질(semantic feature)이다. 왕제나 왕질이 가지는 자질과 근본적으로 다르다. 아버지가 왕이거나 왕이었어야 한다는 것, 그것은 '왕의 아우'라는 뜻을 가지는 '왕제'와 '앞 왕의 손자, 뒷 왕의 조카'라는 뜻을 가지는 '왕질'과 엄격하게 구분되는 자질이다.[14]

그런데 (19a)에서 보듯이 성덕왕은 715년 12월 왕자 중경을 태자로 책

---

14) 그런데 왜 신문왕의 아들인 김사종과 김근질에 대해서는 왕제라고 적었으면서 김수충에 대해서는 왕자라고 적었을까? 수충이 신문왕의 왕자였다면 그도 왕제로 적혔을지 모른다. 효소왕의 아들이었으면 사종의 아들인 지렴처럼 왕질로 적혔을 수도 있다. 그러나 지렴은 아버지가 왕이 아니었으므로 절대로 왕자로 적힐 수는 없다. 수충은 신문왕의 아들인 왕제도 아니고 성덕왕의 조카인 왕질도 아니다. 왕자이기도 하고 왕질이기도 한 중간자, 그것은 효소왕의 아들이고 성덕왕의 조카이지만, 성덕왕의 양아들이기도 한 수충의 미묘한 지위와 관련된다. 『삼국사기』는 효소왕이 무자하여 그 아우 성덕왕이 즉위하였다고 했으므로 수충을 효소왕의 아들로 적으면 안 되는 숙명을 지니고 있다.

봉하였다. 그리고 (19b)처럼 716년 3월 성정왕후를 쫓아내었다. 이 성정왕후가 태자 중경의 어머니일까? 모두 그렇게 알고 있다.

> (19) a. 715년[성덕왕 14년] 12월 — <u>왕자 중경을 책봉하여 태자로 삼았다</u>[十二月 — 封王子重慶爲太子].
> b. 716년[동 15년] 3월 — <u>성정*{엄정이라고 한 데도 있다}*왕후를 쫓아내었다</u>[三月 — 出成貞*{一云嚴貞}*王后]. 비단 500필과 밭 200결과 조 1만 석, 주택 1구역을 주었다[賜彩五百匹 田二百結 租一萬石 宅一區]. 주택은 강신공의 옛집을 사서 주었다[宅買康申公舊居賜之]. <『삼국사기』 권 제8 「신라본기 제8」 「성덕왕」>

잠깐만 생각해 보라. 태자를 책봉하고 나서 석 달 후에 그 어머니를 쫓아낸다? 그런 일을 할 만큼 간 큰 왕이 있을 수 있을까? 신하들은? 태자의 어머니를 폐비하자고 할 신하들이 있을까? 태자가 왕이 되면 쫓겨난 어머니의 원수를 갚으려고 할텐데 어찌 감히 그런 짓을 할 수 있겠는가? 조선조 연산군이 왜 생겼는데? 성정왕후는 자신의 아들 수충이 태자로 책봉되지 못한 것을 항의하다 쫓겨난 것이다.

성정왕후와 엄정왕후

이 두 왕비에 관하여 알려면 성덕왕의 혼인 관계를 살펴보아야 한다. 전해 오는 역사 기록에 따라 성덕왕의 왕비를 찾아보기로 하자. 오대산에서 돌아와 702년에 왕위에 오른 성덕왕은 (20)에서 보듯이 704년 5월에 첫 혼인을 하였다. 그리고 (21a)에서 보듯이 720년 3월에 둘째 혼인을 하였다.

그런데 (20)의 선비 김원태의 딸은 (20)에서는 그 시호를 볼 수 없다. 그 왕비가 성정왕후인지 엄정왕후인지는 『삼국사기』만 보아서는 알 수가 없다. 그러니까 (19b)의 '성정*{一云 엄정}*왕후'를 '성정=엄정'인지, '성덕왕의 왕비를 A 기록에서는 성정왕후라 했는데 B 기록에서는 엄정왕후라 했다.'는 뜻인지 정확히 알 수 없다. 필자는 후자라고 본다. (21a)의 후비 순원의 딸은 (21b)에서 보면 소덕왕후이다.

(20) 704년[성덕왕 3년] 여름 5월에 승부령 소판*{구본에는 반이라 적었는데 이번에 바로 잡았다}* 김원태의 딸을 들여 왕비로 삼았다 [夏五月 納乘府令蘇判*{舊本作叛 今校正}*金元泰之女爲妃].

(21) a. 720년[성덕왕 19년] 3월 이찬 순원의 딸을 들여 왕비로 삼았다[三月納伊飡順元之女爲王妃]. 6월 왕비를 책립하여 왕후로 삼았다 [六月 冊王妃爲王后].

   b. 724년[성덕왕 23년] 겨울 12월에 — 소덕왕비가 사망하였다 [冬十二月 — 炤德王妃卒]. <『삼국사기』 권 제8 「신라본기 제8」 「성덕왕」>

그러나 『삼국유사』 권 제1 「왕력」은 성덕왕의 이 두 왕비에 대하여 (22)과 같이 적어 아주 간명하게 저간의 사정을 알 수 있게 해 준다.

(22) 제33 성덕왕. 이름은 흥광이다[第三十三 聖德王 名興光]. 본명은 융기이다[本名 隆基]. 효소왕의 동모제이다[孝昭之母弟也]. 선비는 배소왕후이다[先妃陪昭王后]. 시호는 엄정이다[諡嚴貞]. 원대 아간의 딸이다[元大阿干之女也]. 후비는 점물왕후이다[後妃占勿王后]. 시호는 소덕이다[諡炤德]. 순원 각간의 딸이다[順元角干之女]. <『삼국유사』 권 제1 「왕력」 「성덕왕」>

『삼국유사』의 (22)에 의하면 성덕왕의 첫 왕비는 살아서는 배소왕후이고 죽은 후의 시호는 '엄정왕후'이다. 그리고 그는 '원대 아간'의 딸이다. (20)에서는 704년 5월에 성덕왕과 혼인한 왕비가 '소판 김원태'의 딸이라 했다. 『삼국사기』의 소판 김원태와 『삼국유사』의 원대 아간이 서로 다른 사람일까? '大'는 '太'와 통한다. 그리고 6등관위인 아간은 승진하여 3등관위인 소판이 될 수 있다. 이 두 이름은 성덕왕의 선비의 아버지 이름일 수밖에 없다. 그러면 704년 5월에 성덕왕과 혼인한 왕비는 엄정왕후라고 보는 것이 정상적이다.

두 번째 왕비는 살아서는 점물왕후이고 시호는 '소덕왕후'이다. (21a)의 '이찬 순원'은 승진하여 '순원 각간'이 될 수 있다.

(22)에는 성정왕후가 성덕왕의 왕비라는 흔적도 없다. 누가 보아도 성정왕후는 엄정왕후와 다른 사람이라는 것을 알 수 있다. 그러면 당연히 성정왕후는 누구의 왕비인가 하는 의문을 가지게 되고, 제대로 생각하는 사람이라면 당연히 성정왕후는 성덕왕의 앞 왕인 효소왕의 왕비일 것이라고 추론하게 되어 있다.

이 경우에는 『삼국유사』가 『삼국사기』보다 더 정확하고 믿을 수 있는 사서이다. 그러니 『삼국유사』를 믿지 않으면 신라 중대의 진역사에 다가갈 수 없는 것이다. 『삼국유사』는 정확하게 성덕왕의 첫 왕비인 김원태 아간의 딸이 살아서는 배소왕후이고 죽어서는 엄정왕후라고 적었다. 『삼국유사』를 보지 않고 『삼국사기』만 보면 이 간명한 진실을 전혀 이해할 수 없게 되어 있다. 더욱이 '성정*{일운 엄정}*왕후'라는 『삼국사기』의 불필요한 주 기록은 쓸 데 없는 혼란만 불러왔다.

이제 세주 '成貞一云嚴貞'의 '一云'이 문제라는 것을 알 수 있다. 필자가 보기로는 'A一作B'는 거의 'A는 B로도 적는다'에 가깝다. 어떤 글자를 피휘 등의 이유로 통용되는 다른 글자로도 적는다는 뜻에 가깝다.

그에 비하여 'A—云B'는 거의 'A는 다른 데서는 B라고도 되어 있다'는 뜻에 가깝다. 이 경우는 두 가지 이상의 해석이 가능하다. 'A를 달리는 B 라고도 하였다.'는 뜻일 수도 있다. 그러면 A=B가 된다. 그러나 이렇게 확실하지 않고, 'A를 이 기록에서는 A라 했는데 다른 기록에서는 B라고 도 했다. 그런데 어느 것이 옳은지 모르겠다.'의 뜻으로 붙인 주일 수도 있다. 『삼국사기』의 편찬자도 신라 시대 일을 정확하게 모르는 상태에서, 지금 문제되는 이 왕비, 즉 성덕왕의 첫 왕비를, 어떤 데서는 성정왕후라 하기도 하고, 또 어떤 데서는 엄정왕후라 하기도 한다는 뜻으로 이 주를 붙였을 수 있다.

이제 성정왕후와 엄정왕후가 다른 사람일 수도 있다는 생각을 할 수 있 는 길이 열렸다.15) 실제로 이 두 왕후가 다른 사람이라는 것을 증명해 보 기로 한다. 여기서 가장 중요한 것은 쫓겨난 왕비가 성정왕후이지 엄정왕 후가 아니라는 사실이다.

첫째 증거는 '엄정'이 시호라는 것을 들 수 있다. 시호는 죽은 뒤에 붙 인 것이다. 그리고 그 왕비의 생전의 이름은 배소왕후였다. 만약 이 사람 이 성정왕후이기도 하다면 그것은 시호일까 생시의 이름일까? 이름이 셋 이상 있다는 것이 불가능하지는 않겠지만 시호가 둘이라는 것도 이상하고 생시의 이름이 둘이라는 것도 자연스럽지 못하다.

둘째 증거는, 그리고 더 확실한 증거는 (19b)에서 말한 성정왕후를 쫓 아낸 사실이다. 그 바로 석 달 전에 왕자 중경을 태자로 책봉하였다. 만약 성정왕후의 아들 중경을 태자로 책봉하였다면 태자의 어머니인 왕비를 쫓

---

15) '一云'을 어떻게 해석할지에 관해서는 『삼국사기』, 『삼국유사』의 모든 용례를 살펴서
    차후에 논증하기로 한다. 그러나 어떻게 하더라도 이 책에서 말하는 대로 'A=B'를
    뜻하거나 'A를 다른 데서는 B라고도 한다.'를 뜻하는 것에서 벗어나지 않는다.

아낼 리가 없다.

그러면 어떻게 된 것일까? 이에 대한 답으로 상상할 수 있는 하나의 가능성은, 태자 중경을 낳은 어머니가 따로 있고 성정왕후는 자신의 아들이 아닌 중경이 태자로 책봉된 데 대하여 항의하다가 쫓겨난 것으로 보는 것이다. 이 가능성은 성정왕후에게 태자 후보가 될 만한 아들이 있다면 더 커진다. 그리고 중경의 어머니가 될 만한 왕비가 따로 있으면 더 확실해진다.

먼저 성정왕후에게 태자 후보가 될 만한 왕자가 따로 있을 수 있을까? 있다. (18)에서 본 김수충이 그 후보이다. 714년에 당나라에 숙위 가는 김수충은 몇 살이나 되었을까? 숙위는 몇 살쯤 된 왕자들이 가는 것일까? 그 수충은 (23)에서 보듯이 717년 9월 대감이 되어 공자, 10철인, 72제자의 초상화를 들고 당나라로부터 돌아왔다. 태자 중경은 그보다 석 달 앞인 717년 6월에 죽었다.

> (23) 717년[동 16년] 6월 태자 중경이 죽었다[六月太子重慶卒]. <u>시호를 효상태자라 하였다[諡曰孝殤].</u>16) ― <u>가을 9월에 당으로 들어갔던 대감 수충이 돌아와서 문선왕, 십철, 72 제자의 도상을 바치므로 태학에 보냈다</u>[秋九月 入唐大監守忠廻 獻文宣王十哲七十二弟子圖 卽置於大學]. <『삼국사기』 권 제8 「신라본기 제8」 「성덕왕」>

만약 김수충을 704년에 성덕왕과 혼인한 첫 왕비 엄정왕후가 낳았다면,

---

16) 이 '殤' 자는 '일찍 죽을 상' 자이다. 7세 미만에 죽으면 무복지상(無服之殤), 8~11세 사이에 죽으면 하상(下殤), 12~15세 사이에 죽으면 중상(中殤), 16~20세 사이에 죽으면 장상(長殤) 또는 상상(上殤)이라 한다.

수충은 714년에 많아야 10살이다. 그러면 그는 성덕왕의 원자가 되어야 한다. 그러나 아무 데서도 수충을 성덕왕의 원자라 적지 않았다. 성덕왕의 원자는 기록에 없다. 그리고 성덕왕의 첫 태자는 중경이다. 거듭된 경사라는 이 이름으로 보아 중경은 둘째 아들이다. 맏아들 원자[元慶(?)]가 조졸한 것이다. 그러면 중경은 빨라야 707년생이다. 수충이 704년 성덕왕과 혼인한 엄정왕후의 아들이라면 709년 이후 출생이다. 714년에 6살이다. 6 살짜리가 당나라 황제 근위 부대의 병사가 되어 숙위할 수는 없다. '대감' 이라는 관직도 어린이가 가질 수 있는 직은 아니다. 수충은 704년 혼인한 엄정왕후와 성덕왕의 친아들이 아니다.

그런데 수충과 중경 가운데 누가 더 나이가 많아 보이는가? 당나라에 숙위 간 수충이 더 많아 보인다. 그러면 704년에 혼인한 엄정왕후는 수충을 낳을 수 없다. 수충을 낳은 왕비가 따로 있어야 한다. 효소왕 때부터 이 시기까지에 이름이 나오는 왕비는 엄정왕후를 제외하면 성정왕후뿐이다. 그 성정왕후를 수충의 어머니라고 보는 것은 자연스럽다. 그러면 성정 왕후에게는 태자 후보인 수충이라는 아들이 있는 셈이다. 성정왕후는 자신의 아들 수충을 제치고 중경이 태자로 책봉된 데 대하여 항의하다가 쫓겨난 것이다.

엄정왕후의 아들 태자 중경

이제 중경을 낳은 왕비가 성정왕후가 아니고 다른 왕비라는 것을 증명할 수 있을까? 있다.

첫째, 717년에 죽은 중경의 시호는 '효상(孝殤)태자'이다. '상(殤)'은 '일찍 죽을 상'이다. 704년 5월에 성덕왕과 혼인한 김원태의 딸 엄정왕후는 705년에 첫 아들을 낳을 수 있다. 그가 성덕왕의 원자이다. 왕자 중경은 둘째 아들이다. 그는 빨라야 707년생이다. 그 중경이 717년에 죽을 때 몇 살인가? 많아야 11살이다. 그러니 하상(下殤)에 해당한다.

둘째, 34대 효성왕으로 즉위하는 승경(承慶)이 중경의 동생이다. 첫 번째 경사(조졸한 원자 출생), 두 번째 경사(중경의 출생), 이어진 경사(승경의 출생), 얼마나 멋들어진 이름들인가? 이들이 정확하게 성덕왕과 엄정왕후 사이에 태어난 세 아들이다. 셋 다 불운하였다. 둘은 명이 짧았다. 효성왕은 이복아우 경덕왕 세력에 시달리다 결국 죽음을 당하고 화장당하여 동해에 산골되었다. 이제 태자 중경의 어머니는 704년 5월에 혼인한 엄정왕후라고 할 수 있다.

이로써 성정왕후에게는 수충이라는 아들이 있고, 중경의 어머니는 704년 5월에 혼인한 엄정왕후라는 것이 어느 정도 증명되었다. 그러면 성정왕후를 쫓아낸 사건의 윤곽을 어느 정도 그릴 수 있다.

성정왕후와 효소왕의 아들 김수충

(19b)에서 본 성정왕후를 쫓아낸 것은 그 왕비가 무엇인가에 불만이 있기 때문이다. 그 앞에 있는 일은 중경의 태자 책봉이다. 자신의 아들이 태자로 책봉된 데 대하여 불만을 가졌을까? 그럴 리가 없다. '성정왕후를 쫓아냄' 사건은 성정왕후가 자신의 아들이 아닌 중경이 태자가 된 데 항의하다가 쫓겨난 것이다.

그러면 성정왕후의 아들은 누구일까? 이 시기에 등장한 왕자로 중경을 빼고 나면 남는 왕자는 김수충뿐이다. 수충은 704년 혼인한 성덕왕의 첫 왕비 엄정왕후의 아들도 아니고 성덕왕의 아들도 아니다. 그러면 누구의 아들일까?

714년 2월에 당나라에 숙위 가는 김수충은 717년 6월에 11살 이하의 나이로 죽은 태자 중경보다 나이가 많아 보인다. 그렇다면 수충은 성덕왕보다 더 앞의 왕의 아들이다. 33대 성덕왕의 앞 왕은 32대 효소왕이다. 수충은 효소왕의 아들일 수밖에 없다.

이제 다시 효소왕이 몇 살에 즉위하여 몇 살에 승하하였는지가 문제된다. '효소왕이 6살에 즉위하여 16살에 승하하였으며, 혼인도 하지 않고 아들도 없었다.'는 통설 아래서는 아무도 수충이 효소왕의 아들이라는 생각을 할 수가 없다. 그러나 『삼국유사』의 '효소왕이 16살에 즉위하여 26살에 승하하였다.'는 기술을 받아들이고 딸이 있었다는 것도 받아들이면 효소왕은 혼인도 하고 아들도 있었다고 할 수 있다.

김수충이 효소왕의 아들이라면 그를 낳은 왕비가 있어야 한다. 효소왕의 왕비는 누구일까? 신목왕후 이후 처음 등장하는 왕비는 704년에 성덕왕과 혼인한 왕비이다. 그런데 수충은 그 왕비가 혼인하기 전에 태어났다. 그 왕비는 수충을 낳을 수 없다.

기록상 그 다음으로 등장하는 왕비는 성정왕후이다. 수충의 어머니가 될 수 있는 제1 후보 왕비는 성정왕후이다. 정상적으로라면 이 성정왕후는 성덕왕의 형 효소왕의 왕비이다. 추측컨대 성정왕후는 효소왕의 왕비였다가 효소왕 사후 성덕왕이 형사취수한 왕비일 것이다. 그리고 엄정왕후는 704년 성덕왕과 정식으로 혼인한 김원태의 딸이다.

만약 수충이 효소왕과 성정왕후 사이의 맏아들이라면 그가 효소왕의 원자일 수도 있다. 그러나 '왕자 김수충'으로 적힌 것으로 보아 원자는 아닌 것으로 보인다. 아마도 원자인 그의 형이 일찍 죽었을 것이다. 아니면 그의 아버지가 적자가 아니어서 그 아들인 수충도 원자가 되기에는 결격 사유를 가진 것일 수도 있다. 마치 고구려의 중천왕 연불(然弗)이 아버지 동천왕 교체가 혼외자여서 '원손 연불'로 적히지 않고 단순히 '왕손 연불'

로 적힌 것처럼(제1장 참고).

김수충은 아버지 효소왕이 일찍 사망하지 않았으면 왕이 될 제1 후보
였다. 수충은 아버지가 700년 5월의 '경영의 모반'으로 상처를 입어 702
년 7월 27일 26세에 승하하였다. 이에 국인이 오대산에 가서 스님이 되어
있던 22세의 삼촌을 데려와서 즉위시켰다. 이 이가 성덕왕이다. 성덕왕이
수충의 왕위를 빼앗은 것은 아니다. 효소왕의 외할머니 요석공주가 외증
손자 수충에게 왕위를 넘기지 않고 셋째 외손자 성덕왕에게 넘긴 것이다.
수충의 처지에서는 삼촌에게 왕위를 빼앗긴 결과가 되었다.

성정왕후는 중경이 태자로 책봉된 715년 12월로부터 3개월 지난 716
년 3월에 쫓겨났다. 성정왕후가 704년에 혼인한 왕비라면, 그리고 성정
왕후의 아들 중경이 태자로 책봉되었다면 그 왕비를 쫓아낼 리가 없다.
그러면 상식적으로 이 대목에는 2명의 왕비가 등장하는 것이 옳다. 성정
왕후와 704년에 성덕왕과 혼인하여 태자 중경을 낳은 왕비가 등장해야
하는 것이다.

(19b)는 성정왕후가 자신의 아들이 당나라에 가 있는 사이에, 성덕왕과
704년에 혼인한 김원태의 딸 엄정왕후의 아들 중경을 태자로 책봉한 것
에 대하여 항의하다가 쫓겨난 것이다. 중경은 성정왕후에게는 시조카이다.
그래서 성덕왕은 형수를 쫓아내었다. 이제 수충과 성정왕후의 정체가 정
확하게 밝혀졌다.

수충의 사촌들

704년 성덕왕은 (20)에서 보듯이 엄정왕후와 혼인하고 맏아들 원경(?),
둘째 중경, 셋째 승경을 낳았다. 맏아들은 조졸하였다. 성덕왕은 형 효소
왕의 아들인 조카 수충과 자신의 아들 중경 가운데 누구를 후계자로 할지

고민하였다. 그래서 수충을 714년 2월에 당나라로 보내었다. 그래 놓고 715년 12월에 자기 아들 중경을 태자로 책봉하였다. 남편 사후 왕위를 아들에게 승계시키지 못하고 시동생에게 빼앗기고, 이제 그 후계 자리마저도 시앗 같은 동서 엄정왕후의 아들에게 빼앗긴 성정왕후는 항의하였을 것이다.

그리고 성정왕후는 716년 3월 쫓겨났다. 위자료는 충분히 받은 것으로 보이지만 2번에 걸쳐 천하를 빼앗긴 성정왕후로서는 억울하였다. 당나라에 있는 아들 수충에게 알렸다. 그래서 수충이 717년 9월에 귀국하였다. 와서 보니 태자 중경이 717년 6월 사망하였다. 아들을 잃은 숙부, 숙모에게 수충이 항의할 여지도 없었다. 이제 다시 태자로 책봉되기를 기다려야 했다. 그러나 사촌동생 승경이 버티고 있었다. 수충은 엄정왕후의 셋째 아들 승경과 왕위 계승 경쟁을 벌일 수밖에 없었다. 수충은 사촌들과 태자 자리를 놓고 싸운 것이다. 그리고 수충은 그 후의 역사 기록에서 종적을 감추었다.

수충의 삼촌들과 경영의 모반

700년의 '경영의 모반'은 김수충의 출생으로 왕위 계승 가능성이 없어진 신문왕의 원자 김사종 측의 항의이다. 684년생 사종은 700년에 17세이다. 혼인하였다. 그의 아들은 733년 12월 아버지를 찾아 당나라로 떠난 김지렴이다. 그리고 김순원은 사종을 지지함으로써 요석공주와 대립하였다. '경영의 모반'으로 신목왕후가 사망하였다. 효소왕도 다쳤다. 요석공주는 원자 김사종을 부군에서 폐위시키고 원자 자격도 박탈하였을 것이다.

김사종은 역사에서 지워졌다. 조정에서는 언급할 수도 없는 역적이 되었다. 그러니 사종의 출생년 684년은 원자 출생년이었다가 지워졌다. 그리하여 김근질의 출생 연월에 '元子生'이 적힌 것이다. 이 모반으로 경영이 죽고 순원이 중시에서 파면되었다. 702년 효소왕이 승하하였다.

효소왕의 어머니가 죽고 왕이 다치는 이 모반을 다스린 세력은 국인이다. 요석공주를 중심으로 한 문무왕의 형제, 누이들이다. 요석공주는 '경영의 모반'의 핵 외장증손자 김수충과 넷째 외손자 사종을 제쳤다. 사종은 형의 왕위에 도전했으니 역적으로 몰렸다. 왕자가 아니었으면 사형될 죄목이다. 그리고 수충도 어려서 난국을 수습하기에는 적절하지 않았다. 그리고 수충은 '경영의 모반'을 야기한 직접 요인이기도 하다.

그러면 남은 유자격자는 신문왕의 다섯째 아들 687년 2월생 김근질이다. 그는 이때 14살이다. 충분히 왕위에 오를 수 있는 나이가 되었다. 그런데 무슨 까닭에서인지 국인은 다섯째 외손자 근질을 제치고 오대산에 가 있던 둘째와 셋째 외손자들을 데려오게 했다. 이 다섯째 김근질이 제외된 것이 주목을 끈다. 앞에서 본 대로 근질은 스스로 왕위를 버렸다.

3~4살 때 서라벌의 정쟁 '김흠돌의 모반'을 경험한 형 봇내는 울면서 오지 않으려 하여 효명을 데려와 성덕왕으로 즉위시켰다. 그렇다면 성덕왕은 적통 아우 사종, 근질, 장조카 수충 등 3명의 왕위 계승 우선권자를 제치고 왕위에 오른 것이다. 성덕왕은 '형사취수' 제도에 의하여 효소왕의 미망인 성정왕후와 조카 수충을 책임졌을 것이다. 수충은 성덕왕의 양자처럼 되고 성정왕후는 성덕왕의 왕비처럼 보이게 된다.

아마 이후 어느 시점에 요석공주가 사망하였을 것이다. 719년쯤으로 보인다. 655년 남편 김흠운이 전사했을 때 20여 세라고 보면 85세 정도 된다. 요석공주 세력이 와해되고 엄정왕후의 지위도 흔들렸다.

이때 700년 5월 '경영의 모반'에 연좌되어 파면되었던 김순원이 등장한다. 김순원은 황복사 터 3층석탑 금동사리함기 명문에 '소판 김순원'으로 적혀 있다. 이 명문은 706년[성덕왕 5년] 5월에 이루어졌다. 그러므로 698년 대아찬으로 중시가 된 김순원은 700년 5월 경영의 모반 때쯤에는 파진찬이었을 것이다. 김순원은 706년 5월경에 이미 복권되어 소판에 이르러 있었다. 이 김순원이 자의왕후의 동생이다.

719년 성덕왕의 새 혼인이 추진되는 상황에서 김수충은 이제 자신에게 왕위가 오기 어려움을 알았다. 그 당시 가장 강력한 집안 자의왕후의 친정 출신인 새 숙모 소덕왕비가 또 사촌동생을 낳으면 왕위는 옛 숙모 엄정왕후가 낳은 사촌동생 김승경[34대 효성왕]에게 가기도 어려웠다.[17] (21a)에서 보았듯이 720년 3월 성덕왕은 김순원의 딸 소덕왕후와 재혼하였다. 엄정왕후는 사망했는지 폐비되었는지 기록이 없다. 수충은 아버지 효소왕의 왕위를 삼촌 성덕왕에게 빼앗겼고 또 양아버지인 그 숙부의 뒷자리마저도 이을 수 없게 되었다.

김수충은 719년경 김순원의 딸 소덕왕후를 들이는 숙부 성덕왕의 재혼이 추진될 때쯤에 이 땅을 등지고 당나라로 갔다. 그가 김교각이 되어 지장보살의 화신으로 추앙되다가 794년 99세로 입적한 후 육신불이 되었다. 죽은 후 3년 뒤에 석관을 열어 보고 시신이 썩지 않았으면 금을 입혀 육신불로 만들라는 그의 유언에 따라 제자들이 만들었다고 한다. 그 후 구화산에는 줄줄이 육신불이 등장하였다. 지장보살의 화신, 세계 최초의 육신불(肉身佛)인 등신불 김교각은 효소왕과 성정왕후의 아들인 이 김수충이 틀림없다.

김수충[김교각]은 숙부 성덕왕 아래에서 사촌동생인 성덕왕의 아들 중경과 태자 자리를 다투다가 714년 2월 당나라로 숙위 갔다. 그가 당나라

---

17) 그런데 720년에 혼인한 소덕왕후가 헌영[경덕왕]을 낳았다. 헌영은 순원의 외손자이다. 승경은 엄정왕후의 친아들로 김원태의 외손자이다. 승경과 헌영 사이의 왕위 계승전의 와중에서 737년에 신충의 「원가」가 창작되었다.

에 있는 동안 성덕왕은 형의 아들 수충을 제치고 자신의 아들인 중경을 태자로 책봉하였다. 어머니 성정왕후가 쫓겨나고 태자 자리를 빼앗긴 수충이 717년 9월 귀국하였다. 태자 중경은 717년 6월에 죽었다. 수충은 717년 귀국해서는 또 다른 사촌동생 승경과 태자 자리를 놓고 경쟁하였다. 수충은 719년 경 숙부 성덕왕과 김순원의 딸 소덕왕후의 혼인이 추진될 때쯤에 이 땅을 등지고 당나라로 갔다. 그는 사촌동생들과의 태자 자리다툼에서 패배하고 당나라로 다시 가서 김교각이 되어 보살의 반열에 올라 지장보살의 화신으로 추앙받게 되었다.18)

세상의 오해들

여성구(1998)은 사수전(謝樹田(1993))이 '수충을 지장(696년~794년)으로 본' 것에 대하여, '지장의 생몰년을 보아 무리인 것 같다.'고 하였다.

謝樹田(1993)이 '수충을 지장(696~794)으로 보았다.'고 한다. 보라, 외국인들은 이미 이렇게 말하고 있지 않은가? 謝樹田(1993)의 이 추정은 만고의 진리이다. 이미 외국인들이 이 진리를 밝힌 것이다. 그러나 謝樹田(1993)도 수충을 성덕왕과 성정왕후 사이의 아들로 보고, 중경을 성덕왕과 金妃의 아들로 보며, 승경, 헌영, 五子#{경덕왕의 왕제: 필자}#를 소덕왕후의 아들로 보는 등 헤매고 있다. 수충이 효소왕과 성정왕후의 아들이고, 소위 김비라고 한 김원태의 딸이 엄정왕후라는 것 등을 밝히지는 못한 것

---

18) 김수충이 19세인 714년에 당나라에 숙위 가서 당 현종을 만나고 717년 돌아온 것은 『삼국사기』에 남아 있다. 그러나 두 번째 영원히 이 땅을 등진 기록은 우리 사서에는 없다. 그러나 당나라에서의 활동은 『구화산 화성사기』에 자세히 들어 있다. 이 왕자 수충은 효소왕의 적장자로 효소왕이 승하하였을 때 성덕왕, 사종, 근{흠}질보다 왕위 계승 서열이 앞선다. 그는 혼외자의 아들일 뿐 그 자신은 효소왕의 적통 장자[원자일 수도 있다]이다. 그런데 702년 신문왕의 셋째 혼외자인 삼촌 성덕왕에게 왕위를 빼앗겼다. 이러한 선택의 주체는 수충의 외증조모 요석공주였을 것이다.

이다.

그러나 '지장이 수충이라.'는 것은 진리이다. 이미 우리는 지장보살의 화신 김교각에 대한 연구에서는 외국에 진 것이다. 이 진리를 우리 스스로 찾아내지 못하게 가로막은 것은, 『삼국사기』의 '687년 2월 원자생'과 '691년 3월 1일 왕자 이홍 태자 책봉'에서 이 '원자'가 '왕자 이홍'과 동일인이라고 오독하고, 효소왕이 6세에 즉위하여 16세에 승하하였으니 혼인하지도 않았고 아들도 없었다고 섣불리 못을 박은 가설이다.

지장보살(696년~794년)의 생몰년과 김수충의 생몰년 사이에 무슨 무리가 있는가? 696년생 지장보살의 아버지가 효소왕일 것이라는 생각을 왜 못했을까? 696년의 신라왕이 누구인지를 모른단 말인가? 김수충이 성덕왕과 성정왕후의 아들이라고 지레 짐작한 것이 무리이지. 『삼국사기』에 수충의 출생연대가 있는가? 성정왕후가 성덕왕의 왕비라는 기록이 있는가? 714년에 당나라에 숙위 가는, 19살은 더 되었을 김수충이 어찌 702년에 즉위하여 704년에 혼인한 성덕왕의 아들일 수 있겠는가? 『삼국유사』에는 성덕왕의 선비 김원태의 딸은 엄정왕후라고 하지 않았는가? 그러므로 성정왕후는 엄정왕후가 아니다. 이런 기록들을 종합해서 읽었으면 저렇게 헤매지는 않았을 것이다.

'효소왕이 16세에 즉위하여 26세에 승하하였고 성덕왕이 22세에 즉위하였다.'는 『삼국유사』 권 제3 「탑상 제4」, 「대산 오만 진신」의 기록을 한 번만 돌아보았으면, 그리고 『삼국유사』의 성덕왕의 왕비에 관한 증언 (22)를 한 번만 살펴보았으면 이렇게 혼란한 억측을 넘어서서 올바른 추론에 의한 진역사를 기술할 수 있었을 것이다. 이래서 『삼국유사』는 믿을 수 없는 설화집이 아니라 어떤 면에서는 『삼국사기』보다 더 믿을 수 있는 역사서인 것이다.

이 지장보살 김교각에 대하여 얼마나 잘못된 인식이 일반화되어 있는
지를 보이기 위하여 그 한 예로 위키백과[Wikipedia]의 해당 항목을 요약
해 둔다.

(24) 신라 성덕왕의 첫째 아들로 속명은 중경(重慶)이다. 24세에 당나
라에서 출가하여 교각(喬覺)이라는 법명을 받았다. 안후이성 구
화산에서 화엄경을 설파하며, 중생을 구제하는 지장보살(地藏菩
薩)의 화신으로 평가 받았다. (중략)

중국의 기록에는 신라의 왕자란 기록만 있을 뿐, 신라 어느 왕
의 자손이라는 기록은 없다. 따라서 비관경의 기록에 있는 출생
연대로 유추하여 삼국사기의 기록을 참조해 볼 때, 김교각은 서
기 697년 신라 32대 효소왕 4년 서라벌 궁궐에서 태어난 김중경
으로 파악된다. 그의 아버지는 후에 제33대 성덕왕이 된 신문왕
의 둘째 아들 흥광대군 효명이다.

701년 김중경의 나이 4세 때 32대 효소왕을 대신하여 섭정을
하던 신목태후가 암살되고, 몇 년 후 효소왕이 후사없이 세상을
떠나자 흥광대군 효명이 왕위에 오르니 33대 성덕왕이다.

이후 김중경이 화랑이 되었을 때 친모 성정왕후와 성덕왕 사
이에 후궁 문제로 갈등이 일어나 세속의 생활에 환멸을 느끼게
된다. 721년 24세의 나이로 신라를 떠나 당나라로 건너가 출가하
여 불교에 귀의하였다.

이후 구화산에 자리를 잡고, 구도 활동을 하다가, 구화산에서
75년을 수련하여 99세에 열반에 들었다. 794년 제자들을 모아놓
고 고별인사를 한 뒤 입적하였는데, 자신의 시신을 석함에 넣고
3년 후에도 썩지 않으면 등신불로 만들라는 유언을 남겼다. 열
반에 든 후 산이 울면서 허물어졌고 하늘에서는 천둥소리가 났
다고 한다. <『위키백과, 우리 모두의 백과사전』「김교각」>

어떻게 이럴 수가 있을까? 『삼국사기』에 명백하게 717년 6월 사망하였다고 기록된 효상태자 중경을 김교각이라 하고 있다. 성덕왕이 총각 시절인 효소왕 4년[696년]에 왕궁에서 중경을 낳았다고 하였다. 어머니는 누구인가? 700년 6월 1일에 사망한 신목태후가 701년에 암살되었다고 하였다. 이렇게 틀린 정보들이 백과사전에 등재되어 있다. 누가 (24)의 내용을 썼을까?

5. 요약

이 장에서는 신라 33대 성덕왕의 즉위 과정과 입당 구법승으로 알려진 지장보살의 화신 김교각, 정중종을 창시한 500 나한의 한 분 무상선사, 당 숙종과 함께 '안사의 난'을 진압하기 위한 백고좌 강회를 연 석 무루의 정체와 그들이 출가하여 승려가 되고 이 땅을 떠나 당나라로 가서 수행하게 된 정치적 배경을 밝혔다. 지장보살 김교각은 효소왕의 왕자 696년생 김수충이다. 무상선사는 신문왕의 넷째 아들 684년생 김사종이다. 석 무루는 신문왕의 다섯째 아들 687년 2월생 김근질이다.

이 3명의 신라 왕자 출신 고승에 대한 이해, 나아가 신라 중대 왕실 사정을 올바로 파악하기 위해서는 (25)와 같은 왕, 왕비, 왕자들의 관계에 대하여 명확한 인식을 가져야 한다. 『삼국유사』에는 '국인은 오대산에 숨어든 봇내[寶川]와 효명을 모셔오려 하였다. 그러나 봇내는 사양하여 효명을 모셔와서 성덕왕으로 즉위시켰다.'고 되어 있다. 이로 보면 신문왕과 신목왕후에게는 혼전에 태어난 677년생 효소왕, 679(?)년생 봇내, 681년생 성덕왕이라는 세 아들, 그리고 683년 5월 7일의 혼인 후에 태어난 684

년생 사종, 687년 2월생 근질이라는 두 아들, 모두 합쳐서 다섯 아들이 있었음이 확실하다(이하는 서정목(2017b:361~364)에서 전재함).

(25) a. 31대 신문왕[정명]-김흠돌의 딸
　　　　　　무자
　　　31대 신문왕-김흠운의 딸[신목왕후]
　　　(혼인 전) 32대 효소왕[이홍, 677년생], 봇내[679(?)년생],
　　　　　　　33대 성덕왕[효명, 681년생]
　　　(혼인 후) 김사종[684년생, 첫 번째 원자, 무상선사],
　　　　　　　김근질[687년생, 두 번째 원자, 석 무루]
　　b. 32대 효소왕-성정왕후
　　　　김수충[696년생, 지장보살 김교각]
　　c. 33대 성덕왕[효명, 681년생]-엄정왕후
　　　　김원경(?)[705년(?)생, 중경[707년(?)생, 34대 효성왕[승경,
　　　　710년(?)생]
　　　33대 성덕왕-소덕왕후
　　　　35대 경덕왕[헌영, 721년(?)생], 왕제[723년(?)생], 사소부
　　　　인[724년(?)생, 37대 宣德王 양상 모]

　신문왕과 신목왕후가 683년 5월 7일 정식으로 혼인하였으므로 효소왕, 봇내, 성덕왕은 혼전 출생이다. 그리고 혼인 후 처음 태어난 684년생 사종이 신문왕의 원자이다. 원자는 정식 혼인한 원비의 맏아들이고 왕자는 누가 언제 낳아도 왕자이다. 그런데 사종은 700년 '경영의 모반'에 연루되어 부군 지위에서 폐위되면서 원자 자격도 박탈당했다. 그 후 687년 2월생 근{흠}질을 원자로 하고 부군으로 책봉하려 했으나 그는 궁을 나가 출가하였다.

무상선사와 석 무루는 신문왕의 아들들로서 형제이다. 그들에게는 혼전, 혼외이면서 동복인 형이 3명이나 있었다. 이것이 무상선사 사종의 비극이고, 그 무상선사가 부군에서 폐위된 뒤 새 원자였던 석 무루 근질의 비극이다. 692년 7월 효소왕이 즉위할 때 사종은 9살이고 근질은 6살이다. 사종은 형 효소왕에게 왕위를 빼앗긴 것이다. 형 효소왕을 쫓아내려 한 700년의 '경영의 모반'의 원인은 696년의 조카 수충의 출생이었다. 이 모반에 연루되어 사종은 부군에서 폐위되고 역사에서 지워졌다. 그를 이을 사람은 아우 근질이었다. 근질은 이 골치 아픈 왕위 계승전에서 떠나고 싶었다. 형에게 양보하고 도망하여 출가하였다. 그래서 702년 효소왕이 승하한 후 성덕왕이 된 사람은 이미 출가하여 오대산에 가 있던 신문왕의 셋째 아들 681년생 효명이다.

　696년생 지장보살 김교각은 신문왕의 혼전, 혼외 첫아들 효소왕이 낳은 문무왕의 장증손자 김수충이다. 702년 효소왕이 승하하였을 때 그는 7살이었다. 삼촌들인 신문왕의 원자 사종, 근질, 장손자 수충 사이에 누가 왕위 계승자가 되어야 하는지 답이 없었다. 사종은 700년의 '경영의 모반'으로 자격을 상실하고 출가하였다. 근질도 왕위를 사양하고 출가하였다. 수충은 '경영의 모반'의 원인이고 나이가 어려서 보류되었다.

　그리하여 702년 왕위에 오른 것이 성덕왕이다. 그가 즉위하고 704년 봄 혼인한 후 줄줄이 왕자가 태어났다. 수충에게는 4촌 동생들이다. 당연히 성덕왕은 자신의 아들에게 왕위를 승계시키려 하였다. 714년 2월 수충은 당나라로 숙위 갔다. 715년 12월 4촌 동생 중경이 태자가 되고, 716년 3월 수충의 어머니 성정왕후가 쫓겨난 것은 큰 알력이 있었음을 암시한다. 717년 6월 중경이 사망하였다. 717년 9월 귀국한 수충은 숙부의 눈치만 보았다. 그 후 다시 성덕왕은 또 다른 4촌 승경을 태자로 책봉하려 했을 것이고 719년 김순원의 딸 소덕왕후와 재혼을 추진하고 있었다. 소덕왕후가 왕자를 낳으면 그 왕자[경덕왕]에게 왕위가 가게 되어 있다. 이것이 혼전, 혼외의 첫아들 이홍의 장자로 태어난 수충의 비극이다.

이 세 왕자는 모두 속세의 왕위 쟁탈전에 휘말려 골육상쟁을 벌이다가 패배하거나 양보하고 어쩔 수 없이 불교에 귀의하고 이 땅을 떠났다. 신문왕의 첫 번째 원자 사종은 동복 첫째 혼외 형 효소왕에게 왕위를 빼앗겼고, 두 번째 원자 근질은 동복 셋째 혼외 형 성덕왕에게 왕위를 양보한 것이다. 효소왕의 아들 수충은 성덕왕의 아들인 4촌 동생 중경, 승경과 태자 자리를 다투다가 패배하고 이 땅을 떠난 것이다. 이 출가의 이면에는 요석공주로 대표되는 왕실 직계 세력과 김순원으로 대표되는 자의왕후의 친정, 신문왕의 외척 세력의 권력 다툼이 자리하고 있다. 외가나 처가의 힘이 강하지 않은 왕자는 누구나 피를 보게 되어 있다. 이것이 신라 중대 정치 권력 다툼의 핵심이다.

이들이 부처님의 진리를 깨치기 위하여 출가하였다는 것은 그 출가 계기를 미화한 것으로 보인다. 그들은 이 땅에서 살 수 없었다. 언제 모반으로 몰리어 목숨을 잃을지 알 수 없다. 그들은 자신들의 목숨을 건지기 위하여 당나라로 간 것이다. 그러나 달리 생각하면 왕위를 둘러싼 왕실 내부의 피비린내 나는 싸움에 깊이 절망하여 마치 석가모니처럼 이 속세의 헛됨, 공허함, 허망함을 직시하고 영원한 진리를 찾아 조국을 떠난 것도 사실이다. 왕이 되어 괴로움을 당하다가 일찍 죽은 효소왕, 효성왕, 혜공왕, 아들들의 잇따른 불행에 상심했을 성덕왕보다 그들이 더 오래 살고 아직도 이름을 남기고 있는 것으로 보아 행복한 것은 오히려 그들이었다. 사람은 속세를 떠나야 행복하다.

제 7 장
신라 중대 왕실의 비극

신라 중대 왕실의 비극

1. 불행의 시작

진흥왕의 자손들

540년 7살에 즉위한 24대 진흥왕은 23대 법흥왕의 동생인 입종 갈문왕(葛文王)의 아들이다. 진흥왕의 어머니 지소태후는 법흥왕의 딸이다. 입종 갈문왕은 조카딸과 혼인한 것이다. 그러니 진흥왕은 법흥왕과 그 왕비 보도부인의 외손자이자 조카이다. 법흥왕 사후 진흥왕을 즉위시킨 사람은 외할머니이자 큰어머니인 보도부인이다. 그녀는 전왕의 왕비이다.

24대 진흥왕과 그 왕비 사도태후에게는 동륜, 사륜{금륜}, 구륜의 세 아들이 있었다. 이 가운데 동륜은 태자 시절 담을 넘어 밤 외출을 즐기다가 개에게 물려 죽었다. 576년 진흥왕 사후 왕위는 둘째 아들 사륜이 이어받았다. 그가 25대 진지왕이다. 진지왕은 579년 황음하다는 이유로 어머니 사도태후에 의하여 폐위되어 비궁에 유폐되었다. 유폐 기간 그는 도화녀와의 사이에 비형랑을 낳았다. 진지왕의 즉위와 폐위의 주체는 어머니 사도태후이다. 그녀도 전왕의 왕비이다.

둘째 아들 진지왕을 폐위시킨 사도태후는 자신의 장손자 백정(白淨)을 즉위시켰다. 백정은 사도태후의 일찍 죽은 첫아들 동륜태자의 아들이다. 이 이가 26대 진평왕이다. 진평왕은 진흥왕비 사도태후의 손자이다. 진평왕의 어머니는 입종 갈문왕의 딸이다. 즉, 진흥왕의 누이인 것이다. 진흥왕은 진평왕에게 외삼촌이다. 진평왕을 즉위시킨 사람은 그의 할머니이다. 그녀도 가장 최근에 죽은 왕인 진흥왕의 왕비이다.

632년 진평왕이 죽은 후 성골(聖骨) 남자는 하나도 남지 않았다. 그리하여 진평왕의 딸 27대 선덕여왕이 즉위하였다. 그리고 647년에 선덕여왕이 죽고 그의 4촌 28대 진덕여왕이 즉위하였다. 진덕여왕은 진평왕의 동생 국반 갈문왕의 딸이다. 진평왕의 어머니 처지에서 보면 두 손녀가 왕위에 오른 셈이다.

이들이 성골이다. 이들은 할머니나 어머니를 중심으로 왕과 그 형제들, 그리고 그들의 자녀들로 구성된 집단이다. 이 집단이 대궁에서 살았다. 그 외 왕의 삼촌이나 그 자식들, 왕의 할아버지의 형제들의 피붙이는 대궁 밖으로 나갔다. 이들이 진골을 형성한 것으로 보인다. 이 성골 왕 시대의 왕위 계승 원리는, 죽은 왕의 어머니나 부인이 자신의 직계비속[아들, 딸, 사위, 손자, 손녀, 외손자] 가운데 가장 우수한 자를 왕으로 즉위시킨다는 원리이다.[1] 성골왕 시대는 진덕여왕이 후계자를 두지 못하고 죽어 망하였다.

---

1) 4대 탈해니사금[석씨]은 왕비가 2대 남해차차웅[박씨]의 딸이다. 그는 남해차차웅의 사위 자격으로 왕위를 계승한 것이다. 13대 미추니사금[김씨]은 비가 11대 조분니사금 [석씨]의 딸이다. 김씨 최초의 왕인 그는 조분니사금의 사위로서 왕위에 오른 것이다. 17대 내물마립간은 미추니사금의 조카이면서 사위이다. 19대 눌지마립간은 어머니 내례희부인이 미추니사금의 딸이다. 눌지마립간은 내물마립간의 아들이기도 하지만 미추니사금의 외손자이기도 한 것이다. 20대 자비마립간은 눌지마립간의 장자이고, 자비마립간의 제3자가 21대 비처[소지]마립간이다. 22대 지증마립간[김씨]은 19대 눌지마립간의 아우 기보 갈문왕과 눌지마립간의 딸 조생부인 사이에서 태어났다. 그러니 그는 눌지마립간의 조카이고 외손자이다. 그 지증마립간의 아들이 23대 법흥왕이다. 신

폐위된 진지왕의 아들 용수와 용춘은 진평왕의 4촌이다. 진평왕의 어머니 처지에서 보면 이들은 직계비속이 아니다. 그들은 진골(眞骨)로 족강되어 대궁 밖에 나가 살았다. 그들은 두 여왕을 섬기면서 실권을 장악하였다. 김춘추는 25대 진지왕의 아들 용수와 26대 진평왕의 딸 천명공주 사이에서 태어났다. 그는 진평왕의 외손자이다. 또한 그는 황음하다고 어머니 사도태후에 의하여 폐위된 진지왕의 손자이다. 김용수는 진평왕의 4촌으로 천명공주에게는 5촌 당숙이다. 김춘추의 어머니 천명공주는 김춘추에게 6촌 누이인 셈이다. 이들의 혼인은 족내혼[endogamy]이다.

선덕여왕 시절 김춘추는 김유신과 축국 놀이를 하다가 문희와 사통하여 법민을 잉태하였다. 이때 서형산에 올라 서라벌이 온통 잠기도록 오줌을 누는 꿈을 꾼 것은 문희의 언니 보희였다. 보희는 비단 치마 한 폭에 문희에게 꿈을 팔았다. 이때 김춘추는 이미 혼인하여 고타소라는 어린 딸을 두고 있었다. 김춘추는 문희와의 사이에 625년경 법민을 낳았다. 그리고 김춘추는 보희와의 사이에 635년경 요석공주를 낳았다.

김유신의 누이 정희는 김달복과 혼인하였다. 그들은 두 아들 김흠돌, 김흠운을 낳았다. 김유신은 딸 진광을 김흠돌에게 시집보내었다. 김흠돌은 김유신의 생질이자 사위이다. 김흠돌과 진광 사이에 딸이 태어났다. 이 딸이 665년에 문무왕의 장자 정명태자의 태자비가 되었다.

654년 진덕여왕이 죽음으로써 성골은 남자도 여자도 하나도 남지 않게 되었다. 그리하여 진골로서는 최초로 654년에 김춘추가 즉위하여 29대 태종무열왕이 되었다. 엄밀하게 말하면 김춘추의 어머니 천명공주의 직계비속들은 이때부터 성골이 된 셈이다. 성골, 진골의 신분 명칭이 정확하게 정의되지 않는 이유가 여기에 있다. 성골을 결정하는 제일 중요한 요소는

라 상대는 사위와 외손자가 왕위를 계승한 경우가 매우 많다는 것이 특징적이다.

왕의 어머니의 직계 비속이라는 특성이다. 여기에는 사위도 들어간다.

　태종무열왕은 655년 원자 법민을 태자로 책봉하였다. 법민의 부인 자의는 태자비가 되었다. 이때 문명왕후와 김흠돌은 김유신의 딸 신광을 태자비로 밀었다. 그런데 태종무열왕이 자의의 현숙함을 사랑하여 자의를 태자비로 선택하였다. 김유신과의 의리를 배신한 것이다. 이 배신이 무열왕의 후손들이 자의왕후 세력 김순원, 김오기의 후손들에게 왕위를 빼앗기고 핍박을 당하는 원인이 되었다. 자의왕후의 아들 신문왕이 왕이 되지 않고, 김유신의 딸 신광이 낳을 김유신의 외손자가 왕이 되었다면 통일신라의 종말이 그렇게 허망하게 되지는 않았을까?

　자의는 김선품의 딸이다. 김선품은 24대 진흥왕의 셋째 아들 구륜이 낳았다. 선품에게는 운명, 자의라는 두 딸과 아들 김순원이 있었다. 운명은 김오기와 혼인하였다. 그들 사이에 김대문이 태어났다. 김오기와 김대문이 먼 훗날 화랑도 풍월주들의 계보인 『화랑세기』를 지었다.

　태종무열왕은 딸 요석공주의 배필로 김흠운을 선택하였다. 655년 1월 요석공주의 남편 김흠운이 양산 아래에서 백제군의 야습으로 죽었다. 그들에게는 어린 딸 하나가 있었다. 태종무열왕은 이 어린 외손녀를 태자 법민과 자의 사이에 태어난 태손 소명전군과 혼인시키라고 하였다. 그런데 소명전군이 일찍 죽었다. 어려서 남편 감을 잃은 김흠운의 딸은 소명제주가 되기를 원하였다.

　661년 6월 갑자기 태종무열왕이 죽었다. 법민이 30대 문무왕으로 즉위하였다. 문무왕은 665년 8월 장자 정명을 태자로 책봉하고 김흠돌의 딸과 혼인시켰다. 이 김흠돌의 딸, 즉 김유신의 외손녀는 681년까지 16년 동안 아들을 낳지 못하였다. 이것이 비극의 씨앗이 되었다.

　677년 자의왕후를 따라 자주 소명궁에 들른 정명태자는 형수 감이었던 김흠운의 딸, 고종사촌 누이와 화간하여 이공{홍}을 낳았다. 그리고 이어서 679(?)년쯤 봇내{보천}를 낳았다. 문무왕은 이들을 위하여 679년 동궁{월지궁, 안압지}를 창조하였다.

681년 7월 문무왕이 죽었다. 문명왕후도 죽었다. 자의왕후는 정명태자와 김흠운의 딸 사이에 혼외자로 태어난 손자들의 운명을 개척해야 하였다. 요석공주도 이 외손자들의 미래의 위치를 확보하지 않을 수 없었다. 그러기 위해서는 정명태자의 태자비 김흠돌의 딸을 제거해야 하였다. 그것은 그의 친정아버지 김흠돌의 숙청을 의미한다. 거기에 김흠돌은 자의를 처녀 때부터 넘보았고 문무왕에게 김유신의 딸 신광을 후궁으로 넣어 속을 썩였다.

문무왕이 병중에 있을 때 자의왕후는 언니 운명의 남편인 북원 소경[원주]의 김오기에게 김흠돌을 숙청할 것을 명하였다. 김오기는 678년[문무왕 18년]부터 북원 소경에 주둔하고 있었다. 야전군 사령관인 것이다.

2. 김흠돌의 모반

태자비는 무자하고 태자의 형수 감은 유자하였다

김흠돌은 불안하였다. 이모이자 처고모인 문명왕후가 죽으면 자신이 기댈 곳이 없었다. 거기에 딸 태자비는 정명태자의 뒤를 이을 문무왕의 원손을 낳지 못하여 좌불안석이었다. 그런데 죽은 동생 김흠운과 요석공주의 딸이 사위 정명태자와 화간하여 아들을 둘씩이나 낳아 놓았고 또 하나를 배고 있었다. 김흠돌은 요석공주의 이 외손자들을 제거해야 하였다.

681년 7월 문무왕이 죽었다. 태자 정명이 31대 신문왕으로 즉위하였다. 태자비인 김흠돌의 딸은 왕비가 되었다. 그러나 동궁인 월지궁에는 김흠돌의 동생 김흠운의 딸이 아들을 둘씩이나 데리고 버티고 있었다. 자의왕후와 신문왕은 김흠돌의 딸을 좋아하지 않았다. 요석공주는 김흠돌의 딸인 왕비를 폐비시켜야 자신의 딸이 왕비가 될 수 있고 자신의 외손자들이 왕이 될 수 있었다.

김흠돌은 인척인 진공, 흥원 등과 무의하여 자의왕후, 요석공주, 김흠운의 딸, 그리고 그녀의 아들들을 제거할 계책을 모의했을지도 모른다. 사돈 상대등 겸 병부령 김군관에게도 은밀히 도움을 청하였을 것이다. 그러나 거사를 하기도 전에 북원에서 야전군이 밀어닥쳤다. 김오기가 월성의 새 호성장군이 되어 진공이 거느리고 있는 수도경비 부대를 박살을 내었다. 성은 함락되고 부하들은 모두 죽거나 항복하였다. 김흠돌은 저항다운 저항도 하지 못하고 진공, 흥원과 함께 묵 베이어 죽었다. 김군관은 아들 천관과 함께 자결하라는 명을 받고 죽었다. 681년 8월 8일부터 21일까지 서라벌에서 벌어졌던 쿠데타와 그 진압 과정이었다. 어느 쪽이 반란군이고 어느 쪽이 진압군인지는 승패가 갈리고 나서 정해졌다.

전방에서 군대를 끌고 와서 왕성을 지키고 있던 군대를 깨부수었으니 처음은 전방 부대가 쿠데타 군이었다. 그러나 전투가 끝나고 나서 진 자들이 반란을 일으키려 하여 먼 전방에서 부대를 거느리고 와서 재경 역적들을 잡았다 하니 재경 역적들이 쿠데타 군이 되었다. 데자 뵈, 역사란 그런 것이다. 그래서 역사는 늘 반복된다고 한다. 인간이 과거에서 교훈을 얻으려 하지 않고 똑같이 어리석은 짓을 반복하기 때문이다.

신문왕과 자의왕후, 요석공주는 김흠돌의 딸을 왕비 자리에서 끌어내렸다. 아버지가 모반하였으니 그 딸을 어찌 왕비 자리에 두겠는가? 이 왕비는 아마도 딸 하나를 둔 것 같은 흔적이 있다. 이 딸은 문무왕의 손녀이고 김흠돌의 외손녀이며, 태종무열왕의 증손녀이고 김유신의 외증손녀이다.[2] 681년쯤에 김흠운의 딸은 셋째 아들 효명을 낳았다. 정식 혼인한 한 여인은 아들 하나를 못 낳아서 불행의 구렁텅이로 빠졌는데, 불륜을 저지른 다른 한 여인은 줄줄이 사탕으로 아들을 낳고 있다.

3. 효소왕의 인생

원자가 아니어서 정통성 결여에 시달리다

683년 5월 7일 신문왕은 이공{홍}, 봇내, 효명의 세 아들을 낳은 김흠운과 요석공주의 딸을 왕비로 들인다. 신목왕후이다. 28세도 더 되었을 것이다. 어려서 외할아버지가 점지한 대로 정식으로 왕비가 된 요석공주의 딸은 684년 네 번째 아들 김사종을 낳았다. 첫 번째 원자이다. 그리고 687년 2월 김근{흠}질을 낳았다. 두 번째 원자이다. 『삼국사기』에 687년 2월에 '元子生'이라는 기록을 남긴 아이가 바로 김근{흠}질이다.

691년 3월 1일 신문왕은 '왕자 이홍'을 책봉하여 태자로 삼았다. 원자 사종은 태자가 되지 못하였다. 그를 미는 세력이 불만을 품었다. 692년 7

2) 이 여인이 아들로 태어났으면 아무 일이 없었을까? 문무왕의 장손자이니 왕이 되었을 첫째 후보이다. 그러면 효소왕, 성덕왕이 존재하지 않았겠지. 아마도 김흠돌은 자기 외손자의 이복동생인 그들을 몰살시켰을 것이다. 제수 요석공주, 조카딸 신목왕후도 무사하지 못했을 것이다.

월 천하의 망나니 신문왕이 죽었다. 태자 이홍이 즉위하여 32대 효소왕이 되었다. 요석공주의 외손자이다. 677년생이니 16세이다. 원자 사종을 지지하는 세력의 요구로 사종을 부군으로 삼아 동궁에 들게 하였다. 684년생인 사종은 벌써 7살이었다.

동궁에 효소왕의 셋째 아우 사종이 들어가니, 첫째 아우 봇내와 둘째 아우 효명이 설 곳이 마땅하지 않았다. 679년생 봇내는 14살이고 681년생 효명은 12살이었다. 이들이 693년 여름 외할머니와 어머니의 지시에 따라 서라벌을 떠나 동해안을 따라 북상하여 오대산으로 들어가 스님이 되었다. 봇내는 월정사 터 근방에 자리 잡고 효명은 상원사 터 근방에 자리 잡아 암자를 짓고 수도 생활을 하였다.

696년 효소왕비 성정왕후가 왕자 김수충을 낳았다. 딸도 하나 낳은 흔적이 있다. 효소왕은 자신의 아들인 김수충을 태자로 삼으려 하였다, 그러나 부군인 김사종을 지지하는 측에서 반대하였다. 효소왕이 어머니가 왕비가 되기 전에 태어났다는 것이 그들에게 빌미를 주었다. 김사종의 처가 쪽 사람인 경영이 중심인물이었다. 700년 5월 김사종을 왕위에 올리려는 '경영의 모반'이 일어났다.

어머니 신목왕후가 난리 통에 죽었다. 경영을 비롯한 관련자들을 모두 죽였다. 그런데 할머니 자의왕후의 동생 김순원이 연좌되어 있었다.[3] 그를 중시에서 파면하였다. 그리고 반역자들이 왕위에 올리려 했던 김사종을 부군에서 폐위시켰다. 원자의 자격도 박탈하여 군남사로 쫓아내었다.

외할머니 요석공주는 넷째 동생 김근{흠}질을 다시 부군으로 책봉하려 했으나 근{흠}질이 도망갔다. 그렇다고 아들 수충을 태자로 하기에는 너무

---

3) 이 김순원과 그 아들 세력이 34대 효성왕을 시해하고 김순원의 외손자 헌영을 즉위시켰다. 35대 경덕왕이다.

어렸다. 696년생인 그는 700년에 겨우 5살이었다. 2년 뒤 702년 7월 27일 26세의 효소왕은 사인도 없이 죽었다. 7살짜리 아들 수충을 남겨둔 채로. 초라한 왕릉이 경주 조양동에, 아우 성덕왕의 거대한 왕릉 옆에 남아 있다.

〈**효소왕릉**. 경주 조양동 산 8, 월성에서 울산으로 가는 7번 국도의 동쪽에 있다. 신라 중대 왕릉 가운데 가장 초라해 보인다. 하기야 그의 조카 효성왕은 화장 후 동해에 산골되어 왕릉을 남기지도 못하였다. 북서쪽 인접한 곳에는 그의 아우 성덕왕의 능이 최초로 둘레석과 난간을 두른 전형적인 왕릉의 모습으로 앉아 있다.〉

4. 성덕왕의 즉위와 후손들의 불행

장조카, 선비의 아들, 후비의 아들

효소왕이 죽은 후 요석공주는 김근{흠}질을 왕위에 올리려 하였다. 그러나 김근{흠}질은 사양하여 오대산에 가 있는 형들에게 양보하고 자신은 성을 넘어 도망쳐 버렸다. 요석공주는 오대산에 장군 4인을 보내어 10여 년 전에 서라벌을 떠나 오대산에 가서 스님이 되어 있는 봇내와 효명을 데려오라고 하였다. 서라벌의 정쟁에 질린 봇내는 오지 않으려 했다. 할 수 없이 효명을 데려와 왕위에 올렸으니 이 이가 33대 성덕왕이다. 성덕왕은 형수 성정왕후와 조카 수충을 책임져야 하였다. 아마도 형사취수가 실시되었을 것이다.

성덕왕은 704년 김원태의 딸과 혼인하였다. 이 왕비가 살아서는 배소왕후이고 죽어서의 시호는 엄정왕후인 성덕왕의 정식 첫째 왕비이다. 둘 사이에 아들들이 태어났다. 원자는 아마도 조졸한 것으로 보인다. 성덕왕의 원자는 기록에 없다. 둘째 아들이 김중경(重慶)이다. 그리고 이어서 김승경(承慶)이 태어났다. 이제 미래의 왕위는 누구에게로 승계되어야 할까? 장조카 김수충이 왕위를 이어야 할까? 성덕왕의 장자 김중경이 이어야 할까?

714년 2월 성덕왕은 조카 김수충을 당나라로 숙위 보내었다. 그리고는 715년 12월 자신의 아들 김중경을 태자로 책봉하였다. 김수충의 어머니인 성정왕후가 거세게 항의하였다. 716년 3월 성덕왕은 위자료를 듬뿍 주고 성정왕후를 궁에서 쫓아내었다. 성정왕후는 당나라에 연락하여 아들 김수충을 귀국하라 하였다. 717년 6월 태자 중경이 죽었다. 시호가 효상(孝殤)태자이다. 717년 9월 수충이 공자와 그 제자들의 초상화를 가지고 귀국하였다.

이제 누가 성덕왕 이후의 왕위를 계승하는 것이 옳을까? 다시 문무왕의 장증손 김수충일까 아니면 성덕왕과 엄정왕후의 아들 김승경일까? 이 태자 자리 경쟁 속에 서라벌에서는 이상한 일이 벌어진다. 700년 5월의 경영의 모반에 연좌되어 파면되었던 김순원의 딸이 왕비로 간택되는 것이다. 아마 엄정왕후가 사망하고 요석공주도 사망하는 정변이 있었을 것이다.

720년 3월 김순원의 딸을 왕비로 들였다. 이 왕비가 살아서는 점물왕후요 죽어서는 소덕이라는 시호를 받았다. 소덕왕후가 김헌영을 낳았다. 이

제 태자 자리 다툼은 성정왕후와 효소왕의 아들 김수충, 엄정왕후와 성덕왕의 아들 김승경, 소덕왕후와 성덕왕의 아들 김헌영 사이에 삼파전으로 벌어지게 되었다. 누가 가장 강력하였을까?

제일 먼저 제외될 사람은 문무왕의 장증손자 수충이다. 그는 성덕왕의 아들도 아니고 엄정왕후의 아들도 아니고 소덕왕후의 아들도 아니다. 기댈 데라고는 '우리 아버지 효소왕이 문무왕의 장손자라.'는 것뿐이었다. 그러나 현실 권력 다툼은 그런 명분으로 좌우되지 않는다. 아버지가 아무리 공을 쌓은 왕이라도 힘없는 자식은 영어의 몸이 된다. 하물며 공이라고는 『삼국유사』에 많은 기사를 남겨 준 것밖에 없는 '효조대왕'을 아버지로 두었으니 그가 집권을 할 수는 없는 일이다.

힘은 무엇인가? 무력이다. 왕자가 무슨 무력을 지녔겠는가? 무력은 외할아버지의 무력, 아니면 외삼촌의 무력이다. 운이 좋아 장가를 잘 들면 장인이나 처남의 무력이 유효할 수도 있다. 그런데 친인척 관리한다고 그들과 절연하면 아무에게서도 도움을 받을 수 없다. 이 만고의 진리를 모르다니. 수충은 스스로 포기하고 부처님의 세계로 떠났다.

그 다음으로 제외될 사람은 승경일 것이다. 아버지야 헌영과 같은 성덕왕이다. 그러나 그 두 형제는 어머니가 다르다. 헌 왕비 엄정왕후가 힘이 세었겠는가, 아니면 새 왕비 소덕왕후가 힘이 세었겠는가? 헌 장인 소판 김원태가 힘이 세었겠는가, 새 장인 각간 김순원이 힘이 세었겠는가? 답은 명약관화하다.

그런데 이상하게도 724년 봄 성덕왕은 헌 왕비 엄정왕후의 아들인 김승경을 태자로 책봉하였다. 이 실책을 어떻게 감당하려고? 외손자 헌영이 죽게 된 김순원 집안에서 이것을 순순히 따랐을까? 그러지 않았을 가능성이 크다. 그렇게 된 것은 엄정왕후가 1비이고 소덕왕후가 2비라는 서열이 작용한 것은 아닐까? 적자는 승경이고 헌영은 아무튼 2비거나 재취한 왕비의 아들이다.

〈**성덕왕릉**. 경주시 조양동 산 8, 월성에서 울산으로 가는 7번 국도 동쪽에 있다. 큰 비석이 있었던 듯, 100여 미터 남쪽에 머리가 잘린 귀부(龜趺)가 남아 있다. 가까이에 있는 형 효소왕의 능과는 달리, 상석과 둘레석, 삼각형의 받침석이 있고 십이지상의 조각, 난간, 문인석과 사자상 등도 잘 갖추어져 있다. 신라 왕릉에서부터 조선 왕릉에까지 이르는 전형적인 유교적 왕릉의 모습이 출발한 시점을 보여 준다.〉

720년경부터 737년 죽을 때까지 성덕왕은 이 두 왕자, 아니 이 두 여자에게 시달리다 가슴에 병이 들었을 것이다. 마음의 병은 어의도 어떻게 해 볼 수 없는 병이다. 그냥 오대산 효명암에 있는 것이 훨씬 더 행복하지 않았을까? 뭐 하러 속세로 나와 가지고서는 저 고생을 한다는 것인지.

736년 가을 태자 김승경은 신하 신충에게 '他日若忘卿 有如栢樹[훗날 경을 잊기 않기를 이 잣나무를 두고 맹서한다].'고 다짐하고, 737년 2월 성덕왕이 죽자 34대 효성왕으로 즉위하였다. 신충은 김대문의 아들이다. 신충의 할아버지가 김흠돌의 모반을 진압한 김오기이다. 신충은 자의왕후의 언니 운명의 손자이다. 자의왕후의 손자 성덕왕과 6촌이다. 자의왕후의 남동생 김순원의 손자인 충신, 효신과도 6촌 사이이다.

효성왕은 즉위 후 왕비 박씨와 함께 당 현종의 책봉을 받았다. 효성왕 즉위 시에 공신록에 이름을 올리지 못한 신충이 효성왕을 원망하여 지은 시가 유명한 향가 「원가(怨歌)」이다. 효성왕은 이 시를 보고 신충을 공신록에 넣고 작과 녹을 올려 주었다. 이후 중시가 된 신충은 효성왕을 핍박하여 자신의 세력을 키운다. 그 결과 효성왕은 739년 3월 김순원의 손녀[김진종의 딸] 혜명을 계비로 맞아들인다. 그리고 739년 5월 아우 김헌영을 태자로 책봉하였다. 혜명왕비가 족인들과 모의하여 효성왕이 총애하던 후궁을 죽였다. 후궁의 아버지 영종이 모반하였다.

효성왕은 이 후궁 스캔들에 휩싸여 죽었다(서정목(2018) 참고). 아마 시해일 것이다. 그를 이은 왕이 35대 경덕왕이고 그의 아들 36대 혜공왕이 고종사촌 김양상에게 시해 당하여 김춘추의 후손들이 왕위를 이은 통일 신라는 멸망하였다. 김양상이 37대 선덕왕으로 즉위하였다. 그는 성덕왕과 소덕왕후의 딸 사소부인의 아들로서 역시 성덕왕의 외손자였다.

5. 성덕왕의 조카와 아우들의 행복

밀려난 자들이 스님이 되었다

『삼국사기』에는 714년[성덕왕 15년] 2월에 당나라로 숙위 가는 왕자 김수충이 있다. 그는 717년 9월에 돌아왔다. 그리고는 우리나라 역사 기록에서는 흔적을 감추었다. 『구화산 화성사기』에는 지장보살의 화신 김교각이 신라 왕자라고 한다. 그는 당나라에서 75년 동안 수도하고 784년 99세의 나이로 성불하였다. 그러면 그가 당나라에 간 시점은 719년이다.

784년에 99세이면 696년생이다. 696년의 신라 왕은 32대 효소왕이다. 수충은 효소왕의 아들이다. 외동아들이니 신문왕의 장손이고 문무왕의 장증손자이다. 성덕왕의 장조카 수충은 이렇게 당나라로 떠났다. 이 복잡한 왕위 계승 다툼이 싫어졌기 때문이다. 정치적 망명이라 할 수 있다. 당 현종의 극진한 대우를 받았다.

그러나 제6장에서 본 대로 그는 99세까지 살았다. 그것뿐인가? 아직도 그는 지장보살의 화신으로 뭇 불자들의 가슴 속에 살아 숨 쉰다. '지옥의 모든 중생들이 다 성불하고 난 뒤 맨 마지막으로 제가 성불하겠습니다.' 말이나 되나? 지옥에 들어온 중생도 한이 없지만 앞으로 윤회에 의하여 두고두고 지옥에 들어올 그 많은 중생들이 성불하도록 어떻게 기다린다는 말인가? 차라리 '저는 성불 안 하겠습니다.'가 낫지.

아무튼 그의 그 불심은 오늘날도 남아 있어서 1999년 9월 9일 9시 9분에 그의 99세 열반을 기리는 동상을 만들 정도로 영원한 삶을 누리고 있다. 어쩌면 신라 왕족 중에서 가장 출세한 사람일지도 모른다. 세속을 떠나면 이렇게 위대한 삶을 살 수도 있다. 그러나 나는 그가 행복했는지 안 행복했는지 모른다. 하기야 속인이 따져보는 행, 불행이 무슨 의미가 있겠는가? 그가 남긴 시 한 수가 이 새벽에도 흐리멍텅한 머릿속을 맴돈다(『당시집(唐詩集)』).

(1) 送童子下山[동자 하산함을 보내며]   김교각 [번역 : 저자]

空門寂寞汝思家 텅 빈 절집 적막하여 그대 옛집 생각 터니
禮別雲房下九華 운방에 절, 이별하고 구화산을 내려가네.
愛向竹欄騎竹馬 대 난간 사랑하여 죽마처럼 타고 놀더니
懶於金地聚金沙 황금의 땅 금모래 모으기도 싫증났구나.
漆瓶澗底休招月 옻칠한 병 물 바닥에 달 찾아올 일 없고
烹茗甌中罷弄花 차 달인 단지 속에 아름다운 꽃 필 일 없네.
好玄不須頻下淚 부처 법 좋아하면 자주 눈물질 일 없느니
老僧相伴有煙霞 늙은 중 내[烟]와 노을[霞] 있어 서로 벗하리.

'그대 옛집 생각 터니, 운방에 절로써 이별하고 구화산을 내려가네.'가 가슴을 저민다. 호랑이에 물리어 온 아이를 거두어 동자로 두었더니 그도 옛집 생각하여 구화산을 내려갔다. 텅 빈 절간에 홀로 앉아 돌아갈 고향, 고국마저 잃어버리고 왕위를 숙부와 사촌동생에게 빼앗긴 효소왕의 왕자 수충은 무엇에 마음을 붙이고 몸을 의지하여 75년을 버티었을까? 불법, 오로지 그 불법에 의지하여 삶을 지탱한 것일까?

짐짓 '옻칠한 병 물 바닥에는 달 비칠 일 없고, 차 달인 다기에는 꽃이 피지 않는다.'고 하며, '부처 법 사랑하면 자주 눈물질 일 없다.'고 한다. 얼마나 자주 울어 보아야 저 경지에 도달할 수 있을 것인가? 병 속 물에야 달이 비취지 않고 다기에야 꽃이 피지 않으련만, 부처 법만으로써 어

찌 그 눈물을 다 거둘 수 있었겠는가? 연하(煙霞)가 있어 늙은 중의 벗이 되고 노승은 다시 연하의 벗이 되어 세월을 이겨 나간다. 연하가 어느 여인의 이름일까? 부질없는 불경한 생각을 하면서, 지옥에 있는 모든 중생들을 다 구제한 뒤에야 비로소 성불하겠다는 서원(誓願)을 지은 지장보살님이라면, 영원히 지옥에서 벗어나지 못할 이 중생마저 용서하시리라 어깃장을 놓는다.

『삼국사기』에는 728년[성덕왕 27년]에 왕제 김사종이 당나라에 갔다고 되어 있다. 그리고 그가 자신의 아들 김지렴을 당나라로 데려가는 것처럼 보이는 기록이 있다. 그리고 『역대법보기』에는 신라국왕 제3자인 김화상이 무상선사가 되어 정중종을 창시하고 500 나한의 455번째 나한이 되었다고 한다. 그는 45세 되던 728년에 당나라로 가서 당 현종의 지원을 받아 사천성 성도에서 수도 생활을 하였다. 아마도 구화산의 조카 수충을 찾아가서 레슨을 받았을 것 같기도 하다.

728년에 45세였다면 그는 몇 년생인가? 684년생이다. 그 684년은 신문왕과 신목왕후가 정식으로 혼인한 683년 5월 7일의 다음 해이다. 그가 왕비 신목왕후가 왕비 자격으로는 처음 낳은 아들이다. 그가 신문왕의 첫 번째 원자이다. 692년 7월 형 이공이 즉위할 때 부군으로 책봉되었다. 그러나 696년 조카 수충이 태어남으로써 부군의 지위가 흔들렸다.

700년 5월 장인이었을 것 같은 경영이 모반함으로써 그는 부군에서 폐위되었다. 원자도 덩달아 날아갔다. 군남사로 출가하여 중이 되었다. 그런 그를 형인 성덕왕은 당나라로 숙위를 보낸 것이다. 45살에 숙위라니. 이 나이에 군대 생활을 한다면, 우리는 탈영할 것이다.

속세에서 원자도 되어 보고, 부군도 되어 보고, 장가도 들어 보고, 아들도 낳아 보고, 속세의 온갖 좋은 일은 다 경험한 것 같은 이 사나이도 모반에 휘말려 모든 지위를 내려놓고 불가에 귀의하였다. 불가(佛家)라? 이렇게 좋은 도피처가 있다니. 그는 아들 지렴까지 당나라로 불러가서 이 고뇌의 땅과 완전히 결별하였다.

'무억(無憶): 과거를 묻지 마세요, 무념(無念): 오늘밤 일은 잊으세요, 막망(莫忘): 우리에게 내일은 없어요.'라. 마치 유행가 가사 같은 삼구설법(三句說法)으로 중생을 제도하였다니, 미스트롯이 따로 없다. 중생은 그렇게 간단해야 설득된다. '정의냐 불의냐?' '공정이냐 불공정이냐?' 세상을 양단하듯이. 단순, 명료하게 잘라야 한다. 도(道)가 튼 것이다.

755년 안사의 난이 일어나자 성도로 피난 온 현종을 다시 만나 정중사에 주석하면서 정중종을 창시하였다. 그의 설법 요체가 삼구였다. 762년 79세로 열반하였다. 그가 행복했었는지 안 행복했었는지는 삼구에 답이 들어 있다.

『삼국사기』에는 726년[성덕왕 25년]에 왕제 김근질을 당나라로 보내었고 당에서는 낭장[당나라 정 5품 상]을 주어 환(還)하였다고 되어 있다. 그리고 『송고승전』에는 신라 승 무루가 당 숙종이 영주에서 안사의 난을 진압하며 연 백고좌 강회에 초청되었다고 되어 있다.

그도 신라국왕의 제3자라고 한다. 따져 보면 신문왕의 제3자이다. 무루는 758년 72세로 열반하였다. 그러면 몇 년생인가? 687년생이다. 687년 2월에 『삼국사기』에는 신문왕의 '元子生'이라는 기록이 있다. 이 기록은 김근질, 무루의 출생을 적은 것이다

왜 그가 신문왕의 원자인가? 신문왕의 아들은 677년생 효조왕, 679년(?)생 봇내, 681년생 융기대왕, 684년생 무상선사 사종까지 줄줄이 있다. 모두 그의 형이다. 그러나 그가 당나라로 가던 726년에는 효조대왕이 승하하였고 사종이 모반에 연루되어 폐위되어 투명 인간이 되었다. 그가 제

3자이다. 그리고 어머니 신목왕후가 683년 5월 7일 혼인한 뒤에 태어난 유일한 적자 형 원자 사종이 역적이 되었다.

그러니 그가 새로 원자가 될 수밖에 없었다. 그러나 그는 이 왕실 내의 골육상쟁에 물렸다. 부군 자리도 왕 자리도 다 물리쳤다. 그는 정말로 왕위를 오대산의 형들에게 양보하고 도망쳤다. 그가 가장 행복했을 것 같다. 그러나 그도 당 숙종의 행궁에 있는 것이 불편했던 듯 자주 백초곡으로 돌아가고자 하는 표문을 올렸다. 그리고 72세 되던 해인 758년 영주의 행궁에서 열반하였다. 셋 가운데 가장 짧은 생을 살았다. 그의 삶은 자세히 알려져 있지 않지만 왠지 짠한 느낌을 준다. 막내여서 그럴까? 당 숙종의 칙명에 의하여 영하 은천 하란산 백초곡의 하원으로 운구하여 영원한 어둠으로 사라졌다. 지금도 그곳에는 탑이 있다.

6. 덧붙임: 성덕왕의 시대

진골 귀족 세력과 왕당파의 충돌이 아니다

국사편찬위원회(1998)의 『한국사 9』 「통일신라」는 지금까지 우리가 살펴본 효소왕, 성덕왕, 효성왕 시대에 관하여 (2)와 같이 적고 있다.

(2) a. 聖德王 때에 이르러 신라의 전제정치는 그 극성기를 구가하며
        --- 萬波息笛으로서 상징되는 평화를 누리게 되었다.
    b. 효소왕은 6세의 어린 나이로 왕위에 올랐는데, 母后가 섭정하는 등 스스로에 의한 정상적인 왕위수행은 어려웠을 것으로 생각되기 때문이다.

c. 성덕왕이 행한 왕권강화 노력은 --- 일정한 왕당파 세력의 지지와 협력을 받았을 것으로 보인다. --- 孝昭王代의 정치에 참여하였다가 몰락하여 소외당하고 있던 인물들에게 커다란 관심을 갖고 중용했다. 진골귀족세력의 영향을 벗어나기 위하여 선택한 방법이었다고 할 수 있다. --- 이들 세력은 성덕왕의 후비로 딸을 바친 金順元으로 대표되는 것으로 보인다.

d. 그렇지만 이와는 달리 엄정왕후로서 상징되며 성덕왕의 왕권을 제약하던 진골귀족세력은 상대적으로 크게 위축되었을 것임은 틀림이 없다. 그러므로 이러한 두 세력의 대립 충돌은 필연적이었을 것이다. 이러한 두 세력의 대립 충돌을 상징적으로 보여주는 사건이 바로 성덕왕의 첫째 왕비인 엄정왕후의 出宮事件이다.

e. 성덕왕은 19년에 가서 새로이 왕비를 맞아들이고 있는데, 바로 왕당파 세력으로 중시출신인 金順元의 딸이었다. 이 사건은 왕당파로 하여금 더욱 세력을 떨칠 수 있게 해준 것이 아닐까 한다. 3년 후 김순원의 딸에게서 난 아들을 3세의 어린 나이로 太子로 책봉하여 성덕왕은 자기의 즉위과정과는 달리 왕위계승에 있어서 발생할 수 있는 문제를 일찍부터 없애려고 하였다. 그리고 이후 丁田을 실시하고, 자기 주위의 핵심인물들을 將軍으로 임명한다든지, 또한 浿江 이남 지역의 획득 등을 통하여 정치적, 사회적 안정을 꾀하고자 하였다.

f. 그 결과 성덕왕은 이제 전제왕권의 극성기를 구가할 수 있지 않았을까 한다. <국사편찬위원회(1998), 『한국사 9』「통일신라」 95-101면>

(2a, f)는 성덕왕 시대가 전제 왕권이 확립된 평화로운 시대였다고 적고 있다. 그러나 이러한 결론을 도출하는 논거들 가운데에는 지금까지 우리

가 살펴본 내용들과는 다른 것들이 많다. 국사편찬위원회(1998), 『한국사 9』「통일신라」의 내용이 옳으면 이 책의 내용이 틀린 것이고, 이 책의 내용이 옳으면 (2)의 내용이 틀린 것이다. 그러므로 저자는 어쩔 수 없이 (2)에서 역사적 사실에 어긋난 내용을 지적할 수밖에 없고, (2)에 들어 있는 역사 인식에서 문제가 되는 점을 비판할 수밖에 없다.

(2b)를 보면 '효소왕이 6세에 왕위에 올랐다.'고 하였다. 이는 '687년 2월생의 元子'가 '691년 3월 1일 태자로 책봉되는 王子 理洪'과 같은 사람인 줄로 착각한 데에 기인하는 것으로 틀린 것이다. 효소왕은 692년에 왕위에 올랐다. 692년에 6세였으면 사망한 702년에는 16세이다. 이렇게 되면 714년에 20세쯤 되어서 당나라에 숙위 가는 왕자 김수충이 효소왕의 아들이라는 것을 상상도 할 수 없다. 그리고 716년 3월에 쫓겨나는 성정왕후가 효소왕의 왕비라는 것도 생각할 수 없다. 달리 말하면 (2b)와 같은 틀린 역사 기술이 김수충이 어느 왕의 왕자인지, 성정왕후는 어느 왕의 왕비이며 엄정왕후와 같은 사람인지 아니면 다른 사람인지 등등의 역사의 진실을 찾아가는 길을 막고 있다.

효소왕은 『삼국유사』 권 제3 「탑상 제4」 「대산 오만 진신」에 의하면 692년에 16세로 즉위하여 702년에 26세로 승하하였다. 그리고 성덕왕은 오대산에서 승려가 되어 있다가 702년 22세 때에 국인이 보낸 장군 4인에 의하여 모셔져 와서 즉위하였다. 692년에 16세이면 677년에 출생한 것이고 702년에 22세이면 681년에 출생한 것이다. 이들의 아버지는 신문왕이고 어머니는 신목왕후임에 틀림없다.

신문왕은 681년 7월 즉위하였다. 그리고 681년 8월 8일 왕비의 아버지 김흠돌의 모반으로 김흠돌, 김군관, 진공, 흥원 등을 죽이고 왕비인 김흠돌의 딸을 폐비시켰다. 그 후 683년 5월 7일 김흠운의 딸과 정식으로 혼인하였으니 이 왕비가 신목왕후이다. 그러므로 효소왕과 성덕왕은 신문왕과 신목왕후가 혼인하기 전에 혼외정사로 낳은 아들들이다.

효소왕이 692년 16세에 즉위하여 702년 26세에 승하하였다고 하면, 당연히 그에게는 왕비도 있었고 아들도 있었을 것이라는 생각을 하게 된다. 그러면 저절로 어느 왕의 왕비인지 모르는 성정왕후는 효소왕의 왕비일 것이라는 생각을 하게 되고, 어느 왕의 아들인지 불분명한 김수충은 효소왕의 아들일 것이라는 생각을 할 수 있다.

(2)는 효소왕을 어린 왕으로 잘못 판단하여 모후의 섭정을 설정하고 왕권이 약하였다는 전제를 하고 있다. 그러나 효소왕은 어린 왕도 아니고 모후의 섭정은 기록에 없는 말을 지어낸 것이다. 8세에 즉위한 혜공왕이 어려서 경수태후가 섭정하였다는 그런 기록은 효소왕대에는 찾아볼 수 없다. 682년 5월 신문왕 2년에 얻은 만파식적이 신문왕 12년 효소왕 10년을 거쳐 20여년이나 지난 702년 7월에 즉위한 성덕왕대에 비로소 효과를 발휘했다는 것이 합리적 역사 기술이라 할 수 있는가? 효소왕대에 왕권이 약하였다는 말은 할 수 있을 것이다. 그러나 그러면 신문왕의 왕권 강화 노력은 실패한 것으로 평가해야 하지 않는가?

(2c)는 왕당파와 진골 귀족 세력의 대립을 설정하고 있다. 왕당파는 딸을 왕비로 들일 때 이찬[최종관등은 각간]이었던 김순원과 그의 딸 소덕왕후로 대표된다. (2d)를 보면 진골 귀족 세력은 엄정왕후로 대표된다. 엄정왕후의 친정아버지는 딸을 왕비로 들일 때는 아찬[최종관등은 소판]이었던 김원태이다. 그리고 이 두 세력의 충돌 중 대표적인 것이 '엄정왕후의 출궁 사건'이라 하고 있다.

그러나 엄정왕후가 출궁하였다는 것은 사실이 아니다. 『삼국사기』는 '엄정왕후가 출궁하였다.'고 한 기록이 없다. 그 기록은 '出成貞*{一云嚴

貞}*王后’라고 되어 있다. 이 경우 ‘出’은 타동사이고 그 목적어는 ‘성정왕후’이다. 정확하게 번역하면 ‘성정왕후를 쫓아내었다.’가 된다. 716년 3월에 쫓겨난 왕비는 성정왕후이지 엄정왕후가 아니다.

(2d)가 옳다고 하려면 ‘成貞=嚴貞’이라는 것을 증명하여야 한다. 국사편찬위원회(1998)은 성정왕후=엄정왕후로 보고 있지만 그것은 틀린 것이다. 이 두 왕비는 동일인이 아니다. 이제 이 논의가 ‘一云嚴貞’이라고 한 세주를 어떻게 읽고 어떻게 번역하여, 어떤 뜻으로 해석하는가 하는 문제라는 것을 알 수 있을 것이다. 『삼국사기』의 편찬자가 성덕왕의 왕비라고 착각하고 있던 이 성정왕후를 다른 기록에서는 엄정왕후라고도 한다는 것이 *{一云嚴貞}*이라는 세주의 의미이다. 성정왕후는 성덕왕의 형인 32대 효소왕의 왕비이다. 그런데 효소왕이 죽고 성덕왕이 즉위한 후에 성덕왕은 성정왕후를 형사취수 하였을 것이다. 그리하여 기록에 따라 성정왕후를 성덕왕의 왕비처럼 말한 곳도 있었을 것이다. 이를 보고 『삼국사기』는 성덕왕의 형수인 성정왕후에 ‘*{ 엄정왕후라고 한 곳도 있다[一云嚴貞].}*’는 주를 붙인 것이다. 이 주를 ‘성정왕후를 엄정왕후라고도 하는 줄로’ 착각하고 이 두 왕비가 동일인이라는 오류를 범한 것이다.

이 성정왕후의 쫓아냄 사건에 대해서는 깊은 논의가 필요하다. 이 논의를 위해서는 먼저 성덕왕의 혼인 관계를 정리할 필요가 있다.

702년 오대산에서 서라벌로 와서 즉위한 성덕왕은 704년에 김원태의 딸과 첫 번째 혼인을 하였다. 이 왕비는 『삼국유사』 권 제1 「왕력」에 의하면 생시에 배소왕후이고 죽은 뒤의 시호가 엄정왕후이다.

그런데 22세에 즉위한 혈기왕성한 성덕왕이 2년 동안이나 여자 없이 홀로 왕궁에 거주하였을까? 이 2년 동안 누가 성덕왕과 잠자리를 같이 했을까? 형사취수 제도에 의하면 죽은 형 효소왕의 왕비가 하게 되어 있다.

그 왕비가 성정왕후이다. 성정왕후는 효소왕의 왕비이고 엄정왕후는 성덕왕의 첫 왕비이다.

성정왕후에게는 김수충이라는 왕자가 있고, 엄정왕후에게는 중경이라는 왕자가 있다. 714년 2월에 성덕왕은 수충을 당나라로 숙위 보내었다. 그러고는 715년 12월에 엄정왕후의 아들 중경을 태자로 책봉하였다. 성정왕후는 효소왕과 자신의 아들이고 신문왕의 장손인 김수충이 태자가 되어야 한다고 항의하였을 것이다. 이에 성덕왕은 716년 3월에 형수 성정왕후를 쫓아낸 것이다. 이 '성정왕후 쫓아냄 사건'을 '엄정왕후의 출궁 사건'이라고 보고, 그 출궁 사건이 왕당파와 진골 귀족 세력의 대립이라고 하는 것은 적절한 역사 인식이 아니다.[4]

첫 번째 혼인을 한 때로부터 16년 후에 성덕왕은 720년 3월 김순원의 딸과 두 번째 혼인을 하였다. 이 왕비는『삼국유사』권 제1 「왕력」에 의하면 생시에 점물왕후이고 죽은 뒤의 시호가 소덕왕후이다. 엄정왕후가 죽었던 것인지 아니면 실권하고 비궁에 유폐되었던 것인지 아직 밝혀진 것은 없다.

716년 3월에 일어난 '성정왕후 쫓아냄 사건'을 720년 3월에 혼인하는 소덕왕후의 친정 아버지 김순원과 진골 귀족 세력이 충돌한 일이라고 하려면, 김순원이 716년 3월 성정왕후[=엄정왕후]를 쫓아내고 그 4년 뒤인 720년 3월에 자신의 딸을 왕비로 밀어 넣었다고 해야 한다. 그러려면 성정왕후와 엄정왕후가 같은 사람이라는 것을 증명하여야 한다. 그러나 성정왕후와 엄정왕후는 절대로 같은 사람이 아니다.

이 '엄정왕후의 출궁 사건'은 틀린 것이다. 가장 중요한 사실은 쫓겨난

---

4) 성정왕후와 엄정왕후가 같은 사람이 아니라는 것, 성정왕후 쫓아냄 사건의 의미 등에 관해서는 서정목(2016a, 2017b 등)에서 중복하여 논증하였다.

왕후가 엄정왕후가 아니라 성정왕후라는 것이다. 엄정왕후가 쫓겨났다는 말은 아무 데도 없다. 그러므로 김순원을 왕당파로 보고 그 왕당파가 진골 귀족 세력의 상징인 엄정왕후를 쫓아내었다는 것은 사실이 아니다. 특히 김순원이 수충과 중경의 태자 자리다툼에 관여할 직접적인 이유는 없다. 김순원을 왕당파로 보고 엄정왕후 세력을 진골 귀족 세력으로 보아 이 두 세력이 대립하고 있었다고 설정한 권력 다툼의 구도는 근거가 없다.5)

'성정왕후 쫓아냄 사건'은 왕당파 김순원 세력과 엄정왕후로 상징되는 진골 귀족의 충돌이 아니다. 이 사건은, 성덕왕의 태자로 32대 효소왕의 아들인 수충을 책봉할 것인가, 아니면 33대 성덕왕 자신의 아들인 중경을 책봉할 것인가의 충돌이다. 따라서 성정왕후와 엄정왕후가 충돌한 것이다. 김순원은 이 싸움에 직접적으로 관계되지는 않는다. 성정왕후를 쫓아낸 충돌이 일어난 716년에는 김순원의 딸 소덕왕후는 아직 시집을 오지도 않았다. 성정왕후를 쫓아낸 세력은 김원태, 엄정왕후, 요석공주, 그리고 성덕왕이다.

엄정왕후와 소덕왕후를 각각 미는 서로 다른 두 세력이 720년쯤에, 그리고 그 후에 정치적 갈등을 빚었을 수는 있다. 그러나 그것도 진골 귀족 세력과 왕당파의 대립이라고 하기는 어렵다. 이 권력 대립의 실상은 요석공주를 중심으로 한 태종무열왕 직계 세력과 김순원, 김오기를 중심으로 한 자의왕후 친정 세력의 대립이다. 두 세력 다 진골이고 두 세력 다 왕당파이다. 진골 귀족 세력과 왕당파의 대립이 성립하려면 왕당파는 진골 귀족일 수 없고 진골 귀족은 왕당파일 수 없다. 그런데 이 시기에 왕비를 배출하거나 높은 관등에 오르는 사람들은 모두 진골 귀족이다. 성골이 없으

---

5) 오히려 김순원 집안이 엄정왕후와 손잡고 엄정왕후의 아들 중경을 태자로 책봉하는 것을 돕고, 효소왕과 성정왕후의 아들인 수충을 배제하는 쪽에 섰다는 것이 더 사실에 가까울 것이다. 다른 글에서 논의할 예정이다.

니 당연한 일이다. 왕당파로 분류되는 사람도 진골 귀족임에는 틀림없다.

진골 귀족 가운데 왕당파를 제외한 인물들을 반왕당파로 보고 이 대립을 왕당파와 반왕당파의 대립으로 보기도 한다. 박노준(1982:141, 151)에 의하면, 이기백(1974:234-36)에서는 '전제주의적 왕권을 보다 견고히 다지려는 신라 중대적 왕당파와 그러한 세력을 꺾고자 하는 하대적 반왕당파가 서로 맞서서 반목을 거듭하'였는데, 이 대립에서 신충을 '왕당파의 거두'로 간주하였다고 한다. 이에 근거하여 박노준(1982)는 신충을 왕당파로, 김순원을 반왕당파[=외척]으로 분류하고 있다.

(2c)에서는 김순원이 왕당파로 분류되었는데, 이 설명에서는 김순원이 반왕당파로 분류되는 희한한 상황이 벌어지고 있다. 그것은 분류 기준이 잘못되었기 때문이다. 물론 박노준(1982)은 신충이 효성왕의 충신이라고 보는 잘못된 관점에 서 있다. 김신충도 김대문[김순원의 생질]의 아들로서 김순원의 손자인 효신, 혜명왕비와 6촌이 되는 같은 집안사람이라는 것을 몰랐던 것이다. 신라 중대에 왕당파, 진골 귀족 세력, 반왕당파 사이의 대립은 없었다. 아니 그런 대립에 의하여 설정된 정치권력 구도로는 신라 중대 정치 현상을 설명할 수 없다. 특히 효성왕 때 일어난 기이한 정치적 사건들은, 이런 구도로는 합리적으로 설명되지 않는다.

신충은 의충과 더불어 김오기, 김대문 집안의 후예로 파악되고, 김순원은 그 아들 김진종, 손자 충신, 효신으로 이어지는 것으로 파악된다(서정목(2018)). 따라서 신충, 의충과 충신, 효신은 소덕왕후, 혜명왕비의 친정 집안으로 이들은 같은 외척 세력을 이루고 있는 것이지 서로 대립하고 있는 것이 아니다.

김순원을 '孝昭王代의 정치에 참여하였다가 몰락하여 소외당하고 있던 인물'이라고 표현하는 것은 적절하지 않다. 그것은 문학적 표현은 될지 몰라도 역사학적 글쓰기는 아니다. '700년 5월 경영의 모반에 연좌되어 파면되었던 김순원'이라고 정확하게 적어야 역사 기술이 된다. 그래야 경영의 모반이 어떤 성격의 모반인지를 탐구할 길이 열리고 김순원이 어떤 인물인지 찾아볼 의욕이 생긴다. 그리고 1942년에 발견된 황복사 터 3층석탑 금동사리함기 명문에는 그 사리함의 명문이 작성되던 706년 5월에 김순원이 소판으로 성덕왕의 교지를 받들어 이 불사를 시행한 것으로 되어 있다. 그러니 '소외당하고 있던 인물'이라는 표현은 틀린 표현이다. '이들 세력은 성덕왕의 후비로 딸을 바친 金順元으로 대표되는 것으로 보인다.'도 객관적인 역사 기술이 아니다. 역사 기록대로 '720년 3월 성덕왕의 후비가 되는 소덕왕후의 친정아버지'라고 그냥 적어야 한다. 그리고 김순원이 신문왕의 외삼촌이라는 것을 알았으면 밝히고 이것이 외척 세력의 대두라는 것을 지적해야 한다. 역사는 객관적인 기록의 내용만으로 드라이하게 기술하고 그 기록의 내용에서 추론할 수 있는 것만을 ' --것으로 보인다'나 '---한 것으로 생각된다.'로 써 주어야 독자들이 올바른 독서를 할 수 있다. 이것이 작문 선생이 가르치는 역사학 학문적 글쓰기의 기본이다.

통일 신라 시대의 정치적 갈등은, 진골 귀족 세력 대 왕당파의 대결이 아니다. 문무왕의 친가 세력과 처가 세력의 갈등이다. 문무왕의 친가는 (3a)처럼 이어졌고, 문무왕의 처가는 (3b)처럼 계승되었다. 여기에 자의왕후의 언니인 운명의 시댁 (3c) 집안이 자의왕후 세력과 손잡고 있었다.

(3) a. 진흥왕-진지왕-용수-태종무열왕-문무왕/자의왕후, 요석공주-
　　　신문왕/신목왕후-효소왕/성정왕후, 성덕왕/소덕왕후-효성왕/
　　　혜명왕비, 경덕왕/만월부인-혜공왕
　　b. 진흥왕-구륜-선품-순원, 운명/김오기, 자의/문무왕-진종, 소덕/

성덕왕-충신, 효신, 혜명/효성왕, 사소/김효방-선덕왕'
c. 보리-예원-오기/운명-대문-신충, 의충-만월/경덕왕-혜공왕

　여기서 친가 쪽을 왕당파로 보면 처가 김순원 집안은 진골 귀족 세력이 되고 처가 김순원 집안을 왕당파로 보면 친가 쪽이 진골 귀족 세력이 된다. 왕당파와 진골 귀족의 구분은 적절한 구분이 아니다. 거세한 세력과 제거된 세력을 구체적으로 따져 보면 그런 구분이 나오지 않는다.

　(2e)는 '3년 후 김순원의 딸에게서 난 아들을 3세의 어린 나이로 太子로 책봉하여'라고 적었다. 김순원의 딸 소덕왕후가 성덕왕의 후비로 들어온 것은 720년 3월이다. 그 왕비가 낳은 아들을 3세의 어린 나이에 태자로 책봉하였다고 하니 그것은 724년 왕자 김승경의 태자 책봉을 가리키는 것이다. 그러려면 승경의 생모가 소덕왕후여야 한다.

　그러나 서정목(2016c, 2018)에서 6가지 증거를 들어 철저히 논증하였듯이 효성왕 김승경은 소덕왕후의 친아들이 아니다. 승경의 생모는 엄정왕후이다. (2e)는 승경이 태자가 되고 737년 효성왕으로 즉위한 후에, 소덕왕후의 친아들 헌영을 미는 김순원 세력에 의하여 핍박당하고 결국은 불행한 죽음을 맞는 데까지 이르는 과정을 고려하지 않고 쓴 것이다.

　(2e)의 주장대로 승경이 소덕왕후의 아들이라면 빨라야 721년에 태어난 것이 된다. 승경은 737년에 즉위하였다. 그가 721년 이후 출생이라면 737년에 16세 이하이다. 16세밖에 안 된 왕이 후궁에게 빠져서, 그 왕과 재혼한 혜명왕비가 그 후궁을 죽이는 일까지 일어났겠는가? 승경은 절대로 소덕왕후의 친아들이 아니다. 승경은 엄정왕후의 친아들임에 틀림없다. 704년에 혼인한 엄정왕후가 중경을 낳고 승경을 낳았으니 710년생 정도였을 효성왕은 737년에 27세나 되었다. 태자 책봉 시에도 14세 이상은 되었다.

소덕왕후의 친아들은 이름이 헌영이다. 중경, 승경이 동복형제이고 헌영은 이복형제인 것이다.

(2e)는 '성덕왕은 자기의 즉위과정과는 달리 왕위계승에 있어서 발생할 수 있는 문제를 일찍부터 없애려고 하였다.'고 적었다. 어떤 문제가 있었을까? 서정목(2016a)가 나오기 이전까지는 성덕왕의 즉위 과정이 상세하게 파악되지 않은 것으로 보인다. 『삼국유사』 권 제3 「탑상 제4」의 「대산 오만 진신」과 「명주 오대산 봇내태자 전기」를 제대로 읽지 못하여 그 속에 들어 있는 693년 8월 5일의 왕자 봇내와 효명의 오대산 입산, 700년 5월의 '경영의 모반'의 내용이 되는 신문왕의 첫 번째 원지 부군 김사종과 효소왕의 왕위 쟁탈전 및 신목왕후, 효소왕의 사망, 그리고 국인이 장군 4인을 오대산에 보내어 봇내와 효명을 데려오려 하였으나 봇내는 울면서 도망가서 효명을 모시고 와서 즉위시켰다는 내용 등을 적지 않고 있다.

이 성덕왕의 즉위 과정을 밝히고 거기에 문제가 있다면 어떤 문제인지, 왕인 형이 아우인 부군과 왕위를 다투다가 죽어서 그 부군을 폐하고 스님이 되어 있던 다른 아우 효명을 데려와서 즉위시킨 것이 무슨 문제가 있는 것인지를 적시하고, 자신의 아들을 태자로 책봉하는 것이 어떻게 하여 이런 문제를 일찍부터 없애는 방법인지를 적어야 논리적인 글쓰기이다.

저자가 보기에 가장 큰 문제는 혼전 출생 왕자와 혼후 출생 왕자의 왕위 계승권 우선순위가 정해져 있지 않은 것이다. 그리고 그 다음 큰 문제는 혼후 출생 왕자를 일찍 부군으로 책봉함으로써 혼전 출생 왕의 왕자가 태어났을 때 그 삼촌[사종]과 그 조카[수충] 사이의 왕위 계승 우선순위가 정해지지 않은 것이다. 그것은 적통 왕자의 이른 태자 책봉으로 미연에 방지될 수 있는 문제이다.

(2)는 삼국 통일 후 신라가 전제 왕권을 강화하기 시작하였고 거기에

진골 귀족 세력들이 저항하였다는 대전제 아래 써진 것이다. 그리하여 신문왕대의 '김흠돌의 모반', 효소왕대의 '경영의 모반', 효성왕대의 '영종의 모반'을 모두 전제 왕권을 강화하려는 왕과 왕당파에 진골 귀족 세력이 저항한 것으로 보고 있다. 그러나 이 세 모반 사건은 각각 전혀 다른 정치 세력 구도에서 일어난 것으로 공통점이 하나도 없다. 이미 다 상세히 설명했지만 다시 한 번 요약해 둔다.

681년 8월에 일어난 '김흠돌의 모반'은 왕비인 김흠돌의 딸을 미는 세력과 왕의 정부인 김흠운의 딸[요석공주의 딸]을 미는 세력의 싸움이다. 681년 7월 1일 30대 문무왕 사후 첫 정치적 갈등은 문명왕후와 자의왕후 사이의 고부간의 갈등으로부터 출발한다. 문무왕의 모후 문명태후는 김유신의 사위인 김흠돌과 함께 세력을 형성하고 있었다. 태자 정명의 태자비는 김흠돌의 딸이었다. 그런데 그 태자비는 아들을 낳지 못하였다. 정명은 죽은 형의 약혼자인 김흠운의 딸과 화간하여 아들을 2~3명 둔 상태로 681년 7월 즉위하였다. 655년 정월에 전사한 김흠운이 태종무열왕의 사위이므로 그의 아내는 요석공주임에 틀림없다. 그러니 정명태자와 김흠운의 딸은 내외종간이다. 이런 상황에서 김흠돌이 불온한 기미를 보여 자의왕후는 요석공주와 손을 잡고 북원 소경에 있는 형부 김오기를 서라벌로 불러들여 김흠돌, 진공, 흥원, 김군관 등 병권을 쥐고 있던 장군들을 죽였다. '김흠돌의 모반'이다. 여기까지는 자의왕후와 문무왕의 형제, 자매들이 손을 잡고 있었다. 이 시기는 문무왕의 친가 세력과 처가 세력이 손잡고 문명왕후와 그 친정 조카사위 김흠돌의 파를 숙청하였다.

700년 5월의 '경영의 모반'은 신목왕후의 첫째 아들인 677년생 효소왕과 넷째 아들인 684년생 부군 김사종 사이에 왕위를 두고 싸운 사건이다. 김흠돌의 모반으로 왕비를 폐비시킨 신문왕은 683년 5월 7일 김흠운의 딸과 재혼하였다. 이 왕비가 신목왕후이다. 684년 김사종, 687년 2월 김근질이 태어났다. 김사종이 첫 번째 원자로서 왕위 계승 서열이 677년생 혼외자 이공보다 더 앞선다고 주장하는 세력이 있었다. 혼전 왕자와 혼후 왕자 가운데 누가 태자가 되는 것이 옳을까? 이공을 미는 세력은 친가 세력, 외할머니 요석공주 쪽이었다. 사종을 미는 세력은 그의 인척일 경영과 자의왕후의 동생 김순원이다. 691년 3월 1일 왕자 이공이 태자가 되었다. 원자 김사종을 미는 세력은 불만이었다. 692년 7월 신문왕이 죽고 32대 효소왕이 즉위하였다. 원자 김사종은 부군에 책봉되었다. 700년 5월 김사종의 인척들인 경영, 김순원 등이 모반하였다. '경영의 모반'이다. 그들은 효소왕을 폐위시키고 김사종을 옹립하려 하였다. 경영이 복주되고 중시 김순원이 파면되었다. 김사종은 부군에서 폐위되었다. 이 싸움의 후유증으로 700년 6월 1일 신목왕후가 죽고 효소왕이 702년 7월 27일에 사망하였다. 두 번째 원자는 김근질이 되었다. 이때는 문무왕의 형제, 자매 세력이 경영, 자의왕후의 동생 김순원 세력을 거세한 것이다. 여기서 문무왕 친가 세력과 처가 세력이 서로 적대적 세력으로 분열하였다.

702년 7월 효소왕이 승하하고 왕위를 이을 후보인 김근질이 도망갔다. 효소왕과 성정왕후의 아들 696년생 김수충은 겨우 7살이었다. 요석공주와 그의 형제들은 오대산에 보내 두었던 신문왕의 셋째 아들 효명을 데려와서 즉위시켰다. 33대 성덕왕이다. 성덕왕은 704년 3월 엄정왕후와 혼인하였다. 성덕왕은 714년 2월 형 효소왕의 아들인 장조카 김수충을 당나라로 숙위 보내고 자신과 엄정왕후의 아들인 김중경을 715년 12월 태자로 책봉하였다. 이에 항의하는 형수 성정왕후를 716년 3월 쫓아내었다. 요석공주 세력이었을 성정왕후와 엄정왕후가 틀어진 순간이다. 자체 분열이다. 717년 6월 태자 김중경이 죽고 9월에 김수충이 귀국하였다. 여기까지는 문무왕의 형제, 자매 등 친가 세력이 문무왕의 처가 세력인 김순원 세력에게 우세를 보였다.

이때에 이상한 일이 벌어진다. 700년에 파면되었다가 706년경 복귀한 김순원이 720년 3월에 딸을 성덕왕의 후비로 넣는 것이다. 아마도 성정왕후와 엄정왕후의 자체 분열로 요석공주 세력이 붕괴되었을 것이다. 자의왕후의 동생인 김순원의 딸이 왕비가 됨으로써 그 세력이 권토중래하였다. 정권교체가 이루어진 것이다. 김순원과 그의 아들 김진종이 실세가 되었다. 724년 봄 성덕왕은 엄정왕후의 아들 김승경을 태자로 책봉하였다. 김승경은 곧 박씨 부인을 태자비로 맞았다. 이 김승경의 태자 책봉과 박씨의 태자비 간택에는 소덕왕후의 친정이 반대하였을 것이다. 724년 12월 소덕왕후가 죽었다. 출산 후유증일지 정쟁의 희생일지 아직 잘 모른다.

719년쯤 김수충은 당나라로 가서 지장보살의 화신 김교각이 되었다. 726년 5월 김근질이 사신으로 당나라에 가서 석 무루가 되었다. 728년 7월 김사종이 사신으로 당나라에 가서 500 나한의 하나 무상선사가 되었다. 733년 12월 사종의 아들 김지렴이 당나라로 갔다. 이렇게 왕자들이 줄줄이 당나라로 가는 배후에는 자의왕후 친정 세력이 작용하고 있었을 것이다. 726년부터 734년 김지렴이 당나라에 갈 때까지 김순원의 손자로 보이는 김충신이 당나라 조정에 오랫동안 숙위하고 있었다. 김충신은 신라 왕실 사정을 당나라에, 당나라 실정을 신라에 알리는 이중 스파이였다. 물론 이 시기와 35대 경덕왕 때의 당나라 문물 도입의 주된 창구 역할도 했을 것이다.

740년 8월의 '영종의 모반'은 효성왕 승경이 총애한 후궁을 혜명왕비와 그 족인들이 죽이자 후궁의 아버지 영종이 반발하여 일어난 사건이다. 엄정왕후의 아들 태자 김승경은 736년 가을에 잣나무 아래에서 김신충에게 '훗날 경을 잊지 않기를 이 잣나무를 두고 맹서한다[他日若忘卿 有如栢樹].'고 다짐하고 737년 2월 겨우 즉위하였다. 34대 효성왕이다. 그러나 후궁에게 빠져 있던 효성왕은 결국 739년 3월 계모의 조카딸인 김순원의 손녀 혜명왕비를 후비로 맞아들이고 739년 5월 김순원의 외손자 김헌영을 태자로 책봉하는 굴욕을 겪는다. 문무왕의 친가 세력이 힘을 잃은 결과이다. 혜명왕비는 효성왕이 총애하는 후궁을 죽였고 740년 8월 후궁의 아버지 영종이 모반하여 목을 잘랐다. 이 '영종의 모반'은 김순원 집안이 새로운 세력으로 대두한 후궁의 아버지 영종의 세력을 꺾은 사건이다. 결국 효성왕은 742년 5월 승하하고 화장당하여 뼈가 갈리어 동해에 뿌리어졌다.

혜명왕비는 김진종의 딸이고 김순원의 손녀이다. 이 집안은 자의왕후, 소덕왕후의 친정 집안이다. 이 강력한 집안에 후궁의 아버지 영종이 맞설 수도 없고 영종이 진골 귀족의 대표라 할 수도 없다. 그리고 곧 효성왕은 사망하고 그의 이복동생인 김헌영이 경덕왕으로 즉위하였다. 헌영은 김순원의 딸 소덕왕후의 친아들이다. 이 모반이야말로 왕당파의 진골 귀족 제거라는 말과 가장 어울리지 않는 사건이다.

이 세 모반에 자의왕후 세력은 직접적으로 관련되어 있다. 681년 김흠돌의 모반 때는 자의왕후가 시누이 요석공주와 손잡고 북원 소경[원주]에 있는 형부 김오기의 부대를 서라벌로 불러들여 김유신의 사위 김흠돌과 그의 인척들을 죽였다. 700년 경영의 모반 때는 자의왕후의 동생 김순원이 모반한 경영의 편에 연좌되어서 중시 직에서 파면되었다. 이때는 피해자이다. 740년 영종의 모반 때는 김순원의 손자 효신과 손녀 혜명왕비가 효성왕이 총애한 후궁과 그 아버지를 죽이고 있다. 그리고 결국 효성왕을 핍박하여 그의 사후에 김순원의 외손자 헌영을 경덕왕으로 즉위시켰다.

이 세 모반 사건은 왕당파의 진골 귀족 거세와는 아무런 상관이 없다. 이 세 모반은 자의왕후 친정 집안, 즉 신문왕의 외가가 세력을 확대해 나가면서, 또는 세력을 확대하려다가 파면되기까지 하면서 정쟁을 벌여나가는 사건들이다. 이 정쟁 속에서 문무왕의 친가 세력은 점점 위축되어 갔고 결국 자동적으로 왕권이 위축되어 갔다. 그러므로 이 세 모반은, 신라 중대가 신문왕 이후 왕당파가 진골 귀족 세력을 거세하고 전제 왕권을 확립해 나간 시기이며 성덕왕대는 전제 왕권의 극성기였다는 주장을 뒷받침하는 논거가 될 수 없다.

다른 논거들에 의하여 그 가설을 증명하지 않는 한 그 가설에 동의할 수 없다. 전제 왕권의 극성기가 왜 737년 성덕왕 사후 780년 혜공왕 시해로 막을 내리는지 설명하기 어렵기 때문이다. 그 가설은, 모든 왕조의 흥망성쇠는 그 마지막에 가면 외척 세력이 거세어져서 힘없고 어린 왕들이 외할아버지, 외숙부, 할머니, 어머니 눈치 보다가 나라를 잃는 것으로 귀결된다는 보편적 진리에 어긋나는 가설이다.

702년부터 737년까지 성덕왕 시대에는 모반 사건이 하나도 없다. 겉으로는 평화의 시대처럼 보인다. 그러나 그 평화는 전제 왕권이 극성기를 이루어 초래된 것이라기보다는 다른 요인에 의하여 초래된 것이다. 전반기에는 요석공주를 중심으로 한 문무왕의 형제, 자매들의 힘이 성덕왕의 왕권을 뒷받침하고 있었다. 이 시기는 성덕왕의 친가 세력이 지배한 시기이다. 후반기는 720년 소덕왕후와 성덕왕의 혼인에 의하여 소덕왕후의 친정 집안, 즉 김순원 집안이 지배한 시기이다. 이 집안은 자의왕후의 친정 집안으로 신문왕의 외가, 성덕왕의 처가라 할 수 있다.

성덕왕 시대에 왕위를 두고 다툰 모반 사건이 하나도 없는 것은 성덕왕의 왕위에 도전할 만한 왕자가 모두 스님이 되거나 당나라로 갔기 때문이다. 우선 성덕왕의 형 봇내는 오대산에서 속세로 돌아올 생각을 하지 않고 수도에 전념하였다. 장조카 수충은 719년 당나라로 가서 지장보살의 화신 김교각이 되었다. 첫째 아우 김사종은 700년의 경영의 모반에 연루되어 원자의 지위도 잃고 728년 당나라로 가서 무상선사가 되었다. 사종의 아들 지렴도 733년 당나라로 갔다. 둘째 아우 근질도 726년 당나라로 가서 석 무루가 되었다.

오히려 성덕왕 때의 갈등은 초기에는 702년 즉위할 때 형사취수한 효소왕의 왕비 성정왕후와 704년에 혼인한 선비 엄정왕후 사이에 있었다. 그리고 후기에는 엄정왕후 세력과 720년에 혼인한 후비 소덕왕후의 친정 세력들 사이에 있었던 것으로 보인다. 그리고 그 두 왕비의 자식들 사이에 왕위를 두고 대립하였다. 엄정왕후의 아들 김중경이 태자로 책봉되었다가 사망하고 다시 엄정왕후의 아들 김승경이 724년 태자로 책봉되었다. 720년에 혼인한 후비 소덕왕후의 아들 김헌영은 그 후 739년 5월 형 김승경이 효성왕으로 있을 때 태자로 책봉되었다.

700년에 모반에 연좌되어 파면되었던 김순원이 복권되어 706년에 소판으로 등장하고 720년에 딸을 왕비로 들인다면 그 사이에 어떤 일이 일어났겠는가? 정권 교체가 있었던 것이다. 700년에 모반을 진압한 세력이 권력으로부터 쫓겨나고, 700년에 모반으로 쫓겨난 자들이 다시 정권을 잡는 일이 벌어진 것이다. 김순원은 자의왕후의 동생이고 문무왕의 처남이며 신문왕의 외삼촌이고 성덕왕의 장인이고 효성왕의 처조부이다. 그것을 알면 그 집안이 '자의왕후[문무왕비]-소덕왕후[성덕왕비]-혜명왕비[효성왕비]'의 3대에 걸쳐서 왕비를 배출했다는 것을 알 수 있다. 그것도 소덕왕후와 혜명왕비는 선비를 어떻게 했는지 알 수 없게 기록도 없이 후비로 들어온 왕비들이다. 그 집안이 바로 자의왕후의 친정 집안이고 통일 신라의 실세이다.

742년 5월 소덕왕후의 친아들 김헌영이 이복형 효성왕의 태자 자격으로 즉위하였다. 35대 경덕왕이다. 경덕왕은 김순원의 외손자이다. 이제 세상은 완전히 자의왕후 친정 후계 세력들의 천하가 되었다. 김오기의 손자이고 김대문의 아들로 보이는 김의충의 딸 만월부인이 경덕왕의 후비가 되어 36대 혜공왕을 낳았다. 그 후 소덕왕후의 딸인 사소부인의 아들 김양상이 혜공왕을 시해하고 37대 선덕왕으로 즉위하였다. 성덕왕의 외손자인 김양상은 성덕왕의 손자인 혜공왕에게 고종사촌이 된다. 그 선덕왕이 죽은 후에는 먼 친척 김경신이 즉위하여 38대 원성왕이 되었으니 왕위는 완전히 태종무열왕의 후손들로부터 벗어났다.

집안사람들끼리 싸우다가 죽 쑤어 남 준 것 아닐까? 집 안에서 형제끼리, 친인척끼리 서로 싸우면 집안이 망한다는 교훈을 여기서 얻는다. 나라 안에서 서로 싸우면 나라가 외적에게 망한다. 그런 교훈도 얻을 수 있으리라. 그런 것을 알기 위하여 역사를 읽는다.

성덕왕 재위 35년을 일별하면 이상한 일과 천재지변, 지진, 벼락 등이 이어지고 한재, 기근이 들어 백성들이 굶어죽었다는 기사가 많다.

   (4) 이상한 일
     a. 702년 상수리가 밤이 되었다.
     b. 704년 웅천주에서 금빛 지초를 바쳤다.
     c. 708년 상주에서 지초를 바쳤다.
     d. 709년 菁州[현 진주]에서 흰 매를 바쳤다.
     e. 714년 삽량주에서 상실이 밤이 되었다.
     f. 715년 청주에서 흰 참새를 바쳤다.
     g. 720년 5월 완산주에서 흰 까치를 바쳤다.

h. 720년 7월 웅천주에서 흰 까치를 바쳤다.

i. 724년 웅천주에서 서초를 바쳤다.

(5) 안 좋은 일

    a. 703년 7월에 영묘사에 화재가 있었고, 서울에 큰물이 져서 익사자가 많았다.

    b. 705년 5월에 한재가 들었다. 10월 동쪽 지방에 기근이 들었다.

    c. 706년 정월에 국내에 기근이 들었다. 8월 곡식이 잘 여물지 않았다.

    d. 707년 정월에 백성들이 많이 굶어 죽어 하루에 속곡 3승을 7월까지 주었다.

    e. 708년 2월에 지진이 있었다.

    f. 709년 5월에 한재가 들었다.

    g. 710년 7월에 지진이 있었다.

    h. 711년 3월에 큰 눈이 내렸다.

    i. 714년 여름에 한재가 들고 역질에 많이 걸렸다.

    j. 712년 3월에 당사 노원민이 와서 이름 융기를 고치라고 하였다.

    k. 715년 6월에 큰 한재가 들었다.

    l. 716년에 태풍이 일어 나무가 뽑히고 기왓장이 날리고 숭례전이 헐어졌다.

    m. 716년 6월에 한재가 들어 기우제를 지냈다.

    n. 718년 3월에 지진이 있었고, 6월에 황룡사탑에 벼락이 쳤다.

    o. 719년 9월에 금마군의 미륵사에 벼락이 쳤다.

    p. 720년 정월에 지진이 있었다.

    q. 720년 4월에 큰 비가 와서 산이 12개소나 무너지고 우박이 내려 벼 못자리가 상하였다.

    r. 720년 7월에 황충이 곡식을 상하였다.

    s. 722년 2월에 경도에 지진이 있었다.

t. 723년 4월에 지진이 있었다.

u. 725년 정월에 흰 무지개가 뜨고, 3월에 눈이, 4월에 우박이 내렸다. 10월에 지진이 있었다.

당 나라에 사신을 보낸 횟수를 헤아려 보니 대략 35번이다. 이에다 왕제 김사종, 김근질과 효소왕의 왕자 김수충, 사종의 아들 김지렴까지 더하면 대략 39번을 보낸 셈이다.

신문왕 이후 강화된 전제 왕권이 성덕왕 대에 그 극성기에 이르렀다는 (2)의 역사 인식에 동의할 수 없는 까닭이다. 특히 (2e)의 패강 이남 땅 획득은 정확한 역사 해석을 필요로 한다. 733년에 발해가 말갈과 함께 당나라 등주를 쳐들어갔다. 이에 당 현종은 김사란을 귀국시켜 성덕왕에게 말갈의 남쪽 변경을 공격해 달라고 청하였다. 성덕왕이 군사를 내었다. 신라군이 당나라 용병이 된 셈이다. 그러나 눈이 많이 와서 군사들이 태반이 죽어 공을 이루지는 못하였다. 이에 대한 보상으로 패강 이남을 신라에 준 것이다. 성덕왕이 스스로 노력하여 획득한 것이 아니다. 더욱이 전제 왕권 강화와는 아무 관계도 없는 일이다. 이렇게 역사를 쓰면 안 된다.

성덕왕 시대는 731년 4월에 일본이 병선 300척을 보내어 동변을 침입한 것을 빼면 큰 전쟁이 없고 반란이 없었다. 겉으로 보기에는 평화로워 보인다. 그러나 그것은 전제 왕권이 확립되어 이루어진 평화가 아니다. 왕권은 전반기에는 요석공주 세력에 눌려 있었고, 후반기에는 자의왕후 후계 세력에 눌려 있었다.

성덕왕이 왕권을 행사한 일로 기록할 만한 것은 724년 봄 소덕왕후가 있음에도 불구하고 엄정왕후의 아들인 승경을 태자로 책봉한 것이다. 그리고 곧 소덕왕후가 죽은 것을 보면 현재로서는 알 수 없는 무슨 사연이 있을 것이다. 그러나 이것은 성덕왕의 실책이다. 새 왕비 소덕왕후가 들어와서 아들 헌영을 낳아 놓고 있는데 헌 왕비 엄정왕후의 아들 승경을 태자로 책봉하여 어쩌자는 말인가? 그것은 헌 왕비의 아들을 죽음으로 내모는 일이다. 그때 성덕왕은 승경도 태자로 책봉하지 말고 당나라로 사촌 형 수충을 찾아가게 만들었어야 한다. 그리고 헌영을 태자로 책봉하고 김순원 집안에 납작 엎드려 살았어야 한다. 그러면 효성왕의 저 불행한 인생은 미연에 방지될 수 있었을 것이다. 그만큼 권력투쟁은 무자비하고 잔인한 것이다.

국사편찬위원회(1998), 『한국사 9』 「통일신라」, 탐구당.

권덕영(1997), 『고대 한중 외교사』, 일조각.

권중달 옮김(2009), 『자치통감』 22, 도서출판 삼화.

김성기(1992), 「원가의 해석」, 『한국고전시가작품론 1』 백영 정병욱 선생 10주기 추모 논문
　　　집, 집문당.

김성규(2016), 「향가의 구성 형식에 대한 새로운 해석」, 『국어국문학』 제176호, 국어국문학
　　　회, 177~208.

김수태(1996), 『신라 중대 정치사 연구』, 일조각.

김열규(1957), 「원가의 수목(栢) 상징」, 『국어국문학』 18호, 국어국문학회.

김열규, 정연찬, 이재선(1972), 「향가의 어문학적 연구」, 『한국고대사탐구』, 서강대 인문과학
　　　연구소

김완진(1972), 『15세기국어 성조의 연구』, 서울대 박사학위논문.

김완진(1977), 「삼구육명에 대한 한 가설」, 『심악 이숭녕 선생 고희기념 국어국문학 논총』,
　　　탑출판사.

김완진(1979), 「모죽지랑가 해독의 고구」, 『진단학보』, 48, 진단학회.

김완진(1980), 『향가 해독법 연구』, 한국문화연구총서 21, 서울대 출판부.

김완진(1985), 「모죽지랑가 해독의 반성」, 『선오당 김형기 선생 팔질기념 한국어학 논총』, 창
　　　학사.

김완진(2000), 『향가와 고려가요』, 서울대 출판부.

김완진(2008), 「향가 해독에 대한 약간의 수정 제의」, 『진단학보』, 48, 진단학회.

김원중 옮김(2002), 『삼국유사』, 을유문화사.

김재식(블로그), http://blog.naver.com/kjschina

김종권 역(1975), 『삼국사기』, 대양서적.

김종권 역(1988), 신완역 『삼국사기』, 명문당.

김종우(1971), 『향가문학론』, 연학사.

김준영(1979), 『향가문학』 개정판, 형설출판사.

김태식(2011), 「'모왕'으로서의 신라 신목태후」, 『신라사학보』 22, 신라사학회, 61~98.

김태식(2017), 「박창화, 『화랑세기』 필사자에서 역사학도로」, 『한국고대사탐구』 27, 한국고

대사탐구학회, 467~483.

김희만(2015), 「신라의 관등명 '잡간(찬)'에 대한 검토」, 『한국고대사탐구』 19집, 한국고대사탐구학회, 209~234.

노덕현(2014), 정혜(正慧)의 세상 사는 이야기, 7. 무상선사: 사천 땅에서 동북아 불교 법맥을 지키다, 현대 불교 2014. 3. 28.

박노준(1982), 『신라 가요의 연구』, 열화당.

박정진(2011), 「박정진의 차맥, 23. 불교의 길, 차의 길 1. 한국 문화 영웅 해외수출 1호, 정중 무상선사」, 세계일보 2011. 10. 24.

박해현(1993), 「신라 효성왕대 정치세력의 추이」, 『역사학연구』 12, 전남대.

박해현(2003), 『신라 중대 정치사 연구』, 국학자료원.

백두현(1988), 「영남 동부 지역의 속지명고 -향가의 해독과 관련하여-」, 『어문학』 49집, 한국어문학회, 1988.

서정목(1987), 『국어 의문문 연구』, 탑출판사, 438면.

서정목(2013a), 「모죽지랑가의 새 해독과 창작 시기」, 『언어와 정보사회』 20호, 서강대 언어정보연구소, 93~159.

서정목(2013b), 「모죽지랑가의 시대적 배경 재론」, 『한국고대사탐구』 15호, 한국고대사탐구학회, 35~93.

서정목(2014a), 『향가 모죽지랑가 연구』, 서강학술총서 062, 서강대 출판부, 368면.

서정목(2014b), 「문말앞 형태소의 통사적 지위에 대하여」, 『어미의 문법』, 역락, 13~52.

서정목(2014c), 「효소왕의 출생 시기 관련 기록 검토」, 『진단학보』 122, 진단학회, 25~48.

서정목(2014d), 「찬기파랑가의 단락 구성과 해독」, 『시학과 언어학』 27, 시학과언어학회.

서정목(2014e), 「찬기파랑가 해독의 검토」, 『서강인문논총』 40, 서강대 인문과학연구소, 327~377쪽.

서정목(2015a), 「『삼국유사』의 '정신왕', '정신태자'에 대한 재해석」, 『한국고대사탐구』 19, 한국고대사탐구학회, 319~366.

서정목(2015b), 「「원가」의 창작 배경과 효성왕의 정치적 처지」, 『시학과언어학』 30, 시학과언어학회, 29-67.

서정목(2015c), 「『삼국사기』의 '원자'의 용법과 신라 중대 왕자들」, 『한국고대사탐구』 21, 한국고대사탐구학회, 121-238.

서정목(2015d), 「찬기파랑가에 대한 새로운 생각」, 『제49회 구결학회 전국 학술대회 발표논집』, 구결학회.

서정목(2015e), 「『삼국유사』 소재 「대산 오만 진신」과 「명주 오대산 보ㅅ내 태자 전기」에 대한 검토」, 『제24회 시학과 언어학회 전국 학술대회 발표논집』, 시학과 언어학회.

서정목(2016a), 『요석-「원가」에 대한 새로운 생각: 효성왕과 경덕왕의 골육상쟁』, 글누림, 700면.

서정목(2016b), 「신라 제34대 효성왕의 계비 혜명왕비의 아버지에 관하여」, 『진단학보』 126, 진단학회, 41-68.

서정목(2016c), 「신라 제34대 효성왕의 생모에 관하여」, 『한국고대사탐구』 23, 한국고대사탐구학회, 105~162.

서정목(2016d), 「입당 구법승 교각[지장], 무상, 무루의 정체와 출가계기」, 『서강인문논총』 47, 서강대 인문과학연구소, 361-392.

서정목(2016e), 「국어학 연구의 현재와 미래-문말앞 의미소의 통사론과 국어학의 고유 영역 문헌학을 중심으로」, 『어문학』 134, 어문학회, 285~344.

서정목(2017a), 『한국어의 문장 구조』, 역락. 590면.

서정목(2017b), 『삼국시대의 원자들』, 역락, 390면.

서정목(2017c), 「'기랑/기파랑'은 누구인가?」, 『국어국문학의 고전과 현대』, 계명대 한국학연계전공 엮음, 역락, 241-296.

서정목(2018), 『삼국유사 다시 읽기 12-효성왕의 후궁 스캔들』, 글누림, 366면.

서재극(1972), 「백수가 연구」, 『국어국문학』 55~57 합병호, 국어국문학회.

서재극(1975), 『신라 향가의 어휘 연구』, 계명대 출판부.

성호경(2000/2008), 「지정문자와 향가 해독」, 『국어국문학』, 127, 국어국문학회.

성호경(2007), "사뇌가의 성격 및 기원에 대한 고찰", 진단학보 104, 성호경(2008) 소수.

성호경(2008), 『신라 향가 연구』, 태학사.

신동하(1997), 「신라 오대산 신앙의 구조」, 『인문과학연구』 제5집, 동덕여대 인문과학연구소

신종원(1987), 「신라 오대산 사적과 성덕왕의 즉위 배경」, 『최영희선생 화갑기념 한국사학논총』, 탐구당, 91~131.

안병희(1987), 「국어사 자료로서의 「삼국유사」」, 『「삼국유사」의 종합적 검토』, 한국정신문화연구원, 안병희(1992) 소수.

안병희(1992), 『국어사 자료 연구』, 문학과지성사.

양주동(1942/1965/1981), 증정 고가연구, 일조각.

양희철(1997), 삼국유사 향가연구, 태학사.

여성구(1998), 「입당 구법승 무루의 생애와 사상」, 『선사와 고대』 제10호, 한국고대학회, 161~178.

여성구(2017), 「신라의 백률사와 관음보살상」, 『한국고대사탐구』 제27호, 한국고대사탐구학회, 311~350.

여성구(2018), 「당 영주 하란산의 불교와 무루」, 『한국고대사탐구』 제28호, 한국고대사탐구

학회, 119~154.

유창균(1994), 『향가비해』, 형설출판사.

이기동(1998), 「신라 성덕왕대의 정치와 사회-'군자국'의 내부 사정」, 『역사학보』 160. 역사 학회.

이기문(1961), 『국어사 개설』, 민중서관.

이기문(1970), 「신라어의 「福」(童)에 대하여」, 『국어국문학』 49-50합병호, 국어국문학회, 201~210.

이기문(1971), 「어원 수제」, 『해암 김형규 박사 송수기념 논총』, 일조각.

이기문(1972), 『개정 국어사 개설』, 민중서관.

이기문(1998), 『신정판 국어사 개설』, 태학사.

이기백(1974a), 『신라 정치사회사 연구』, 일조각.

이기백(1974b), 「경덕왕과 단속사, 원가」, 『신라 정치사회사 연구』, 일조각.

이기백(1986), 「신라 골품체제하의 유교적 정치이념」, 『신라 사상사 연구』, 일조각.

이기백(1987a), 「부석사와 태백산」, 『김원룡선생 정년기념 사학논총』, 일지사.

이기백(1987b), 「『삼국유사』 「탑상편」의 의의」, 『이병도선생 구순기념 사학논총』, 지식산업 사.

이기백(2004), 『한국고전연구』, 일조각.

이병도 역(1975), 『삼국유사』, 대양서적.

이병도, 김재원(1959/1977), 『한국사』, 고대편, 진단학회, 을유문화사.

이숭녕(1955/1978), "신라시대의 표기법체계에 관한 시론", 서울대 논문집 2. 국어학연구선 서 1, 탑출판사.

이영호(2003), 「신라의 왕권과 귀족사회」, 『신라문화』 22, 동국대 신라문화연구소.

이영호(2011), 「통일신라시대의 왕과 왕비」, 『신라사학보』 22, 신라사학회, 5~60.

이임수(2007), 『향가와 서라벌 기행』, 박이정.

이재선 편저(1979), 향가의 이해, 삼성미술문화재단.

이재호 역(1993), 『삼국유사』, 광신출판사..

이종욱(1986), 「『삼국유사』 죽지랑조에 대한 일고찰」, 『한국전통문화연구』 2, 효성여대 한국 전통문화연구소

이종욱(1999), 『역주해, 화랑세기』, 소나무.

이종욱(2017), 「『화랑세기』를 통해 본 신라 화랑도의 가야파」, 『한국고대사탐구』 27, 한국고 대사탐구학회, 485~527.

이현주(2015a), 「신라 중대 효성왕대 혜명왕후와 '정비'의 위상」, 『한국고대사탐구』 21호, 한 국고대사탐구학회, 239~266.

이현주(2015b), 「신라 중대 신목왕후의 혼인과 위상」, 『여성과 역사』 22.

이홍직(1960/1971), 「『삼국유사』 죽지랑 조 잡고」, 『한국 고대사의 연구』, 신구문화사.

정렬모(1947), 「새로 읽은 향가」, 『한글』 99., 한글학회.

정렬모(1965), 『향가연구』, 사회과학원출판사.

정 운(2009), 「무상, 마조 선사의 발자취를 찾아서, 2. 사천성 성도 정중사지와 문수원」, 『법보 신문』 2009. 11. 09.

정재관(1979), 「새로운 세계에의 지향」, 『심상』 1979년 9월호, 심상사.

정재관 선생 문집 간행위원회(2018), 『문학과 언어, 그리고 사상』, 도서출판 경남.

조명기(1949), 「원측의 사상」, 『진단학보』 16, 진단학회.

조범환(2008), 「신라 중고기 낭도와 화랑」, 『한국고대사연구』 52. 한국고대사연구회.

조범환(2010), 「신목태후」, 『서강인문논총』 제29집, 서강대 인문과학연구소

조범환(2011a), 「신라 중대 성덕왕대의 정치적 동향과 왕비의 교체」, 『신라사학보』 22, 신라사학회, 99~133.

조범환(2011b), 「왕비의 교체를 통해 본 효성왕대의 정치적 동향」, 『한국사연구』 154, 한국사연구회.

조범환(2012), 「화랑도와 승려」, 『서강인문논총』 제33집, 서강대 인문과학연구소

조범환(2015), 「신라 중대 성덕왕의 왕위 계승 재고」, 『서강인문논총』 43, 서강대 인문과학연구소, 87~119.

지헌영(1947), 『향가여요신석』, 정음사.

홍기문(1956), 『향가해석』, 조선민주주의인민공화국 과학원.

謝樹田(1993), 「慈風長春 慧日永曜」, 『佛敎大學院論叢』 1.

小倉進平(1929), 鄕歌 及 吏讀의 硏究, 京城帝國大學.

『구당서』, 『신당서』, 『자치통감』

『역주 한국고대금석문 3』, 1992.

『한국 금석문 종합 영상정보 시스템』

ㄱ

서기	신라왕 연 월 일	일어난 일
540	진흥왕 원년	법흥왕 승하/진흥왕(7세, 법흥왕 외손자(부: 입종갈문왕) 즉위
545	6. 7부터	거칠부 등이 국사 편찬 시작
553	14. 7	신주 설치(현 경기도 광주, 군주 김무력)
554	15. 7	백제 성왕 전사
562	23. 9	이사부, 사다함 가야 반란 진압
566	27. 2	왕자 동륜을 태자로 책봉
572	33. 3	왕태자 동륜 사망
576	37. 봄	원화[화랑의 시초] 창설
	37. 7	진흥왕 승하
576	진지왕 원년	진지왕(진흥왕 차자 사륜(또는 금륜)) 즉위
579	4. 7. 17	진지왕 승하(비궁 유폐로 추정). '도화녀 비형랑' 설화
579	진평왕 원년	진평왕(동륜태자 자, 진흥왕 장손) 즉위
595	17	김유신 출생
622	44. 2.	이찬 김용수(진지왕 왕자)를 내성사신으로 삼음
625	47	김법민(문무왕, 부 김춘추, 모 문희) 출생
629	51. 8	대장군 김용춘(진지왕 왕자), 김서현, 부장군 김유신 고구려 낭비성 공격
632	54. 1	진평왕 승하
미상		천명공주 김용수와 혼인
미상		서동 '서동요' 창작
미상		선화공주 백제 서동(무왕)에게 출가, 의자왕의 모는 미상
미상		융천사 '혜성가' 창작
632	선덕여왕 원년	선덕여왕(진평왕 장녀(천명공주 출가 후 가장 어른 딸)) 즉위
635		요석공주(부 김춘추, 모 보희(?)) 출생 추정
636	5. 5	옥문곡(여근곡)에 잠복한 백제군 격살
	5	자장법사 입당
640	9. 5	자제들을 당나라 국학에 입학시킴

		'대산 오만 진신', '명주 오대산 봇내태자 전기' 조 배경 시대 시작
694	3. 1	김인문 사망(66세)
695	4. 1	월력을 하력에서 주력으로 바꿈(당 측천무후 따름), 개원(태종 무열왕 왕자) 상대등 삼음
696		왕자 김수충(지장보살 김교각, 부 효소왕, 모 성정왕후) 출생
697	6. 9	임해전 대잔치(왕자 김수충의 돌 잔치로 추정)
698	7. 2	대아찬 김순원(부 김선품, 자의왕후 동생) 중시 삼음
700	9. 1	월력을 주력에서 하력으로 도로 돌림(당 측천무후 따름)
	9. 5	경영(첫 번째 원자(17세) 사종의 장인으로 추정) 모반하여 복주, 모반에 연좌된 중시 김순원 파면, 사종을 원자와 부군에서 폐위
	9. 6. 1	신목왕후(김흠운과 요석공주의 딸) 사망
702	11. 7	효소왕(26세) 승하
미상		득오 '모죽지랑가' 창작
702	성덕왕 원년	성덕왕(22세, 신문왕 셋째 왕자, 모 신목왕후, 오대산에서 옴, 융기, 흥광, 김지성) 즉위
704	3. 봄	성덕왕 엄정왕후(아간 김원태(후에 소판이 됨)의 딸과 혼인
705	4. 3. 4	오대산 진여원 개창, '대산 오만 진신', '명주 오대산 봇내 태자 전기' 조 배경 시대 끝
	4	원자 김원경(?, 조졸) 출생 추정
706	5 5	황복사 터 3층석탑 금동사리함 조성, 소판 김순원 교지 받듦
707	6	둘째 왕자 김중경(효상(孝殤)태자) 출생 추정
710	9	셋째 왕자 김승경(효성왕) 출생 추정
713	12. 10	당 현종 성덕왕을 신라왕으로 책봉
714	13. 2	김수충(19세, 효소왕과 성정왕후의 왕자) 당나라 숙위 보냄
715	14. 12	왕자 김중경(9세, 성덕왕과 엄정왕후의 왕자) 태자 책봉
716	15. 3	성정왕후(효소왕비) 내어쫓음, 위자료 줌
717	16. 6	태자 김중경(11세 추정, 효상태자) 사망
	16. 9	김수충(김교각) 당에서 귀국, 공자, 10철, 72 제자 도상 바침
719		김수충(김교각) 다시 당나라로 가서 안휘성 지주 청양의 구화 산 화성사에서 수도.
	미상	요석공주(85세 추정) 사망 추정
720	19. 3	이찬 김순원의 딸을 왕비(소덕왕후)로 삼음, 엄정왕후 사망 추정 (비궁 유폐(?) 추정)
	19. 8. 28	충담사 '찬기파랑가'(김군관 제삿날 제가 추정) 창작 추정

이하 신라 하대

1. 통일 신라[총 127년] 왕위 계승표

29태종무열[7년]-30문무[20]-31신문[12]-32효소[10]

　　　　　　　　　　　　　　　　33성덕[35]-34효성[5]

　　　　　　　　　　　　　　　　　　35경덕[23]-36혜공[15]

2. 통일 신라 왕의 자녀들

29태종무열-30문무[법민]-소명

　　　　　인문　　　31신문[정명]-32효소[이홍]-수충[김교각]
　　　　　문왕　　　인명　　　봇내[보천]
　　　　　노단　　　　　　33성덕[효명]-원경(?)
　　　　　개원　　　　　　　　중경[효상태자]
　　　　　마득　　　　　　　　34효성[승경]
　　　　　거득　　　　　　　　35경덕[헌영]-36혜공
　　　　　개지문　　　　　　　왕제
　　　　　고타소/품석　　　　　사소/효방--37선덕
　　　　　요석/김흠운　　　사종[무상]--지렴
　　　　　지조/김유신　　　흠근질[무루]

3. 통일 신라 왕과 배우자

29태종무열/??-고타소
　　무열/문명-30문무/자의-31신문/흠돌의 딸
　　무열/보화-요석/흠운--신목/31신문-32효소/성정-수충
　　　　　　　　　　33성덕/엄정--원경(?)
　　　　　　　　　　　　중경
　　　　　　　　　　34효성/박씨
　　　　　　　　　　34효성/혜명
　　　　　　　　33성덕/소덕-35경덕/삼모
　　　　　　　　　35경덕/만월-36혜공/신보
　　　　　　　　　　36혜공/창사

4. 통일 신라 왕비 집안

가야 구형--무력--서현/만명--유신---진광, 신광, 삼광, 원술, 원정, 원망, 장이
　　　　　　　정희/달복-흠돌/진광-<u>신문</u> 첫왕비/31신문
　　　　　　　　　　흠운/요석-<u>신목</u>/31신문-32효소-수충
　　　　　　　　　　　　　　33성덕-34효성
　　　　　　　　　　　　　　봇내
　　　　　　　　　　　　　　사종-지렴
　　　　　　　　　　　　　　근{흠}질

　　　　　　　<u>문명</u>/29무열-30문무/<u>자의</u>/신광
　　　　　　　<u>보희</u>/29무열-요석/흠운-<u>신목</u>/31신문-32효소-수충

24진흥-구륜-선품-<u>자의</u>/30문무-31신문
　　　　　　　순원----------진종--충신
　　　　　　　　　　　　　효신
　　　　　　　　　　　　　혜명/34효성
　　　　　　　　　　<u>소덕</u>/33성덕--35경덕/<u>만월</u>--36혜공
　　　　　　　　　　　　　　왕제
　　　　　　　　　　　　　사소/효방--37선덕
　　　　　　　운명/오가-----대문----의충--<u>만월</u>/35경덕--36혜공
　　　　　　　　　　　　　신충

달복/정희--흠돌/진광--<u>신문</u> 첫왕비/31신문
　　　흠운/요석-<u>신목</u>/31신문------32효소
　　　　　　　　봇내
　　　　　　　　33성덕
　　　　　　　　사종[부군, 무상선사]--지렴
　　　　　　　　근{흠}질[원자, 무루]
???　---------------------------<u>성정</u>/32효소-------수충[김교각]
원태------------------------------<u>엄정</u>/33성덕------- 원경(?)
　　　　　　　　　　　　　　중경[효상태자]
　　　　　　　　　　　　　　34효성[승경]
???　----------------------------------<u>박씨</u>/34효성
김순정------------------------------------<u>삼모</u>/35경덕
　　　　　　　　　　김의충---------<u>만월</u>/35경덕--36혜공
　?유성---<u>신보</u>/36혜공
　김　장--<u>창사</u>/36혜공

발문(跋文)

역사 기록은 문자로 되어 있다. 그러나 문자는 현실 그 자체가 아니라 인간이 인식한 현실을 적은 것이다. 이러한 문자의 속성상 그것이 적고 있는 역사는 가역사이다. 그러나 진역사가 눈앞에 따로 없기 때문에 역사가는 문자가 적고 있는 가역사를 통하여 진역사에 접근할 수밖에 없다. 그러려면 가역사를 적고 있는 문자를 정확하게 해석하여 그것이 적고 있는 언어를 살려내고 그 언어의 의미를 통하여 진역사를 추적하여야 한다.

『삼국사기』, 『삼국유사』가 사용하고 있는 언어, 문자들은 우리가 사용하는 언어, 문자들과 의미가 다를 수 있다. 특히 원자, 장자, 차자, 제2자 그런 말들이 우리가 피상적으로 알고 있는 것과는 뜻이 다르다. 거기에 피휘(避諱)와 관련하여 동일 인물의 지칭을 다르게 적은 경우도 많다. 이런 것을 고려하지 않고 '원자도 맏아들, 장자도 맏아들로 번역하고', '원자와 왕자를 구분하지 않으며', '중국 인물들의 이름 자를 참작하지 않는' 현재의 연구 풍조는 진역사에 접근하는 길을 막는 장애물이다.

'원자는 원비와 왕 사이에서 태어난 맏아들이다.' 원비가 낳은 맏아들이 아니면, 어느 누가 낳은 왕자도 원자라 불리지 않는다. 이것은 '만고의 진리'이다. 그러나 후에 왕비가 되는 여인이 혼인하기 전에 태자와 화간하여 첫아들을 낳았을 경우 그 왕자와, 혼인한 후에 태어난 원자 사이의 미묘한 관계를 포착하여 역사의 진실을 밝히는 것은 어려운 일이다. 신목왕후가 혼전에 孝照王, 봇내, 성덕왕을 낳고 혼인 후에 첫째 원자 사종, 둘째 원자 근{흠}질을 낳은 통일 신라의 경우는 매우 특이한 사례일 것이다. 그리고 692

년에서 702년까지 재위한 효조왕의 시대는 690년부터 705년까지 大周를 통치한 여황제 측천무후(則天武后)의 시대와 겹친다. 그녀의 이름 무조(武照, 武曌)가 피휘 대상이 되어 昭, 明, 炤, 怊 등으로 적히고, 淵, 治, 隆基 등도 바뀌어 적히게 된다. 문자 해독이 어려운 이유이다.

『삼국유사』와 『삼국사기』를 면밀하게 대조하여 밝혀낸 이 책의 역사적 사실들이 박창화의 『화랑세기』가 적고 있는 내용들과 동일한 것이 우연의 일치일까? 이 역사적 사실들을 밝힌 내가 천재가 아니듯이 그도 천재가 아닐 것이라고 생각하는 나는, 그가 무엇인가를 보고 베꼈지 절대로 제 머리로 저런 『화랑세기』를 창작해 내었다고 인정할 수 없다. 그 책은 창작 소설이 아니라 어딘가에 있는 무엇인가를 보고 베긴 필사본인 것이다. 박창화가 보고 베긴 그 무엇, 그것을 찾아내는 것은 우리 시대 지식인의 최대 책무이다. 신라의 역사. 특히 신라 화랑도의 역사를 아는 것은 우리 역사에서 가장 훌륭한 지도자들의 면모를 아는 것이다. 그들은 역사상 가장 공인다웠고, 문무를 겸한 인물들이었으며, 무엇보다도 나라를 위하여 자신을 희생할 줄 아는 헌신적인 인물들이었다. 그런 인물들이 어떻게 양성되었는지를 아는 것은 지도자를 어떻게 길러야 하는지를 아는 것이다. 그리고 김흠돌의 모반에 이은 자의왕후의 화랑도 폐지가 지도자 양성의 길을 막은 것임을 아는 것, 그것이 통일 신라의 멸망으로 연결되었음을 아는 것은 좋은 지도자를 양성하는 길이 막힌 나라의 종착점이 어디일지를 아는 것과 같다.

이 책이 다루고 있는 내용은 문법과 통일 신라 시대 정치사를 잘 알지 않으면 연구할 수 없는 것들이다. 현재의 저자가 이 두 분야의 학문에 통달하지 않은 만큼 이 책의 논증도 완벽하다 하기는 어렵다. 일본 어딘가에 있음에 틀림없는 어떤 자료들이 언젠가 다시 전날처럼 모습을 드러내면, 통일 신라 사회의 실제의 모습과 저자가 이 책에서 그린 통일 신라 사회의 상상도가 몇 %나 일치하는지 밝혀질 것이다. 살아서 그런 날을 맞는 것이 꿈이지만 설사 그러지 못하더라도 이 책이, 후손들과 일본 학자들이 이 책과 그 자료들을 비교하여 보고 찬란했던 21세기 초반 한국 인문학의 수준이 어느 정도에 이르러 있었는지를 객관적으로 평가하는 자료가 되었으면 한다.

2018년에 『삼국유사 다시 읽기 12-원가: 효성왕의 후궁 스캔들』을 펴내었다. 원래 계획이 『삼국유사』 속의 중요 주제들을 시대 순서로 나열하여 앞에서부터 번호를 붙이고 준비되는 것부터 펴내기로 하여 12부터 출간되었다. 이 시리즈가 몇 권으로 이루어질지, 그 가운데 몇 권이나 완성할 수 있을지 기약하기 어렵다. 이 시리즈가, 교양인들이 『삼국유사』라는 보배 같은 책의 진정한 가치를 알고 그 가치를 통하여 우리 역사의 슬프고도 아픈 진실을 받아들여 어떤 불가사의한 난세에 처하더라도 살아갈 수 있는 힘을 얻는 데 도움이 되기를 바란다. 인간이란 원래 그런 것이다.

2019년 7월 22일 이 책의 최종 교정을 보다가 우연히 '황복사 터 3층석탑 금동사리함기 명문'을 읽고 숨이 멎는 듯하였다. 706년 5월 30일에 새겨진 그 명문의 孝照大王, 隆基大王, 蘇判 金順元, 金眞宗 때문에 이 책에 많은 변화가 일어났다. 그리고 1주일 동안 새 논문 1편을 작성하여 『한국어 연구』에 오래 된 숙제를 제출할 수 있었다. 탑 속이나 부처님 배 속의 옛 기록들의 가치를 절감하였다.

2019년 8월 3일
노고산 심원재에서 저자

서정목

1968.3.-1987.8. 서울대학교 국어국문학과 문학사, 문학석사, 문학박사
1983.3.-2014.2. 서강대학교 조교수, 부교수, 교수, 현재 명예교수
2009.3.-2011.2. 국어학회 회장
2013.10.- 현재 국어심의회 위원장
2017. 6. 9.   제15회 일석 국어학상(일석학술재단) 수상

저서 : 1987. 국어 의문문 연구, 탑출판사, 438면.
      1998. 문법의 모형과 핵 계층 이론, 태학사, 330면.
      2000. 변형과 제약, 태학사, 276면.
      2014. 향가 모죽지랑가 연구, 서강대학교 출판부, 368면.
      2016. 요석, 글누림, 700면.
      2017. 한국어의 문장 구조, 역락, 590면.
      2017. 삼국 시대의 원자들, 역락, 390면.
      2018. 삼국유사 다시 읽기 12 – 원가: 효성왕의 후궁 스캔들, 글누림, 366면.
역서 : 1984. 변형문법이란 무엇인가(이광호, 임홍빈 공역), 을유문화사.
      1990. 변형문법((이광호, 임홍빈 공역), 을유문화사.
      1992. GB 통사론 강의, 한신문화사.

『삼국유사』 다시 읽기 11
왕이 된 스님, 스님이 된 원자들

초판 1쇄 인쇄 2019년 12월 20일
초판 1쇄 발행 2019년 12월 30일

지 은 이 서정목
펴 낸 이 최종숙

책임편집 이태곤
편   집 권분옥 문선희 백초혜
디 자 인 안혜진 최선주 김주화
마 케 팅 박태훈 안현진

펴 낸 곳 글누림출판사/ 서울시 서초구 동광로46길 6-6 문창빌딩 2층(우 06589)
전   화 02-3409-2055 FAX 02-3409-2059
이 메 일 nurim3888@hanmail.net
홈페이지 www.geulnurim.co.kr
블 로 그 blog.naver.com/geulnurim
북트레블러 post.naver.com/geulnurim
등   록 2005년 10월 5일 제303-2005-000038호

ISBN 978-89-6327-578-9 94800
       978-89-6327-351-8(세트)
정가 30,000원